ज्ञान गरिमा के
70 वर्ष

भारतीय
ज्ञानपीठ

णाणं
पयासयं
वीर नि. सं.
2470
भारतीय ज्ञानपीठ

नये सजन घर आए

(नवलेखन पुरस्कार में अनुशंसित कहानी-संग्रह)

नये सजन घर आए

जितेन्द्र विसारिया

भारतीय ज्ञानपीठ

लोकोदय ग्रन्थमाला : ग्रन्थांक 1257

ISBN 978-93-263-5415-8

नये सजन घर आए

(कहानी-संग्रह)

जितेन्द्र विसारिया

प्रथम संस्करण : 2015

मूल्य : 260 रुपये

प्रकाशक : **भारतीय ज्ञानपीठ**

18, इन्स्टीट्यूशनल एरिया, लोदी रोड, नयी दिल्ली-110 003

मुद्रक : विकास कम्प्यूटर्स ऐंड प्रिन्टर्स, दिल्ली-32

आवरण-चित्र : सुचिंत एम.

आवरण-सज्जा : महेश्वर

NAYE SAJAN GHAR AAYE
(Short-stories)
by Jitendra Visariya

Published by
Bharatiya Jnanpith
18, Institutional Area, Lodi Road, New Delhi-110 003
Ph. : 011-24698417, 24626467; 23241619 (Daryaganj)
Mob. : 9350536020; e-mail : bjnanpith@gmail.com
sales@jnanpith.net; website : www.jnanpith.net

First Edition : 2015
Price : Rs. 260

ए. असफल जी को आदर सहित

अनुक्रम

अन्तर्द्वन्द्व

—'हर-हर गंगे गोदावरी...।'

कुएँ से बाल्टी खींचकर सीढ़ियों पर रखने के बाद, जैसे ही पहला लोटा उसने अपने सिर पर डाला तो अनायास ही परम्परा में, अपनों से बड़ों के द्वारा कहा-सुना ये सूक्तिवाक्य उसके मुँह से फूट पड़ा। पता नहीं यह वाक्य प्रातःकाल नहाते समय ठंड से उत्पन्न होनेवाली कँपकँपी को दूर करने के लिए गढ़े गये थे अथवा ईश्वर के नाम के साथ-साथ देश के उत्तर-दक्षिण की दो पवित्र नदियों के प्रति अपनी श्रद्धा प्रकट करने के लिए। ...बाबत कुछ भी हो यहाँ का प्रत्येक नास्तिक अथवा आस्तिक व्यक्ति, प्रातः स्नान करने से पूर्व यह सूक्ति अवश्य दोहराता है।

उदैसिंह...नहीं उदैवीर, उसके पिताजी ने तो उसका नाम उदैसिंह ही रखा था किन्तु जब वह अपने गाँव के प्राइमरी स्कूल से कक्षा पाँचवीं उत्तीर्ण कर अपने गाँव से दो कोस दूर मिडिल स्कूल नुन्हाटा गया, जहाँ से कभी उसके पूर्वज वहाँ के ज़मींदार और ऊँची जातिवालों की बैठ-बेगार से तंग आकर, यहाँ हार में इसलिए आ बसे थे कि यहाँ से भिंड नज़दीक है, जिससे मेहनत-मजदूरी करके चैन से पेट तो पलेगा ही...।

उदैवीर ने अपना शाला त्याग प्रमाण-पत्र, विद्यालय के उप प्रधानाध्यापक कुँवर बी.एस. भदौरिया के हाथों में दिया। तो उन्होंने उस पर सरसरी तौर से दृष्टिपात किया। अचानक नाम के आगे लगे 'सिंह' विशेषण में उनकी दृष्टि उलझ गयी। माथे पर बल पड़ गया। सोये सर्प की भाँति एकाएक उनका जातीय दम्भ फुँफकार उठा। उस समय अन्य शिक्षकों के मध्य उपस्थित होने से वहाँ पर अपना द्रोणाचार्य वाला रूप तो प्रकट नहीं कर सके। परन्तु उदैवीर को अपने साथ कार्यालय में चलने को कहकर उठ खड़े हुए।

उदैवीर पहले तो चमार, दूसरे अपने मास्टर जी का अचानक भ्रू-भंग देखकर सकपका गया। भीगी बिल्ली की तरह मास्टर साहब के पीछे-पीछे कार्यालय को चल दिया। कार्यालय में वह प्रधानाध्यापक की मेज़ से कुछ दूर दरवाजे के पास

जाकर खड़ा हो गया। भदौरिया जी भी, अपनी कुर्सी पर धम्म से बैठकर नाक पर चश्मा सँभालकर रखते हुए उदैवीर की ओर उन्मुख हुए। वह अभी तक कार्यालय के फर्श पर जगह-जगह उखड़ आए पुराने चूने को पैर के अँगूठे से नीची निगाह किए खड़ा-खड़ा कुरेदे जा रहा था।

"...काय मोड़ा यह तेरा नाम किसने रखा है...," मास्टर साहब लाल-लाल आँखें करके उदैवीर पर बरस पड़े। विद्यालय प्रवेश के लिए आए उस शिष्य को अपने गुरुदेव के श्रीमुख से ये प्रथम अभिनन्दनीय शब्द था। बिचारे शिष्य ने अपना पूर्ण साहस बटोरकर लघु उत्तर देकर कि वह नाम तो उसके माँ-बाप ने ही रखा होगा और कौन रख सकता है, कहकर गुरुदेव से पिंड छुड़ाना चाहा किन्तु वह ऐसा कर न सका क्योंकि उसके पीछे गुरुदेव की जातीय अस्मिता का सवाल था।

"...अच्छा... अब चमरा भी नाम के आगे 'सिंह' लगान लगै।" मास्टर सहाब का गुस्सा क्लाइमेक्स पर पहुँच चला था।

"काय माट सहाब? चमार नाम के आगे 'सिंह' काय नहीं लगाय सकतई।" उदैवीर ने साहस बटोरकर धीरे से पूछ ही लिया और बगली ताकने लगा कि माट साहब, कहीं कुछ कह न दें।

"...चमरा नाम के आगे तासो 'सिंह' नहीं लगाय सकत, क्योंकि बिनने कहूँ 'रण' नहीं जीते खाल काढ़ी है और पनहियाँ (जूते) गाँठी हैं...।"

"अच्छा...और तुमने कौन से रण जीते हैं, जासो तुम्हारो नाम कुँवर बहादुर सिंह भदौरिया धरो गओ है...?" अबकी बार का यह करारा जवाब उदैवीर का न होकर विद्यालय के प्रधानाध्यापक कुँवर रविन्द्र सिंह कुशवाह का था, जो इस गाँव के भूतपूर्व जमींदार के पुत्र हैं। यह विद्यालय भी उनके पितामह द्वारा अँग्रेजों के जमाने में बनवाया गया था। आज भी पन्द्रह अगस्त या छब्बीस जनवरी को विद्यालय का राष्ट्रध्वज परम्परा में उनके ही घर का कोई गणमान्य व्यक्ति फहराता है। इसलिए आज तक विद्यालय में उनका प्रभुत्व है और सम्मान होता चला आ रहा है। अब तो हैडमास्टर भी वही हैं। परन्तु भदौरिया जी को स्वप्न में भी ऐसी आशा न थी कि कुशवाह जी एकाएक आकर उन पर बरस पड़ेंगे और उस विषय पर जिसमें उनका भी भला है। परिस्थितियों को सँभालने में पटु भदौरिया जी ने धीरे-धीरे उन्हें अपने शब्द-जाल में फाँसना प्रारम्भ कर दिया था।

"...देखिये कुशवाह जी! जो सनातन परम्पराएँ हैं उन्हें बनाये रखने कौ कछू अपनो हू फ़र्ज़ बन्तु है...मान ले जा मोड़ा के बाबा नामी पहलवान हते। बड़े-बड़े पहलमान वासे कच्ची काटत हते। एक-दो दाय तो वह मेघपुरा और बटेश्वर के मेला से झंडी टोरके लिआओ हतो, लेकिन बातें मुँह पे 'छत्तरे' पीठ पिछाउँ 'छत्तरा' सभी कहत थे लेकिन छत्रपाल सिंह काऊ ने नहीं कही...।"

"...यह बात तो तुमने ठीक कही कि उनसे 'छत्रपाल सिंह, काऊ ने नहीं कही। लेकिन तुम हमें जे बताओ जाके बाबा ने अपनें गाँव और मौजे की नाक राखी होय, उसी के नाती से तुम्हारो यह ब्यौहार? यदि यह भी पढ़-लिखकर कछू बन गओ तो जामें अपने गाँव का नाम बड़ा न होगा...।"

"कुशवाह जू सवाल गाँव की नामवरी कौ नहीं; सवाल यह है कि जब चमार-कोरी ही नाम के आगे 'कुँवर' और 'सिंह' लगान लगे, तब हम तुम कौ रह जाएँगे...?"

हाँ तुम्हारी भी बात ठीक है। पर इन्हें हम कब तक दबाय के रख सकेंगे? घास-फूँस में दबी आग एक-न-एक दिन लौ पकड़ ही लेति है।"

"तुम हू कैसी बातें कत्त हो कुशवाह जू, जे ढेड़ अपनो का कर लेएँगे? जिनके आज खाय कल्लि को न होय, बिन्हें तो अपने पनाह के नीचे ही रहने है।"

"यह तुम्हारी सोच है भदौरिया, जो ज़्यादा दिना तक टिकाऊ नईं रहिबेवाली... फिर जा मौड़ा ने तिहारो का बिगारो है। कछू अपने पद की हू मरजाद बनाय राखो, तुम्हारे विचारों का उस पर न जाने कैसा प्रभाव पड़ता होगा, उसे भर्ती कर लेऽऽ ?" कुशवाह जी इस बार थोड़े गर्म हो गये थे। उदैवीर के प्रति सहानुभूति और भदौरिया मास्टर पर नाराज होने का एक कारण यह भी था कि उदैवीर के बाबा छत्रपाल ने गाँव में जब पहलवानी सीखना प्रारम्भ किया था, उस समय छुआछूत के कारण गाँव के अन्य ठाकुर उन्हें अपने साथ अखाड़े में जोड़-कुश्ती नहीं करने देते थे।

तब एक दिन विरोध में उतरकर इन्हीं रविन्द्र सिंह के पिता गुल्लू सिंह ने उन्हें अपने अखाड़े में जोड़-कुश्ती का मौका ही नहीं दिया था, बल्कि उनके उस्ताद भी बने थे। तब से लेकर आज तक रविन्द्र सिंह के पिता और उदैवीर के बाबा में उस्ताद शागिर्द का नाता ही नहीं, एक प्रकार का घरोवाँ भी था। कुशवाह मास्टर सम्भवत: उसी का ख्याल करके भदौरिया मास्टर पर बिफर पड़े थे।... अपनी बिरादरी का होकर कुशवाह जी द्वारा हरिजनों का पक्ष लेता देख, दूसरे गाँव जामना से पढ़ाने आता भदौरिया हतप्रभ :

"अच्छा करें लेत हैं...ये लला जाओ तुम्हें भर्ती कर लए। लेकिन आज से तिहारो नाम 'उदैसिंह' नहीं 'उदैवीर' हाजुरी में बोलो जायगो ठीक है। अब...जाओ कल से पढ़िवे अइओ।"

भदौरिया मास्टर की यह बात सुनकर कुशवाह जी ने उन्हें आँख उठाकर तिरछी निग़ाह देखा परन्तु कुछ कह न सके, क्योंकि वह बात उनसे नहीं कही गयी थी!!! उदैवीर जो अभी तक चुपचाप खड़ा था मास्टर सहाब की बात सुनकर उन पर एक रहस्यमयी दृष्टि डालकर स्वीकृति के अन्दाज़ में सिर हिलाता बाहर निकलकर सीधा घर चला आया था।

उसी दिन से उदैसिंह उदैवीर हो गया। वैसे इस नाम में कोई अन्तर नहीं था। फिर भी बहुत बड़ा, उदैवीर ने इसकी शिकायत अपने घर पर जाकर भी की थी। किन्तु घर पर थोड़ी बहुत मास्टर सहाब की कोसा-कासी हुई और फिर शान्त हो गये। उन्हें सन्तोष था कि विरोध और परिवर्तन की पहल कभी व्यर्थ नहीं जाती, आज 'वीर' माना है तो कल 'सिंह' भी मान लेंगे...। वैसे भी जहाँ किसी को दो वक़्त की रोटी जुटाने से ही फुर्सत नहीं वहाँ नाम-वाम के चक्कर में पड़कर व्यर्थ का विवाद मोल ले अपना घर-परिवार और गाँव क्योंकर कोई उजड़वाये। इनके पास दो हाथों के सिवा कुछ भी तो नहीं और उनके पास—पुलिस, डाकू, पैसा और सब कुछ...।

उदैवीर भी इस समय ठंड को ललकारते हुए लोटे पर लोटे पानी अपने सिर पर उड़ेलता हुआ हर-हर गंगे गोदावरी... कहे जा रहा था। बड़े सवेरे उठकर उसने मड़ैया में बँधी भैंस को निकालकर आँगन में खड़े नीम के पेड़ तले बनी नाँद के खूँटे से बाँध दिया था। मड़ैया में पड़े गोबर को तसले में भरकर घूरे पर डालने के बाद पानी भरने चला आया क्योंकि भैंस को भूसे की सानी करने के लिए घर में पर्याप्त पानी नहीं था।

गाँव के नैर्ऋति कोण (दक्षिण-पश्चिम) पर आम, महुआ, बेल, नीम और शीशम के वृक्षों की सघन छाया में यह बड़ा ही पुराना कुआँ है, जिसको ख़ानाबदोश लाखा बंजारों ने बनवाया था। जो किसी ज़माने नें एक लाख बधिया (खस्सी बैल) का क़ाफ़िला लेकर व्यापार के लिए निकलते थे। वह निर्जन स्थान पर अपने क़ाफ़िले की प्यास बुझाने के लिए एक नया कुआँ खोदकर उससे अपनी प्यास बुझाते थे। पुराना चूना और ककवा ईंट जो गाँव के इस जीर्ण-शीर्ण कुएँ से निकल भागने को व्याकुल हैं। इस कुएँ की जगत के कुछ नीचे एक बीजक (शिलालेख) भी लगा है, जिसके बारे में उदैवीर के गाँव के प्रत्येक व्यक्ति का पीढ़ियों से यही विश्वास घर किए चला आ रहा है कि—लाखा बंजारे अपना डेरा उठाने से पहले एक भड़ा (सोने-चाँदी, रुपया और हीरे-जवाहरात से भरा बर्तन) इन कुओं के आसपास कहीं गहरा गड्ढा खोदकर रखने के बाद उस पर एक लड़का पकड़कर बैठा जाते थे। बाद में उस गड्ढे को मिट्टी या पत्थर से बन्द कर जाते थे साथ ही उस लड़के को यह भी निर्देश दे जाते थे कि वही व्यक्ति हमारे इस माल का अधिकारी होगा जो उस कुएँ के बीजक की सांकेतिक लिपि पढ़कर तुम्हारे पास आकर उसी लिपि की सांकेतिक भाषा, जिसे वह उस लड़के को भी बता जाते थे, में यह स्थान छोड़ने को कहे तब तुम उसे यह माल सौंप देना, उसी दिन तुम हमारे वचन से मुक्त हो जाओगे। बंजारों के वहाँ से चले जाने के बाद वह लालची लड़का कुछ घंटों बाद ही उसमें साँस न लेने के कारण घुट-घुटकर मरने के बाद यक्ष रूपी सर्प बनकर उस भड़े

पर तब तक वचनबद्ध होकर बैठा रहता है, जब तक कि उसका अधिकारी आकर उसे प्राप्त नहीं कर लेता।

गाँववालों का यह विश्वास आज भी ज्यों का त्यों इसलिए भी बना हुआ है क्योंकि इस कुएँ के समीप कुछ दूरी पर एक शिवजी का कच्चा चबूतरा बना हुआ है। शिवलिंग के नाम पर तो वहाँ सिर्फ दो चार गुटैयाँ (बेलनाकार पत्थर) ही विराजित हैं किन्तु उसकी प्राचीनता किसी को भी ज्ञात नहीं। कुएँ के साथ-साथ ही शायद उसका निर्माण हुआ हो। चबूतरे की कच्ची दोमट मिट्टी होने से उसके आसपास दीमक रानी भी अपने महल गढ़ा करती हैं। पता नहीं उन्होंने अपनी प्रतिद्वन्द्विनी चीटियों से क्योंकर ज़रा सी सीख नहीं ली कि मज़ाल है उनके घर में कोई साँप तो क्या झींगुर भी घुस आए । और ये अपने घर में साँपों को आश्रय देकर मुफ्त में संकट खड़ा कर उनकी रगड़ में आने पर यदाकदा अपनी जान भी गँवा बैठती हैं। शायद इनकी जाति में अभी स्वार्थ नाम की चीज़ पैदा नहीं हुई है। तभी तो इस चबूतरे की बाँबियों के आसपास घोड़ापछाड़, कोड़ीला और काले नागों के दर्शन होते रहते हैं।

नागपंचमी को दूध और प्रत्येक सोमवार को एक लोटा जल, बेल पत्र और चावल चढ़ाने गाँव के प्रत्येक घर से एक भक्त इस 'स्थान' पर अवश्य आता है। उनकी यहाँ स्थापित भोले बाबा में श्रद्धा भले ही हो न हो, किन्तु उन्हें यह आशा और विश्वास अवश्य है कि पता नहीं कब वह नाग महाराज किस पर प्रसन्न हो जाएँ और स्वप्न में वह भड़ा बताकर उन्हें मालामाल कर खुद चलता बने। किन्तु उदैवीर को इन भोलेनाथ में अटूट श्रद्धा है। उसने स्वार्थ के वशीभूत होकर शायद ही कभी किसी देवता से मनौती माँगी हो। क्योंकि गाँव का प्रत्येक आदमी अपने इष्ट देवी-देवता पर बीस आना (एक रुपये पच्चीस पैसे) का प्रसाद तभी चढ़ाता है, जब तक उसकी वांछित मनोकामना पूर्ण नहीं हो जाती, अन्यथा नहीं और शहरी उन्हें अन्धविश्वासी कहते हैं।

उदैवीर अपना नित्य का गोबर-पानी-सानी करके जब तैयार होकर स्कूल जाता है तो इन भोले बाबा का पायलागन अवश्य कर लेता है। हर सोमवार और पूरे सावन के महीने प्रातः नहा-धोकर एक लोटा जल, चावल और कुएँ के पास आम और महुए के पेड़ से सटकर खड़े बेल के पेड़ से बेल पत्री तोड़कर स्कूल जाते समय रास्ते के शिव मन्दिर में कुशवाह मास्टर के मुँह से सुना यह मन्त्र—ऊँ नमः शिवाय मृत्युंजय महादेवाय नमस्तुते...ऊँ काशी निवासी च भस्मभू पूज्यते ...विल्वपत्रम् शिवाय पर्णम्...। मन्त्र का मध्य भाग उसके कई बार प्रयास करने पर भी आज तक समझ में नहीं आया। मास्टर गुनगुनाते ही ऐसे हैं। कुशवाह जी के सहृदय होने पर भी उनसे पूरा मन्त्र पूछने की कभी हिम्मत ही नहीं पड़ी थी उसकी। इसलिए वह उस

अपूर्ण मन्त्र के साथ ही अपनी पूजा अर्चना पूर्ण करता हुआ अपनी किशोरवय पूर्ण कर चला था।

झरना जब तक पहाड़ के गर्भ में रहता है तब तक वह बाह्य जगत से अनभिज्ञ, अस्तित्वहीन और पहाड़ को ही अपना सर्वस्व मानने वाला होता है। लेकिन जब वह पहाड़ की गिरफ़्त से छूटकर, स्वच्छन्द, नदी से समुद्र की ओर दौड़ता है, तब उसे समुद्र की क्षारीय समरसता में अपनी मिठास का बलिदान करना ही पड़ता है जिसे वह हर हाल में हर जगह सुरक्षित रखना चाहता था।...लेकिन जब वह पीछे मुड़कर देखता है तब तक वापस लौटने के सारे ही रास्ते बन्द हो चुके होते हैं। वह अपना पूर्व गुण पाने की जिजीविषा के चलते, समुद्र की गहराई में न उतरकर उसके ऊपर पड़ती तीक्ष्ण धूप में जलता रहता है। वाष्प बनता है। हवा में उड़ता है और बादल बन जा बरसता है फिर पहाड़ पर। लेकिन दास परम्परा का वाहक पहाड़, स्वच्छन्द प्रवृत्ति निर्झर से भयभीत उसे अपने ऊपर ही रोक लेता है। तब भी वह पहाड़ पर खड़े पेड़ों की जड़ों में रस, मिट्टी में नमी और पत्थरों की दरारों में चोर दरवाज़े ढूँढ़कर, जा पहुँचता है अपने उद्‌गमस्थल। समुद्र से प्राप्त अपनी क्षारीयता गोपकर? वह गिरि के बन्दीजलों के सामने सागर की स्वच्छन्दता और समानता का लुभावना वर्णन करता। उकसाता है पहाड़ के शीर्ष पर जमे परजीवियों के प्रति, जो कर रहे होते हैं निरन्तर उनका शोषण। तब बहुत सारे बन्दीजल की आत्माएँ विद्रोह कर, तलाश उठती हैं पहाड़ से मुक्ति के मार्ग...?

कल उदैवीर को भी एक ऐसे ही झरने ने इस पहाड़ से निकलने की सलाह दी थी—'क्यों नहीं छोड़ देते इस जेल को? जिसमें दरिद्रता, अपमान और मानसिक यातना के सिवाय कुछ भी हासिल नहीं है। यहाँ गुलामों-सी ज़िन्दगी गुजारने से तो अच्छा है हमारे साथ मॉनस्टेरी में चलो जहाँ के मिशनरी स्कूल में ढंग से पढ़-लिखकर एक अच्छे आदमी बनकर निकलोगे। यहाँ तुम्हारी औकात ही क्या है—चमार चूहड़ा...? और एक बन्दरिया के चले जाने से वृन्दावन सूना नहीं होता है।'

उदैवीर ने बातों में आकर हामी तो भर ली, किन्तु पीछे से वह असमंजस की स्थिति में पड़ गया। उसे अपने गाँव और धर्म की मर्यादाओं और परम्परा का ध्यान हो आया जिनसे वह और उसके माँ-बाप और बिरादरीवाले बँधे हुए हैं। जिनमें कुछ को वह तोड़ना चाहता है तो कुछ को सुधारना पर छोड़ना कतई नहीं। उनके प्रति उसका अटूट लगाव ही उसे ऐसा करने से रोके हुए था। झरने के साथ चले जाने पर लौटना मुश्किल है। और यदि किसी प्रकार लौटा भी तो उसे गाँव नहीं अपनाएगा।

कुएँ पर नहाते समय आज वह यही सोचे जा रहा था। क्या-? उसके अकेले के अपना गाँव और धर्म छोड़कर किसी लायक होंने से उसके साथ-साथ उसकी जाति-बिरादरी के वे दुख तो अभी समाप्त नहीं हो जाएँगे जो अभी मौजूद हैं। यदि

मान लो उसकी समस्त जाति और परिवारवालों ने भी अपना धर्म छोड़ दिया तो क्या वह जिस क्षेत्र में रह रहा है, वहाँ उनके सम्मान में वृद्धि हो जाएगी? यहाँ की ऊँची जातिवाले क्या उसे ढेड़, हड्डा, उधेरा या चमार कहना छोड़ देंगे। ...उसकी जातिवालों को अपना जातीय-कर्म छोड़े लगभग चालीस-पचास साल हो गये हैं। इनमें से आज कुछ तो सम्पन्न वर्ग की श्रेणी में भी आते हैं किन्तु वह फिर आज तक उन्हीं जातीय नामों से सम्बोधित किए जाते हैं। कर्म बदलने से जातीय बन्धन नहीं कट सके, तो धर्म बदलने से... ?

वह जिस गति से पानी के लोटे भरकर अपने सिर पर उड़ेल रहा था, ठीक उसी तीव्रता से उसके विचार भी उसके मस्तिष्क में गतिशील होकर दौड़ रहे थे। जब उसके सामने भदौरिया मास्टर जी का चित्र घूमता तो वह सब कुछ त्यागने का पक्का इरादा कर लेता कि ऐसे कठमुल्ले उसे कभी ऊँचा नहीं उठने देंगे। तभी उसके सामने कुशवाह मास्टर का भी चित्र सामने हो जाता जिनका स्नेहभाजन वह रह चुका है। वह उसे रोकते हुए यह कहते दिखाई देते हैं—'बेटे! रूढ़ियों और सामाजिक बेड़ियों में जकड़ी मानसिकताएँ एकदम नहीं बदल जातीं। अमृत और विष का उद्गम (समुद्र) एक ही है। तुम्हारे हिस्से में विष आया है। अपने हिस्से का अमृत पाने के लिए तुम्हें यहीं रुककर अपने हक की लड़ाई लड़नी होगी। ...पलायन कर किसी समस्या से तत्काल छुटकारा भले मिल जाए, किन्तु उससे समस्या की जड़ें नहीं कट जातीं। वे ज्यों की त्यों हरी-भरी रहकर फिर किन्हीं दूसरों के कष्ट का कारण बनती रहती हैं...।' इसीलिये उसकी समझ में नहीं आ रहा था कि वह आठ दिन पहले गोवा से आए पड़ोसी भइया रॉर्बट रवि से 'हाँ' करे या 'न'...।

पन्द्रह साल पहले, गाँव से दो कोस दूर बेसली नदी के बीहड़ में दीपावली को घर पोतने के लिए पांडू मिट्टी लेने गये माँ-बाप के ऊपर अचानक नदी की करार खिसक कर गिर जाने से मृत्यु हो गयी थी। उनके अनाथ बेटा 'रबिया' को इस पिछड़े इलाके में सामन्ती शोषण और धार्मिक अत्याचारों की चक्की में पिसती निरीह जनता को प्रभु ईसा मसीह के पवित्र सन्देश देनेवाले, एक दिन गाँववालों की स्वीकृति पर अपने साथ इस शर्त पर ले गये थे कि वे एक दिन उसे अच्छा आदमी बनाकर भेजेंगे। घर-परिवारवालों ने उसे एक बला समझ इसलिये भी उनके साथ टाल दिया था कि कौन उसे अपने सिर पर बैठायेगा। यहाँ घर-घर रोटी माँगकर खाने और भूखों मरने से तो अच्छा है उनके साथ चला जाए और वह चला गया था—उनके साथ।

आज वह पन्द्रह साल बाद लौटा है तो रबिया से रॉबर्ट रवि बनकर। वह जब से गाँव में आया है तब से उदैवीर की माँ के सिवाय जो उसकी माँ की दूर के रिश्ते में बहन भी लगती थी के अलावा उसके आने की खुशी किसी को भी न थी। ऊपरी

तौर पर सहानुभूति सभी ने दिखलाई थी। उसकी अनोखी वेशभूषा, अँग्रेज़ी मिश्रित भाषा और धर्म परिवर्तन छोटे बच्चों से लेकर गाँव की बड़ी-बूढ़ी औरतों तक की खुसुर-फुसुर और चर्चा का विषय बना हुआ है। यही नहीं आस-पड़ोस के गाँव के व्यक्ति जब गाँव के किनारे से गुजरते तो उसकी वेशभूषा देखकर अनजान और जो जान गये हैं वो भी एक-दूसरे से अनभिज्ञता प्रकट करते हुए पूछ बैठते :

''काय भइया जे अँगरेज कौ आय गओ है जा गाँव में... ?''

''भइय्या! हमें तो पता नईं है जाने को कह रहो तो कि पन्द्रह साल पहले खचेरा चमार और बाकी घरवारी बेसुली (नदी) पे करारि के नीचे नईं दबि गये थे... ?''

''हाँऽऽऽ, दबि तो गये थे...।''

''तिनको ही मौड़ा 'रबिया' अपने यहाँ ईसाइयन की किताबें मुफ्त में बाँटने नहीं आत बिनके ही संग चलो गओ हतो सो अब आओ है।... अँग्रेज बनिकें...भइय्या...अब तो इनके कुआँ को पानी पीवे को हू धरम नाही है। देखिओ काऊ दिना जे पूरो गाँव ई किरट्टान (किरस्तान) न हो जाए... ?''

उसे देखकर जो जैसा सोचता वैसा ही कह डालता। वह चुपचाप सुनता रहता।...आज वह पन्द्रह साल पहले घर-घर रोटी माँगकर खाने वाला हर किसी की दया का पात्र 'रबिया' नहीं है। क्योंकि आज उसके पास कुछ पैसा भी है और शहर की इज़्ज़त भी।

फिर भी उसकी गाँव में स्थिति दयनीय प्रतीत होती है। उससे अब कोई रोटी-बेटी का सम्बन्ध नहीं करना चाहता। उन सबकी निगाह में वह धर्म परिवर्तन कर भ्रष्ट हो गया है।

वास्तव में रवि का गोवा से आने का प्रयोजन भी यही था। क्योंकि वहाँ पर उसे ईसाई तो सबने बना दिया था, किन्तु उससे अपनी लड़की का विवाह किसी ने नहीं किया था। हाँ, एक-दो नयी वेश्याओं ने उससे शादी करने का प्रस्ताव अवश्य रखा था। जो वहाँ के देह व्यापार में पूर्ण रूप से लिप्त नहीं हो पायी थीं और अभी भी उस नर्क से निजात पाने का स्वप्न देख रही थीं। एक ने तो उसे उसकी असलियत का आईना दिखाते हुए समझाया भी था—'देख रॉबर्ट, तेरा माँ-बाप मरा तेरो कूँ इधर आना पड़ा।...मेरा बाप मरा, मेरी माँ ने दूसरा शादी किया...वो स्साला मेरा सौतेला बाप, मेरा...बनने का। मेरे को एक बुड्ढे को बेचने का...मैं इधर कूँ भागा और यहाँ आ फँसा...दोनों अपनी मर्जी से तो नहीं आया? ...मगर वापस गया तो मेरे को 'रंडी' और तेरे को 'किरस्तान' बोलने का, घर में नहीं घुसने देने का?...सोच लेऽऽ अपनी जोड़ी खूब जमेला...!'

किन्तु रवि के मन में बसी मॉनस्टेरी (मिशनरी) की पवित्रता और गाँव के

प्रति शेष रही भोली आशा ने उन्हें अपनाने से इनकार कर दिया और गाँव चला आया था। परन्तु उस नादान को यह कहाँ पता था कि गाँव उसके लिए कब का पराया हो चुका है। उसके गाँव, जाति और धर्म से किसी दूसरे धर्म में जाया तो जा सकता है किन्तु उसमें पुन: लौटकर नहीं आया जा सकता। उसके लिए कोई प्रायश्चित नहीं है मात्र उसी धर्म में वापस लौटने के।

...गाँव और परिवार में किसी की आँखों में अपने प्रति सहानुभूति और मन में प्रेम न देखकर वह इन आठ-दस दिनों में ही टूटने लगा था। उसके गाँव से पैर उखड़ने लगे। वह वापिस गोवा जाने की सोचने लगा था। लेकिन वह अपनी जन्मभूमि से इतनी सहजता से नाता नहीं तोड़ पा रहा था। साथ ही अपनी मौसी की गिरी हुई आर्थिक स्थिति देखकर भी उसने कल रात काँपते मन उदैवीर से कहा था कि वहाँ तुम ढंग से पढ़-लिखकर एक अच्छे आदमी बनकर लौटोगे? फादर बहुत अच्छे इनसान हैं वे ठाकुर-ब्राह्मणों की तरह छुआछूत भी नहीं मानते, मैं उनसे कहकर अपनी तरह तुम्हें भी किसी अच्छी कम्पनी में लगवा दूँगा। क्या रखा है यहाँ? चपरासी की नौकरी के भी लाले पड़ेंगे...।''

उदैवीर तभी से इस उधेड़बुन में लगा था। उसे रात भर नींद नहीं आई और इस समय नहाते हुए भी यही सोचे जा रहा था कि अचानक उसकी आँखों में एक चमक पैदा हुई, जो मन के अँधेरों तक उजाला करती चली गयी। वह उठ खड़ा हुआ एक नये आत्मविश्वास के साथ—''मैं कहीं नहीं जाऊँगा... खोट अगर व्यवस्था में है तो मैं उसके भीतर रहकर ही उस पर चोट करूँगा... तोड़ डालूँगा मैं उन सारे खिड़की-दरवाजों को, जो उसके और उसकी जाति-बिरादरी के लिए बन्द पड़े हैं ...उसके पुरखों ने लाखा बंजारों के भड़े पर बैठे नाग (यक्ष) की भाँति सदियों से इस धर्म की रक्षा की है, किन्तु बदले में मिली तो केवल घुटन और मौत... पर मैं मरूँगा नहीं ना ही यहाँ से भागूँगा... जो है वो या तो सबके लिए, याऽ...?' वह विचारों के किसी निष्कर्ष पर अभी पहुँचा भी न था कि घर के द्वार से माँ ने टेर लगा दी :

''बेटा, उदैसींऽऽऽग...।''

''काऽऽ है अम्माऽऽऽ...?''

''अबे तिहारे अस्नान ही नईं हो पाए... तुम्हें रबी भैया टेर रहे हैं। जल्दी आओ...।''

'उदैवीर' नाम तो मात्र उसके स्कूल और अंकसूची में ही है, घर पर तो वह 'उदैसिंह' ही था। क्योंकि जो नाम बचपन में पड़ जाता है वही नाम गाँव और घर में स्थाई हो जाता है। भले ही बाद में कुछ भी रख लिया जाए। माँ की आवाज को सुनकर वह एकाएक चौक पड़ा था। उसने तेजी से खड़े होकर भीगे बदन पर

तौलिया लपेटा, नेकर बदली और बाल्टी माँजकर कुएँ में फाँस दी। दो बार डुब्ब-डुब्ब की आवाज के साथ ही बाल्टी भरकर ऊपर खींच ली। अपने मज़बूत हाथों से रस्सी पकड़कर कुएँ से बाल्टी खींचते हुए उसे ऐसा लगा, जैसे उसने बाल्टी नहीं खुद को ऊपर खींच लिया है...।

दोहरी लड़ाई

ओ गुल्चे चाचा...।

का है

तुम्हें रामसिया चाचा टेर रहे हैं...।

कोऽओ...?

वे ही पुरहेत चाचा।

भोऽसड़ी को! बड़ो आओ चाचा वालो, उनकेऊ मोड़ी-मोड़ा हमें कबहूँ चाचा कहके टेरत हैं कि तेंही...? कहाँ खड़ो है...।

द्वार पे नीम के नीचे...।

ठीक है, जाऽ बासे कह दिए कि आइ रहे हैं। और हाँ...? तें दीना के ताल पर जाइके सुअर देखिए, काऊ के खेत में न जाइ लगें। जाऽऽ...।

हओ...।

ऐ मोड़ा कहाँ चलोऽ...। गुल्चा घर पे नहीं है का...।

हैं तो रोटी खाइ रहें हैं, आत हैं...।

हुँऽ...रोटी खाय रहो है...कि लुगाई के संग परो है...?

हुँऽ...।

जाऽऽ...वासे कह दिए कि रात गुलाब की बहू मर गयी फाँसी देके।...सो जल्दी पहुँचे मरघटा झाड़िबे हम कफ्फन कों भिंड जाय रहे हैं।

हओ...।

चाचाऽ...।

काहे...काय कों आ जातु है बार-बार चचिआत भओ...? कही नहीं थी कि आइ रहे हैं, रोटी खाय कें?

कही-तो, पर वे हमसें जे कह गये कि—रात गुलाब की बहू मरि गयी है फाँसी देके, सो जल्दी पहुँचो मरघट झारिबे को।

हओ पहोंच जाइगेंऽ...आइ जात बार-बार सन्देशो लेके। आज सुअरन को कोऊ उलाहनो लेके आओ, तो तेरी खाल खेंच लेंगेऽ।

काहेऽ क़ायकों मोड़ा पर दाँत किटकिटात हो। कल से बैठकें रोटी नहीं खाय सकत...कौन की बहू मर गयी...?

काऊ की नईं, तोय मोड़ा की ज़्यादा पीर लग रही होय तौ डाल दै पालना और ले लट्ठ चराइ लिया। भोसड़ा कीऽऽ।

...काहे का आज खरारी खटिया पै सोय ते? जब देखो तब तुम्हारे नकुआ ही भन्नात रहत हैं। नीकें बात ही नहीं कर सकत, कौन की बहू मर गयी...?

काऊ की नऽ...।

तुम्हें हमाई सौगन्ध...।

...रसाल के मोड़ा गुलाब की...रामसिया के भतीजे कीऽ...।

हायऽऽ...। जि का कह रहे हो? वो तो बड़ी भली आदमिन थी। मार डारी होइगी ठठरी बाँधिन ने ...हम जब कबहूँ कछू काम से बाके घर गये होंइगें तो हमें जिजी कहके ही टेरे होंगे। सदा हँसके ही बोली होइगी, वह और बम्हनिअन की नाईं अरे-तरे बोलवेवाली नईं हती...? अरे! हमने तो सुनी है कि ए दाड़ीजार नई बहुअन को बीमा कराइ लेत हैं, और फिर काऊ बहाने सो मार डारत हैं। इनके नईं होत काँटे कितनीऊ पीर...जि तो हम गरीबन में ही है जो एक ब्याह हू बड़ी मुश्किल से हो पात है।...उनकी का फिर धर जाइगो कहूँ से खजुरिया मौर...। चले जाओ टेर गये हैं तो...?

हम कहूँ नहीं जाइ रहे...।

चले जाओ, उनकी बहू मरि गयी हैऽ...?

उनकी बहू मर गयीऽऽ...हमारो का चौंपो मरि गओतौ। पारसाल जब अम्मा मरी थीं तब जा इतने बड़े गाँव गाँव में चार कन्धा देबेवाले नहीं मिले थे! पूरो गाँव टुकुर-टुकुर देखत रहो, तब हम दोऊ भाईयन ने ही डुकरिया की ल्हास घाटे लगाई थी। भूल गयी काऽ...?

सो तो है, हमहूँ तो कंडा लेके गये—ते।

कोरो टहल-बेगार को ही नातो है अपुन से।...ऐसे ही लगे रहो इनकी गाँड़-गुलामी में, इनके गू-मूत डारो, द्वार झारो, पातरें उठाओ और मर जाए तो हमारे ही झरे में बरें। और खबाइगेऽ जूठन...! बस्स अब हम नहीं जाएँगे मरघटा झारिबे...? और जाएँ तो उनके,... तोय सुधि है तौरस भगवान पुरहेत मरि गये ते, जाइ रामसिया के चाचा।...भर चौमासे में कैसी पानी की झराई लगी थी, मरघटा पे टीन के तख्ता

लगाई के जरे ते।

हाँ बरे तो थे, तब हीं बा दिना की पानी की झराई में अपनी सुअरनवाली मटैया की भीत गिर गयी थी।...और बाके ही नीचे अपनी ना कारी सुअरिया को घिटुला दबि कें मरि गओ तो ...?

हाँ तब ही तो उनसे वे टीन के तख्ता माँगे ते। कि अरथी के संग आई बाकी की सब चीजें मेहतर की होती हैं। पर जाने ही नईं देन दए थे वे टीन के तख्ता। जानती होऽ...?

हायऽ...तुमहू का हगनी-मूतनी बाते करत हो जे बम्ह्ना कट्टिया का देंगे जो जनम से लेके मरे तक को खात...?

वे नहींऽ देंगे तो हमऊँ नहीं जाएँगे। अब तो हम कैसे हूँ नहीं जाएँगे?

तुम नहीं जाओगे तो कोऊ और जाएगो, आखिर जाने तो है ही काऊ न काऊ को, जनम-ज़िन्दगी से जो काम होत आओ है वह तो करने ही करने हैं...?

नहीं करनेऽऽ...। चमारन ने अपनो काम छोड़ दओ, धोबी-धानुकन ने छोड़ दओ, फिर हम ही काए करें...? उनकी जगह में रहत हैं तो जाको मतलब यह नहीं कि उनकी लात के नीचे दब के रहो। बिनने तो अपनी गरज को बसाई ती अम्मा जा गाँव में, उनकी टहल-बेगार में ज़िन्दगी कढ़ि गयी ठौर को कज्ज का बा जनम पटोगो?

हाँ सो तो है...। ऐऽऽ द्वार पे तुम्हें कोऊ टेर रहो है...?

टेरन देऽ, हम कहूँ नहीं जात। तेही चली जा, कह दिए घर पे हैं नइयाँ।

काहे को हतो द्वारे...?

हतो नहीं, हैंऽऽ...। गली में नीम तन स्कूटर लए अन्तावसाईवाले तिवारी जू ठाड़े हैं, तुम्हें ही तलास रहे हैं।

हम कहूँ नहीं जाए रहे। कोऊ भोसड़ी का हमें राजा नहीं करत, बड़े-बड़े लोन हैं वे बड़े पइसा वालिन को हीं निकारे जात हैं। हम तुमको तो ज़्यादा से ज़्यादा सुअर-मुरगियन को ही निकारेंगे। वामें आधे से ज़्यादा अपुन हड़प कर लेंगे, फिर पीछे से कहेंगे भरो। अरे! जो बड़े-बड़े आदमी जीप-टेक्टरन के लोन लए बैठे हैं, उनके द्वार पे हू नहीं जाएँगे। गये तो टीक में पनाह नहीं परेगो सो चले आएँगे धूर सी झरात?

हओ राजन के आगे कहूँ रेले नहीं चलत। जब सरकार की दाब परेगी तो घर से खिंचे चले जाएँगे? चलो, हो गयी आल्हा, द्वार पे वे तुम्हारी बाट हेरत होएँगे। नीम के नीचे खटिया बिछाय आए हैं पता नहीं बैठेहू होएँगे कि नहीं।

बैठे न बैठे अइया चुदाए, हमें का उनसे हींग बदलने?

हाऽय तुम्हारी गँवरई न गयी। चलोऽ।

चल...।

राम-राम

राम-राम गुल्चे भइया, और क्या हो रहा है...?

कछू नईं साब, गाड़ी ढरक रही है। और कहो आज कैसे घूम परे इते? ऐऽ... का है।

जा भीतर से दरी ले आ, खटिया पे बिछा देऽ।...बैठो साब ठाड़े काये...?

"...।"

अरे! न-ना, हम बैठने के लिए थोड़े आए हैं। अभी और गाँवों में भी जाना है हमेंऽ?

तो साब आए ही काहे? पहले और गाँवन में हो आते, तब यहाँ आते।

अरेऽ तुम तो गुस्सा हो गये। अच्छा-अच्छा हम बैठे जाते हैं, कोई बात नहीं।...तुम्हारे पास सुअर कितने हैं...?

काऽऽ, सुअर...। पन्दहा...।

अरेऽ भई-ऽ, सुअरों का नाम सुनते ही तुम ऐसे उटक पड़े। हम छुड़ाने थोड़े ही आए हैं...?

नऽ, नाऽऽ सहाब ऐसी कोऊ बात नई है...।

अच्छा ठीक है...कल तुम अपने सरपंच के साथ अंत्यावसायी कार्यालय चले आन। जानते हो...?

आँ-हाँ-पर कायको?

इस साल शासन से तीन कुक्कट पालन यानी मुर्गी पालन, पाँच डेयरी और एक सुअर पालन की योजना हितग्राहियों के लिए आई है। हमने सोचा इस गाँव में तुम अकेलो हो और तुम्हारे पास सुअर भी हैं, इसलिए यह लोन तुम्हें आसानी से मिल सकता है।

नहींऽ साहाब, हम लोन-बोन के चक्कर में पड़ेगें नईं। बड़े-बड़े जीप-टेक्टरन के लोन हैं वे बड़े-बड़े आदमिन लोगन को ही निकारोगे। और हम जैसिन को तो सुअर-मुरगियन में ही बहलाओगे। और निकारो हू जैसे-तैसे तो उसमें आधे से ज़्यादा सरपंच और कछू तुम लोग खाय जाओगे। रह जाएँगे हम ठाठ में खुस्से। साल-दो साल बाद बैंकवाले आए गें तगादो डारिबे कि लोन से सुअर निकलबाये थे। सो साब हमें अपनी गाँठ के ये सुअर भी बेच के लोन भरने पड़ेगो। यासो रहन देउऽऽ...।

अरे यार कैसी बात करते हो, तुमने यहाँ कभी किसी को लोन भरते देखा है।

तुम्हारे गाँव में ही हमने न जाने कितनी सिलाई की मशीने, भैंसे और कपड़े की फेरी आदि के लिए लोन निकलवाये हैं, पर आज तक किसी ने भराऽ...?

नहीं भरा तो अब भरना पड़ेगा। सरकार को पइसा है, खाय के जाएँगे कहाँ...? वैसे वे भरेहूँ कहाँ से? आधे-पद्दे तुम ही और खाय गये...। जो... सहाब तुम इतनी हट कर रहे हो तो काऊ अच्छे धन्धे को निकलवाय देउ यासो कहूँ बजार में ढंग सो करन-खान लगें।

देखो गुल्चे भइया, ठीक से करने खाने के लिए तुम हमें दुखी दिखाई नहीं देते। एक-एक सुअर तुम्हारे पास दो-दो हज़ार का है और ये सामने टूटी मड़ैया में भैंस भी बँधी दिखाई दे रही है, खर्च भी आसानी से चल रहा होगा। रही बात शहर में अच्छी तरह खाने-पीने की तो वहाँ बड़े धन्धे उन्हीं के चलते हैं, जिनके पास दो नम्बर का पैसा है और पालतू गुंडे। तुम्हारे जैसों को तो पुलिस ही नहीं घाटे लगने देगी। रिक्शा-बेलदारी से तो अच्छा है तुम यही रहो ...।

लेउ दरी बिछाय देउ। सहाब ठीक तो कह रहे हैं? जाने का है गओ है या आदमिये, जब देखो तब सैर-बाज़ार हमेशा यही रट लगी रहति है। हम तो कहत हैं, यहाँ छोटे-बड़े होके हूँ सब एक दूसरे की नीकी-बुरी देखत हैं। वहाँ कोऊ काट के भी धर जाए तोऊ कोऊ देखन नहीं आत, जानत होऽ...।

कायरीऽऽ ते नहीं जाएगी यहाँ से...? कौन ने कही थी कि ते यहाँ बीच में आयके पंचात छाँटिये। तेऽ का जाने, जो हम पर यहाँ बीतत है?

हओ, तुम जानो भटा को सींग...।

तेरी-ऽ- दाऽऽ...।

अरे भई गम खाओ...हम भी समझ रहे तुम्हारी बात को? हरिजन कल्याण विभाग में रहते पन्द्रह साल हो गये हमें, तुम्हारे सब के बीच रहते।... सदियों से तुम्हारे पैरों में पड़ी रूढ़ि बेड़ियाँ अब इस्पात बन चुकी हैं। टूट रहीं हैं। पर एक झटके में नहीं टूटेंगी। ऐसा करने से तुम्हें भी चोट पहुँच सकती है। बेड़ियाँ काटते कहीं पैर ही नहीं कट जाएँ इसका भी ख्याल रखना है।...तुम्हें, यदि वास्तव में ही अपने काम से घृणा है, तो इसे पहले छोटे स्तर से ही समाप्त करना होगा?

वो कैसे सहाब!...?

ऐसेऽ, पहले तुम्हें अपने आसपास का माहौल साफ रखना होगा। ये सुअर मुर्गी बेच दो, जो तुम्हें सबसे ज़्यादा घृणित बनाने में जिम्मेदार हैं। उनके बदले में गाय-भैंस या बकरियाँ रख सकते हो, जहाँ भी जैसे भी सम्भव हो अपने बच्चों को पढ़ाओ। और खुद भी वक्त निकाल के, यह हट छोड़ के कि 'हमारी इतनी गुजर गयी ये भी गुजर जाएगी, पढ़ सकते हो। अब देखो फूफ तेरी ही ससुराल है ना?

हाँ सहाब हमारी ही है।

वहाँ पर में एक केश के चक्कर में गया था, तब तेरी ये बहू भी वहीं थी...?

हाँ सहाब थे तो, पारसाल की बात है। हमारे चाचा की मोड़ी रमदिबिया की सिलाई की मशीन आपने ही निकलवाई थी नऽ...?

हाँ-हाँ तेरा तो एक भाई आर्मी में भी नौकर है न...?

न-नहीं सहाब सी.आर.पी. में है और एक ट्रक चलात...।

अच्छा-अच्छा, वो तो अब ऐसे रहते हैं कि बिना जाने कोई यह नहीं कह सकता कि ये मेहतर हैं...।

हाँ सहाब हमारे कोऊ नहीं जात टहल-पहल कों। व तो यही गाँव है, ठाकुर ब्राहम्मननि को नाई यासो...? वैसे सहाब भी ब्राह्मन हैं, पर उन जैसे नइयाँ...? अब जबरजस्ती कोऊ नहीं करत दो-चार...।

हुँऽ अब जबरदस्ती कोई करेगा भी तो कैसे, हरिजन एक्ट का भय जो खाने लगे हैंऽ...?

कहूँ नहीं सहाब, दोहरे-दोपहर हाल मार के फरार हो जात हैं। फिर को सुनत हम गरीबन की...? शासन में ऊपर से लेके नीचे तक वे-ही-वे तो बैठे हैं...?

अरेऽ कहाँ तक नहीं सुनेंगे गुल्चे भइया, जब तुम उस पर उतर ही आओगे। ...हुँऽ चलो चलते हैं, काम की तो कुछ बात नहीं हुई, कल आना हो तो चले आना...? तुम्हारा जाता ही क्या है सरकार से जितना मिले उतना ही झटको, तुम्हारे पास रखने को जगह न हो ऐसा तो हमें दिखाई नहीं देता...?

अरेऽऽ हः हः सहाब ऐसी कोऊ बात नहीं, मौका मिलो तो कल ज़रूर चले आएँगे, जैऽराऽ...।

...कायरेऽऽ गुल्चाऽ...? हम बसन्ता के मोड़ा से कह गये थे कि तेंऽ मरघटा पर जल्दी पहुँचिए और तें अब तक नहीं गओ...?

हम कहूँ नहीं जात...।

तोऽ को जाएगो...? तेरोऽ बाऽ...।

अरे भईऽ क्या बात हो गयी...क्यों आते ही झगड़ने लगेऽ?

अरेऽऽ तिवारी जी...। कछू बात नहीं साहब। रात हमारे भतीजे की बहू खत्म हो गयी है, सो मरघटा पर याको जाने का नेघ-दस्तूर होत है। सोऽ यह चलो-चले, पर यह तो नाईं कर रहोऽ है।

...अरे! राम-राम, यह तो बड़े दुख की बात है। ऐसे नहीं तो वैसे ही चले जाओ...? गाँव-पड़ोस में रहकर एक दूसरे के सुख-दुख में शामिल होना ही पड़ता है।

नहीं सहाब, हम कैसेहूँ नहीं जाएँगे...।

देखोऽ सहाब कितनो मक्कार आदमी है? जब कुतिया ही कुम्भ को जाएँगी

तो हंडियाँ कौ चाटेगोऽ...?

अरेऽ भई तुम्हें भी ऐसे नहीं कहना चाहिए। हर आदमी अपनी मर्जी का मालिक होता है, उसकी मर्जी नहीं है तो नहीं जाएगा...? वैसे तुम चले जाओ तो कोई हर्ज़ नहीं है?

चले जाने को तो चले जाते का कबहू गये नहीं थेऽ। पर पारसाल हमारी अम्मा मर गयीं सहाब! तब पूरे गाँव की मौजूदी में एक हू आदमी नहीं गओ उनकी माँटी के संग।...और कहाँ तक कहें सहाब, अरथी के संग जनीमानसें नहीं जाती; तब हमारी या भुतिया को कंडा लेके जाने पड़ो तोऽ...!

क्यों भई ऐसे ही बात है? तब तो इसके साथ बड़ा बुरा हुआ है...!

'.......'

और सहाब ये खड़ो-खड़ो हमपे आँखें तन्नाय रहो, चमान्नि के चौंतरा पे बैठ-बैठो चिलम पी रहो थोऽ। चिलम और जनीमान्स में छोत नहीं होत...?

दारीऽ सम्हर के बोल, मुँह टोर देंगेऽऽ। जाऽऽन गयीऽऽ...?

ऐरेऽऽ वासे बोलो तो बहुत बुरी बात हो जाएगीऽऽ...?

तेंऽऽ... तेंऽ हमारो मुँह टोरेगोऽ...? सारे चप्पल से बात करेंगे, ठठरी बँधे, दाड़ीजार। वासे उलझ तेरे हीं अकेलो 'खून' नहीं है, हमारो मर गओ तो हम दूसरो कर लेंगे पर तेरी जनम भर को राँड़ हो जाएगीऽ। छातीफटेऽ...।

अरे भई गम खाओ। रुकोऽरुको...?

नहीं साहब, तुम छोड़ो हमेंऽ...? या भंगड़ा-भंगड़ी को देख लेन देउ हमेंऽ...।

हाँऽ-हाँऽ देख लेन देऽऽ...देखें यह कितनो बड़ो दादा हो गओ है। ऐऽऽ भुतिया, तें बल्लम तो उठा लिया भीतर सेऽ...?

...। अरेऽऽ रामसियाऽ, कायको लड़ रहो हैऽ...। रुक जा...। हमने तोकों याही को पहुँचाए थेऽ...। चल घरेऽ। का बात हो गयी...?

कऽ...कछू नहींऽ बिहारी दाऽ...हम छोड़ेंगे नहीं आज, देखने हैं याको कितनो 'मन' बढ़ गओ है...?

हओ देख लियेऽ...।

सारेऽऽ...!

अरेऽ चलोऽ का कमीन-कमनन के मुँह लगत होऽ...? इनकी का, हाथ कठौती मूड़ तवा; यहाँ पवा तो यहाँ पवा नहीं अन्तै पवा।...चल जल्दी वाकों बार-फूँक दें, कहूँ पुलिस को खबर लग गयी तो सब बँधे-बँधे फिरेंगे...? चलऽ इन्हें तो फिर देख लिए...।

हाँ-हाँ फिर देख लियोऽऽ...।

साऽरेऽऽ...।

अरे भई, तुम्हें भी गम खाना चाहिए... ? तुम तो फिर न किसी की सुनते हो न किसी को देखते...। कल आना हो तो चले आना (कहाँ से कहाँ आज)

तो सहाब, हम ऐसे ही यहाँ गम खाए तो चार दिना न रह पायें?

अच्छा-अच्छा ठीक है, तुम्हें जैसा अच्छा लगे वैसा करो? मैं चला...।

...जै रामजी की सहाब! हम स्कूटर निकलवाय दे, आगे नाली है... ?

नहीं-नहीं, हम निकाल ले जाएगे। भुऊँऽऽ भुऽरऽऽ...।

...।

चले गये, ठठरी बाँधे... ?

हओऽ, इन्हें हूँ बुरी लग गयी। गम खाओ, कोऊ मूँड़ पर मूतत आए तोऊ गम खात रहोऽ... ?

सब एक से ही हैं, नैहनिया जाति को कोऊ भलो नहीं चाहत...।

हाँऽ चलो भीतर चलें ... ?

चलोऽ...।

...एक बात है...।

का... ?

यही कि ये जाति सीरी आग होत है, छिचौक रहियो। जब हम काऊ की टहल बेगार ही नहीं करेंगे और यह काम छोड़ देने है, तो अपनो संग कोऊ नहीं देगो... गुलामगीरी करत रहो तो चाहे कोऊ संग दे देयगोऽ। मोहि तो अपनिन पे हू भरोसो नाहीं। ...यासो हमें अकेले ही लड़ने पड़ेगो इन्सें...।''

हाँ साँची कहत हो...। पर समय देखकें हू तो चलने है। छोटे-छोटे लड़िका-बच्चा हैं अपने, का धरो लड़ाई-भिड़ाई में... ?

मद्द की लुगाई होकें अब तें गड़ियन कैसी बातें कन्न लगीऽ, शर्म नहीं आत तोहि?...अभी हाल ही तो तें वासें कह रही थी कि हमारो मर गओ तोऽऽ... ?

वो तो जाने कैसे मुँह से निकल गयी थी, हायऽ... जे तो हम कभहूँ सपने में भी नहीं सोच सकत।... तुम्हें याद होएगी, जब हमारी अइया मर गयी थीं और उनकी तेरहवीं में यहाँ से बंसते जीजा और बड़ी जिजी गयी थीं। तब ही हम हूँ, उनके संग यहाँ चले आए थे; चले आए थे कि नहींऽ... ?

हाँऽ, पर यामे का नई बात हो गयी?

फिर हम तुम्हारे संग एक दिना, नदी किनारे बेहड़ में छिरिया-बुकरिया चराने गये थे, गये थे कि नईं... ?

हाँ गयी तो थीऽ...।

तब वहाँ नदी के किनारे करीला की छाँव में करार के नीचे, अकेले में, तुमने-हमसे और हमने-तुमसे का कही थी... ?

...यही कि सारीऽ जाने कौन के मूड़े मढ़ी जाएगी...?

और मढ़ गये, हुँ हुँ...तब हम तिहारी सारी और तुम हमारे छोटे जीजा लगत थे, भगवान करे हमारी जनम जोड़ी न बिछुड़े...!

अरेऽ तें डरपति काये! हम मारेहू गये तो दो चार को मार के ही मरेंगे।...जाऽऽ घिनौची से सीरी गगरी को एक लोटा पानी भर लिया, ढंग से तब कुल्ला हू नहीं कर पाओ थो...।

...हओ लियाए...।

मौसी ओ मौसी

काहेऽ लला अजीता, कायको टेर रहो...?

चाचा कहाँ हैं...?

उसारे में, भैंस को खूँटा गाड़ रहे हैं। रंडी अभिहाल ही साँकर टोर के चौधरी के खेत में घुस गयी थी...।

अच्छाँऽ! बिने लम्बरदार ने टिराये हैं...।

कब कितने टेम...?

अबे ही चले जाएँ...।

ठीक है,...एऽ सुनत होऽ...?

इतेऽऽआओ...?

हम नहीं आइ रहे, तेहीं चली आ...।

हओ आएऽ...।

...का बात है...।

तुम्हें लम्बरदार ने टिराये हैं।

...यह तो हम जानत थे, कब कितने बखत?

अबे ही चले जाओ...। ऐ मुन्नी जीजा 'फूफ' जाएँगे तो वही के होके रह जाएँगे, जल्दी घरे चलें सो नहीं...?

अरेऽऽ! चले ही आएँगे ससुरार हैऽ। जा तें आँगन में से भैंस छोर के ताल में पानी पिवा लिया। और यहाँ छाँव में बाँध दिए। देख तो कितनी घाम पड़ रही है। हम जाय रहे अभी हाल आए ...।

हओ जाओ।...ऐऽऽ, सुनत होऽ?

कऽ का हेऽऽ...?

ज़्यादा न कछू कहियो वहाँ...?

हओ सुन लई, तेऽऽ अपनो काम देखऽ...।

...।

मामा, राम-राम...।

राम-राम...। ठाड़ो काये बैठ जा। का तेरे लायें आसन डारने पड़ेगोऽ...?

न-आँऽ...काम बताओ पहले काए टिराए...?

...जब तें कोऊ काम करें ही नहीं चाहत, फिर का काम बताए? कल मरघटा पे कायको नहीं गओ थोऽ?

...अब हम नहीं जाएँगे वहाँ...।

अच्छाँऽ तोऽ कोऽ जाएगो...? याको ही हमने तुम्हें बसाये थे, आध बीघा ठौर में, खाय-खाय के बुकिलयान लगे होऽ...।

यह तुम चाहे कछू कहो, पर अब हम ये काम करेंगे नहींऽ...।

नहीं करोगे तो कोऊ बात नहीं, हमारी जगह खाली कर देऊ और चाहे जहाँ जाओऽ...सारेऽऽ तेने जितनो मूँड़ उठाओ है, झुकि तो सब जाइगोऽ...?

हओऽ तुम पर झुकाओ पड़े तो झुकाय दियो...?

हम अभई बताएँ तोय... सारेऽऽ, गाँव को भाँनेज लगत यासों। नहीं तोऽऽ...?

नहीं तो ज़िन्दा ही गढ़वाय देतेऽऽ...?

तेंऽ नहीं जायगो यहाँ से, कमीऽऽन। हमारे ही जूठन पे पलवे वालो, हमें ही आँखें दिखात! चार दिना में मड़ैया खाली नहीं करीऽ तब तोय देखेंगेऽ जाऽ?

हाँ-हाँ देख लियोऽ बड़े आए जागीरवाऽलेऽऽ।

सारेऽऽ...?

जै रघुनाथजी की दुर्ज्जन लम्बरदार...।

जै रघुनाथजी की बृजबहादुर सींग। आओ बैठो, कहो कैसे आए...?

आए का लम्बरदार ऐसे ही चले आए, कछू काम-धाम है नहीं पानी हू बरसो नहीं है जो खेतन में कछू काम-धाम करत होते...।

हाँ सो तो है...।

हाँ...एक बात बताओ लम्बरदार...?

का...।

...हमने सुनी है कि तुमने चार दिना में गुल्चा को मड़ैया खाली करके गाँव छोड़वे की धौंस दई है...? अरेऽ...ऐसो न करो, गाँव में यही तो एक मेहतर है। बनो रहेगो का लेत है अपनो...?

अच्छाँ, तो ये बात है। काए भाई, हमें यह बताओ? ऐसे मेहतर को चाटोगे या चूमोंगे जो अपनी टहल-बेगार ही नहीं करेगो। पाँत-पँगत में जूठे दोना-पत्तल ही

नहीं उठाएगो, फिर वाके रहबे न रहबे से फायदा का है?

अच्छाँऽ...। तो भोर भजाओ सो अबे ही भगाय देंउ, हम नहीं रोकत...? अरे हम से तो रात मोंड़ा की महातारी ने घरें ब्यालू कत्त में कही थी कि, 'लम्बरदार ने गुल्चा से चार दिना में मड़ैया खाली करके गाँव छोड़वे की धमकी दई है, सो बेचारो कल अपने सुअरा-फुअरा लेके ससुरार कर आओ है...।'

हुँ...।

...मुन्निया के तो खूब मन की हो गयी। जब से वाकी लुगाई मरी है, तब से जब सुनो तब ससुरार में ही। सुनी है वहीं के अस्पताल में झाड़ू-पोंछा लगाइवेवाली एक चटक-मटक भंगिन राखे हैं। महीना-दो चार महीना में बैरागिन जैसी फेरी लगाय के चलो जात है। अब वो हू बन्द और अब गुल्चा हू चलो, जाएँऽ उतेऽऽ जब वे अपने कछू काम के ही नहीं हैं फिर उनकी सिफारिस का करो? ...योंही फालतू में जगह घिराओ और गाँव भर में सुअर-मुरगियन से घिन-गन्दगी फैलवाओ...।

बिलकुल ठीक कहीऽ...चलो तुमने ये बात भली बताई कि वह सुअरा-फुअरा लेकें ससुरार कर आओ है। कब जाय रहो हैऽ...?

ये हमें पता नहीं है, काऽये...?

काऽये का ऐसे तो हमारे लात देके चाहे कोहू गाँव छोड़ें चलो जाएगोऽ, हम ऐसे हीं सूखो नहीं निकल जाने देंगे बाए।... सब ऐसे हीं निकल जाएँगे, फिर अपनो काम को करेगो यहाँ...?

ये बात तो तुम साँची कह रहे हो, पर का करोगे वाको? जाय उते कहूँ मरेऽ। एक बन्दरिया के जाएँ से कहूँ वृन्दावन सूनो नहीं होत?

होत कैसे नहींऽऽ। हम छोड़ेंगे नहींऽ बराबरी चाहत अपुन से...?

...ठीक हैऽ.... तुम्हें जैसो दिखाये वैसा करो। अब हम चलत हैं, जै रघुनाथ जी की...!

जै रघुनाथ जी कीऽ..., एऽऽ...?

का है...।

वो मिले तोऽ कछू कहियो न वासेऽ...?

हओ, नहीं कहेंगे...।

शिकारी शिकार, शिकार फरार...। अरेऽऽ सोनूऽ ज़रा इधर आना...?

आया दादा जीऽऽ,...क्या बात है...?

ज़रा इस हेडलाइन के नीचे तो पढ़ना, हमें तो अब ढंग से दिखाई भी नहीं देता...!

जी दादा जीऽऽ,...लेकिन पहले तुम्हें अपनी ये गाँधीवाली टोपी हमें देनी पड़ेगी... ?

तूँ बोलता ज़्यादा है, अब तू इसे न पहन तो ही अच्छा है... ?

जी दादा जी, तो सुनाऊँ...।

सुना ना...।

शिकारी शिकार शिकार फरार...कार्यालय संवाददाता भिंड, 17 मई, जिले के ऊमरी थान अन्तर्गत ग्राम सिकाटा में एक हरिजन-वाल्मीकि पर उसके ही घर में हुए जानलेवा हमले में उसके चम्बल के बीहड़ों में फरार हो जाने तथा दो लोगों के मारे जाने का प्रकरण सामने आया है ।

....हमारे विश्वस्त सूत्रों से ज्ञात हुआ है कि गुल्चे वाल्मीक उम्र 29 वर्ष उस गाँव में दो पीढ़ियों से रह रहा था। पिछले दिनों इस क्षेत्र में चल रहे दलितों के उद्धार के कार्यक्रम से प्रभावित होकर अथवा अन्य किसी कारणवश जब उसने अपना पारम्परिक घृणित जातीय कर्म छोड़ने का प्रयास करना चाहा, तो उसे वहाँ के लम्बरदार जो कि जमींदारों का ही परिवर्तित रूप है ने उसे चार दिन में गाँव छोड़ने का आदेश दे दिया। जिसके परिणामस्वरूप वह बेबस होकर अपना घर खाली करके, सुसराल जो कि 'फूफ' थाना अन्तर्गत किसी गाँव में है; वहाँ पर अपने पत्नी-बच्चे और मवेशी का आया था। किन्तु परसों जब वह यहाँ अपने घर में बचा कुछ और सामान लेने आया, तो रात में उसी लम्बरदार के इशारे पर दो लठैत हीरा धानुक उम्र 27 वर्ष और बलमना उर्फ बलमान कोरी उम्र 32 ने उस पर जानलेवा हमला कर दिया। वह शायद पहले से सचेत था। कुछ देर की मुठभेड़ के बाद किसी धारदार हथियार से उसने उन दोनों की हत्या कर दी और फ़रार हो गया । ध्यान देने की बात यह है कि मरनेवाला और मारनेवाला दोनों ही दलित थे। इस क्षेत्र में आज भी राजा जयसिंह जैसे दलित लठैत मिल जाएँगे, जो अपने तुच्छ स्वार्थ के लिए कमोवेश औरंगजेब जैसे ही मुखिया लम्बदारों के इशारों अपनी ही बिरादरीवालों को सताते हैं, क्योंकि हरिजन एक्ट उन पर तो नहीं लग सकता? फिलहाल थाने में प्रकरण ...।

बस-बस तू तो पढ़े ही जा रहा है। ला अब पेपर मुझे दे और अन्दर से चाय ले आ ?

जी दादा जीऽ, लाता हूँ...।

...इन्हें तो यहाँ 'दोहरी' लड़ाई लड़नी होगी ।

क्याऽऽ द्वारे लड़ाई..?

अरेऽऽ। कुछ नहीं तूँ जाऽ.... ?

...ये दादा जी भी बैठे-बैठे जाने क्या अंट-संट बकते रहते हैं।

हाथी

...हम कबीरपन्थी चमार थे। निडर होकर अपनी बात कहना और उस पर डटकर अमल करना हमने अपने पूर्वजों से सीखा था। यही कारण था कि हम अपने इस खरेपन के लिए गाँव में अधिक जाने जाते थे। जिसका परिणाम बाद में कुछ भी हुआ हो।...

ठाकुर ब्राह्मणों का बाहुल्य होने पर भी गाँव में धोबी, धानुक, तेली, कुम्हार, काछी आदि सभी जाति के लोग रहते थे। एक-दूसरे की आवश्यकताओं की पूर्ति करते हुए, एक-दूसरे के सुख-दुख में शामिल। ऊँच-नीच हर जगह और हर स्तर पर व्याप्त है, पर छुआछूत उतनी न थी। कारण—गाँव में ब्राह्मण से लेकर मेहतर तक सबका एक ही कार्य था, कृषि।... जिन पर खेत कम थे अथवा नहीं थे वे बटाई पर लिए थे और जिन पर ज़्यादा थे, वे बटाई पर दिए थे। आपस में मिल-जुलकर काम करना, शाम को अथाई पर एक साथ उठना-बैठना और दिन में एक-दूसरे पर क्या गुजरी उसका जायज़ा लेना एक सहज प्रक्रिया थी। ...तब ईसुरी की फागें, घासीदास के कन्हैया झगड़े, अछई के चौबोला और गोठें, कबीर और रैदास के निर्गुण एक ही स्वर में गाए और सुने जा सकते थे। ...किसी को पर बिरादरी में न बेटी ब्याहनी थी, न बेटा। सब कुछ अपनी-अपनी परिधि के अन्तर्गत चल रहा था। किसी ने उसे लाँघने की कोशिश तक न की थी, कम से कम मेरे गाँव में। पंचायत का दंड ही इतना कड़ा था कि उसकी याद आते ही आदमी पैर बढ़ाने से पहले ही खींच लेता था। समस्याएँ जितनी हमारी थीं कमोवेश उतनी ही उनकी थीं।

किन्तु आज से दस-ग्यारह साल पहले हमारे उस बेहड़ीले गाँव के किनारे बहनेवाली चम्बल नदी के खाई-भरखों को पार करता हुआ एक 'हाथी' आया।... उसे लानेवाले बड़े ही पहुँचे हुए महा आत्मा प्रतीत हो रहे थे। हमारा घर गाँव में घुसते ही तीसरा था। फिर भी वे अन्य दो घर छोड़कर सबसे पहले हमारे ही द्वार पर आ विराजे। पिताजी हार से खेत जोत कर हल लिए आकर बैठते ही जा रहे थे कि अचानक इन महानुभावों का आगमन हुआ। पिताजी ने पौर से दो खाटें निकालकर

द्वार पर खड़े नीम की छाया में बिछा दीं। और दौड़कर अन्दर से उनके लिए हुक्का-पानी ले आए। तब कहीं जाकर उनके आने का कारण पूछा। वैसे तो हाथी के साथ दस-पन्द्रह व्यक्ति होंगे, पर जवाब उनमें से एक नील आभा मंडित धवल वस्त्रधारी आकर्षक व्यक्तित्व के धनी महाशय ने दिया ।

''देखिये, भाई साब! हम शहर से आए हुए हैं और आपकी बिरादरी के ही हैं। इस समय अपनी कास्ट के ही एक महन्त हैं जो देश के प्रधान महन्त की गद्दी के दावेदार भी हैं। उन्होंने हम सबको आदेश दिया है कि अपने शहर से लेकर दूर-दराज़ के सभी दलित-पिछड़े, शोषित पन्थी आज से अपने-अपने घर में एक-एक हाथी रखेंगे जो उन्हें सदियों की शारीरिक और मानसिक गुलामी से मुक्ति दिलाकर सबके बराबर ला खड़ा करेगा...।''

उन महानुभाव की ये बात सुनकर पिताजी सोच में पड़ गये। उन्हें बड़ा आश्चर्य हुआ। भला एक हाथी यह सब कैसे कर सकता है? फिर हम यहाँ किसी के गुलाम भी नहीं हैं और ना ही किसी के ठौर में बसते हैं। जो किसी की दाब-धौंस पड़े! उन्होंने कुछ देर सोच-विचार कर स्पष्ट मना कर दिया, 'हमें किसी हाथी-बाती की ज़रूरत नहीं है, जिसे ज़रूरत हो उसे दे आओ।' पर वह कब माननेवाले थे। अपनी लच्छेदार भाषा में उन्हें कूपमंडूक तक ठहराया दिया। जब बात इतने पर भी बनती न दिखी तो उन्होंने बिरादरी का वास्ता देकर पिताजी को अपने पक्ष में कर लिया और हाथी हमारे द्वार पर बाँधकर अन्यत्र रवाना हुए।

हमारे पिताजी ने चमार होकर भी कभी किसी से दबना नहीं जाना था। वैसे भी हमारे घर में छह लाठियाँ थीं। कछार की चालीस बीघा खेती। दो जोड़ी बैल, गाय-भैंस और पिताजी सहित छह भाइयों का संयुक्त परिवार। बाबा भी बिरादरी के महतो थे। कुल मिलाकर आर्थिक स्थिति सुदृढ़ थी। पर थे गाँव के गँवार ही। हाथी जैसी चीज़ हमारे घर सात पुश्तों से या यों कहा जाए कि कभी आई ही न थी। और फिर हाथी रखने के लिए घर द्वार बड़ा होना चाहिए। ...पर इस मामले में हमारा घर बहुत ही छोटा था। घरौंदा। ...पिताजी दौड़े-दौड़े उनके पीछे गये। तब तक वे गली के मोड़ पर चतुरी चाचा के द्वार पर जा पहुँचे थे। उन्होंने आहिस्ता से उन महानुभाव के पास जाकर एक ओर कर पूछा, ''भैया हम तो साँची कहत... हमारे 'हाथी' कबहूँ नहीं रहो... 'हाथ' से ही काम चलाओ है! गाँव के आँखें होती हैं वाको डर हमें नईं पर हमारे इतनी जगह भी तो नहीं है कि हाथी बनाये राखें।''

पिताजी की ऐसी सशंकित बातें सुनकर व अपना प्रभाव पड़ता देख वे महाशय पिताजी से बड़े ही अभिमानपूर्वक बोले, ''देखिये रामस्वरूप जी, हाथी रखोगे तो द्वार बड़ा करना ही पड़ेगा। रही बात जगह की... तो वह सामने जो ऊँची-ऊँची हवेलियाँ और बड़े-बड़े पक्के घर देख रहे हो, जिनके आँगन में तुलसी के पेड़ और

सालिगराम की मूर्तियाँ रखी हैं... वे घर जिनमें कभी हाथी रहते थे और रहते भी हैं, लेकिन ध्यान रहे, उससे पहले भी वे हाथी अपने थे। धीरे-धीरे वह समय आ रहा है कि हम वे... और वो हाथी उनसे छुड़ाकर बराबर हो जाएँ।''

उनकी ऐसी बात सुनकर पिताजी सकते में आ गये। वे उछल पड़े, ''अच्छा! तो तुम हमारे गाँव में जाही को आए हो... आग लगाइवे! काहे को झूठी कह रहे हो कि पहले वे हाथी अपने थे, उनने छुड़ाय लए, अब हम छुड़ाय लें! वे ऊँची-नीची हवेली देख रहे हो... नाय मात्र को हीं रह गयी हैं। चार-छह साल से सूखा पड़ रहो है, खेतन में कछु है रहो नईं है। गरीब आदमी तो शहर में मजूरी करि के पेट पाल लेत है, पर वे बिचारे सरम के मारे मजूरी भी नईं कर सकत सो चोरी-भड़ियायी करत फिरत हैं। किसान कों कोई राजा नईं करत। तासें तुम जाओ यहाँ से। हम तिहारे हाथ जोड़त हैं।''

पिताजी की ऐसी मर्म भरी बात सुनकर भी उन्होंने हार नहीं मानी। अपने पंथजाल में फाँसते हुए बड़े ही सधे स्वर में समझाया, ''देखिये भाई साहेब ये हाथीवाली बात हमें मालूम न थी... पर भला हो अपने उन बड़े स्वर्गीय महन्त साहेब का जिन्होंने बड़े कष्ट सहकर हमें यह बात खोजकर बताई है। वरना हम भी औरों की तरह अज्ञानता के अँधेरे में पड़े-पड़े पद-दलित होते रहते। अब यही समय है कि हम माननीय श्री छोटे महन्तजी के पक्ष में अपना अमूल्य मत देकर खोये हुए आत्मसम्मान को पुनः प्राप्त करें। इसके लिए हमें इनके विरुद्ध आगे चलकर क्रान्ति ही क्यों न करनी पड़े।''

पिताजी की समझ में अब बहुत कुछ आने लगा पर वे अपने विचारों की हार इतनी जल्दी होते नहीं देखना चाहते थे। जबकि उन विचारों में कोई बल न था, फिर भी उन्होंने अपना तर्क प्रस्तुत किया—''तुम कह रहे हो कि बड़े महन्त साहेब ने खोजन करके बताओ है तो वह काऊ जमाने की बात होयगी। अबे की तो नहीं है सो हम जायके लड़ मरें!''

''है—कैसे नहीं, जानकर अनजान मत बनो रामस्वरूपजी! माना इस गाँव में तुम्हारी स्थिति अच्छी है तो क्या हुआ। बाहर तन की खाल तक उधेड़ने को तैयार हैं ये लोग... और नोंच भी रहे हैं।''

उनकी यह बात सुनकर पिताजी शान्त हो गये थे। उन्हें अपनी गलती समझ में आ गयी थी। उस दिन से 'हाथी' हमारी बिरादरी और घर-परिवार की अस्मिता का सवाल बन गया, उसके प्रभाववश हमारी संकुचित दृष्टि का उन्मेष होना प्रारम्भ हो गया था। एक ऐसा विस्तृत फलक हमारी आँखों के सामने घूमने लगा जिसमें एक दृश्य, दृश्य में समाहित था... पंजाब से लेकर सारे सप्तसिंधु में एक आक्रमणकारी बर्बर जाति द्वारा वहाँ की मूल प्रजाति को नष्ट-भ्रष्ट करके व उन्हें अपना दास

बनाकर उन पर समता विरोधी कानूनों का थोपा जाना। जिनके तले दबकर स्वतन्त्रता की मुक्त वायु का एक अणु भी अपनी साँसों में प्रवेश कराने में असमर्थ-एक जाति।

यह दृश्य देखकर हमारा मोहभंग हो गया। सत्य-असत्य का निर्णय किए बगैर हमारे हृदय में प्रतिशोध की आग धधकने लगी। हम अपने वर्तमान सम्बन्धों की उपेक्षा कर भूत अन्ध का प्रतिकार लेने के लिए कृतसंकल्प हो उठे। अब हम उसके लिए मौका तलाशने लगे थे। कल तक जो गाली अपनत्व का भाव समझकर दी जाती थी और उसे सुनकर हम कोई उचित गाली दे डालते थे अथवा हँसी-ठिठोली समझकर चले जाते थे। अब वही गाली सवर्ण दलित का ज़हर घुल जाने के कारण, लाठी और गोली तक की नौबत खड़ी करने लगी। यह देखकर गाँव का वह हर एक व्यक्ति जो गाँव को गाँव नहीं एक कुल मानता था, स्तब्ध रह गया। ऊँच-नीच हर जगह होती है। वह हर स्तर पर व्याप्त है। पहाड़ छोटे-बड़े होते हैं। वृक्ष भी ऊँचे-नीचे होते हैं। आदमी भी कद-अनुसार लम्बा और ठिगना होता है। उन्हें चीरकर छोटा या बड़ा नहीं किया जा सकता। हाँ, मनुष्य द्वारा बनायी गयी ऊँच-नीच की व्यवस्था को अवश्य ही समाप्त किया जा सकता है और किया जाना भी चाहिए। पर हम व्यवस्था के स्थान पर अन्ध-प्रतिशोध लेने के लिए कृत संकल्प हो उठे थे।

एक रात क्वार का महीना था। असंख्य तारों के प्रभाव को नष्ट करता-सा चन्द्रमा, मेघ रहित स्वच्छ आकाश में अपना एकाधिकार प्रदर्शित कर रहा था। जिसके तले पृथ्वी पर टूटती परम्पराओं को जोड़ने का असफल प्रयास करते हमारे गाँव और घर के लड़के-लड़कियाँ!

ब्रज और बुन्देलखंड में खेला जाता है टेसू और झेंझी का खेल। जो पूरे क्वार के महीने में कुँवारे लड़के-लड़कियों द्वारा तरैयाँ और सुअटा से प्रारम्भ होकर, शरद पूर्णिमा पर टेसू और झेंझी के अधूरे विवाह के साथ समाप्त हो जाता है। पन्द्रह दिन तरैयाँ, नौ दिन नौरता और शेष सात दिन टेसू-झेंझी। टेसू और झेंझी को लेकर वे कुँवारे लड़के-लड़कियाँ अलग-अलग होकर टेसू-झेंझी से सम्बन्धित गीत गाकर उनके विवाह के लिए अनाज और पैसा इकट्ठा करके, शरद पूर्णिमा की रात उनका विवाह रचाकर, वर्षा ऋतु में वर्जित विवाहों का मार्ग प्रशस्त कर देते हैं...।

हमारे घर के लड़के-लड़कियों ने भी बनाये थे, रंग-बिरंगे टेसू-झेंझी। और माँगने चले जाते थे। हर घर में बेझिझक। क्या ब्राह्मण, क्या मेहतर। पर इन चार छः सालों में हमारे लिए गाँव, गाँव नहीं रहा। हमारी भावनाएँ बदल चुकी थीं। बदलते परिवेश में परिवर्तन की फंतासी लहर तथा अतीत के अत्याचारों के प्रतिशोध की भावनाओं को निहायत ही निजी स्वार्थों के चलते बार-बार उभारे जाने के कारण हमारी वर्तमान सद्भावना नष्ट कर दी गयी थी।

उस दिन हमने लाख मना किया कि टेसू 'उनके' घर माँगने मत जाया करो।

पर उन्होंने एक न मानी। उन पर ये असर अभी अप्रभावी था और वे आँख बचाकर जाने कब हमसे बगैर पूछे चले गये थे, उनके घर टेसू माँगने... अपने इन पड़ोसियों के प्रति बनती इस नवीन धारणा ने सत्यता का जामा पूर्ण रूप से पहन लिया... और मैंने जो सोचा था वही हुआ। हमारे घर से टेसू माँगने गये लड़कों के टेसू की टाँग, बगलवाले श्याम बिहारी पुरोहित के लड़के अनन्दू ने तोड़ दी। और उन्हें मार-पीटकर भगा दिया था।

पर वास्तविकता यह थी कि जैसे ही उसने टेसू में रखे दिए से तेल लिया तो हड़बड़ाहट में वह गिर पड़ा और उसकी टाँग टूट गयी। ऐसा विश्वास किया जाता है कि टेसू के दिए का तेल माथे से लगाने पर साल भर सिर दर्द नहीं होता है। टेसू की टाँग टूटी तो लड़ाई निश्चित थी। हमारे चाचा के लड़के रबिया ने गुस्से में आकर टेसू/जो तीन लकड़ियों को बीच में बाँध कर उस पर मिट्टी लपेट कर टूटी चूड़ियाँ, कौड़ी, कंचे और मोर पंख द्वारा बनायी गयी मानवाकृति होता है जिसके बीच में जलता दीपक रखा जाता है/को उठाकर पुरोहित के लड़के के सिर पर दे मारा। तो उसने भी भैंस की सानी के काम आनेवाला बाँस का नुकीला डंडा इनके सिर में ठोंक दिया था। जिसकी नोक छिदने से कुछ खून भी निकल आया था।

यह बात जब टेसू के लिए अनाज लेने गयी पंडिताइन को पता चली तो उन्होंने बीच में ही आकर अपने लड़के को ही पीटकर मामला शान्त कर दिया। और सिर में डंडे की चोट से हुए घाव में सूती कपड़ा जलाकर उसकी राख भर दी। और उलाहना न आए इस डर से घर जाकर न कहने का निर्देश देकर उन्हें विदा किया।

मैं गली के मोड़ पर खड़ा रेडियो पर 8:45 के समाचार सुन रहा था। तभी मेरे छोटे चाचा के छोटे लड़के संदीप ने जो कुछ ज़्यादा ही चंचल है, सबसे पहले आकर हाँफते हुए खबर दी कि भैया ओ भैया! पुरहेत के मोड़ा ने रबी भइया को मूँड़ फोर डारो और टेसूअउऊ...''

यह सुनकर मेरे गुस्से का पारावार नहीं रहा। रेडियो पर भी उस समय कुछ ऐसी ही खबरें आ रही थीं... कि फलाँ दलित महिला को सवर्णों ने निर्वस्त्र करके घुमाया और बलात्कार किया या कहीं दलितों के घर जलाये गये। जो स्वाभाविक आत्म-रोष पैदा करनेवाली थीं। उस पर ये! मैंने खट्ट से रेडियो का वॉल्यूम बन्द किया और ततारोष में एक थप्पड़ उसके गाल पर रसीद कर दिया था, ''कमीना! हमने तुमसे पहले ही नाईं करी थी कि बम्हननि के घर टेसू माँगन मत जइयो... पर तुम कायको मानत हो। जे कबहूँ अपने नहीं होंयगे। मतलब के यार हैं!!!''

...हमारे मन की आग शान्त नहीं हो रही थी। उस पर छोटे महन्त जी के शब्दों का जादू सिर चढ़कर बोल रहा था। जिनके ओजस्वी प्रवचन सुनने के लिए हम ट्रैक्टर में सवार होकर 30-40 लोग गाँव से उसी दिन शहर की एक भव्य रैली

में गये थे। उन प्रवचनों में एक स्वप्न था। वर्तमान को दर किनार करता भविष्य का, जिसमें निहित सन्देश था अपने तले सब और सबके ऊपर हम होंगे का यूटोपिया।...

मैं लाठी लेने जैसे ही घर की ओर मुड़ा तो एक 'आग' हमारे घर के ऊपर से उठती नज़र आई। जो रसोई की मड़ैया को पार करती हुई फागुन में होलिका-दहन जैसा दृश्य पैदा कर रही थी। पुरवाई के तेज़ झोंके ने ढिबरी की बड़ी बाती से मिलकर, मड़ैया की पूर्ण आहुति दे डाली। अम्मा और घर के अन्य सदस्य गोंड़ा में भैंस ब्या रही थी, उसकी सांग-सोट में लगे थे।

हमारे घर के ठीक पीछेवाली गली में उन पुरोहित का घर था। सबसे पहले आग बुझाने के लिए बाल्टी में पानी भर कर वही आ पहुँचे थे। और चिल्लाकर आग बुझाने के लिए सबको इकट्ठा कर लिया था। ...किन्तु हमें यह तथ्य स्वीकार न था। आग लगाकर पानी को दौड़नेवाला मुहावरा हमने उन पर आरोपित कर दिया।...

उसके बाद तो क्वार की उस शुभ्र और स्निग्ध चाँदनी रात में हमारी रसोई की मड़ैया के साथ-साथ जले-अधजले घरों से एक ऐसी छिछराँयध गाँव की ओर दौड़ी, जिसने फूलों की भाँति महकते हँसते-खेलते गाँव को ऐसा दुर्गन्धमय बना दिया कि उसमें हर भले आदमी का श्वास लेना दूभर हो गया। ...दूसरे दिन मसाला पसन्द अखबारों के साथ-साथ बड़े-बड़े अखबारों की सुर्खियों में, बड़ी विश्वसनीयता के साथ लोगों ने पढ़ा :

''जातीय दंगे में सवर्णों ने शारीरिक उत्पीड़न के साथ-साथ छह दलितों के घर जलाये''

ऐसी खबर पढ़कर हमें भी प्रसन्न होना चाहिए था और हुए भी थे।... पर आज जब इसके औचित्य पर विचार करता हूँ तो मन के किसी कोने में से आवाज आती है कि—यह जो हुआ या जो हो रहा है उसमें कुछ अनुचित है और आत्मघाती भी।...पर... ?

बहुत कठिन है...

"सहज होने की बातें तो सब नाटक हैं—अजय! सच तो यह है कि तुम उस ब्राह्मण लड़की से शादी करके, जैसे-तैसे अपने को सन्तुष्ट करना चाह रहे हो।...यही तो किया है हमारे समाज ने आज तक—प्रगतिशीलता के नाम पर अपनों से छल...।" दीपा के इन कठोर वाक्यों की गूँज से उसका सिर भन्नाकर रह गया था। सूरत से इतनी भोली दिखनेवाली यह लड़की, अपने जातीय स्वाभिमान के प्रति इतनी सचेत होगी, उसने सपने में भी नहीं सोचा था। पर वह क्या करे, प्रेम कोई सामाजिक समझौता तो नहीं कि जब चाहे किया और तोड़ दिया जाए। उसके मन में तो बस एक ही मूरत एक ही सूरत आन बसी है, जिसे वह चाहकर भी स्थानापन्न नहीं कर सकता।...ऐसा नहीं है उसने दीपा को समझाने की कोशिश न की हो। कई बार क्लास रूम, लाइब्रेरी हॉल और महाविद्यालय परिसर में उससे बात करने की कोशिश भी की। परन्तु उसके दिनोंदिन तीक्ष्ण होते व्यवहार के चलते; वह हर बार आहत करनेवाले सवालों की मिसाइलें दगवाकर, खड़ा रह जाता है। आज भी, जब वह घर में क़ैद है। वह कुबोल बोलती, लौट गयी।

वह पहले ऐसी नहीं थी। बेहद शर्मीला स्वभाव होने पर भी एक आम भारतीय लड़की की तरह, किसी पर भी सहज विश्वास न करनेवाली।...और जब विश्वास हो ही जाए तो बातों के अनन्त कथा वाचन में, हँसी का एक बटा चार अंश घोल कर, किसी को भी सहज आत्मीय बना लेनेवाली—माया और मोहिनी रूपा...।

बी.ए. प्रथम वर्ष में सोशियोलाजी का पीरियड लेते समय एक बार, बातों ही बातों में दीपा से उसका परिचय, उसकी बुआ के गाँव के रूप में हुआ था। एक बिरादरी का होने के चलते कॉलेज में एक लड़का-लड़की होने के अलावा, उन्हें किन्हीं अन्य परेशानियों का सामना नहीं करना पड़ा था। ...पुस्तकें और नोट्सों के लेन-देन में वे, एक-दूसरे के घर भी आ जा चुके थे। बुआ के माध्यम से उनकी पीठ पीछे दोनों घरों में, उनकी सगाई की चर्चा भी चल चुकी थी। परन्तु उनमें प्रेम है

अथवा नहीं, इस असंदिग्ध स्थिति की पड़ताल किसी ने नहीं की थी। स्वयं दीपा भी—ग्रामीण पृष्ठभूमि, जातीय ऐक्य और समानधर्मा शिक्षक पिता व एक ही कक्षा के समान विषयी सहपाठी होने के नाते, उसके प्रति पूर्ण समर्पण के भाव मन में ले बैठी थी। जिसके चलते वह एक ऐसे दोराहे पर आ खड़ा हुआ, जहाँ उसकी चाल ही अवरुद्ध हो गयी है...।

क्या वह अपनी पूर्व स्नेही प्रभा को इसलिए नकार दे, कि वह उसकी बिरादरी की नहीं है? और दीपा का स्वीकार्य इसीलिए हो कि वह, उसकी जाति की है?...क्या प्रभा का उच्च-जाति में जन्म लेना उसी तरह का गुनाह है जैसा उसका निम्न जाति में पैदा होना माना जाता रहा है?

पता नहीं दीपा के मन में भरे विचार कितने सच्चे कितने झूठे हैं, परन्तु उसका समाज तो उसी पर विश्वास करता है। जब भी वह जात-पाँत कुल-गोत्र के स्थान पर निस्वार्थ प्रेम और विश्वास की बात उनके सामने रखता है। तब सदियों से विश्वासघात और छल से चोट खाये समाज के आगे, उसके तर्क ताश के महल से ढह जाते हैं। और उनके ऊपर आधिपत्य जमा लेते हैं दीपा के वे अदेखे अजाने तर्क; जिनमें होते हैं सुदूर अतीत में इस देश के उत्कर्षशील मूलनिवासी और उनके प्रतिपक्ष में खड़े षड्यन्त्रकारी आर्य और उनकी विघ्नकारी देवियाँ और अप्सराएँ। जो अपने छल-छन्दों से, एक अतीव महान संस्कृति को सदियों के लिए दासता के गर्त में धकेल देते हैं।... वहाँ होती हैं वे विष कन्याएँ, जो सच्चे प्रेम के बहाने राज वध से लेकर, राजहड़प तक करती रही हैं।...स्वयं उसके यहाँ, उसके मसीहा (डॉ. बाबा साहब भीम राव अम्बेडकर) के ये मृत्यु पूर्व वचन, 'पिछले पाँच वर्षों में मेरे स्वास्थ्य में अनेक बार उतार-चढ़ाव आए। एक बार मेरा स्वास्थ्य इतना बिगड़ गया कि डॉक्टरों ने मेरा वर्णन बुझते दीपक के रूप में किया। उस बुझते दीपक को प्रज्वलित करने में मेरी पत्नी की वैधकीय शास्त्र की प्रवीणता जैसे कारण भूत हुई...।' को दरकिनार कर उनकी मृत्यु का महाकारण उनकी उन्हीं ब्राह्मण पत्नी (डॉ. सबिता अम्बेडकर) को ही ठहराया जाता है।

...दीपा के स्थान पर जब भी वह, प्रभा की बात रखता है। तब अपने क्लास में एक प्रगतिशील विद्वान माने जानेवाले उसके मामा भी, उसके पक्ष मे नहीं रहते। ...बहुत सारे सामाजिक दबावों और खतरों का भय दिखाए जाने के बाद, सहूलियत के तौर पर उसे समझाया जाता है कि—'ऐसा करने से तुम अपने समाज की एक लड़की को उसका हक दे रहे हो, जो अगड़े समाज की चंट-चालाक लड़कियाँ उनसे छीनती रही हैं।... अपने समाज में क्या अब कम एज्यूकेटिड लड़कियाँ हैं..?'

पर उन्हें अब कौन समझाये, अधिकार भीख में नहीं, लड़कर लेने की चीज़ होती है। समान शिक्षा और सामाजिक समानता अपने आप में बहुत सारी खासियतें

लिए होने पर भी—प्रेम का मूल आधार नहीं है। वरना क्या कारण था कि एक ही बिरादरी के और एक ही क्लास में बहुत सारे वर्जनारहित माहौल के होते हुए भी वह, दीपा को अपना प्रेम पात्र नहीं बना पाया है। जबकि प्रभा से उसका परिचय, बड़ा ही संक्षिप्त रहा है।...

...तब वह ग्यारहवीं में पढ़ता था।... एक दिन वह अपने सहपाठी तनय के साथ, अपने शहर के कला मन्दिर में मनाये जा रहे शरदोत्सव को देखने चला गया था। जहाँ संगीत विद्यालय के मुक्ताकाशी मंच पर, सोलह कलाओं से परिपूर्ण चाँदनी रात में शहर के बहुत सारे श्रोता और दर्शकों के बीच, उसने 'प्रभा' को देखा था।... शुभ्र चाँदनी में सफेद सलवार कुर्ते में—गेहुँआ रंग, गोल मुखाकृति, बड़ी-बड़ी आँखें, सुती हुई नाक और उससे प्रतिस्पर्धा करती गोल ठुड्डी के बीच, बसन्त में सद्य:विकसित पाटल पंखुड़ी से मधुमय ओंठों पर मन्दस्मित-हास बिखेरती, दो चोटीवाली लड़की के रूप में। वह वहाँ अपने ख्यातिलब्ध नेत्रहीन संगीत शिक्षक के गायन में, सितार पर संगत दे रही थी।

वह हक्का-बक्का रह गया था। सादगी और सुन्दरता के साथ प्रतिभा के अद्‌भुत सामंजस्य को, एक स्थान पर देखकर। समय और स्थान का ज्ञान भूलकर आँखें चित्रलिखित-सी रह गयीं!

''दरस बिन दूखण लागे नैन''

अपने उस्ताद के साथ जब वह, मीराबाई की यह प्रसिद्ध भक्ति रचना सुनाकर बन्द हुई। तब बगल में शान्त बैठे तनू ने, उसे बाँह पकड़कर झिंझोड़ा था—

''कैसी लगी... ?''

''बहुत अच्छी''। उसने बिना उसकी ओर देखे, जवाब दे दिया था...।

''यह रागिनी है ?...''

''अच्छाऽऽऽ''

''तीन ताल में निबद्ध,''

'जीऽऽऽ' जैसे उसे झटका लगा हो। लेकिन अगले पल उसके सम्हलते न सम्हलते, एक झटका और लगा। जब तनय ने उसका अभिप्राय जान, यह कहा कि वह जिस गायक-वादक लड़की के बारे में ऐसे ख्याल पाल बैठा है—'वह उसकी ममेरी बहन है..!' उस समय उसकी सूरत देखने काबिल थी। जैसे सिर पर किसी ने कोई बड़ा भारी पत्थर पटक दिया हो, जिसके बोझ तले वह ज़मीन में धँसा जा रहा है।...परन्तु अगले ही पल तनय ने उसके गले में बाँह डालकर, अपनी ओर खींचते हुए 'कोई बात नहीं..!' कहकर, उसे उस स्थिति से उबार लिया था। घर जाते समय तनय ने उसे सलाह दी थी, 'अगर संगीत में उसकी तनिक भी रुचि है। तब कल से वह सायंकालीन कक्षा लेने, उसके साथ यहाँ आ सकता है। तनय वहाँ सितार वादन

में 'प्रभाकर' कर रहा था...।

अब यह उसके संगीत के प्रति आनुवांशिक संस्कार थे, अथवा प्रभा से मिलने की उत्कट जिजीविषा कि वह घर में चुपचाप दादी की गुल्लक तोड़कर, बाज़ार से अपना प्रिय वाद्य 'बाँसुरी' खरीद तनय के साथ अगली साँझ, कला मन्दिर जा पहुँचा था। जहाँ पूर्व निश्चित 'प्रभा' से उसका तनय ने बड़ा ही आत्मीय परिचय कराया था। हँसमुख और मिलन सार प्रभा ने, अपने नेत्रहीन उस्ताद से मिलाने के पूर्व ।... बाँसुरी जैसा कठिन राग सीखने से पहले, हारमोनियम पर सुर-ताल के अभ्यास की सलाह दे डाली थी। जिसे उसने सहर्ष स्वीकार कर लिया था।...जातिवाद का वहाँ वैसा जलजला तो न था। परन्तु इस देश में किसी का नाम पूछने के साथ-साथ, उसकी जाति पूछने की कुत्सित परम्परा के चलते, उससे भी उसकी जाति पूछ ली गयी थी।...उसकी जाति का पता लगते ही उसके प्रति आँखों में उतर आई घृणा को मन में बसाकर, कोई उसे निरंक साबित करता। उससे पहले ही अपनी संघर्षशील विधवा माँ के संरक्षण में प्रगतिशील विचारों से लैस हुए तनय ने, आगे आकर सबको यह कहकर चुप कर दिया था कि 'जाति और वर्ण को लेकर हम कलाकारों को ज़्यादा भ्रम में जीने की आवश्यकता नहीं है। क्योंकि मनू ने नाट्यशास्त्र के प्रणेता भरतमुनि की शूद्रों और असुरों के प्रति अत्यधिक सदाशयता देख, अपने विधान में संगीत और नाट्य कला को दोयम दर्जे का सिद्ध तो किया ही किया है। ...'ऋषि श्राप' की मनगढ़न्त कथा के आधार पर उसने भरतमुनि के पुत्रों पर, शूद्राचार, अशौच एवं स्त्री-बालोपजीवी होने, इस पेशे से जुड़ी तत्कालीन सूत, मागध और नट जातियों को भी वर्णसंकरता की देन बताकर; नाट्य और संगीत के साथ-साथ, उसके साधकों को भी, सदा-सदा के लिए शूद्रत्व के खन्दक में डाल दिया है...! इसलिए हमें सभा, महफिल, मंच, मन्दिर और कोठों के प्रांगण में, चाहे जितनी वाहवाही मिली हो। पर समाज में हमारी स्थिति, क्या शूद्रों-सी नहीं रही है?...जिससे बचने के लिए कलावन्त 'तन्ना', तन्नू पांडे अथवा मियाँ तानसेन हो जाता है। और मुस्लिम-दलित 'बिस्मिल्ला' को, बिस्मिल्लाखान बनना पड़ता है...!' तनय की इस दलील से पूर्व उसकी जाति को लेकर वहाँ पूर्व मानसिकता क्या थी। या उस समय उन पर क्या असर पड़ा, कहा नहीं जा सकता। लेकिन उसे वहाँ प्रवेश सहज मिल गया था। अन्य स्थानों की अपेक्षा वहाँ का मृदुल और रम्य वातावरण, उसके स्वभावानुकूल सिद्ध हुआ।... तनय का सहयोग और प्रभा के स्नेहिल व्यवहार के चलते; वह कब अपना हृदय हार बैठा, उसे पता ही नहीं लगा।... संगीत में सुर और ताल की लय बैठाते-बैठाते, उनके मन के मौन सुर-ताल भी लयबद्ध हो गये थे...!

परन्तु उसके मन का यह आह्लाद, ज़्यादा दिनों तक स्थायी न रह सका। उसकी

स्वप्निल दुनिया उजाड़ने की पहल, उसके घर से ही शुरू हुई थी।... एक दिन कला मन्दिर से लौटकर अति उत्साह में वह वहाँ हारमोनियम पर सीखे एक गीत—*'पंछी बावरा चाँद से प्रीत लगाये'* की धुन, बाँसुरी पर निकालने के एवज में छत पर जा चढ़ा था।... घर पर कई एक दिन से पहरेदारियाँ और सख्त होती जा रही थीं, हजरत देर रात गये कहाँ से लौटते हैं...? अति उत्साह में किए रियाज़ के चलते उस दिन बाँसुरी की कूक; उस घर के सबसे दबंग सदस्य, उसकी दादी की श्रवणेन्द्रियों में घाव करती चली गयी। उन्हें अपना अंधियारा अतीत दुबारा दोहराता दिखाई पड़ा। क्योंकि उनके पति और उसके दादा, एक दिन, गाँव में आई नौटंकी की बाई के मोह जाल में फँसकर भरी गृहस्थी का भार उनके ऊपर डाल, एक रात 'उसकी' मंडली में सारंगी बजाने के लिए घर से निकले, तो फिर कभी वापस नहीं लौटे।... थक-हार कर सास-ससुर, देवर-जेठों से रहित दादी। सवर्ण बाहुल्य गाँव में मान-मर्यादा और औलाद की रक्षा में असमर्थ, घर-बार बेच इस शहर में आ बसी थीं।...यह उन्हीं के संघर्षों का परिणाम है कि आज उसके पिता, शहर के उत्कृष्ट विद्यालय में उच्च श्रेणी के शिक्षक हैं। ...अब उसी के कपूत के हाथ में बाँसुरी! उनका गुस्सा सातवें आसमान पर जा पहुँचा था। घर से द्वार तक जाने में भी किसी का सहारा लेनेवाली उसकी दादी, हाँफती हुई छत पर जा चढ़ी थीं। उसे उसी अवस्था में दबोचकर बाँसुरी छीन, अपने मुड़े घुटने पर पटककर तोड़ डाली थी—'नासमिटे! ये सीखकर अब तें हू, रंडी बेड़निन के संग हुरकियायी करेगो...?'

...उस दिन उसकी बाँसुरी क्या टूटी, संगीत के क्षेत्र में जाने के उसके सपने ही किरिच-किरिच होकर बिखर गये थे। सदा दादी के अनुशासन में रहनेवाले पिताजी से, उसे कोई आशा न थी। रही बची माँ। जिसका दादी और पिता के रहते, घर में कभी बोल तक नहीं सुना था। वह भला उसके पक्ष में क्या बोलती...। हारकर पिता द्वारा सुनिश्चित, गणित जैसे नीरस विषय की शरण में लौटना पड़ा था। जहाँ उसे न तो रामानुजम् के गणितीय सूत्र और पाइथागोरस की प्रमेय समझ आईं, न ही सहयोगी विषयों में वर्णित न्यूटन, आइंस्टाइन और आर्कमिडीज़ के सिद्धान्त। परिणाम स्वरूप अगली साल जब उसके परीक्षाफल पत्रक पर, इन विषयों के आगे जहाँ 'डी' लिखकर आना था वहाँ 'एफ' लिखकर आया, तब उनका माथा ठनका। इंटर करके उनका बेटा, एन.डी.ए., आई.आई.टी. अथवा पी.ई.टी. जैसी प्रतियोगी परीक्षाओं में बैठकर—एयरफोर्स, नेवी या इंजीनियरिंग के क्षेत्र में उनका नाम रोशन करेगा, ऐसा सपना उन्हें धूल धूसरित नजर आया। पर उनकी, उससे आशाएँ नहीं मरी थीं। उसके द्वारा अपने स्वैच्छिक विषय चयन का संकेत करने पर भी उन्होंने, बायोलॉजी अथवा ए.जी. में से कोई-सा विषय पढ़ने न पढ़ने की इच्छा ज़ाहिर कर, अपना पल्ला झाड़ लिया था।

तब बचपन से आज्ञाकारिता का पाठ सीखते-सीखते परिवार के प्रति स्वभाव में आए शुद्ध भारतीय संस्कार, दब्बूपन के चलते उसने एक बार और श्रवण कुमार बनने की कोशिश में बायोलॉजी ले ली थी।... तीन-तीन ट्यूशन और स्कूल की पढ़ाई के बावजूद, साल के अन्त में वह परीक्षा पास तो हो गया था। पर अंक इतने नहीं जोड़ पाया कि घरवालों की आशा के अनुकूल, पी.एम.टी. की परीक्षा पास करके एम.बी.बी.एस. न सही वेटनरी में ही सिलेक्ट हो, अपने नाम और काम में डॉक्टर जैसी संज्ञा जोड़ पाता...। परिणामस्वरूप ब्रज में पिताओं द्वारा अपने कुपुत्रों को दी जानेवाली 'कंस' की महान उपाधि से विभूषित कर; उसके पिता ने भी उसे, अपने हाल पर छोड़ दिया था...।

तब वह गिरता-पड़ता, कला की शरण में आया था। परन्तु तब तक कला मन्दिर के दरवाजे लगभग उसके लिए बन्द हो गये थे। तनय 'प्रभाकर' करके, इन्दौर आकाशवाणी के संगीत प्रभाग में नौकरी करने चला गया था। प्रभा ने भी वहाँ अचानक आना बन्द कर दिया था? तनय की माँ भी घर पर नहीं मिली। सहमते हुए एक दिन उसने, कला मन्दिर की चपरासिन से जाकर पूछा। परन्तु अपने चिड़चिड़े और पाखंडी स्वभाव के कारण प्रसिद्ध वह महिला, उल्टे उस पर खिसिया कर टूट पड़ी थी—'हम का जानें, यहाँ रोज़ एक नई मोड़ी हेमामालिनी और लता मंजेशकर बनबे आत और चार जात हैं...काउ के बाप-भैया छुड़बाय देत, कछु खुद छोड़ जातीं....संगीत कछू हँसी-ठठ्ठा थोड़ेईं...?' वह चुपचाप वापस लौट आया था। कलामन्दिर की ओर फिर कभी उसके पाँव नहीं पड़े!

इस प्रकार उसे, कॉलेज में बाँसुरी वादन की जगह बी.ए. करना पड़ा था। उसका दीपा से परिचय, इसी दौरान हुआ। दीपा में एक अच्छे दोस्त की सारी सम्भावनाएँ होने पर भी वह, ना तो बाँसुरी बजाना भूल पाया था, न ही प्रभा को! बेखुदी के आलम में कभी अपनी कलम ओंठों से लगाकर, धुन निकालने की कोशिश करता। तो कभी प्रभा के गाये गीतों की धुन कानों में महसूस होती। उसकी क्लास-टेबल, तबले की शक्ल अख्तियार कर लेती थी। ऐसे में उसे दीपा ही यथार्थ की जमीन पर ला पटकती-'अजयऽऽऽ, यह स्टेज नहीं क्लास रूम है? ...म्यूज़िक का इतना ही शौक है, तो क्यों नहीं कोई म्यूज़िक-क्लास ज्वाइन कर लेते?...यों, यहाँ लोग तुम्हें पागल समझेंगे!' परन्तु वह कैसे बताता कि संगीत सीखने की ज़िद के पीछे, उसे कितने यातनामय दौरों से गुजरना पड़ा है। दादी की कटूक्तियाँ, पिताजी का असहयोग और माँ की बर्फ-सी खामोशी के बीच उसका संगीत किसी पहुँचे हुए फकीर-सा; दिल के किसी गुमनाम दयार में दफ़न हो गया है। जिसकी रूहानी सदायें, जब कभी कानों के दरो-दीवार से टकराती हैं। वह बेखुद हो जाता है।...

प्रभा की अनुपस्थिति में दीपा से उसके परिचय की गहराइयाँ किसी नमदार

ज़मीन में पनपते पौधे की जड़ों-सी, और गहरी होती जा रही थीं। परन्तु प्रेम का बिरवा उपयुक्त जगह पाकर भी, पनपने से वंचित था...। जैसे पराई भूमि पर पड़ा निर्वासित; अपने घर की कल्पना में खोया, अचानक पिहुँककर जाग पड़ता है। देखता है आसपास कि जो उसके मन में बसा है। अब वह उसके पास नहीं। वह यहाँ शरणार्थी है। तब वह तड़फ उठता। पर उस अवस्था में भी कब तक रहा जा सकता है। आखिर एक न एक दिन, उस अनचीन्हे-अनचाहे को, अपना मानना ही पड़ता है जो अब निरन्तर आसपास है। ...लगातार प्रेम और विवाह के स्वप्न बुनती दीपा के प्रणय प्रयासों के चलते, जिस दिन उसने सहमते हुए उसका एक स्नेहासिक्त चुम्बन लिया था। और अपने को अतीत की शृंखलाओं से कटा जानकर, एक नवीन पथ का दावेदार मान बैठा था। उसी दिन किसी फिल्म के नाटकीय दृश्य के समान प्रभा, उसके सामने आ खड़ी हुई थी।

सफेद शर्ट, नीली जींस, पैरों में हवाई चप्पल और बगल में शान्तिकुंज वालों जैसा खादी का झोला लटकाये एक नये रूप में। वह लाइब्रेरी ऑफिस से नो ड्यूज कराकर दीपा के साथ, कार्यालय की ओर जा रहा था। उस दिन एम.ए. फाइनल ईयर अन्तिम सैमिस्टर के परीक्षा-फॉर्म भरने की लास्ट डेट थी। प्रभा को वह इस रूप में देख, कतई नहीं पहचान पाया। प्रभा के चेहरे पर कोमल भावों के स्थान पर छाये कठोर घनीभूत आवरण ने, उसे पहचानने में अत्यधिक कठिनाई पैदा की थी। लेकिन प्रभा के सामने ऐसी कोई संदिग्ध स्थिति न थी। उसे उसके चेहरे पर सद्य:स्थापित होने के प्रयास में संघर्षरत, अजनबीपन की एकाध लकीर के अलावा, कोई बेगानापन नज़र नहीं आया...। प्रभा ने देखा कि वह उसके ऊपर एक गहरी-सी दृष्टि डालकर, लगभग चलने को उद्यत है। तब बगैर दीपा पर ध्यान दिए, न जाने कितनी परतों में दब गये अपने पूर्व रूप में। किसी चंचल हरिण-सा कुलाँचे मारकर प्रकट होते हुए, उसे टोक बैठी थी—'अजै! संगीत छोड़ा तो साथियों को ही भूल गये?'

''प्र-भा...!'' न जाने कितनी पीड़ा थी और न जाने कितनी करुणा इस शब्द में, कि प्रत्यक्ष नये रूप के दर्शन भी बेमानी हो गये। हृदय का बाँध उमड़ आया। फिर उसमें कौन डूबा, कौन बहा, किसे खयाल रहा। छ:-सात साल के बीच की खाई और बातें, एक ही दिन में पाटना चाह रहे थे—वे। दीपा हैरान। आश्वस्त भी हुई? उसे अपने ख्वाबों का नशेमन बनने से पहले, तिनका-तिनका उजड़ता नज़र आया।

वह वहाँ खड़ी न रह सकी थी। उसने भी उसे रोकने की चेष्टा न की थी। बल्कि ऑफिस के आगे लम्बी कतार में खड़े होकर, उसके और अपने लिए एक-एक फॉर्म लेने की सलाह देकर, रवाना कर दिया था। चलते समय दीपा के क़दम ऐसे उठ रहे थे, जैसे किसी ने उसके पैरों में चक्की बाँध दी हो। कान भी पीछे लगे थे। परन्तु अब तक वे वहाँ न होकर, लाइब्रेरी हॉल की ओर मुड़ गये थे।

...जिस लाइब्रेरी हॉल ने उसके प्रेम रहित रुक्ष व्यवहार को महसूस किया था। दीपा के सौहार्दमय प्रेम के चलते, उसके मन की मुरझाई लता को हरित होते देखा था। आज वही हॉल उसके प्रेम की अजस्त्र प्रेरणास्रोत प्रभा को साथ पाकर, कृत्य-कृत्य हो उठा था।... विरह-वड़वाग्नि-ज्वालाओं के बीच उठे मिलन ज्वार की आह्लादकारी तरंगों के उत्थान-पतन में अब वही, उनकी विगत विरह-कथा का मूक श्रोता भी था। उसने देखा, परखा कि वहाँ न तो गले लगकर रोने की अभिलाषा है, ना ही अधीरता के आवेग में एक-दूसरे की देह में उतर जाने का क्षणिक जुनून। वहाँ थी तो बस एक ही अधीरता, एक ही आकांक्षा, और एक ही सवाल—'अब तक कहाँ रहे... ?'

चूँकि वह कहीं नहीं गया था, इसलिए उसके पास कुछ ज़्यादा कहने के लिए न था। परन्तु प्रभा के पास ऐसा बहुत कुछ था।...वह अपने पीड़ादायी क्षणों की दुखद स्मृतियाँ सुनाकर, अपने मन का बोझ हलका करना चाह रही थी। क्योंकि मन को माननेवाला ही मन के जानने का अधिकारी होता है।...सूनी आँखें अतीत के पीड़ादाई क्षणों की कष्टकारी स्मृतियों में डूबकर, उसको अपने साथ वहाँ तक ले गयीं जहाँ से उसकी कष्टकथा शुरू हुई थी।

वह जब कला मन्दिर में अच्छी भली म्यूज़िक क्लास ले रही थी। अपने माता-पिता की इकलौती सन्तान होने के कारण, घर पर किसी बात की चिन्ता-फ़िक्र न थी। परन्तु फ़िक्र थी, तो उसके सनातनी अधेड़ माँ-बाप को। जो अपने मरने से पूर्व, देहरी पर दीया धरने और श्राद्ध करने के लिए, एक अदद बेटा पैदा नहीं कर सके थे। उसी चिन्ता में वह पुत्र-रत्न प्राप्ति हेतु चार धाम की यात्रा के लिए घर से निकले थे। 26 फरवरी, 2002 को अयोध्या से वे इस देश में सदियों से मनुष्यों को अप्रतिष्ठित कर, पत्थरों की प्रतिष्ठा में गर्व महसूस करनेवाले धर्म की कुछ उन्मादी भीड़ के साथ, साबरमती एक्सप्रैस में सोमनाथ के लिए रवाना हुए थे। अब यह षड्यन्त्र उस प्रदेश के मुख्यमन्त्री का था, या ईश्वर की एकता में विश्वास करने और मनुष्यों में एकता की कभी स्पष्ट व्याख्या न कर पानेवाले धर्म के कुछ क्रूर मनुष्यों का, कि उस ट्रेन में अचानक हुए भयानक विस्फोट और आगजनी में, लगभग पाँच छः दर्जन निरीह मनुष्यों के साथ उसके माता-पिता भी जलकर राख हो गये थे। ...वह अनाथ हो गयी! गाँव में पिता के हिस्से की ज़मीन-ज़ायदाद पर लोभी चाचा-ताऊओं ने कब्ज़ा कर लिया। अपने माँ-बाप की एकमात्र वारिस होने के नाते, कभी उस पर जानलेवा हमले हुए, तो कभी बलात्कार के प्रयास। अन्ततः वह तनय के पास रहने/पढ़ने इन्दौर चली गयी थी...। जहाँ कुछ माह पूर्व, तनय का एक म्यूज़िक-कम्पनी में अनुबन्ध होने और मुम्बई चले जाने पर, वह तनय की माँ और अपनी बुआ के पास शहर आई है—अपनी अधूरी पढ़ाई पूरी करने।

प्रभा की दुखान्त आपबीती सुनकर, उसे बड़ा धक्का लगा। मनमीत के दुख से द्रवित हृदय की पीड़ा, आँखों में उतर आई। उसका रोम-रोम प्रकम्पित हो उठा। अश्रु विगलित आँखों और काँपते ओंठ, *'हाय सखा दुख पायो महा तुम आए इते न किते दिन खोये!'* की वाणी में व्यक्त होकर, दुख सागर में डूब गये थे।...आपस में गले लगकर रोने और सांत्वनाओं के दौर में, एक साथ जीने-मरने की सौगन्ध खाते-खाते, समय कितना और कब गुज़र गया पता ही नहीं चला।

''अजय! फॉर्म भरने की आज लास्ट डेट है। और तुम बैठकर रह गये हो, बातें तो...? अचानक भारी क़दम और गुरु गम्भीर आवाज के साथ हुए दीपा के प्रवेश ने, उन्हें स्वप्नभंग की स्थिति में ला खड़ा किया था। परन्तु अपराध बोध जैसा, उनके चेहरे पर कुछ न था। उसने दीपा पर एक गहन दृष्टि डालते हुए, प्रभा की ओर मुखातिब होते हुए—''चलो'' कहकर उठ खड़ा हुआ था। रास्ते में उसने दीपा का प्रभा से परिचय भी करना चाहा। परन्तु दीपा की चढ़ी हुई नाक और भ्रूभंग देखकर, वह सहमकर रह गया था।... प्रभा से दिनोंदिन बढ़ती घनिठता के बीच, उसने कई बार दीपा को समझाने का प्रयास किया। अपने हृदय की पुकार को अनसुना करके, उसकी ओर झुक जाने के गुनाह की माफ़ी माँगनी चाही। परन्तु दीपा, उसे हर बार व्यंग्यबाणों से आहत कर, बिना कुछ सुने-समझे, उसे तड़पते रहने के लिए छोड़ जाती है।

प्रभा ने यद्यपि कॉलेज में भरा तो प्राइवेट फॉर्म ही था। परन्तु उसके अत्यन्त आग्रह पर, वह कॉलेज में नियमित क्लास लेने लगी थी।... कपास और आग के सामीप्य से उठी लपटों ने कॉलेज के माहौल को काफी गरमा दिया था। यद्यपि वह सुन्दर था, सहृदय था। और अपने विषय में प्रवीण होने के कारण, लोकप्रिय भी। परन्तु था तो अपनी परिधि के भीतर ही ।...प्रभा से प्रेम कर, उसने अपनी परिधि लाँघने का प्रयास किया था। अब वह सबकी निगाहों में खटकने लगा। चारों तरफ से उस पर हमले होना प्रारम्भ हो गये थे। क्या जाति क्या परजाति वाले...! जो उसकी जाति के नहीं थे, वे उसके मुँह पर तो कुछ नहीं कहते। परन्तु जब वह क्लास से निकलनेवाला होता, तो वे एक जगह ग्रुप बनाकर, एक छद्म बहस का नाटक कुछ यों करते—

''अरे राजौरिया...तू ही बता, तू तो बायो का है...क्या दो असमान प्रजातियों के मेल से, कोई अच्छी नयी नस्ल पैदा की जा सकती है?''

''नहीं यार...घोड़े और गधे के मेल से खच्चर पैदा होता है। जो कभी लम्बी रेस का घोड़ा तो नहीं बन पाता। हाँ, ईंटें उस पर चाहे जितनी लाद दो...!''

''तब क्या हमें ऐसा गुनाह करना चाहिए...?''

''नहींऽऽऽयार...!'' सब बड़ा ही मासूम चेहरा बनाकर कहते। वह जब

निकल जाता, तो आपस में खिलखिलाकर हँस पड़ते। हँसते-हँसते ही उसके लिए अश्लील फब्तियाँ भी प्रवाहित होतीं, जो उसके कानों में पिघले सीसे-सी जा घुलतीं। वह मर्मान्तर पीड़ा से आहत, चोट खाये सर्प-सा फुफकारता। उनसे भिड़ने के लिए तत्पर हो उठता।... परन्तु वह किस किस से मोर्चा ले। अपने परिजनों से तो वह पहले ही निरालम्ब था। उसके इस निर्णय पर अब, कॉलेज और उसके आत्मीय मित्रजन भी पक्ष में न रहे। अवसर पाते ही उसे, समझाइशी तौर बताया जाता—'बामन की प्रीत से सुख सोया नहीं कोय, बलि राजा हरिचन्द से दये बामन ने खोय...सो भैया! जहाँ तक होय, मीट खाइयो हड्डी गले में मत लटकइयो...?' वह प्यार-प्रीति के नातों को नकार कर शुष्क परम्पराओं को ढोते इस समाज में, कहीं भी अपने पक्ष की प्राप्ति न कर। इन ताने और सीखों को नकारता रोज़ उधर मुड़ जाता, जहाँ प्रभा उसका इन्तज़ार कर रही होती...।

वहीं प्रभा भी कहाँ अछूती रह सकी थी। पढ़-लिखकर भी अपने बाप-भाइयों के संस्कार ढोती, बिरादरी की कुछ गँवार प्रवृत्ति की लड़कियाँ उससे मिलते-निकलते 'चमार की चेरी' कहे बिना न चूकतीं। वह झगड़ पड़ती। कभी-कभी तो उनमें, झौंटा पकड़उल तक की नौबत आ जाती। तब उनके उस द्वन्द्व-युद्ध का नेत्र-रस लेने के लिए, पहले से ही आ डटे कुछ उद्दंड और शरारती किस्म के लड़के बड़े ही सुनियोजित तरीके से, उनका बीच-बचाव करते। फिर उन्हीं में से कोई, प्रभा के मर्म तक को बेधने वाला वाक् बाण छोड़ता—'ठाकुर-ब्रहाम्मननि में क्या अब हिजरा पैदा होन लगे हैं...सो बा चमार पे रीझी है?' वह ज़हर जैसा घूँट पीकर, भरी आँख बीच से निकल आती।

पर कल तो इसकी इन्तहा ही हो गयी।...एल.एल.बी. थर्ड-ईयर में, पाँच साल से छात्र राजनीति के लिए पड़े बल्लू पारासर ने लाइब्रेरी से सोशियोलॉजी विभाग की ओर जाते बाथरूम के पास, उसका हाथ ही पकड़ लिया था। परन्तु प्रभा निर्बल की लुगाई बनकर भी सारे गाँव की भौजाई नहीं बनना चाहती थी। उसने बल्लू के गाल पर कसकर थप्पड़ रसीद कर दिया, और सीधी थाने जा पहुँची थी। अजय बराबर उसके साथ था। बल्लू से प्रतिरोध में उसकी बाँह का गुरिया चटक गया था। परन्तु थाने में नवनियुक्त दलित थाना-अधीक्षक द्वारा, तमाम दबावों के बावजूद उसके पक्ष में स्थिति सँभाल लेने के कारण, वह अपने तमाम कष्ट भूलकर, प्रभा के साथ जीवन पथ पर चलने के लिए, पूर्णरूपेण कटिबद्ध हो गया था।

कॉलेज की उपयुक्त घटना को पंख लगे, तो उड़कर दोनों के घर जा पहुँची। जहाँ उसका सामना हमेशा ही गिरने को बेताब, उस घर की नाकों से हुआ। जो उस खबर की ज़रा सी तेज़ धार के छूते, कटकर अलग जा गिरी थीं। वे अब जुड़ाये नहीं जुड़ रही थीं। उन्हें जोड़ने के लिए, उन दोनों को अलग होना ज़रूरी था। थोड़ी-सी

आशा प्रभा को अपनी बुआ से और अजय को अपने मामा से थी। जिन्होंने प्रगतिशील बनने और समय के साथ क़दम-से-क़दम मिलाकर चलने के, न जाने उन्हें तब कितने लेक्चर पिलाये थे। आज वह भी अन्धेरे में साये की तरह उनका साथ छोड़कर, समाज के साथ हो लिये थे! दीपा भी आज सम्भवत: अन्तिम आशा लिये, उसके पास आई थी। परन्तु अपने लिये उसके मन में कोई 'सॉफ्ट कॉर्नर' न देख, उस पर बिफर पड़ी थी। उसने दीवानों की तरह जैसे पहले उसके बोल सहे थे, तब भी सुनता रहा। पर जाते समय उसकी आँखों में आँसू देख, वह पिघल गया था। उसका मन उसे धिक्कार उठा। और मस्तिष्क तर्कजाल में उलझ गया था।...

आज उसे घर में नज़रबन्द करके रखा गया था। क्योंकि प्रभा की बुआ के सन्देशे पर कल, प्रभा के चाचा-ताऊ उसके घर आए थे। वे पिता से उसे कब्ज़े में रखने की धमकी के साथ, यह कह कर गये हैं कि—'मेरी भतीजी के संग, तेरो मोड़ा मिलो!! तो बाको करेजो और मेरे 'पचफैरा' के पाँचो रोंड, एक होवेंगे!!!'... वह तब से घर में ही क़ैद था। दीपा को उससे मिलने की छूट तो उसे, अनायास ही मिल गयी थी? उसके अपने निर्णय पर अटल रहने के कारण। घर में समझाइश के दौर से यातना के सफ़र तक, एक सदस्य पिघल गया था—उसकी माँ! सीधे विरोध की हिम्मत तो उनमें न तब थी न अब। परन्तु पिता के स्कूल जाते और दादी के दोपहर में छत पर सो जाने के बाद, उन्होंने उसके बन्धन यह कहकर खोल दिए थे—'जाओ! जा घर में घुट-घुट के मरवे से भलो है, अपनी मौत मरवौ...!' वह स्तब्ध खड़ा रह गया था।... माँ इस रूप में सरस्वती थी या दुर्गा, वह समझ नहीं सका। घर में जिसकी कीमत एक आज्ञाकारी नौकर और गृहस्थी का भार ढोनेवाले किसी मूक पशु से ज़्यादा न रही हो, उसके इस निर्णय पर उसका रोम-रोम पुलकित हो उठा था। भरी आँख उसने माँ के पाँव छुए और थाने की ओर दौड़ पड़ा था। उसे विश्वास था कि अगर उसने प्रभा को उन लोगों से मुक्त नहीं कराया, तो वे उसे इसी बहाने मार भी सकते हैं।

थाने के अन्दर पहुँचा तो वह हतप्रभ रह गया। लहूलुहान प्रभा, थानेदार की टेबल के पास खड़े होकर, अपने चाचा-ताऊओं के खिलाफ़ रिपोर्ट लिखवा रही थी। उसे बन्धक बनाकर खूब पीटा गया था। वह तो ऐन वक़्त तनय का फ़ोन न आता, तो वे उसे मार ही डालते। तनय का फ़ोन सुन उसकी बुआ सहम गयी थी। जिसमें प्रभा को कुछ हो जाने पर, सबको देख लेने की धमकी भी थी। बुआ ने किसी बहाने अपने भाइयों से नज़र बचाकर; उसे इस शर्त पर घर से निकाल बाहर किया था—'वह फिर कभी इस देहरी पर पाँव नहीं रखेगी!'

वह निकल पड़ी थी एक नये आत्मविश्वास के साथ। उसे एहसास हो गया था कि वह, ग़लत नहीं है। रूढ़ियों और परम्पराओं के इस भयानक जंगल में, उसके

साथ कोई अपना भी है। जो प्रत्यक्ष न सही, अप्रत्यक्ष में उसका मददगार बना...।

थाने में माथे के रिसते घाव पर दुपट्टे को पट्टी की शक्ल में बाँधे रिपोर्ट लिखवाती प्रभा को देख, उसका जी भर आया। लोक-लाज का भय छोड़, दौड़कर उसने प्रभा को गले से लगा लिया। और बड़े ही भावुक होकर उसे सान्त्वना दी—'प्रभा! चलो हम कहीं ऐसी जगह चलते हैं जहाँ हमारी पहचान, हमारे जाति और धर्म से न होकर केवल मनुष्य के रूप में हो...। मैं हिन्दू-मुस्लिम, दलित और सवर्ण बनकर नहीं, मनुष्य बनकर जीना चाहता हूँ..!' परन्तु प्रभा ने अलग होते हुए उसे बरज दिया था—'नहीं अजय! इस देश में ऐसी कोई जगह नहीं, जहाँ हमारी पहचान हमारे जाति और धर्म से न होती हो...हम जहाँ जाएँगे वहाँ इस सर्वग्रासी दानव की चपेट में आएँगे ही...इसलिए हम दोनों कहीं नहीं जा रहे...हमें यहीं सर्वत्र फैली घृणा के बीच प्रेम की कड़ी बनकर इस लड़ाई को लड़ना होगा...जिसके समुद्र मन्थन से निकला हलाहल हमें पीना ही पड़ेगा...। अमृत कब और किसके हिस्से आएगा, इसकी चिन्ता अभी नहीं।' ...वह अभिभूत रह गया था, प्रभा के ये आप्त वाक्य सुनकर...। उसे अचानक महसूस हुआ कि वह, घोर अन्धकार के बीच प्रभा के साथ खड़ा है। लोग उसमें भटक रहे हैं। एक-दूसरे के खून के प्यासे हो लड़ रहे हैं।...चारों ओर हाहाकार मचा हुआ है। परन्तु उनके पास एक किरण है, जो सबको इस तिमिराछन्न माहौल में रास्ता दिखा सकती है? वह आश्वस्त हुआ। अचानक हाथ में हाथ डालकर खड़ी प्रभा की कलाई पर, उसकी मुट्ठियों का कसाव और ज़्यादा मज़बूत हो गया था...!

तीसरी आँख उर्फ़ कबै निबही है... ?

'हट्ट, गड़िया...!' अपनी घृणा और क्रोध एक साथ प्रकट करता शम्भू, चादर झटककर छत पर चला गया था। नींद होने पर भी शम्भू की आँखों में उसके प्रति घृणा, साफ-साफ झलक रही थी। वह खिसियाना-सा रह गया, सारा बदन गुस्से से काँप उठा था। यह पहला मौका नहीं था। पर उसे आज क्या हुआ?...शम्भू के इस अपमानजनक व्यवहार के चलते, उसकी आँख भर आई...। हॉस्टल में एक साथ रहते उसे लगभग तीन-चार साल हो गये, शम्भू का सहपाठी और सहखाटी बने।...फिर आज उससे भूल कहाँ हुई, वह समझ नहीं पा रहा था...। शम्भू द्वारा पहली बार किए गये इस व्यवहार के चलते, वह एकाएक टूटकर बिखर गया था। निश्चल मन से की दोस्ती में अचानक आई दरार से किरिच-किरिच होकर बिखरते अहसासों के बीच मन, पहली बार जुड़े स्नेह सूत्रों की ओर अनायास ही लौट गया।

शम्भू जब पहली बार एडमीशन लेकर हॉस्टल में आया था। तब दरवाजा उसी ने खोला था। नीली किन्तु कुछ पुरानी पड़ गयी जींस। सफेद टी-शर्ट। गले में सफेद ही तौलिया डाले। पीठ पर काला बैग लटकाए। मज़बूत कद-काठी और लम्बे-छरहरे बदन का हमउम्र, उसके सामने खड़ा था। जिसके मासूम गेहुँए चेहरे पर एक अजीब आकर्षण देख वह विस्मित रह गया था।...दरवाजे पर उसे यूँ बीच में खड़ा पाकर, शम्भू ने ही कुछ संकोच के साथ उससे पूछा था—"क्या, अखिलेश भैया अन्दर नहीं हैं?"

"जीऽ, वह आज ही चले गये...।" जैसे वह नींद से जागा हो।

"क-हाँ...?" शम्भू की आवाज में घबराहट थी।

"गोहद।" वह तब भी उसका चेहरा देखे जा रहा था।

"क्यों?". शम्भू ने उससे कारण जानना चाहा था।

"उनका परसों गैस्ट-फैकल्टी का कॉल लैटर आ गया था।....आज सुबह ही तो वे अपना सारा सामान समेटकर ले गये हैं।" शम्भू की ओर लगातार देखते हुए कुछ लापरवाही के साथ उसने जवाब दिया था।

"अच्छा... !" शम्भू की आवाज में उदासी थी।...कमरे के भीतर सामने बिछे दो पलंग में से एक पलंग खाली देखकर, शम्भू की आँखों में गहरे तक निराशा उतर आई थी। जैसे सोच रहा हो अब क्या होगा? वह कुछ देर यूँ ही खड़े रहने के बाद जैसे ही लौटने को हुआ, तभी वह एकाएक हरकत में आ गया था। उसने शम्भू के चेहरे पर आई उदासी साफ-साफ पढ़ ली थी। न जाने क्या सोचते हुए उसने आगे बढ़कर, शम्भू के कन्धे पर हाथ रख दिया था—"चलो, अन्दर बैठते हैं। क्या हुआ अखिलेश नहीं है, मैं हूँ ना!" उसने जिस अन्दाज़ में यह वाक्य कहा था, न चाहते हुए भी शम्भू के चेहरे पर एक फीकी मुस्कान तारी हो गयी थी। कमरे में शम्भू से बैग लेकर खूँटी पर टाँगते हुए वह दरवाजे के बाईं ओर एक कोने में रखे मटके से शम्भू के लिए एक गिलास पानी भर लाया था। अजनबी शहर के इस अजनबी हॉस्टल में उसका सहारा पाकर शम्भू भी अभिभूत था। उस जैसे व्यवहार की आशा तो उस, बगैर सूचना दिए यहाँ से डेरा कूँच कर गये अपने ममेरे भाई अखिलेश से भी न थी जिसके सहारे वह अपनी बी.कॉम. की पढ़ाई पूरी करने, गाँव से शहर आया था।

गाँव से आते समय शम्भू की चचेरी भाभी ने उसके लिए पराँठे और आम का अचार बाँध दिया था। जिन्हें वह बस या रास्ते में कहीं नहीं खा पाया था। उसे अब तक जोर की भूख लग आई थी। जूते खोलकर दीवाल के सहारे रखकर शम्भू, बाथरूम में हाथ-मुँह धोने बाहर चला गया था। बाहर से जब तरोताजा होकर लौटा, तो कमरे में वह रोटी बनाने के लिए कनस्तर से परात में आटा छानता मिला।...दलितों की तरह उपेक्षित महानगर के दक्षिणी सिरे के निर्जन में बने, इस जर्जर शासकीय पोस्ट मैट्रिक हॉस्टल में मैस या कैन्टीन जैसी कोई व्यवस्था न तब थी न अब है। पढ़ाई के साथ-साथ रोटी बनाने की चिन्ता, उनमें से हर एक की दिनचर्या में शामिल। ...उसको आटा निकालते देख, शम्भू विस्मित रह गया। उसे कैसे पता लगा, वह भूखा है! शम्भू ने दौड़कर उसका हाथ पकड़ लिया था—"मैं खाना साथ लाया हूँ, चलो मिलकर खाते हैं... !"

"पर्याप्त न होगा।"

"नहीं, बहुत है...।" शम्भू उसका हाथ पकड़कर पलंग तक खींच लाया था। जैसे वह बहुत दिनों से उसका अन्तरंग रहा हो। शम्भू ने टेबल पर रखे बैग से पॉलीथिन निकालकर, झट पलंग पर रख ली थी। और बिना किसी औपचारिकता के लगे हाथ, उसी मटके से दो गिलास पानी भी भर लाया था। ....शम्भू को इस तरह काम करते देख, वह बैठा न रह सका। उठकर अपने और शम्भू के लिए, अलमारी से खाने की दो प्लेटें और सुबह की शेष बची 'परवल' की सब्जी उठा लाया था। पलंग पर आमने-सामने बैठकर खाना खाते/बतियाते उसने बड़ी देर बाद,

शम्भू से उसका परिचय लिया था—''अखिलेश के गाँव के हो...?''

''नऽ। ...अरे हाँ, मैं तो अपना नाम-पता बताना ही भूल गया, कोई और होता तो सीबीआई की तरह बाल की खाल निकालने के बाद ही रूम में घुसने देता...।''

''तब...अखिलेश की बुआ के लड़के शम्भू हो, कैलारसवाले?''

''हाँ...।''

''तुम्हारे अम्मा-दद्दा...।''

''...अरे वाह, अखिलेश भैया ने मेरे बारे में आपको पहले से ही बाख़बर कर दिया है? ...हाँ यार, अपने इस शिव शम्भू बेटे के होते हुए भी मेरे अम्मा-दद्दा, पिछली साल खेत में धान रोपते समय करिया नाग के डसने से नहीं रहे!... बन्दा, अब ख़ानाबर्बाद है।''

''...ख़ानाबर्बाद! ...तब मनैपुरा के 'मदनसिंह' का यह हुक्म है।...आज से ये 'ख़ाना' और ये-खाना, अपना ही समझा जाए।'' शम्भू ने बात के आख़िर में जिस तरह अपनी वर्तमान स्थिति उससे बयान की थी। उसने भी तश्तरी से तोड़ा निवाला वैसा ही छोड़ चेहरे की एक विशेष मुद्रा बनाकर पहले कमरे में हाथ फैलाकर फिर थाली में रखी रोटी की ओर इशारा करते हुए, जब ये बात कही तो शम्भू बिना हँसे न रह सका। यद्यपि उसकी आँख की एक कोर गीली थी। जिसे देख उसने आगे बढ़कर शम्भू को गले से लगा लिया था। अब तक खाना खाते-खाते शाम हो गयी थी। बाहर के अँधेरे ने अन्दर का उजाला गहरा कर दिया था। शम्भू थका हुआ था। खाना खा चुकने के बाद न जाने क्या सोचते हुए, बगल में अखिलेश के खाली पड़े पलंग पर अपनी तौलिया बिछा आँख बन्द कर लेट गया था। वह जब बाहर के नल से बर्तन साफ कर लौटा, तो उसे यह नागवार गुजरा। उसने शम्भू को अब तक अपना न मानने का उलाहना देते हुए, ज़िद कर अपने बिस्तर पर ही लिटा लिया था। यद्यपि शम्भू ने अकेले लेटने की आदत का बहाना भी बनाया, पर उसके आगे उसकी एक न चली। उस रात दस-ग्यारह बजे तक तो वे आपस में दुनिया जहान की बातें करते रहे, परन्तु शम्भू सफ़र की थकान के कारण बात करते-करते ही जल्दी सो गया था। शम्भू के सो जाने के थोड़ी देर तक पढ़ते रहने के बाद, वह भी अपनी करवट लेट गया। पर हज़ार कोशिश करने के बाद भी उसकी आँखों से नींद गायब थी।

रात गहराती जा रही थी। ठंड का मौसम था। रजाई से शरीर का कोई भी अंग धोखे से बाहर निकल जाता, तो ऐसा लगता जैसे किसी ने उस पर बर्फ़ का फाहा रख दिया हो। रास्ते की थकान के कारण शम्भू, नीम बेहोशी में था। वह बार-बार चित्त लेटता या अपनी उसी करवट लेट जाता, पर चाह कर भी वह शम्भू के साथ

निश्चिन्त होकर सो नहीं पा रहा था। जान-पहचान और अन्तरंगता में अन्तर होता है। शम्भू से उसका परिचय हुए, अभी देर ही कितनी हुई है...।

वह जैसे-तैसे सोने की कोशिश कर ही रहा था कि तभी शम्भू ने नींद की गहराई में उसकी ओर करवट लेते हुए, अपना दायाँ हाथ और टाँग उसके ऊपर रख ली थी। वह चित्त लेटा था। उसके लिए यह भी असहनीय रहा, उसने शम्भू का हाथ और पैर अपने ऊपर से हटाकर उसी की ओर करवट ले ली थी। नींद के आगोश में समाते हुए धीरे-धीरे, उसकी साँसों से शम्भू की साँसें टकराने लगी थीं। शम्भू के नथुनों से उठती गन्ध में न जाने कौन-सा नशा, न जाने कौन सी खुशबू थी, जिसे महसूस करते हुए एक बार उसे फिर लगा, कि वह और शम्भू चिरपरिचित हैं। उनमें कोई द्वैत नहीं।... और उसने न चाहते हुए भी अपना हाथ, बड़े स्नेह के साथ शम्भू के ऊपर रख लिया था। उस दिन शम्भू से अनजान शम्भू की साँसें, उसकी अपनी साँसें बन गयी थीं...!

वह आर्ट का स्टूडैंट था तो शम्भू कॉमर्स का, फिर भी उनमें कुछ ऐसा था जो उन्हें लगातार आपस में जोड़ रहा था। ...उन्हें आपस में जोड़े रखने में एक चीज़ और अपना काम कर रही थी, वह था उनका सहज-सरल ग्रामीण होना। गरीब होने पर भी विषम परिस्थितियों में संघर्ष करते रहने की अदम्य जिजीविषा। ...वह अपने माँ-बाप की सबसे छोटी सन्तान था। माँ सात-आठ साल पहले ही गाँव में हैजे की भेंट चढ़ गयी थी। पिता दूसरी शादी कर सौतेली माँ के घर, 'धरूका' बनकर जा बसा था। भाई की शादी होने पर घर में जो भौजाई आई, वह भी चिड़चिड़े स्वभाव की थी। जिससे स्नेह के तार कभी जुड़ नहीं पाये। असहयोगी भाई से तंग आकर व अपने हिस्से की ज़मीन टुकड़ा गिरवी रखकर, जब पहले-पहल वह बी.ए. करने इस छात्रावास आया था। तब इस कमरे में उसकी भेंट, कैमिस्ट्री के रिसर्च स्कॉलर अखिलेश से हुई थी। अखिलेश एक अच्छा सहयोगी होने पर भी तुनक मिज़ाज था। सीनियर होने के साथ-साथ उसमें अपने विज्ञान का शोध छात्र होने की इतनी अहंमन्यता थी कि वह उसके साथ कभी सहज महसूस नहीं कर सका।...इसलिए शम्भू के आने तक वह, निश्चल प्रेम का अनन्य अन्वेषी बना रहा था।

शम्भू के सहज और सौम्य व्यवहार की ओर वह एक बार खिंचा, तो फिर खिंचता ही चला गया । धीरे-धीरे शम्भू के प्रति उसकी आसक्ति इतनी बढ़ गयी थी कि शम्भू जब तक कॉलेज से लौटकर नहीं आ जाता, तब तक वह खाना नहीं खाता था। शम्भू के अभावों के चलते, बिस्तर के साथ-साथ उनका चूल्हा भी साँझा हो गया था। शम्भू कभी-कभार शाम को जब किसी दोस्त के यहाँ रह जाता या एकाध दिन के लिए अपनी बुआ के घर चला जाता था, उस दिन उसे न तो खाने में दिलचस्पी रहती, न ही पढ़ाई में मन लगता था!... हमेशा दरवाजे की कुंडी चढ़ाकर

सोनेवाली आदत के बावजूद, उस रात वह दरवाजे की कुंडी खुली रखकर ही सो जाता था। रात में दरवाजे के बाहर गैलरी से होकर बाथरूम को जाते हर स्टूडैंट की पदचाप में, उसे शम्भू के आने की आहट लगती। वह चौंककर उठ बैठता था। कभी-कभी तो उनींदी अवस्था में—'कौन है?' की आवाज भी लगा देता था। जिससे खीजकर उधर से निकलनेवाला उसे, 'यार' या 'साला' बनाकर उसके अब तक न सोने पर आश्चर्य करता या फ़ब्ती कसता चला जाता। वह मन मारकर फिर लेट जाता था। लेकिन उसकी आँखों से नींद, फिर भी दूर होती...!

शहर की तेज़ रफ़तार ज़िन्दगी। एक-दूसरे को धकियाते/पीछे छोड़ते कुछ पा लेने की सनक के बीच। एक दूसरे की इच्छाओं का सम्मान करते वे, अपने करियर और दोस्ती की डग भर रहे थे। अशिक्षा, अन्धविश्वास और जातिवाद के दलदल में डूबे उनके गाँव के हमउम्र लड़के-लड़कियाँ, कम उम्र में शादी हो जाने के चलते, एक-एक दो-दो बच्चों के माँ-बाप बन चुके थे। जब वह गाँव जाता तो उनके बच्चे-बच्चियाँ जब उसे 'चाचा', 'ताऊ', इत्यादि नामों से सम्बोधित करते, तब उसकी इस आसक्ति में अवश्य खलल पड़ता था। लेकिन यह असर गहरे पानी में गिरे तुच्छ कंकड़ के समान, उस पर कुछ देर के लिए ही हावी रहता।...कॉलेज या शहर की किसी लड़की से प्रेम अथवा विवाह करने की बात उसके मन में फिर भी न आती थी। ...एक तरफ करियर का दबाव तो दूसरी ओर उसकी बेरोज़गार और बेघरवार स्थिति देखकर, शहर की कौन लड़की उससे प्यार की पींगें बढ़ाती? इस यथार्थ को भी वह भलीभाँति जानता था।

लेकिन शम्भू उससे कितना प्रेम करता है या उसे लेकर वह कहाँ तक संवेदनशील है, इसका अन्दाज़ लगाना भी उसके लिए कठिन था। लेकिन यह भी सच है कि लगातार साथ रहने और सोने की स्थिति में, उनके बीच के सारे संकोच जाते रहे थे।... मन की बात कभी न कभी जुबान पर आ ही जाती है। शम्भू एक रोज़ हॉस्टल के नियमों की पतंगियाँ उड़ाता, हीटर पर रोटियाँ सेंक रहा था। उसे गोल और फूली हुई चपातियाँ बनाते देख, वह मन के भाव दबा न सका। उसने हँसते हुए शम्भू से चुटकी ली थी—"शम्भू तुम रोटियाँ इतनी अच्छी बना लेते हो, इसका जवाब नहीं। मन करता है कि तुमसे ही शादी कर ली जाए...!"

"मदन! क्या तुम्हारा दिमाग खराब हैऽऽ?" वह एकाएक भड़क गया था। हँसते समय गड्ढे पड़ जानेवाले शम्भू के गाल, गुस्से से लाल हो गये थे। तब वह उसका सामना नहीं कर पाया था। यह उसके लिए असहनीय था। वह टूटे मन, पलंग पर जाकर कोई किताब उलट उठा था।

"...बच्चू, इसी हिम्मत की दम पर मुझसे शादी करोगे...!" कुछेक क्षण बाद शम्भू, उसके पास खड़ा था। गलती करने पर किसी को हद दर्जे तक डाँट देना, और

गुस्सा थम जाने पर उसे मना लेने का शम्भू में अद्‌भुत गुण था। परन्तु शम्भू के लाख मनाने पर भी उस दिन वह, सहज नहीं हो पाया था।

शम्भू उसे नहीं चाहता हो ऐसा भी नहीं था। वह भी बगैर किसी दबाव के उसे टूटकर चाहता था। रात में सोते हुए दोनों की स्थिति रीतिकालीन नायक-नायिकाओं के समान-'नैनों से नैन अधरों से अधरवाली' हो जाती थी। उसकी अपेक्षा शम्भू में यह एक बहुत बड़ी खूबी/कमी और थी, कि वह अपने नाम के अनुरूप अपनी इच्छाओं का वाकई स्वयम्भू था। उसकी इच्छा के विरुद्ध उस पर कोई हावी नहीं हो पाता था। जबकि वह, इस मामले में काफ़ी नरम दिल था।...लेकिन प्यार और तकरार में बरजोरी असम्भव नहीं होती। सबसे ज़्यादा तिलमिलाहट तो उसे शम्भू के उस सम्बोधन को लेकर हुई, जो समाज में एक भद्‌दी गाली के रूप में प्रयुक्त और प्रतिष्ठित है।

'गड़िया' अर्थात गाँड़ू यानी मर्दानगी रहित पुरुष।... गाँव में उसने यह गाली कई बार सुनी थी। वहाँ यह गाली उन पुरुषों को दी जाती है, जो अपनी मर्दानगी भूलकर घर की स्त्रियों से नरमी बरतते थे। उनके बीच बैठकर सुख-दुख की बातें करते हैं। या सवर्णों द्वारा उन सवर्णों को दी जाती थी, जो अपनी ग़लती पर किसी दलित से मार खा लेने पर भी उसे दुबारा चोट नहीं पहुँचा पाते थे! ...उसे याद हो आया कि घर में सीधे और कमज़ोर पिता, स्वभाव से ज़िद्‌दी माँ की जब कोई हट स्वीकार कर लेते थे। तब सार्वजनिक रूप से उसके वृद्ध दादा, पिता पर इसी ब्रह्मास्त्र का प्रयोग करते थे—'हमारो मौंड़ा तो गड़िया है। बाके करें बुतें कछू नहीं होत, घर में तो लुगाई को राज चल रहो है...।' तब गाँव के ठाकुर-ब्राह्मणों से दबकर रहने और उनकी गालियाँ खाकर भी चुप रह जाने दादा की सह पर पिता, अपनी मर्दानगी साबित करने के लिए माँ पर लट्‌ठ लेकर पिल पड़ता था? लेकिन यह अलग बात है, कि घरवालों से छुपाकर माँ के बदन पर पड़े मार के गहरे नीले निशानों को पीड़ारहित करने के लिए, शहर से 'आयोडेक्स' भी वही लाते थे...! वही गाली आज शम्भू ने अपने सम्पूर्ण अर्थों के साथ उसे दी थी। मन में बहुत सारी समझ होने पर भी वह, उसकी अर्थगत चोट से बच नहीं पाया था। गाली की मार से आहत वह बहुत ही गहरे द्वन्द्व में फँस गया था। क्यों पुरुष से पुरुष का प्रेम इतना घृणित है? क्यों इसका हवाला देकर समाज, कमज़ोर को सबल से पिटवाता है? ...कहीं इसके पीछे स्त्री की कामजनित सहनशीलता का पुरुषों में आने से रोकना तो नहीं? जिसके आने पर उसकी मर्दवादी/अत्याचारी सोच को धक्का लगे और समाज से कहीं, पुरुषों का वर्चस्व ही समाप्त न हो जाए...! कहीं शम्भू भी तो इसका शिकार नहीं हो गया? कुछ दिन से उससे खिंचा खिंचा रहने और आज के व्यवहार के पीछे कहीं...?

वह बहुत देर तक सोचता रहा तब कहीं जाकर वह, शम्भू के इस बदले व्यवहार को लेकर एक निर्णय पर पहुँच पाया था। प्यार का नशा तो पहले ही हिरन हो गया था। आँख से नींद भी कोसों दूर थी।...अब यह उसकी शर्म थी या खीज कि वह शम्भू के पीछे-पीछे छत पर नहीं गया था। ना ही अब उसका जाने को मन कर रहा था। सामने दीवाल पर टँगी घड़ी पर ध्यान गया, रात के तीन बज रहे थे। चारों ओर नज़र घुमाते ध्यान टेबल पर रखी किताबों पर भी गया, पर मन पढ़ने का न हुआ। छत पर जाते हुए शम्भू कमरे की लाइट और दरवाजा दोनों ही खुले छोड़ गया था। उसने उठकर एक उसाँस भरते हुए कमरे की लाइट ऑफ कर, जैसे ही दरवाजा बन्द करने के लिए किवाड़ पर हाथ रखा। वैसे ही उसकी नज़र द्वार पर सर से पाँव तक चादर में लिपटकर खड़ी मानवाकृति पर गयी, जो उस स्याह अन्धेरे में किसी चोर या डाकू से कम नहीं लग रही थी। लेकिन उससे पहचानने में भूल नहीं हुई, सामने शम्भू था। वह दरवाजे के पीछे हो गया।...कमरे की लाइट ऑन कर वह बहुत व्यस्त होने का भाव प्रदर्शित करते, अपने संग्रह से एक किताब खींचकर कुर्सी पर जा बैठा। संयोग से उसके हाथ जो किताब आई, वह 'इक़बाल की शायरी' थी। वैचारिक झंझावातों के बीच यों ही किताब के सफ़े उलटते-पलटते, उसकी निगाह एक जगह जाकर अटक गयी थी। उसे लगा शम्भू को लेकर उसकी जो स्थिति अभी बनी, दूरदर्शी शायर ने उसे इसमें पहले से ही लिख छोड़ा है। वह न चाहते हुए भी बड़े गहरे मन बुदबुदा उठा था—

''कभी ऐ हक़ीकते-मुन्तजिर, नज़र आ लिबासे-मजाज़ में
कि हज़ारों सजदे तड़प रहे हैं, मेरी ज़बीने-नियाज़ में
तू बचा-बचा के न रख इसे, तेरा आईना है वो आईना
कि शिकस्ता हो तो अजीज़तर, है निगाहे-आईना साज़ में
न कहीं जहाँ में अमाँ मिली, जो अमाँ मिली तो कहाँ मिली
मेरे जुर्मे-ख़ाना-खराब को, तेरे अफ़्वे-बन्दा-नवाज़ में
न वो इश्क में रही गर्मियाँ, न वो हुस्न में रही शोखियाँ
न वो गज़नवी में तड़प रही, न वो खम है जुल्फ़े अयाज़ में
जो में सर-ब-सिजदा हुआ कभी तो ज़मी से आने लगी सदा
तिरा दिल तो है सनम-आशना, तुझे क्या मिलेगा नमाज़ में''

(हे ईश्वरीय प्रेम के प्रतीक्षक, सांसारिक प्रेम के वेष में उपस्थित हो, मेरे श्रद्धालू माथे में तेरे लिये हज़ारों दंडवत् व्याकुल हैं। तू इस दर्पण को सुरक्षित न रख, यह दर्पण वो दर्पण है, जो खंडित होने पर ही बनानेवाले की दृष्टि में प्रियतर है। अपना घर तबाह करनेवाले इस अपराधी को इस संसार में कहीं आश्रय नहीं मिला,

मिला भी तो कहाँ, तेरी क्षमाशीलता और कृपा में। परन्तु अब न प्रेम में वो ऊष्मा है न प्रिय में चंचलता, न (मुहम्मद) गज़नवी में प्रेमोन्माद शेष रहा, न अयाज़, (गज़नवी का एक खूबसूरत गुलाम युवक, जिससे वह प्रेम करता था) की लटों में बाँकपन। मैं ईश्वर के सम्मुख जब कभी नतमस्तक हुआ, तो अत:स्थल से ये स्वर गूँजते हैं कि तेरा मन तो मूर्तियोपासक है, तुझे निर्गुण आराधन में क्या मिलेगा।)

जब वह ग़ज़ल की गहराइयों में उतर रहा था। शम्भू आँधी में भरभराकर गिरे किसी पेड़ की मानिन्द, दीवाल के सहारे फर्श पर उसके पास आकर बैठ गया था। कमरे में बहुत देर तक संवादहीनता की स्थिति बनी रही। शम्भू उसकी बेरुख़ी सहन नहीं कर सका। सिसकियों से हुई शुरुआत, उसकी रुलाई में बदल गयी थी। ...वह फिर भी कुछ देर अनजान बना बैठा रहा, लेकिन बहुत देर तक नहीं...। किताब एक ओर रखकर वह, कुर्सी से उठकर शम्भू के पास जा बैठा था। उसे अपने पास आया देख शम्भू, उसके गले से लग और ज़ोर से रो पड़ा था। फिर अचानक याद आया कि कमरे का दरवाजा खुला है, उसकी आवाज बाहर तक जा रही है। शम्भू उससे अलग होकर आँसू पोंछता, किवाड़ और खिड़कियाँ बन्द कर फिर उसके पास आ बैठा—"मदन, मुझे माफ़ कर दो! मुझे अब यह सब अच्छा नहीं लगता...। मेरा मन अब भी तुम्हारे प्रेम से भरा है।...मैंने जितना स्नेह और अपनत्व तुमसे पाया है, उतना अपने परिवार और अन्य किसी दोस्त से भी नहीं पा सका हूँ...!! पर न जाने क्यों अब दिल ग़वाही नहीं देता, अप्राकृतिक और असंस्कृत लगता है यह सब!!!"

"गौरा से प्रेम करने के बाद... ?" मदन एकाएक छिटककर उससे अलग हो गया था। पर वह आगे शान्त नहीं रह सका—"...जब किनारा करना है तो उसकी सच्चाई स्वीकार करते हुए करो, झूठे आरोप लगाकर क्यों भागते हो... ?"

"....मदन! यह अपने संस्कारों में नहीं है।...जिस तरह सारी नदियाँ आखिरकार समुद्र की ओर ही पलायन करती हैं, उसी तरह पुरुष प्रेम की अन्तिम आश्रयस्थली भी स्त्री के जुल्फ़ की छाँव में है।...उस स्त्री के, जो पत्नी होने के साथ-साथ उसके अपने बेटे की माँ होती है। जो सुबह उठकर उसके लिए खाना बनाती है। खिलाती है। काम पर जाते समय उसे द्वार तक विदा करने आती है। ...दिन भर एक गृहणी के रूप में दहलीज़ के भीतर घर के सारे काम सँभालते हुए, शाम को प्रकृति के अनन्य उपहार अपने बच्चे साथ द्वार पर उसके इन्तज़ार में खड़ी मिलती है।... उसका बच्चा अपनी माँ की गोद से उतरकर घुटनों के बल चलकर दहलीज़ लाँघता, 'पिता', 'पिता' कहकर उसके पैरों से आ लिपटता है। जिसे गोद में लेकर वह अपने दिन भर के कष्ट भुलाकर, प्रकृति के सच्चे प्रेम का पात्र बन जाता है... !"

"प्रकृति के सच्चे प्रेम का, या घर में गुलाम बनाकर रखी स्त्री से मनचाहे बलात्कार का... ? उसका स्वर एक बार फिर तल्ख़ हो गया था। "....शम्भू मैंने कब

कहा, पुरुष स्त्रियों से प्रेम करना छोड़ दें। अपने से विपरीतलिंगी के प्रति मनुष्य का आकर्षण कभी कम न होगा। परन्तु हम एक-दूसरे को चाहते हैं यह भी ध्रुवसत्य है। यह हमारी वास्तविक पहचान है, कोई मानव हत्या या षड्यन्त्र नहीं। फिर भी चाहकर हम इसे समाज में उजागर नहीं कर सकते क्यों? तुम्हारा मेरे साथ अभी जो बर्ताव हुआ, वह इसी भय की देन है।... मैंने महसूस किया है और शायद तुम भी महसूस करते होगे, कि जिस सहजता के साथ हम रह रहे हैं वह अब किसी दूसरे के साथ असम्भव होगा! पर हम ऐसा कर नहीं सकते, क्योंकि समाज इसकी अनुमति नहीं देता। यह समाज का ही भय है कि पिछले दिनों देश की न्याय पालिका की डेढ़ सौ साल पुरानी जो भारतीय दंड संहिता (आईपीसी) की धारा-377 समाप्त की गयी, उसके अन्तर्गत मात्र छः मामले ही सामने आए हैं! बाकी सब हमारी तुम्हारी तरह बहुत दूर तक साथ चलने के बाद, चुपचाप अपने रास्ते बदलते रहे हैं। ...तुम भी हॉस्टल चपरासी गिरवर की लड़की गौरा की ओर मुड़े हो?... उसे ट्यूशन पढ़ाना/उससे रस ले-लेकर बातें करना/बहाना बनाकर उसके घर जाना/रास्ते में साइकिल पर बैठाकर उसे कॉलेज में छोड़ना/यह सब अब मेरी समझ में है—शम्भू!...लेकिन जब कोई एक घर छोड़कर दूसरे घर में जाता है, तो पहले घर को बुरा बताकर आग के हवाले नहीं कर जाता!!...तुमसे मुझे शिकायत है शम्भू!!!'' बात खत्म करते-करते उसकी आवाज भर्रा गयी थी। परन्तु शम्भू जड़वत् बैठा रहा। तब उसे लगा जैसे शम्भू के भीतर कुछ पिघलने की बजाय बहुत कुछ जम गया है। वह ये सहन नहीं कर सका। शम्भू के पास से उठकर वह, खिड़की खोलकर सामने खड़ा हो गया था। जहाँ वह भरे मन और भरी आँख, एक बार फिर शम्भू के निर्मोही और क्रूर व्यवहार को लेकर सोच में पड़ गया था—'उसे लगा कि स्त्री प्रेम की छाया में ध्यानस्थ पुराणों के शिव की तरह, शम्भू भी अपने मर्द होने की तीसरी आँख खोल चुका है। जिसकी धधकती आग की लपटों में कामदेव की तरह, वह भी अपने प्रेम के पुष्प बाणों सहित भस्मीभूत है। ...देहधारी होते हुए भी किसी शम्भू से दैहिक प्रेम न कर, 'अनंग' और आत्मीय प्रेम करने को अभिशप्त! जबकि देह से परे आत्मा का अस्तित्व...?'

''क्रूर कहा जाने कामिन कौ रस, काग कहा जाने मोल कौ दही है।
सिंह कहा जाने गाय गरीब की, चोर कहा जाने याके यही है।।
काल कहा जाने राँड़ कौ पूत औ आग कहा जाने छानि नई है।
बालू की भीत अटारी कौ चढ़िवो गाँडू से प्रीति कबै निबही है।।''

खिड़की के सामने खड़ा हुआ अभी इस विचार में डूबा हुआ ही था कि अचानक खिड़की के पार से ये छन्द उसके कान में गूँजा, तब उसकी तन्द्रा भंग हुई।

अब तक पौ फट चुकी थी। खिड़की के पार झुरमुट में गाँव से मज़दूरी करने आए दो युवक, सड़क के किनारे बनी अपनी अस्थाई झुग्गियों में खाना बनाने के लिए लकड़ियाँ चुन रहे थे। उन्हीं में से एक तेज़तर्रार युवक, अपने दूसरे साथी को रात में या अभी हुई किसी बात पर उलाहना-सा देता अपनी मर्दानी आवाज में ये छन्द सुना रहा था। ...यह उसके लिए दूसरा झटका था। उसे लगा जैसे यह छन्द वह युवक अपने साथी को नहीं, उसे ही लक्ष्य कर सुना रहा है।...क्या उसके और शम्भू के बीच पनपे प्रेम का यही शाश्वत सत्य है? वह बुरी तरह टूट गया था। अन्दर की वह दृढ़ता, फिर टिकी न रह सकी। मन गहन अपराध बोध से भर उठा था। उसके लिए अब खिड़की के सामने खड़ा रहना भी मुश्किल हो गया। आत्मग्लानि से भर गये मन की बाढ़, आँखों में उतर आई थी। वह लगभग रुआँसा-सा जब खिड़की से कमरे की ओर मुड़ा, तो शम्भू उसके पीछे ही खड़ा था। लेकिन आश्चर्य, उस समय उसके चेहरे से तीसरी आँख गायब थी...।

विश्वास : कुछ जगबीती कुछ आपबीती

जगबीती

जगबीती कहने से पहले चीनी कथाकार बांगमेंग की तरह, मैं भी स्पष्ट कर दूँ कि यह मेरी एक सुनी-सुनाई कहानी है। यह मेरी मौलिक रचना न होकर, चम्बल की एक विस्मृत लोक-कथा है। जिसे मैंने अपने बाबा से और उन्होंने अपने बाबा से सुना होगा।

तो साहिब, बात सी न झूठी। बात सी न साँची। न कहनेवाले को दोष, न सुननेवाले को। दोष उसको, जिसने इसे बनाकर तैयार किया है।... पर दोष उसको भी नहीं, उसने तो इसे रैन काटने के लिए बनाया है... ?

बहुत पुरानी बात है। ...किसी गाँव में बड़ा भारी अकाल पड़ा। चौमासे सूखे निकल जाने पर, जड़काले में मावठ भी धोखा दे गयी। चैत-बैसाख के आते-आते, सूखते ताल-तलैया और कुठिला-कुठिलियों में चुकते अन्न-पानी को देख। लोग-बाग, भिखारी को भीख और प्यासे बटोही को पानी पिलाने से भी कतराने लगे थे।...

ऐसे में हँसिया-दराँती पिटवाकर लावनी के लिए बैठे रह गये किसान-मजदूरों में, जब चना चिरौंजी और महुआ दाख हो उठे। सरसों की खली और पेड़ों की छाल ने मेवा की जगह ली। तब—खेती-पाती, बन्ज-व्यापार करने करवानेवालों की अपेक्षा, खेत जोतते समय हल में लगे लोहे के फाल से होनेवाली जीव हत्या को कारण मान। अपने लिए कृषि-कर्म, शास्त्र विरुद्ध ठहरानेवाले परजीवी ब्राह्मणों में काफी अफरा-तफरी मच गयी थी। ...शुरू-शुरू में अकाल से बचने और वर्षा के देवता इन्द्र को प्रसन्न करने का झाँसा दे-देकर। हवन-यज्ञ और कथा-भागवत के नाम पर, उन्होंने बहुत कुछ लूट-खसोट की। लोगों ने भी अपना पेट काट-काटकर, इस संकट से उबरने के लिए उन्हें काफी कुछ दिया।

इस तरह कुछ दिन और बीते। ...वृष राशि पर बैठे सूर्य की तीक्ष्ण किरणों के ताप से झुलसते पेड़-पौधों और आद्रताविहीन हार-खेतों में, धरती के दरकने से और

चौड़ी होती दरारों को देख-देख। भगवान पर भरोसा करते-करते लोग, भाग्य कोसने लगे थे। जब बात इतने पर भी न बनी, तो कुछ कूर-कज़ाकी अपनी सतभाँवरी लुगाई और बाल-बच्चे छोड़-छाड़, अकेले प्राण ले भाग उठे थे।...

संकट की उस विकट घड़ी में उस गाँव का एक धनहीन दुबला ब्राह्मण। भर जवानी में पहली घरवाली मर जाने के बाद, घर में नयी-नवेली दुल्हिन ब्याह कर लाया था। जिसे लेकर वह काफी चिन्तित था। उसे छोड़ना तो दूर, उसके बारे में ऐसा सोचते ही उसके प्राण सूखने लगते। कई दिनों तक सोच-विचार करने के बाद, एकाएक उसे ध्यान आया कि यहाँ से सवा चार कोस दूर, नदी के किनारे, बीहड़ में अकेले बसे चमारों के गाँव में, यजमानी के लिए चलना चाहिए। जिसमें सौ-सौ बीघा के काश्तकार, सौ परिवार। अपनी मेहनत से नदी पर बनाए बाँध पर, खेती करते मौज़ से रहते चले आ रहे हैं...।

दूसरे दिन भोर होते ही उस ब्राह्मण ने, जल्दी-जल्दी स्नान-ध्यान किया। आड़े-बेंड़े तिलक लगाकर, चुटिया में गाँठ लगाई। काँधे का जनेऊ कान पर चढ़ाकर सिर मुड़ासे से ढँका! बगल में कुछ पोथी-पत्रा दबाकर वह जैसे ही घर से निकला। तब अपनी जाति को देख घुर्रानेवालों में, नाई और कूकरों से भी पूर्व। प्रथम स्थान पर आनेवाले उसके सजातीय भाई-बन्धु, एकजुट हो उसकी राह में आ खड़े हुए थे—'तुम चमान्नि के यहाँ यजमानी करन जाओगे; तो तुम जाति-पाँति से बाहर कर दए जेहो?'...बेचारा सुदामा सदृश्य गऊ ब्राह्मण, उनके आगे सिटपिटा कर रह गया था। पर घर की भुखमरी का ध्यान आते ही वह, चुप न रह सका।...उसने पहले तो सबके बहुत निहोरे-पाते किए, कि 'भ्रष्ट होकर सरग की वैतरनी में डूबने होयगो, तब डूब जाएँगे।...पर इस वैतरणी से हमें कैसे भी पार हो जाने दो...!' लेकिन बहुत दिनों से उस गाँव पर आँख गड़ाए बैठे वे पंच-बन्धु, टस से मस न हुए। तब—'संकट काल में ब्राह्मण, शूद्र का अन्न ग्रहण कर सकता है।' जैसे शास्त्रोक्त वचनों को ढाल बनाकर, उसने पंचों से अपना पिंड छुड़ाना चाहा। तब भी; 'व्यवहार में लोक रीति, शास्त्रोक्त से भी प्रबल होती है', जैसे कुतर्कों द्वारा उसका रास्ता रोका गया।... लेकिन तब तक उन्हीं में से कुछ ऐसे पंच भी निकल पड़े, जो उसकी नोनी-दुल्हैया पर लार टपकाते थे। तथा बुढ़ऊ-वामन की अनुपस्थिति में, कुछ कर गुजरना चाहते थे। उन्हीं के एक राय हो जाने पर उन पंच-सियारों ने, दक्षिणा का तृतीयांश पंचायत को दे देने की शर्त पर उसका रास्ता साफ कर दिया था।

...यद्यपि देश-काल में अकाल था। परन्तु उस गाँव के चमारों पर पहले तो सौ-सौ बीघा खेती, उस पर मेहनत में पक्के किसान। साथ ही पूर्व में संचित अन्न-पानी के आधार पर, अकाल की नैया खे ले जाने की हिम्मत होने के कारण उनमें अभी भी औरों की तरह, इतनी हा-हा दइया नहीं मची थी। ...अपने खेतों को ईश्वर

और कड़ी मेहनत के बाद पैदा होनेवाली रोंयेदार फसल को, पूजा का प्रतिफल माननेवाले उस गाँव के जाटव। ...सारे आडम्बर और ढोंग-धतूरों से दूर, सादा-जीवन और सरल विचारों में आस्थावान। उस प्राकृतिक-प्रकोप का सामना करते, समय गुजार रहे थे...।

गाँव में घुसते ही साधु-संन्यासी और ऐसे ही विचित्र-भेष धरकर, भोले-भाले लोगों को ठग-मूसनेवालों के चिर-शत्रु-ग्राम सिंह-कुत्ते। उस ब्राह्मण के भेष से अधिक उसकी आँखों में बहुत गहरे तक गाँव के लिए झलकती लोलुप-दृष्टि देख, एकजुट होकर अपने पिल्ला-पिल्लियों सहित उस पर टूट पड़े थे...।

परन्तु सदियों से ब्राह्मणों की घृणा और उपेक्षा के शिकार बने रहने/उनके द्वारा बार-बार छले जाने पर भी। मनू के विधान से बनी अपने मन की सात गाँठों में क़ैद, नीच होने की हीन-ग्रन्थि के चलते। ...हमेशा ही उनके समकक्ष खड़े होने/उनसे निश्छल प्रेम पाने की दुराशा में न चेतनेवाले उन भोले-जाटवों ने।...गाँव में कुत्तों से अपनी आधी से ज़्यादा धोती नुचवाकर, हाय-हाय करते एक टीले पर जा चढ़े उस ब्राह्मण को देख। पहले तो दौड़कर उसका पाँयलागन किया, फिर ससम्मान अपनी चौपाल पर ले जाकर बैठाया।....तदुपरान्त पुरोहित के पीछे-पीछे भोंकते चले आ रहे अपने वफादार कुत्ते-पिल्लियों में, कई डंडे फटकार दिए थे...।

बेचारे वे कुत्ते-पिल्लियाँ, कुछ देर भूँस-भाँस कर। पंजों से अपने सिर की चोटें सहलाते, पुनः उसी सैर की धूल में बैठ गये थे। यह सोचते हुए, कि हमें इस तरह जीजी की भैंस वाला नहीं बनना चाहिए था।...यह इनका जातीय मामला है, ठोकर लगते-लगते सँभल ही जाएँगे? हज़ारों साल हो गये इल्लाते-चिचियाते, कि ये लोग, हमें गाँव घरों से बाहर रखते हैं। ...चाहे जितने वफादार बनो, मतलब निकलने पर दुत्कार ही देते हैं। ... झूठी आत्मीयता दिखाकर खाना खिलायेंगे भी तो-ऽ, घर में अलग रख छोड़े टूटे-फूटे बर्तनों में-!! घृणा इतनी कि स्नान-ध्यान करते समय छूने या छाया पड़ जाने पर, बिना गंगाजल छिड़के नहीं रहते-ऽ येऽऽ लो-ग !!! .

इस तरह गाँव के बीचोबीच, चौपाल पर खड़े नीम के एक पुरातनी पेड़ की छाँह में। अपनी पोथी-पत्रा खोल, गाँव वासियों से घिरकर बैठ गये उस ब्राह्मण को देख-देख। सैर में बैठे वे मरघिल्ले कुत्ता-पिल्लियाँ, लगातार भुन-भुनाये जा रहे थे...।

और उधर...; गृह-नक्षत्र, दान-पुण्य और ज्योतिष का पंसार-पसार कर बैठे, उक्त ब्राह्मण की गूढ़-गम्भीर वाणी से आतंकित हो तथा उसकी वर्तमान दीन-दशा पर करुणा कर, उन भोले जाटवों ने। कुछ ही देर में उस विप्रदेव को भरपूर दान-दक्षिणा ही नहीं दी। बल्कि उसके गाँव में आ बसने की शर्त पर, अपनी सौ-सौ

बीघा खेती में से एक-एक बीघा खेत देने की भी हामी भर ली थी।

पुरोहित के क्षणिक प्रभाववश ही उनमें अचानक ये छद्म एहसास घर कर गया था, कि—'मात्र आर्थिक उन्नति से कुछ नहीं होता? धार्मिक संस्कारों के बिना तो मनुष्य बिना सींग-पूँछ का बैल है।' सो वे अगले दिन का इन्तज़ार इस आशा में करने लगे थे—कि 'गाँव में एक ब्राह्मण के आ बसने से, लोग धरम-करम तो चीन्हने लगेंगे। वैसे भी, चहुँ ओर सूखा-अकाल पड़ा है।

...उस दिन ब्राह्मण के जाने के बाद गाँव के उन कुत्तों को छोड़कर, सबको संशय था। कि अपने सगे-सम्बन्धियों को छोड़ वह 'वामन' शायद ही इस गाँव में बसने आए ...। परन्तु सबकी आशाओं के विपरीत अगली भोर, दोपहर होते-होते। होरी कैसी झाँक/दिवारी जैसा दिया/घी कैसा लोंदा/बाँस जैसा-पीका/अपनी नई-नवेली वामनी को लिए वह दूजिया ब्राह्मण, गाँव में आ विराजा था। ...तब कल की चोटों से आहत सैर की धूल में बैठे/मन-ही-मन घुर-घुराते/आँखे नटेरते/गाँव के उन श्वान शुक्राचार्यों की अनदेखी कर, बलि-वचनबद्ध उस गाँव के जाटवों ने वामन-वामनी की आवभगत कुछ उसी तरह की, जैसे-चौदह वर्ष का वनवास व्यतीत करने वन आए सीता-राम की वनवासी भीलों ने की होगी।

पलक झपकते ही उनके लिए, खाने-पीने से लेकर पड़ने-बैठने तक का इन्तजाम हो गया था।...चार छः दिन के अन्तराल में ही सारे गाँव ने मिलजुल कर, उनके लिए एक बढ़िया-सा मढ़ा-तिवार. बनाकर तैयार कर दिया। फिर अपने वचनानुसार गाँव के प्रत्येक परिवार ने अपना एक-एक बीघा खेत भी उनके नाम कर दिया। दान-दक्षिणास्वरूप पंडित-पंडिताइन को गाँव से खाने-पीने से लेकर ओढ़ने-पहनने के लिए इतना कुछ मिला कि उस गाँव के किसी भी परिवार की अपेक्षा बिना किए-धरे ही वह ब्राह्मन-ब्राह्मनी, अकाल से जूझने की चौगुनी-पँचगुनी क्षमता में आ गये थे।

...इस तरह अपनी सौ-सौ बीघा खेती में से एक-एक बीघा खेत, और थोड़ा-थोड़ा गल्ला-पानी देकर उस गाँव के चमार। उस ब्राह्मण को अनजाने में ही अपने से ज़्यादा धनवान, और सौ बीघा का मालिक बनाकर। अपने असंगठित रूप में उससे कमज़ोर और निन्यानवे-निन्यानवे बीघा के ही काश्तकार बनकर रह गये थे। ...उस ब्राह्मण ने भी उनकी इस उदारता से अविभूत होकर, पुराणों के—बलि/दधीच/हरिश्चन्द्र/कर्ण/अम्बरीष और मोरध्वज जैसे वर्ण-व्यवस्थापोषी दानवीरों से तुलना कर, उन्हें खूब फुला दिया था।

...समय का पहिया एकदम तो नहीं घूमता, पर घूमता अवश्य है। इस बार के आषाढ़-सावन भी सूखे निकलने के बाद, लोगों में भूख और मौत के अतिक्रमण के मध्य, दक्षिण-पूर्व से धीरे-धीरे उमड़-घुमड़ कर आए मेघ बरस उठे थे।...फिर तो

मोरों ने प्रसन्न होकर, कोंहकना शुरू कर दिया। पपीहा की लम्बी टेर भी धीमी हुई। किसी कोने में पड़े गर्मी से बेहाल बिलाँद-बिलाँद भर की जीभ निकालकर हँफियाते रहनेवाले कुत्ते। धमका से निजात पाते ही, हल लेकर खेतों की ओर दौड़ते। अपने किसान-मजूर मालिकों के संग, दौड़ लगा उठे थे। अच्छी फसल का पूर्वानुमान लगाकर, सेठ-साहूकार भी कुछ ढीले पड़े। महँगे दाम की आशा में भरे रखे रहे अपना नाज-गल्ला, अब दाम के दाम बेच उठे थे। जिससे गरीब के घरों के ऊपर उठतीं धुएँ की लकीर और ऊँची हो उठी।

...हल और चाड़ी के द्वारा, किसान की मुट्ठी से खेतों की कोख में जा पड़े बीज पल्लवन और पुष्पन के बाद, फसल बनकर। अपने अधिसंख्यक रूप में, किसान के घर जाने के लिए लालायित उठे थे। जिस खुशी में उस गाँव के निवासी धरती की उदारता, आकाश का उद्यम और प्रकृति का परोपकार न मानते हुए। उस ब्राह्मण का गुणगान कर उठे थे। कि—'पांड़े के आवत-आवत ही, गाँव में मौज़-बहार आय गयी। ...यह सुनकर उस दिन गाँव के वे सारे कुत्ते। क्रमशः और फिर एक सुर में। अपना मुँह ऊपर की ओर करके, बड़ी विद्रूप हँसी हँसे! और फिर अन्ततः अपनी भाषा में रोये भी?...जिसे गाँव के लिए असगुन बताकर उस ब्राह्मण द्वारा कोई फतवा जारी किया जाता...। उससे पहले ही समाज की मुख्य धारा से जुड़ने का दम्भ पाल बैठे उन जाटवों ने, उन श्वानों का महाभिनिष्क्रमण कर दिया था।

...सतयुग में शिवजी का वरदान प्राप्त राक्षस राज सुकेशी को द्वेषवश नगर सहित धरती पर गिरा देने के कारण सूर्य को शिव का कोप भाजन बनना पड़ा था।

किसी जंगल में शूद्र ग्वालों द्वारा भगवान सत्यनारायण की कथा में बाँटे जा रहे प्रसाद को ग्रहण न करने पर। राजा तुंगध्वज को अपने राज-पाट से हाथ धोना पड़ा था।

श्रद्धापूर्वक, वनवासिनी शबरी द्वारा दिए बेरों का अपमान करने के कारण राम-अनुज लक्ष्मण, मेघनाद की वीर-घातिनी शक्ति के शिकार हुए थे।

इतना ही नहीं,...

ब्रह्मा, विष्णु और शिव के होते हुए भी देवता बिना दैत्य/दानव/असुर/राक्षस और नाग जातियों की सहायता के लिए, समुद्र मन्थन नहीं कर सके थे।

'शबर/निषाद/कोल/किरात/भील/ऋक्ष आदि वन-नरों के बगैर-राम। दिग्विजयी रावण पर कब विजय प्राप्त कर सके?

'हज़ारों ब्राह्मणों और ऋषि-मुनियों के प्रयास करने पर भी सत युग में जहाँ पम्पा सरोवर का अशुद्ध जल, अछूत शबरी के चरण स्पर्श से ही शुद्ध हो गया था। वहीं द्वापर युग में महाराज युधिष्ठिर के अश्वमेध यज्ञ का विजय-घंट, अन्त्यज-

ऋषि स्वपच सुदर्शन के आने पर ही बज सका था।'

'तभी तो, हमार वेद-पुराणों में—'जन्मना जायते शूद्रः संस्कारात् द्विज उच्चयते वेद पाठात् भवेत विप्रः ब्रह्म जानति ब्राह्मणः। एकम् सद् विप्रः बहुदा वदन्ति ... आत्मवत् सर्वभूतान ... वसुधैव कुटुम्बकम् इत्यादि का कितना सुन्दर समन्वयक आदर्श हमारे सनातन धर्म ने विश्व को दिखाया है। ...इसीलिए हमें किसी के बहकावे में नहीं आना है। ...स्वधर्मों निधनं श्रेयः पर धर्मों भयावहाः।' ...जैसी सूक्तियाँ और कथांश जिन्हें वर्णव्यवस्था और जाति-प्रथा के ऊपर होनेवाले हमलों में, ढाल ढाल स्वरूप बचाव में कभी लिख छोड़ा होगा। उस ब्राह्मण के श्रीमुख से निस्रत होकर, सारे गाँव को धर्ममय बना उठे थे...।

अब यह उस गाँव के भोले जाटवों के निश्छल प्रेम का प्रतिदान था अथवा अपने सजातीय बन्धु-बान्धवों की सनातन धूर्तता का प्रतिफल कि जिस पूर्वाग्रह से ग्रस्त होकर वह ब्राह्मण अपने गाँव से यह सोचकर चला था कि अकाल बीत जाने पर सब कुछ समेट-समाट कर, वह उन ढेड़ों के गाँव से लौट आएगा। उस पोटली की गाँठ अचानक खुल गयी थी। दूर-दूर रहकर, वर्षों तक कागद का लेखा जो उसने पढ़ा-समझा था। यहाँ कुछ समय के ही सामीप्य में आँखिन देखे के आगे, तितर-बितर हो गया था। जिसे तमाम प्रयासों के बावजूद पांड़े समेट कर बाँध नहीं पा रहे थे।

समय पंख लगाकर उड़ने लगा। जिस जाति बहिष्कार के डर को तिलांजली देकर पुरोहित, उस गाँव में अपना मनोवांछित पाकर निश्चिन्त-सा हो गया था। उसी डर का प्रेत अपने छाया रूप में आ-आ कर अब उसे दिन-रात सताने लगा था—'माता की पाँच और पिता की सात पीढ़ियाँ बचाकर विवाह करनेवाले तुम ब्राह्मण चाहे ज़ितने उदार मनाः हो जाओ... अपनी कन्या का पाणिग्रहण संस्कार, किसी चमार-भंगी के साथ कभी सहज में कर सकोगे...?' पुरोहित दिन-रात बेचैन रह उठा। कुछ दिन पूर्व घर में जन्मी कन्या ने भी इस डर में, आग में घी का काम किया था। लेकिन इस सबसे अनभिज्ञ अपने ऋषि पति के संग आदि-द्रविड़ों के मध्य पहुँची अगस्त्य पत्नी लोपामुद्रा की भाँति, पंडिताइन तो कुल मिलाकर मगन-मन ही थी।...घर छोड़कर आते समय उसके मन में कुछ तो संस्कारवश और कुछ इधर-उधर की सुन-सुनाकर जो ग्लानि मन में दबी चली आई थी। वह भी वहाँ, निश्छल प्रेम और सहयोग पाकर छूट गयी थी। कुछ दुख था भी, तो जात-पाँत और छोत-पाक को लेकर निष्ठुर हो बैठे अपने परिजनों का जिन्होंने उसकी फिर कभी सुधि न ली। ...परन्तु वह जानती थी कि समाज के लिए नियम रचनेवाले उसके सजातीय भाई-बन्धु। उस तक पहुँचने के लिए कोई-न-कोई चोर-रास्ता ज़रूर ढूँढ़ ही लेंगे? क्योंकि अब वह टूटा तवा अरू फूटी कठौतीवाली हालत से ऊपर उठकर सौ बीघा

खेती की मालिक जो है।

...कभी-कभी हम आशाओं के विपरीत जिन मनोनुकूल परिस्थितियों को बहुत दूर समझ रहे होते हैं वह, शीघ्र ही हमारे सामने आ खड़ी होती हैं। बहुत साल पहले पुरोहित का एकमात्र का छोटा भाई। अपने ही गाँव की एक विधवा युवती के काशी चले जाने पर उसके प्रेमपाश में बँध पंडिताई सीखने के बहाने, उसके पीछे काशी चला गया था। परन्तु दुर्भाग्य कि उसके काशी पहुँचने से पूर्व-राँड़, साँड़, सीढ़ी और संन्यासियों से बचकर काशी सेवने का औरों को उपदेश देनेवाले काशीवासी, धर्म लाभ लेने पहुँची उस अबला के कुछ इस तरह पीछे पड़े कि वहाँ बार-बार बलात्कृत होने/लोक-लाजवश अपने कलेजे के कबीरों को किसी लहरतारा में फेंकने/फिर किसी जटाधर शिखाधर विश्वामित्र या पाराशर के ब्रह्मचर्य खंडन का आरोप, अपने सिर लेने की अपेक्षा स्वयं मृत्यु का वरण श्रेयस्कर समझ, गंगा में उसने काशी करवट ले ली थी।

उसके बाद घर से घाट, यानी काशी पहुँचा पुरोहित का भाई। तीन लोक से न्यारी उस नगरी के गली-घाट और मन्दिरों में अपनी प्रेमिका की खोज से निराश, हरिश्चन्द्र घाट पर कापालिकों के बीच जा फँसा। जहाँ कुछ ही दिनों में वह, वाममार्ग के सारे गुण-अवगुण सीख गया था। जिसके चलते एक दिन, उस घाट पर पानी भरने आई एक रैयदासी बाला के साथ। तन्त्र रूद्रयाल के प्रसिद्ध श्लोक—*'रजस्वला पुष्करण तीर्थम्-चण्डाली तु कासिका चर्मकारी तु प्रयागः स्माद्रज की मथुरा मता। अयोध्या वार वधु प्रोक्ताः, माया तु नापित स्त्रियः।।'* को ध्यान में रख, उसने काशी में ही तीर्थराज प्रयाग का लाभ लेना चाहा। लेकिन उसने समाज की आम-राय से हटकर, सारे लोभ लालच से दूर। ब्रह्मा के पैरों से पैदा होने पर भी अन्त्यज कहलानेवाली उस 'चमार' कन्या ने, आक्रोशित होकर अपने जन्मस्थल (पैर) से पनहियाँ उतार कर, ब्रह्मा के मुख से उत्पन्न इन ब्रह्मपुत्र के जन्मस्थान (सिर) पर ठोकी, फिर चीख चिल्लाकर अपने भैया-भतीजों को बुलवा लिया था जिन्होंने उस विप्र बन्धु की खूब कुगति कर देने के बाद, काशी से भगाकर ही दम लिया था।

...अपना गाँव होता तो हर बड़ी जातिवाले की तरह-हमेशा से सवर्णों का हित-संवर्द्धन करनेवाली पंचायत में लाख सद्चरित्र होने पर भी उस दलित लड़की को ही बदचलन सिद्ध कर कराकर अपना बचाव कर ले जाता। लेकिन परदेश में आदमी विवश होता है। वह भी हुआ। अन्ततः हतास, कुंठित, चमारों के प्रति मन में बहुत सारी कटुता दबाये वह अपने गाँव आ लगा था।... गाँव में परिजनों ने अपने निजी स्वार्थ के चलते, उसके पूर्व कर्म-कुकर्म विस्मृत कर शास्त्र-स्मृति और संहिताओं में चमारों के प्रति भरे पड़े दुर्वचनों से और अधिक लैस कर, भाई-भावज

के पास उसे उक्त गाँव भेज दिया था।

ब्राह्मण के घर एक और ब्राह्मण आया देख, गाँव में पहले तो काफी खुसर-पुसर हुई। फिर एक से एक यह पता लगते कि वह और कोई नहीं बूढ़े-ब्राह्मण का छोटा भाई है। तब फिर सब शान्त हो गये थे। ...हाँ, कुछ खुरापातिनों को छोड़कर। जो, बूढ़े 'वामन' की नवेली नार और उसके घर आए जवान-मुन्स भाई का अपने दिमाग में काल्पनिक युग्म बनाकर, उनके रति रहस्य में परिणित हो जाने तक की कल्पना से अभिभूत हो-होकर वाग्विलास में जुट गई थीं।

उधर गरीब हालत में परिवार को निस्सहाय छोड़कर। पंडिताई सीखने के बहाने, काशी गये अपने निठल्ले देवर के आने पर पंडिताइन कुढ़ उठी थी। गाँव में घर की देहरी और घूँघट तक सिमटी रहनेवाली वह ब्राह्मण-वधू उस गाँव की चमारिनों की देखा-सैग घर-बाहर के काम-धन्धों/लड़ने-झगड़ने तक में बराबर की हिस्सेदारी का हुनर विकसित पाकर, मन में जो गर्व महसूस कर चली थी। पुरोहित के भाई ने सबसे पहले अपनी झेंप मिटाने, उसकी इसी आदत को लेकर अपने भले भाई पर रौब झाड़ा—"कुजात में बसकें आदमी कैसे अपने धरम-संस्कार खोवत, यह तुमने देखौऽऽ? चमरियन के बीच में रहके ये कैसी मुँह-जोरू भई हैं... और आगे का होयगो, याको ईसुर ही मालिक है!!!" पुरोहित सन्न रह गया। ...भैंस की सानी के बाद हाथ-पैर धोकर, तुलसी के चौंरा पर सँझौती करने जा रही पंडिताइन भी दंग? जहाँ उस घर में, सूर्यायण, चन्द्रायण, प्रदोष और अन्य व्रतों की भरमार थी। ज़रा-ज़रा सी बात पर, अर्घ्य-छींछे दिए जाते थे। यहाँ बसने के बाद कुछेक को छोड़, अब उन्हें सब निरर्थक प्रतीत हो उठे थे।... चूँकि यह बात पंडिताइन पर ढालकर कही गयी थी, सो चोट भी उसे ही ज़्यादा लगी। पुरोहित ने भाई को नादान कहकर आपसी द्वन्द्व टालना भी चाहा, पर एक नयी समझ के आधार पर आँगन की ओर पाँव बढ़ाती पंडिताइन, इतना कहने से न चूकी—"काऊ के बीच रहे बसै और छाँव छुअन से ही संस्कार जावत हैं, तो ऐसे संस्कार छूटेहीं भलो है! ...जो घर-बाहिर बराबर मेहन्त करेगो, वह मुँहजोरी भी कर सकत है!! का चामरें का बामनी...मुँहजोरी तो चौपाये नहीं करत !!!"

चौपाये—अर्थात् चार पैर के मूक-पशु। जिनका सुख-दुख, जीवन-मरण, उनके स्वामी की इच्छा पर निर्भर होता है। पुरोहित के भाई ने देखा, उस गाँव में कोई चौपाया नहीं था। अब तक उसने पढ़ा और सुना था कि, 'ब्राह्मण की ब्रह्मा के मुख से और शूद्र की ब्रह्मा के पैरों से उत्पत्ति हुई है। गत जन्म में पाप किया, इसलिए इस जन्म में शूद्र का जन्म मिला। शूद्र त्रैवर्णिकों की सेवा करे। उसे सत्ता, सम्पत्ति, प्रतिष्ठा और ज्ञान का अधिकार नहीं...। वे गाँव के बाहर रहें/उनके नाम अमंगल हो/ वे सम्पत्ति जमा न करें/केवल गधे या कुत्ते पालें/वे कफन का वस्त्र पहनें/ वेद न पढ़ें/

संस्कृत न सीखें/इत्यादि वचनों से व्यवहृत आचरणोंवाला, उसे वहाँ कोई भी दृष्ट्व्य नहीं हो रहा था। जिन एकाध बातों की कमी थी भी, उन्हें आवश्यकता से अधिक उदार हो चला, उसका अपना भाई ही पूर्ण किए दे रहा था।

हर घर के आगे ऊँचा चौंतरा, आँगन में तुलसी-सालिगराम। द्वार से टिकी तेल पिवी लाठी और लुहाँगियाँ। दास/दीन/कढ़ेरा/खचेरा/डरूआ/घसीटा इत्यादि हीनता बोधक और सतह से न उठनेवाले व्यक्तिवाची विशेषण युक्त नामों के स्थान पर, कुँवर', 'सिंह', 'राय', 'कुमार', 'चौधरी', 'वीर' इत्यादि क्षत्रिय और ब्राह्मण्योचित नामान्त शिखा यज्ञोपवीतधारी, ऊँचे आसन पर बैठ पुराण पाठ करते या ठसक में अपनी रौबदार मूँछ ऐंठते चमारों को देख वह भड़क गया था।

वह जब कभी अपनी टीस दबाकर इस सम्बन्ध में किसी से कोई बात छेड़ता, तो उसे एक ही जवाब मिलता—'अबै काटो तो वई खून तुम में, सो हम में...। सब एक ही बाट सैं आवत हैं, और एक ही घाट पे जावत हैं... फिर-को कौन से घट बढ़? ...घाम में तुम्हें ठंड और हमें गर्मी लगत होय, ऐसो हू तो नांय? ...बड़े पुरहेत हू तो कहत हैं-आत्मवत सर्व भूतान।...' पुरहेत का भाई खिसिया कर रह जाता। उससे यह अधर्म? नीति, देखी नहीं जाती। एक घर माँगा तो चँदिया-रोटी, (चाँद के आकार की छोटी रोटी) दस घर माँगा तो चँदिया-रोटीवाली हालत से ऊँचा उठाकर। उसके भाई को धन सम्पत्ति में अपने से ज़्यादा ऐश्वर्यशाली बना देनेवाले उन जाटवों के प्रति, उसके मन में कोई कृतज्ञता अथवा सम्मान तो न जग सका। बल्कि उनके बदलते आचार-विचारों को लेकर, जड़ीभूत तक नष्ट कर देनेवाली ईर्ष्याग्नि। प्रज्वलित कर, सारे गाँव को भस्मीभूत करने का मौका तलाश उठा था।

परन्तु थाली में रखी गर्म महेरी को एक शूद्र बालक द्वारा, बीच से खाते समय उसकी अँगुली जलती देख। उसकी माँ द्वारा आसपास से खाकर, थाली साफ करने की हिदायत के आधार पर। पूरे के पूरे एक दलित साम्राज्य को नष्ट करनेवाली चाणक्यवादी सीख, वहाँ काम नहीं आ पा रही थी। क्योंकि गाँव के आसपास कोई सीधा उपद्रव करने पर, उसके पुरहेत भाई की पूज्य छवि नष्ट होने और गाँववालों के भड़कने के पूरे-पूरे आसार थे।

तब उसके इस गाँव में आने के साथ ही, घर-परिवार से जिन दो-चार कनभरा लोगों की आवाजाही हो उठी थी। और जो, साम, दाम, दंड, भेद इत्यादि हर तरीके से, उस सुजल-सुफल और शस्य-श्यामल गाँव में बसने की इच्छा भी प्रकट कर चुके थे। उन्हीं से उसने धवल दूध में श्वेत छाछ की भाँति मिलकर किसी का मूल नष्ट कर देनेवाली नीति जानकर पुरहेत के भाई ने उस गाँव को पूर्ण रूप से विध्वंस करने की कमर कस ली थी।

इसके लिए उसने सर्वप्रथम अपने आचार-विचारों में कुछ परिवर्तन किए,

जिनमें उसने पहला परिवर्तन अपना पूर्व का विरोध, झुँझलाहट और गाँववालों से कटा-कटा-सा रहनेवाला स्वभाव, त्याग दिया था। ...वाह्य आडम्बरों के प्रति अपनी अत्यधिक सजगता को ज़ज़्ब किया। दिखावटी तौर पर ही सही, अब वह अपने भाई-भावज के कामों में भी हाथ बँटा उठा था। इस तरह गाँव में सबके साथ उठने-बैठने, खाने-पीने, हँसने-बोलने और उनके सुख-दुख में बढ़-चढ़कर हिस्सा लेने के कारण वह कुछ ही दिनों में गाँव का सबसे प्यारा बेटा, भैया, काका और देवर बन गया था। किसी घर में जब उससे कच्चे खाने की जगह पक्के खाने अथवा लहसुन-प्याज डालने के बारे में पूछा जाता। तब वह हँसकर टालने लगा था—'सब चलेगो, हम तैसे ब्राह्मन नइंया..?'

जिसे देखकर एक दिन गाँव के लिए अभिशाप मानकर दुत्कार दिए गये कुत्तों के अचानक आ धमकने/प्रत्येक घर के सामने अपनी भाषा में पहले याचना, और बाद में आक्रोशित होकर कुछ कहने/मार खाने/और भगाये जाने के उपक्रम में/पशु-पक्षियों की बोली के अर्थ-ज्ञाता एक ग्राम-वृद्ध (मेरे बाबा जिसे कोकशास्त्री कहते थे), का उसे चेतावनी के रूप में लेने के प्रतिक्रिया स्वरूप। गाँववालों का एकजुट होकर, लगभग खीजते हुए यह कहना—कि 'गू का कीरा गू में ही राजी रहत है... कोऊ उसे गन्दगी में से निकारें चाहें, तो वह वई पे शक करेगो... पहले तो अपनी ओर कोऊ झुकत नइयां... एक ब्राह्मण अपनो घर-कुल त्याग, अपने बीच आय बसौ-तो वई पे बहम! ...अरे हमें तौ पुरहेत के पाँय धो-धोकर पीने चहियें कि जिनकी किरपा से हमें वे चीजें नसीब भयीं, जिनके काजै हम जुगन-जुगन से तरसत आए हैं...?'' के साथ ही, विरोध के वे सारे स्वर दब गये, और शेष रह गयी थी आम धारा में शामिल होने की एक भोली सनक।

उधर पुरोहित के भाई ने गाँव में धीरे-धीरे अपना असर छोड़ना प्रारम्भ कर दिया था। कापालिकों के बीच पंचमकारों की प्रतिबद्धता के चलते, मद्य, माँस, मत्स्य, मुद्रा और मैथुन की जो लत लग गयी थी। जिसे गाँव में आकर भैया-भौजाई का विश्वास जीतने/अपनी पुरहेताई की बात अक्षुण्ण बनाये रखने/बनारस से लौटते संग लाये पुराने पंचागों के मध्य जूझते कुछ दिनों के लिए बिसरा दिया था। उसकी वही आदतें गाँव की युवा पीढ़ी को कर्महीन बनाने के निमित्त, अब पुनर्मुखरित हो उठी थीं। पुरोहित की अपेक्षा पुरोहित के भाई की ओर, गाँव के युवा-किशोर और कुछ सहज विश्वासी स्त्रियों का झुकाव इसलिए भी हो चला था। क्योंकि वह, अपनी कठ ज्योतिषी के बल पर—ईमारी-बीमारी कब तक रहेगी/गरीबी कब तक टलेगी/गर्भवती के लड़का होगा या लड़की/चोर माल चुराकर किस दिशा में भागा/दफीना कहा गड़ा है/किसकी सगाई किस दिशा से आएगी इत्यादि बातों को पंचांग उलट-पलट, कुछ उंगलियों पर गिन, कुछ मुँह से बुदबुदाकर झूठी-साँची बताने के

साथ-साथ, काशी में कापालिकों के मध्य सीखी-मारण, मोहन, उच्चाटन, स्तम्भन और विद्वेषण जैसी तन्त्र क्रियाओं द्वारा गाँव में सम्पन्न किए कुछ लोकोत्तर चमत्कार और उसके यक्षिणी सिद्ध होने के ढोंग ने गाँववासियों को सम्मोहित कर लिया था। वहीं पुरोहित के होम-यज्ञ कथा-भागवत में जहाँ, सुदूर भविष्य में आशाओं के फलीभूत होने अथवा परलोक और पुनर्जन्म सुधर जाने पर बल होता था।...ऐसे अदेखे-अनजाने लोक-परलोक के लिए कुछ करने की अपेक्षा, अपना आज और इहलोक सुधारने की जिजीविषा ने उन ग्रामवासियों को कुछ हद तक पुरोहित के भाई के प्रति अन्धविश्वासी बना दिया था।

लोगों में, अपने प्रति आस्था और विश्वास के विस्तृत संचार की परख करने के बाद पुरोहित के भाई ने अगला कार्य अपने इन कुकृत्यों को लोगों में धार्मिक आधार पर पुष्टि प्रदान करने में किया। जो पुरोहित की विचारधारा के उलट वाममार्ग पर आधारित होते। ...पुरोहित एक ओर जहाँ कर्म करके एक-एक पण (पैसा) इकट्ठा कर, मन्जूषा (सन्दूक) भरने के बाद दान और भोग के द्वारा, दोनों लोक सुधारने की बात करता था। वहीं यह जीवन भर अकर्मण्य होने पर भी, सुख से रहने और आवश्यकता पड़ने पर कर्ज़ लेकर घी पीने की भी बात कर उठा था। पुरोहित ने जहाँ यम नियमों के आधार पर कभी मद्य न पीने की बात कही थी। वहीं यह किसी महानिर्वाण तन्त्र के आधार पर कहता—*'पीत्वा-पीत्वा पुनः पीत्वा, यावद् पतित भूतले, पुनर्रूस्ताय वै पित्वा पुनर्जन्म न विद्यते।'* इतना ही नहीं पुरोहित आश्रम व्यवस्था के आधार पर, ब्रह्मचर्य पालन और जन्म देनेवाली स्त्री से लेकर गुरु पत्नी तक सोलह माताएँ बताकर, उन्हें सम्मान देने को कहता था। वहीं उसका भाई, *'मातृ योनि छिपते लिंगम, भग्निया स्तन मर्दनम। गुरु मूर्धन्या पदम दत्वा पुनर्जन्म न विद्यते'* का उद्घोष कर, सारी नैतिक वर्जनाएँ तोड़ने का उपदेश दे उठा था।

उड़ते-उड़ते जब यह खबर पुरोहित तक पहुँची तो उसने सारे पूर्वाग्रहों से ऊपर उठते हुए, अपने भाई का यह कृत्य अनुचित ठहराया। मन में बहुत सारे कुतर्क होने पर भी भाई के सामने, पुरोहित का भाई शान्त ही रहा। परन्तु गाँव से आकर आगे पीछे लगे रहनेवाले जात-भाइयों ने, उसके पक्ष में खड़े होकर पुरोहित को फटकार दिया था-'जिन सूद्रन कौं घी-दूध, पान, श्रेष्ठ अन्न, खात-पियत देख, ब्राह्मन को दुख होवत है। उनका अच्छे घर में रहवो और स्वच्छ वस्त्र पहन ऊँचे आसन पर बैठो देख, विप्र कौ कलेजो फटत है... और एक तुम हो, कि इन्हें 'दीक्षित' बनाइवे पर तुले हौ?' ...बूढ़ा पुरोहित अपने धूर्त स्वार्थी परिजनों के आगे, थोड़ी ना-नुकुर के बाद शान्त हो गया था। लेकिन भीतर से पुरोहिताइन ने इसका कड़ा प्रतिवाद किया—''हमने जा पातर में खायो है, वामें छेद करिवो नहीं सीखो... काऊ के सदा भला करत रहने पर भी, वाके संग छल करते जाना ही ब्राह्मनत्व है। तो हम याके

बहुत आगे निकसि आए हैं।... सूद्र जब ब्राह्मन के घर बाहिर के काम में पसीना बहावत हैं, तब वाको करेजो नहीं फटत? ...हमारो बस चलै तो हम, काहू कौं दीक्षित न बनने देऊँ... जो मानुस को मानुस नहीं बनौ रहन देत !''

पंडिताइन के ये आप्तवाक्य सुन सारी विप्र मंडली के कान खड़े हो गये थे। ...परन्तु सदियों से अपनी धूर्तता के चलते स्त्रियों और शूद्रों पर शासन करता/करवाता रहा यह वर्ण, इतनी जल्दी हार माननेवाला न था। उन्होंने पंडिताइन का मुख-मूँदने के लिए, स्त्रियों पर सदियों से प्रयोग किए जानेवाले अपने सनातन हथियार का सहारा लिया। और उसके द्वारा गाँव के चमारों का अत्यधिक पक्ष लेने के सम्बन्ध में, तुरन्त एक मिथ गढ़ लिया। कि 'घर में गरीबी और कोई दूसरा देवर-जेठ न होने के कारण यह कुलटा, बूढ़े पुरोहित को फुसलाकर इस गाँव के मुस्टंडा चमारों के बीच अपने मन का करने के लिए आ बसी है। इसलिए ही यह उनका ज़्यादा पच्छ ले रही है...!'

...चूँकि बात, कुछ ऐसी सच्चाई के साथ गढ़कर कही गयी थी कि पूर्ण असत्य होने पर भी, पंडिताइन को उसे झुठलाना बड़ा कठिन था। ...दुखी और दुर्बल पुरोहित ने अपनी हार मानने के साथ-साथ, पंडिताइन को भी झुकाने के लिए। घर-कुल, जाति, मान इत्यादि की दुहाइयाँ दीं, कि—''पंडिताइन! जल और कुल बहुत दिनन तक दूर नहीं रह सकत, वे एक न एक दिन तो मिलत ही हैं? ...परंजाति, धर्म, कुल और गोत्र का आदमी भले ही चाहें मलयागिरि से गाड़ी भर चन्दन लाकर, किसी का दाह संस्कार करदे, तब भी वाको उद्धार नहीं होत!! ...किन्तु वाके परिवार, कुल गोत्र या जाति का मनुष्य आकर लात ही मार जाए, तो भी वह तर जात है!!!'' मन में बहुत सारे सवाल दबाए होन पर भी ब्राह्मणी, अन्ततः इन दृष्टान्तों के आगे मन मसोस कर रह गयी थीं। ...और फिर धीरे-धीर, शुरू हुआ, गाँव को बर्बाद करने के लिए, एक वीभत्स किन्तु अदृश्य वामाचार। जिसके लक्षण गाँव में, कुछ ही दिनों बाद प्रकट हो चले थे...।

फिर तो, हल की मूठ पकड़े रहनेवाले कर्मठ हाथ। मदिरा की लत के चलते, ढीले पड़ इनके संग-संग, अपनी आस-पड़ोस की बहन-बेटियों पर भी गिर उठे थे। धान बेचकर धिय की सगाई के लिए रखे दाम, जुए में हराये जाने लगे।... जिस तरह इस देश के आदि पुरुष शिव को, आर्यों ने अपने संग लाये गाँजा-भाँग और सोमरस के द्वारा। रूद्र से भोला-बावला बना/उसके तीनों लोकों पर अपनी बस्तियाँ बसा/उसे वीराने में बसने के लिए छोड़ दिया था। ठीक वही युक्ति, धीरे-धीरे उस गाँव पर भी सफल होने लगी थी।

ऋण लेकर घी पीने का चार्वाकी का दर्शन, जब विकृत होकर 'ऋण कृत्वा मद्य पिवेत' के रूप में प्रचलित हुआ। तब गाँव में पहले से घट चुके जन और धन

बल के बाद, भूमि बल के भी समाप्त होने की बारी आई। ...और इस तरह, धीरे-धीरे गले तक क़र्ज़ में डूबे उस गाँव के चमार। एक-एक कर अपने मातृतुल्य उर्वर खेतों को, औने-पौने दामों में बेंच उठे थे।... खरीदनेवाला कोई और नहीं, वही ब्राह्मण थे। जो पुरोहित के बसने के साथ ही, गाँव पर अपनी गिद्ध दृष्टि लगाकर बैठे गये थे। उन्हीं में से कुछ, जो बाकायदा पुरोहित के भाई के आगे पीछे लगे रहते थे। मौका-बे-मौका, दुर्व्यसनों के लिए गाँववालों को सूद पर ऋण देते रहे थे। वही अब कड़क हो, तीन का तेरह ब्याज लगा, मनमाने तरीके से उनकी खेतियाँ खरीद उठे थे।

खेत गये तो धीरे-धीरे पुरोहित यजमान का रिश्ता, स्वामी दास में परिवर्तित हो गया। ...और फिर, वे ही स्मृतियों और संहिताओंवाले नियम-कानून, आचार-विचार उस गाँव पर भी लादे जाने लगे। ...उस गाँव पर काबिज़ होने और चमारों का बाँध तोड़कर इन खेतियों के साथ-साथ, अपने खेतों के लिए जल प्रवाह छोड़े जाने की खुशी में पुरोहित के भाई को समस्त ब्राह्मणों ने आधुनिक 'वामन' और 'वरूत्राहन' (असुरों के बाँध तोड़कर आर्यों के लिए जल का उदार करने के एवज में प्राप्त, इन्द्र की एक उपाधि) की उपाधि प्रदान कर, हर्ष व्यक्त किया।

अपनी धरती धन होने के साथ-साथ अपना एक धर्म होने के रोब में, जो मूँछें और अधिक ऊँची ऐंठी जाने लगी थीं वह अब अपने खेतों में मजदूर बनकर काम करते समय, बड़े कष्ट के साथ झुक गयी थीं। पुरोहित से कथा-भागवत और कुछ नयी पुरानी आदर्श? गाथाओं में वर्णित हिन्दू नारी के आख्यान-उपाख्यान सुनकर व पुरोहिताइन के प्रारम्भिक आचरण से प्रभावित होकर। गाँव की स्त्रियों में—आर्या, पूज्या, सुभगा और न जाने क्या-क्या बनने की जो होड़ लग गयी थी। उसकी परिणति जब अपने भूतपूर्व खेतों की मेड़ पर, अपने छोटे-छोटे नौनिहालों को लिटाकर, उनमें काम करते हुए इन नवीन मालिकों की कुदृष्टि और गालियाँ खाने में हुई। तो आँगन के तुलसी-सालिगराम रूठने के साथ-साथ, लीलावती-कलावती की कथाएँ भी छूट गयी थीं...। उसमें अगर कुछ शेष बचा था, तो हफ्ते के दो चार व्रत जो पहले भोजन न करने के लिए किए जाते थे, अब वही पति और पुत्रों को भोजन बचाने के लिए हो रहे थे। जिनसे आहत होकर जब किसी की टीस आक्रोश बनकर उभरती, तो उसके केन्द्र में पुरोहित और उसके प्रति दिखाई अपनी सहृदयता होती। जो साधनों के अभाव में, चीखने-काँखने अथवा एकाध को मारकर, बीहड़ में फ़रार हो जाने से ज़्यादा ऊपर नहीं उठ पाती।

उस पर अभी भी गाँव के लिए कुलपूज्य बने पुरोहित का सफाई देते हुए, यह कहते फिरना, कि "गुन-अवगुन प्रत्येक धरम में होत हैं ..." अब मनुष्य के पूरब जन्म के संस्कार, उसे कहाँ खेंच ले जावत है... यह तो विधि के हाथ बात है? ...हमने तौ बहोत कस लगायो, कि कछू सुधर जाओ...।" इसी बीच वहाँ से

गुजरता उसका कोई सजातीय व्यंग्य कस जाता, कि—फब्बारौ और नीच कितने ही ऊपर उठाओ, आखिर में गिरत नीचे ईं हैं...गधा धोयें कबहूँ बछरा भए? ...कौआ कहूँ हंस बने? ...पुरहेत तुमहूँ खूब हो, जो मोरी की ईंट छज्जे पे लगाउन चले थे...?'' आदि-आदि बातें सुनकर वे करहाते हुए, जहर जैसा घूँट पीकर रह जाते। उस समय उन्हें अपने वे वफ़ादार कूकर याद आते, जो यहाँ से निराश होकर सदा-सदा के लिए एक नवीन पन्थ के अनुयायी बनकर, उनसे दूर चले गये हैं।

आपबीती

जगबीती सुनाने के बाद, हमारे यहाँ आपबीती सुनाने का चलन है। जगबीती अकसर आधी हक़ीक़त आधा फ़साना ही होता है। परन्तु आपबीती, यानी स्वानुभूत सच। उसका साँच भी किस्सागो की ईमानदारी पर ही निर्भर करता है कि वह अपने जीवन का खालिस सच कह रहा है। अथवा कल्पना का रंग देकर, उसे अत्यन्त हृदय विदारक बनाकर बखानता है। ...परन्तु मैं आपको आश्वासन देता हूँ कि यह मेरी आपबीती है और जगबीती से कहीं बेहतर। ...

जगबीती की शुरुआत, जिस प्रकार मैंने अपने बाबा के द्वारा सुने किस्से से की थी। वहीं आपबीती का अथ-इति भी, मेरे बाबा जी से ही जुड़ा हुआ है। दोनों में यदि कोई समानता है तो बस इतनी कि इसके केन्द्र में भी ब्राह्मण और ब्राह्मणवाद ही है।

...तो हमारे पड़ोस में हैं—श्याममूर्ती पुरोहित। शस्त्र और शास्त्र की अपेक्षा, जर-ज़मीनधारी एक हलके पूरे जमींदार...। जिनसे हमारे परिवार का सम्बन्ध, कुछ घटा-बढ़ाकर पीढ़ियों से सहयोगी का ही रहा है। ... आधी रात को जब उन्हें किसी काम की ज़रूरत पड़ी, तो हम जा खड़े होते। गर हमें पइसा-टका से लेकर नाज-पानी की ज़रूरत पड़ी तो कभी उन्होंने मना नहीं किया। मैंने देखा है कि घर में जब मेरी बुआ और चाचा के विवाह हुए, तब पुरहेत ने बीच खेत सहयोग दिया था। घर के बहुत सारे कारजों में उनकी सलाह ही प्रमुख हुआ करती थी। जहाँ तक छुआछूत का सवाल है तो गाँव में जिन दलितों के सवर्णों के साथ इस तरह के सम्बन्ध होते हैं, अथवा जिनकी उन्हें बहुत अधिक आवश्यकता होती है, उनसे अकसर छोत-पाक कम ही की जाती है!!! उसमें हमारा घर भी अपवाद न था।

अब यह बात पिछले साल की है। जब पड़ोसी राज्य में हमारी दलित मुख्यमन्त्री बढ़कर, ब्राह्मण रैलियाँ सम्बोधित कर रही थीं। उस समय मैं अपने एक सहपाठी के परिवार में, अपने साथ वर्तित ब्राह्मणवादी रवैये से आहत। कुछ दिन के लिए गर्मियों की छुट्टी में, घर आया हुआ था। बाबा, पुरोहित के घर से उनके बँटाई पर खेत लेने की बात करके वापस लौटे ही थे। समय, जेठ की लू भरी तपती दोपहर

का था। पौर में चल रहे ब्लैक एंड व्हाइट टीवी पर, समाचार दृश्यों के बीच उत्तर प्रदेश के किसी जिले में आयोजित ब्राह्मण रैली में, बहन सुश्री मायावती की जय जयकारों के बीच उनके पार्टी चिह्न की तुलना ब्रह्मा, विष्णु और शिव से की जा रही थी। मैं बड़े असमंजस में था। बाबा भी साफी से मुँह का पसीना पौंछकर उन दृश्यों को बड़े गौर से देखे जा रहे थे। बाबा को आया देख अम्मा, सीरी गगरी से एक लोटा पानी भरकर मुझे गहाते हुए, देहरी से ही भीतर लौट गयी थीं। मैंने लोटा लेकर, जैसे ही बाबा की ओर हाथ बढ़ाया। तब पहली पहल तो ऐसा लगा, जैसे बाबा ने अनसुना कर दिया है। वे अपने विचारों में खोये, उक्त दृश्य और घटनाओं के बारे में सोच रहे हैं।... खाट पर दीवाल के सहारे एकटक, खबरें निहारते बाबा से जब मुझे कोई प्रतिक्रिया न मिली। तब मैंने आशंकित, धीरे से उन्हें बखोरा पकड़कर झकझोरा—"बा-बा, पानीऽऽऽ...!"

लेकिन मेरे द्वारा बाबा का कन्धा छूते ही उनकी गर्दन एक ओर झुक गयी। शरीर ढीला पड़ रहा था। मैंने जल्दी से उनके मुँह में पानी डाला। कुछ अन्दर गया। बाकी मुँह से निकल कनपटियों पर बहता खटिया पर फैल गया था।...पानी की गड़गड़ में प्राणों के साथ जाने कहाँ अटके पड़े रहे बाबा के कुछ बोल, उस समय हवा में उड़े थे। जिनका कुल मिलाकर सारांश यह था—कि "बेटा! अपने पुरोहित बड़े बढ़िया आदमी हैं, पर उन्हें अपनी 'टुकिआ' मत दिओ?" उस समय घबड़ाया हुआ मैं, उनका हाथ अपने हाथ में लेकर दबाते हुए, 'हाँ' भर कह दवा-दारू में जुट गया था। ...लेकिन सारे घर की भागदौड़ और तमाम डॉक्टरी प्रयासों के बाबजूद, उस शाम वे हमें रोता-बिलखता छोडकर इस दुनिया से चले गये...। डॉक्टर के अनुसार उन्हें ब्रेन हैमरेज हुआ था।

उस समय तो सोच-विचार का मौका ही नहीं मिला था। लेकिन बाबा के अन्तिम संस्कार के कुछ दिन बाद, जब इस बात पर विचार किया। तो कुछ पूछताछ के बाद पता लगा कि बाबा की मौत के पीछे उनका अपनी टुकिया के प्रति अत्यधिक मोह/पीढ़ियों के सम्बन्ध होने पर भी पुरोहित की उस पर कुदृष्टि और उसे बेचने को कहना था!...

'टुकिया'...दरअसल हमारे घर के सामने पुरोहित की मेंड़ से लगा दो बीघा खेत है। जिसे इन्दिराजी के जमाने में बाबा ने एक काँग्रेसी विधायक के पीछे लगकर गाँव-जवार में सरकारी ब्राह्मण की उपाधियाँ प्राप्त करते-करते पट्टे में पाया था। जिसके एक ओर नहर, तो दूसरी ओर वर्षों से पक्का होकर शहर के मुख्य मार्ग से जुड़ने की प्रतीक्षा में पड़ा—कोसों लम्बा सैर। जिससे गुज़र कर ही गाँव का प्रत्येक सवर्ण-दलित, अपनी शहर की यात्रा पूर्ण करता है।...उत्तर भारत में अधिकांशत: ग्रामीण-दलित, सवर्णों की जगह में ही बसते हैं। गाँव बाहर छितरी उनकी इन

बस्तियों के चारों ओर, सवर्ण ज़मींदारों के खेत होते हैं। जिसके चलते, उन्हें हमेशा ही शारीरिक और मानसिक शोषण का शिकार होना पड़ता है। ...कभी-कभी तो सवर्णों के काम न आने पर दलित गाँव तक से निकाल दिए जाते हैं। अथवा गाँव से सटे उन खेतों में, हगने-मूतने से लेकर कढ़ने-निकलने तक पर प्रतिबन्ध लगा दिए जाते हैं!!!

चूँकि गाँव की परिधि पर हमारी टुकिया पड़ती है, उसके बाद पुरोहित के खेत। सो वह अपने तमाम खेत और उसमें होनेवाले नुकसान के बावजूद, गाँव के किसी चमार-कोरी से कड़कती आवाज में यह नहीं कह पाते, कि "तें हमारी मेंड़ पे फिर दिखो, तो तेरी पनहा से घसीट के चुटिया काट लेंगेऽ...!" क्योंकि उन्हें भी अपने खेतों में हल-बख्खल ले जाने से पूर्व, हमारी 'टुकिया' की मेंड़ से होकर ही गुज़रना पड़ता है। एकाध बार पुरोहित ने इस बाबत खेत में घास-पात लेते पकड़ लिए, किसी को ऐसी धौंस दी भी। तो वे मेरी टुकिया की तरफ इशारा करते चले आए हैं, "तुमहूँ तो काऊ की मेंड़ से होके निकत्त हो..?" जिसका जवाब उनके पास न होता...।

शायद यही कारण रहा कि उस दिन पुरोहित के बटाई पर खेत लेने से, पुरोहित ने टुकिया बेचने को कहा। टुकिया बाबा को जान से प्यारी थी। क्योंकि टुकिया के साथ उनका, और उनके भाई-बन्धुओं का स्वाभिमान जुड़ा रहा है। पुरोहित ने उस दिन जब उनसे से 'टुकिया' खरीदने की बात की, तब उनके विश्वास को बड़ा भारी आघात लगा। ...वरदहस्त युक्त तीन रंगोंवाले झंडे की छत्रछाया छोड़कर, वे जिस सामाजिक क्रान्ति और राजनैतिक उत्थान के लिए तथाकथित अपनी और बहुजन के हित में खड़ी रहनेवाली, पार्टी के बैनर तले आ खड़े हुए थे। ...वह पार्टी और उसके मुखिया की ऐसी दिशाहीनता देखकर तो उनका रहा-सहा विश्वास भी जाता रहा...! वे इस हादसे को सहन न कर सके और इसी सोच में अपनी जान गँवा बैठे थे!!!

बाबा के देहान्त की खबर सुन लगभग चौथे-पाँचवें रोज़ ग्वालियर से फेरा करने 'अमित' आया था। ...बाबा के एकाएक चल बसने की दो-चार औपचारिक बातें करने के बाद, जब वह वापस जा रहा था। तब वह, मेरे हाथ में एक चिट्ठीनुमा पर्चा थमा गया था। जिसे मैंने उसके जाने के तुरन्त बाद पढ़ा, तो वह कुछ इस प्रकार था :

प्रिय अन्नू,

क्षमा करना! ... उस दिन सत्यनारायण की कथा में मौसी जी द्वारा तुम्हारी जाति पूछने पर, दीदी द्वारा तुम्हें ब्राह्मण सिद्ध करना ज़रूर अखरा होगा। क्योंकि तुम कहीं अपनी जाति छुपाते नहीं हो...। मैंने उस दिन नोट किया था, कि मौसी द्वारा

तुम्हारी जाति पूछने पर तुमने बड़े ही सरल भाव से अपना 'जाटव' होना स्वीकार कर लिया था। किन्तु बड़ी दीदी ने बीच में ही आकर—"नहीं मौसीऽऽऽ ये मज़ाक कर रहा है...भिंड के सनाढ्य हैं-येऽऽ.!" तब तुम कोई कड़वा-सा घूँट लेकर एक फीकी मुस्कान के साथ, चुपचाप दीदी के संग पूजा की झंडियों में गोटा लगाने लगे थे।...खाना खाकर वापस आए, तो बिना बताए?...

अन्नू! तुम विश्वास नहीं करोगे कि मैं और मेरा परिवार तुम्हें कितना चाहता है...। घर में किसी ने कभी तुम्हें महसूस नहीं होने दिया होगा कि तुम दलित हो...! परन्तु क्या यह हमारी नियति नहीं कि जब हम समाज में कहीं एक साथ उपस्थित होते हैं, तो कोई न कोई हममें भेद होने का अहसास करा ही जाता है!! कारण... हमारे समाज द्वारा मृत वानर शिशु से कब के अनुपयोगी सिद्ध हो चुके रूढ़ि-संस्कार अब तक सीने से चिपकाए रखना हैं, जिनका समाज में पुनर्जीवन और पुनर्प्रतिष्ठापन अब असम्भव है। ...तुम्हें शायद भरोसा न हो अनुज, हज़ारों साल पहले ब्राह्मणों ने जिन नियम कायदों को अपनी स्वार्थ पूर्ति के लिए बनाया था। उनका लाभ आज हर कोई लेना चाह रहा है--क्या सवर्ण क्या अवर्ण!! ...विरोध अगर कहीं है तो वह, गहरी मिशनरी भावना से ओत-प्रोत चन्द लोगों में... अथवा किन्हीं कारणों बस इनका लाभ लेने से वंचित रह गये समूह में!!! तुम्हें वहाँ चुप नहीं रहना चाहिए था? हर बार माहौल बिगड़ जाने के नाम पर तुम्हारा मौन साध लेना/दबकर रह जाना आत्मघाती होगा।... येऽ माहौल, यों ही बिगड़ते-बिगड़ते बनेंगे। एक दलित निज पहचान और आत्मगौरव से वंचित, छद्म सवर्णता के आवरण में रहे। यह न तुम्हें स्वीकार होगा, न हमें है...। वैसे ग़लती मेरी ही ज्य़ादा है, जो मौसी और दीदी को वहाँ, इस तरह बात करने का मौका दिया।

हो सकता है तुम्हें बुरा लगे, पर एक बात और... जब पिछले रविवार को तुम अपने कमरे में बैठे 'नई दुनिया' के मैट्रिमोनियल पेज पर कुछ तलाश रहे थे, तब मैं तुम्हारे पीछे वहीं खड़ा था। आदतन मन में आया, मज़ाक करूँ लेकिन रह गया। पेपर पर उस समय तुम्हारे अदृश्य टिकमार्क उस जगह ज़्यादा लग रहे थे, जहाँ अधिकांश क्षत्रिय, ब्राह्मण और वैश्य वधुओं के विज्ञापन थे। ठीक उसी के नीचे एस.सी. एस.टी. की कई योग्य लड़कियों के साथ-साथ, कुछ वाल्मीकि युवतियों के भी 'ऐड' थे। अन्त में तुम्हारी बिरादरी के... लेकिन मैंने देखा कि तुम अगले पल उन सबको नजरअन्दाज़ कर, सीधे अपनी जातिवाले कॉलम में जीवन साथी की तलाश कर उठे हो? ...मैं उसी क्षण बेमन-सा दबे पाँव अपने कमरे में लौट गया था!...

समकक्ष होने पर भी अपने से निम्न श्रेणी के व्यक्ति को अहमियत न देना और अपने से उच्च श्रेणी के व्यक्ति के बराबर खड़े होने/सहानुभूति पाने के लिए उसकी हर ज़्यादती सहते जाना भी, ब्राह्मणवाद के ही चिह्न हैं। इससे भी तुम्हें

बचना होगा..., तभी इस देश में गाँधी–अम्बेडकर की साँझी विरासत का सपना साकार होगा...!

तुम्हारा, ...केवल अमित (शर्मा नहीं)

यह पत्र पढ़कर उस समय मेरे बहुत सारे भ्रम टूटे थे, बहुत कुछ रोशनी है इसमें। परन्तु मैं जिस समाज में पला-बढ़ा हूँ, उसने सदियों से ब्राह्मण और ब्राह्मणवाद पर विश्वास करके चोट ही खायी है। अमित ब्राह्मण है, यह सोचते ही हमारी दृष्टि पाँच हज़ार साल पीछे तक चली जाती है। जहाँ सघन अन्धकार के अलावा, मुझे कुछ भी दिखाई नहीं देता। मैं अविश्वास से भर उठता हूँ... लेकिन उस पर शक भी नहीं कर पाता। बहुत कुछ साहस होने पर भी मैं आज तक, सूरजपाल चौहान का पुस्तक शीर्षक उधार लेकर उससे यह नहीं कह पाया—'क्यों विश्वास करूँ'? ऐसा क्यों है? क्या परिवर्तन दोनों ही ओर हो रहे हैं... या मैं ही भ्रमित हूँ...?

खूँटे

'बहन जी! रिक्शा अब आगे नहीं जाएगो'

'काहे.... ?'

बजरिया से हाट की ओर मुड़ते ही मनिहारों की दुकानों से पहले, एकाएक लगी ब्रेक के साथ ही रिक्शेवाला सड़क पर उतरकर खड़ा हो गया था।....सामने टूटे टायर, ड्रम, स्टूल, कुर्सियों के टुकड़े, बाँस और कीकर की टहनियों से बनी बाड़ में से धुआँ उठता देख, केशर स्वतः ही अपना प्रश्न वापस लेती रिक्शे से कूद पड़ी थी। म्यूनिसिपैलिटीवालों को कोसती, जिनकी लेतलाली के चलते बस्ती में तीन दिन से नल-बिजली गायब है। उसने जल्दी से अपने ब्लाउज़ में खोंसे काले पर्स से पाँच का सिक्का निकालकर रिक्शेवाले को दे दिया और तीन रुपये उससे वापस लेकर आगे बढ़ गयी, पीछे काफी लम्बा जाम लग चुका था।

आगे जलते टायरों से उठती छिछराँध से बचने के लिए उसने साड़ी के पल्लू से सिर ढाँककर नाक मूँद ली, दाएँ हाथ से सड़क रोकने के लिए नाली के छज्जे पर रखे बाँस और टहनियाँ ऊपर-नीचे करके, उस पार हो गयी। आसपास नारेबाजी और हो-हल्ला मचाते लोग—'हे बहनजी-हे बहनजी!' कहते रह गये थे।

पीछे वाहनों का शोर और आगे भीड़ की चिल्ल-पौं और उठते धुएँ की दुर्गन्ध के बीच, उसका दम घुट उठा था। ज़रा देर सुस्ताने की गरज से उसके पाँव हाट की ओर न मुड़कर दस क़दम आगे ऋषि मन्दिर की ओर उठ गये थे। मन्दिर का द्वार खुला था। वह सीढ़ियों पर जाकर बैठ गयी, चहारदीवारी के अन्दर खड़े पीपल की हवा सुखद लग उठी थी। वैसे भी आज वह बहुत थक गयी थी। ड्यूटी पर पहुँचते ही नर्सिंग होम में गाँव से दो केस आ गये थे, जिनमें एक की डिलीवरी तो ऑपरेशन से करनी पड़ी थी। नर्सों ने ऑपरेशन थियेटर में इधर-उधर दौड़ा-दौड़ा कर, आज उसे कुछ ज़्यादा ही तंग कर लिया था। ऊपर से पिछले और नये आए मरीजों की देखभाल के बीच, ज़रा-सा अनसुना होने पर स्टाफ हैड शर्मा मैडम का दृष्टान्त—'तुम जो भी हो, जैसी भी हो बनी रहो, लेकिन यहाँ हमेशा अलर्ट

रहो...?' ऊपर से यह जाम, उसका सर भन्ना उठा था।

एकाएक मन में आया कि घर पर बहू बाट जोह रही होगी, कपूत कल से गाँव गये हैं। पता नहीं लौटे होंगे कि नहीं....। सब्जी भी ले जानी है। ....उसे झटका-सा लगा, सीढ़ियों पर बैठे-बैठे अचानक आँख लग गयी थी। मरी जुबैदा भी पूरे डेढ़ घंटे देर से आई थी। आते ही कहने लगी—आज जुमेरात थी न, वली बाबा की मजार पर गई थी....लेट हो गये, कल से जल्दी आया करूँगी... मुआ रिक्शा भी नहीं मिला, पैदल चले आ रहे हैं...। उसकी नाइट ड्यूटी में अकसर यही होता है। कोई मन्दिर चला गया था। कोई मज़ार। किसी को मुहल्ले में डिलीवरी मिल गयी थी, तो किसी के यहाँ गमी। उसे घर पहुँचते-पहुँचते दस-ग्यारह बज ही जाते हैं। जहाँ नहाया-धोया, खाया-पिया, एक बज गया। उस पर कोई परिचित या सगा-सम्बन्धी आ गया तो हो गयी नींद पूरी, फिर झूमो रात में देवी जैसी सवारी सिर लिए...।

वह हथेली से अलसायी आँखें मींजती, कन्धे पर सरक आई साड़ी के पल्लू को सिर पर डालकर, ऊपरी सीढ़ी का सहारा ले खड़ी हो गयी थी। गेट के बाहर देखा, तो पाँव बँध गये। पता नहीं वहाँ कब कौन 'राम नाम सत्य है' का शान्त उद्घोष करते, अरथी उतारकर मुर्दे का पिंड बदलने में लगे हुए थे। उसे खीज हो आई—'इन्हें भी जईं मरने तो...?' फिर सोचा, चलो मन्दिर के सामने यह पवित्र किरिया हो जाए अच्छा ही है। बिचारा तर जाएगा। देर में देर क्या। उसका तो ड्यूटी जाते, रोज़ ब रोज़ इन चीज़ों से पाला पड़ता ही रहता है।

अपनी इन्हीं दुविधाओं के चलते वह एक सभ्य नागरिक की तरह खड़े रहकर, अरथी उठने तक के लिए मन्दिर के अधखुले द्वार की ओट ले फिर बैठ रही थी। तभी सामने से किसी ने जाम में रास्ता मिलने का तेज समर्थन किया, तो आवाज किसी दूर परिचित की लगी। वह फिर उठ खड़ी हुई। पंजों के बल गेट की जालियों से उझक कर देखा, वह रामप्रकाश था। गया सिंह का बड़ा लड़का- बाएँ हाथ में सुलगती करसी और दाएँ कन्धे पर घट रखे।...उसे सहज विश्वास न हुआ, थोड़ा और उचककर देखा—लोगों की भीड़ के बीच अरथी पर गेंदा और गुलाब की मालाओं के बीच, अबीर-गुलाल लगा चिकना माथा। ठोड़ी और नाक की स्पर्धा के बीच नन्ही गिलहरी की पूँछ-सी चितकबरी मूँछों ने उसे यकीन दिला ही दिया, डोकर ही हैं। उसकी चीख निकल पड़ी। अपने को सँभाल सकने में असमर्थ जब वह द्वार की ओर दौड़ी, माथा गेट के दूसरे पल्ले से जा भिड़ा। चोट गहरी थी। गरीबिन सिर पकड़कर वहीं बैठ गयी।...अरथी उठ चुकी थी। मन नहीं डटा तो हिलकी बँध गयी। पास के वनखंडेश्वर मन्दिर से जल चढ़ाकर लौटे पुजारी ने देखा, तो शिव-शिव करता सामने आकर खड़ा हो गया था—'काहे बेटा! जे गया सिंह कौ लगत तो तुम्हाओ..? रोओ मत, जाकी आय गयी है, वाय कौन रोक सकत

है।...सबकौं एक न एक दिन, वई द्वारे पहुँचने है।'

वह स्तब्ध रह गयी, जैसे चोरी? पकड़ ली गयी हो। आँचल के छोर से जल्दी-जल्दी आँसू पोंछ कर चेहरे पर बनावटी मुस्कान लाते हुए, उसने बड़ी सावधानी से पुजारी को टाल दिया—"कोई नईं बाबा! आगे जाम लगा देख, हियाँ बैठ गये थे।...उठके चले तो गेट की 'ज' माथे से लग गयी, सो रुआँस छूट परी थी। केशर द्वारा इंगित स्थान पर उमड़ आए गूमड़ को देख, बूढ़े पुजारी का अनुभव भी धोखा खा गया। दूसरे केशर को ज़्यादा बात करने का उत्सुक न देख, उसके माथे पर लगी चोट पर घर जाकर हल्दी और प्याज, तेल में कल्हार कर बाँध लेने की हिदायत देता, मन्दिर की बाकी सीढ़ियाँ चढ़ चुका था। उसे तनिक भी आभास नहीं हुआ कि इस अधेड़ युवती और उस बूढ़े में कोई सम्बन्ध है भी या नहीं।

नीचे केशर का बुरा हाल था। अपनी सहज नाटकीयता का प्रदर्शन करते हुए, कहने को तो पुजारी से कह गयी 'कोई नई'। लेकिन मन्दिर की सीढ़ियों ने उसके मन में ग्लानि भर दी थी। कम-से-कम उसे यहाँ तो झूठ नहीं बोलना था। वह सहम गयी। नये परिवेश ने उसे उठने-बैठने, ओढ़ने-पहनने और ढंग से खाने-पीने के गुर तो सिखा दिए थे, पर ये किसी ने नहीं सिखाया कि केवल मन्दिर में ही नहीं, हर जगह सच बोलना चाहिए। सो वह अपने पुराने संस्कारों का बोझ ढोती असमंजस में पड़ गयी थी। लेकिन पुजारी से वह सच बोलती क्या? सगा सम्बन्धी, वह कुजात था? घरवाला—वह पहले ही मर चुका है? प्रेमी—उसने कभी माना नहीं। फिर ....फिर कौन था वह उसका? या फिर कौन लगती है वह उसकी? जिसके मरने पर उसके घर जाना तो दूर, खुलकर रो भी नहीं पा रही है—'वह'।

आँखों में आँसू और मन में उमड़ती भावनाओं की नदी की बाढ़ रोके केशर, पता नहीं कब अपने और उसके सम्बन्धों की गुत्थियों में उलझकर अतीत के अन्धकूप में उतरती चली गयी। घुटनों पर ठोड़ी रखकर पाँव के अँगूठे को एकटक निहारती आँखें; दृश्य के पार बहुत दूर तक, कुछ देख उठी थीं।

जब अबोध थी, सन् इकहत्तर की लड़ाई में बाप सीमा पर शहीद हो गया था। एक दिन द्वेषवश ताई ने पेंशन के कागज जला दिए, तो अपढ़-गँवार माँ दो बड़े भाई और छोटी बहन के साथ उसे लेकर, चित्रकूट से कानपुर की मुस्लिम बहुल बस्ती में बाप के घर आ बसी थी। जहाँ नाना की चमड़े की दुकान में हाथ बँटाते हुए बड़ी तंगहाली में माँ ने उसका पालन-पोषण किया था। बमुश्किल दस-बारह की होगी और पाँचवीं जमात में पढ़ रही थी। उसी साल बड़े भैया के विवाह में इटावावाली बुआ के साथ भिंड से गई उनकी छोटी ननद, उसे और उसकी छोटी बहन चन्दा को देखकर लट्टू हो गयी थीं। अम्मा ने बुआ से मना भी किया था—'गंगाजली! निन्नी से कह दे हमरी लौंडियाँ गाँव काबिल नईं हैं।' पर बुआ तो इसके लिए पहले से ही

तैयार होकर आई थीं। अपनी ननद का पक्ष लेते हुए उन्होंने यह कहकर माँ का मुँह बन्द कर दिया था कि 'मँगो! तुम पे इत्ता रुपया कहाँ? जो लड़किनी काहू भले घर कर सकौ? कोई रिक्सावाला या जुतगँठा ही मिलिहे... हमारी निन्नी पे राम किरपा से खेती-पाती सब-कछू है। वहाँ जब गैया-भैंसियन को दूध-घी खहियें, तो यहाँ की सुरति भी ना करेंगी।...' इस तरह बगैर उसकी और छोटी बहन की सहमति-असहमति की परवाह किए, उन तीन औरतों ने उसे विवाह के खूँटें से बाँध दिया था। वह तो आगे और भी पढ़ना चाहती थी, पर सातवीं करके ही छोड़ना पड़ा। बड़े भाई को ससुराल में घर-जमाई न बनने के कारण, ससुरालियों ने ज़हर देकर मार डाला था।

उधर ससुराल में दो बड़े जेठों के न्यारा होते ही ससुर ने, पति को भी हल की मूठ से बाँध दिया गया था। दिन भर खेतों पर मेहनत करने और पढ़ाई पर ध्यान न दे पाने के कारण, वह मिडिल पास भी न कर सका था। बाल विवाह में जो गौना तीन साल बाद होता है; माँ ने घर के खर्च से बचने के लिए, दूसरे ही साल कर दिया था।

केशर को अपने अनिश्चित भविष्य का पता उसी दिन लग गया था जब वह 'विदा' में पति और छोटी बहन के साथ, मायके से ससुराल आ रही थी। तब जेठ मास की उमस और पैसेन्जर में यात्रियों की धक्का-मुक्की के बीच, पति को अचानक उठी खाँसी के साथ खूनी उल्टियाँ भी शुरू हो गयी थीं। ...मन में जो उमंग शेष थी। मिलन का उत्साह था। ससुराल की जिज्ञासाएँ थीं। वह सब बगल में बैठी चन्दा की चीख-'ओ-जिज्जी! देख तौ जीजा को का हुय गओ...?' के साथ ध्वस्त हो गयी थीं।

तब विवाह के जोड़े में शर्म से झुकी आँखें, और लाज में सिमटे हाथ एकाएक सक्रिय हो उठे थे। उसने कुशल नर्स की भाँति झपटकर बाँह पकड़ी और सिर खिड़की की ओर कर, बहन को केतली से पानी लेने का निर्देश देकर स्वयं उसकी पीठ पर हाथ फेरने लगी थी। चन्दा का पति और उसका देवर, अनपढ़ बकरिहा था। इसीलिए, ससुराल से अकेला पति ही उन्हें लेने आया था।

...जब थोड़ा दम सधा तो उसने कुल्ला कराया, और हाथ पकड़कर वहीं बैठ रही थी। ...बहुत देर बाद जब देखा कि अब दम फूलना बन्द हुआ और खाँसी भी थम चुकी है, तब उसने खिड़की की ओर मुँह किए हवा लेते पति से धीरे से पूछा था—'कैसे हो...?' पहले तो वह शान्त रहा, फिर एकाएक खिड़की से मुँह हटाकर सबके सामने उसका हाथ पकड़कर जोर से रो पड़ा था—'तुम मोहि छोड़ियो मत! बाप बैरी हो गयौ, जो बारी उमर में हल की मुठिया से बाँध दये...सो छाती पक गयी ऐ-?' वह हक्की-बक्की रह गयी। 'पंचम' का हाथ पकड़े-पकड़े ही उसने 'हाँ' कर दी, और खुद भी रो पड़ी।...अपने बहन-बहनोई को रोते देखा, तो बगल में

बैठी चन्दा भी रो पड़ी थी। साथ ही ऊपर-नीचे और आसपास बैठी सवारियाँ भी जब —'क्या हुआ-क्या हुआ...?' करके उनकी ओर पलटीं, तब तक वे सम्हल चुके थे। स्टेशन भी करीब आ गया था। सो—चलो उठो, आगे बढ़ो, निकलो के शोर में उनका रोना, भीड़ के साथ रहस्य बनकर ही चला गया था।

लेकिन केशर बुझ गयी थी। बागी और बीहड़ के लिए पहले से ही कुख्यात-ससुराल, उसे और भी भयानक लग उठी थी। ससुराल में पहुँचने पर बहू-बेटा लिये गये। बधाया बजा। ज्यौनार बनी। नाच-रंग हुए। पर उसके मन का मरूद्यान एक बार मुरझाया तो फिर कभी हरा नहीं हुआ। ...कई बार पाप-पुण्य, भाग्य-भगवान, विश्वास और परम्परा से उठकर मन में आया भी, कि कब तक इस ज़िन्दा लाश को ढोते रहेंगे? क्यों न अम्मा के पास जाकर वहीं कोई...।' उससे पहले ही आँखों के सामने ट्रेन की 'हाँ' और भरी आँख साथ न छोड़ने की करुण याचना करते रुग्ण-पति का चेहरा सामने आ जाता। वह विचार शून्य होकर गड्ढे में धँस गयी आँखें और हड्डियों का पिंजर मात्र रह गये पति की सेवा में तन-मन से जुट जाती। कफ, खकार और खून से गन्दे हुए कपड़े और बिस्तर साफ करते-करते कभी जी भी घिनाता, पर चेहरे पर शिकन तक न आने देती थी। उस पर आस-पड़ोस की घरफोड़ू लुगाईयों की कनभरई और घर की कच्ची गृहस्थी के बोझ तले दवा कराते-कराते हार मान चुके सास-ससुर, अब अपनी खीज भी उसी पर उतारने लगे थे। ससुर से ज़्यादा सास रोना रोती थी-'रंडों के जब से घर में पाँय परे हैं, तब से हमारे लला ठीक ही ना रहत...?' वह जल-भुन उठती थी-'एहसान न भलाई हरामज़ादी कहाई'...।

लेकिन उसने हार नहीं मानी। इस बीच उसके दो लड़की और एक लड़का भी हुआ। गाँव के परिवेश में पूरी तरह ढलने की कोशिश भी की, लेकिन घरवालों के दृष्टिकोण में कोई परिवर्तन नहीं आया। पानी जब सिर से गुजर उठा तो पड़ोस की नाईन बुआ के आश्वासन पर, पति और बाल-बच्चों को लेकर कोल्ड स्टोर में आलू छँटनी के भरोसे, इस कस्बेनुमा शहर में आ बसी थी। चलते समय भोले ससुर ने वरजा भी—'बहू कहूँ मत जाओ! एक भैंस ले देंगे वई के सहारे बाल-बच्चा पालौ, और लला की देखभाल करौ...शहर की हवा-रवा खराब है...?' पर वह जानती थी कि अब उसका निबाह यहाँ होगा नहीं ।

'गया सिंह' से उसका परिचय इसी बीच हुआ था। जब यहाँ के जिला चिकित्सालय के टी.बी. वॉर्ड में पति को भर्ती करके, कोल्ड स्टोर में काम पर जाने लगी थी। गया सिंह फ़ौज से रिटायर, अस्पताल में वॉर्ड बॉय की भर्ती में अपने भूतपूर्व सैनिक होने का लाभ लेकर, वहाँ नया-नया आया था। गठीला बदन, रौबीला चेहरा, बड़ी-बड़ी मूँछ व फौजी कैप लगाने से शिलपट्ट हुई चाँद वाला एक

अधेड़। जिसका डील-डौल और वही पुरानी खाकी की ड्रेस देखकर, कभी-कभी नर्सें भी उससे भय खा जाती थीं। ऊँची जाति का होने के कारण डॉक्टरों पर भी उसका प्रभाव अच्छा खासा था। केशर लगभग हर रोज़, पति को अकेला छोड़कर कोल्ड स्टोर चली जाती थी। बच्चे भी ज़्यादा बड़े न थे। गाँव से कभी सास ज़रूर आ जाती थी, पर वह भी दो-एक दिन रुकी कोई बहाना बनाया और लौट जाती। कुल मिलाकर पति के बिस्तर पर दवा-दारू के लिए दिन में कोई नहीं रहता था। शाम को जब वह थकी-हारी लौटती, बच्चों का खाना बनाती/खिलाती कुछ खाना साथ लेकर दौड़ती-सी उसके पास चली जाती थी। जहाँ लगातार बीमारी से चिड़चिड़े हो गये पति की गालियों से उसका स्वागत होता। वह कभी दुखी होकर विष खाकर मरने की बात करता, तो कभी उसे गले लगाकर बाप को गालियाँ देता। तो कभी ईश्वर को...उसके दुखों का पारावार न था।

जिन्हें देखकर गया सिंह को तरस आता था। वह यथासाध्य उनकी मदद कर उठा था। अस्पताल से मिलनेवाला दूध, इन्जेक्शन और दवाईयाँ तो दिलवा ही देता था। साथ ही स्टोर में जो दवाएँ, ग्लूकोज, टॉनिक आदि बाज़ार में ब्लैक में बेचने अथवा हॉस्पीटल के ही एम.बी.बी.एसों के निजी क्लीनिक और नर्सिंग होमों में प्रयोग के लिए छोड़ दी जाती हैं, उन्हें भी गया सिंह अपने प्रभाव का फायदा उठाकर पति के समक्ष उसे दे जाता था। केशर की अनुपस्थिति में अन्य मरीजों की अपेक्षा, पंचम की देखभाल वह पहले से ही ज़्यादा कर उठा था।

अब यह निश्चित तौर पर नहीं कहा जा सकता कि गया सिंह की मदद के पीछे, उसके मन में गहरे तक समाया देशभक्ति और जनसेवा का फौजी आदर्श काम कर रहा था, अथवा चीथड़ों में लिपटे होने पर भी मोहक लगती केशर का निर्द्वन्द्व स्वभाव। अथवा कोई अन्य वजह... जिसके चलते वह, केशर के मना करने पर भी हर तरह से उनकी मदद कर उठा था।

पति की सदेच्छा जान लेने पर अब वह भी कोई उज्र न करती। यद्यपि शक होता और स्वाभिमान भी आड़े आता, पर मन में बहुत गहरे तक समाई लाचारी उन्हें वरज देती। जिसका लाभ लेकर गया सिंह बहुत से ज़रूरी सामान का थैला पति को बिस्तर पर या पास खेलती बड़ी लड़की को देकर, अन्य वॉर्डों में चला जाता था। वह डरती भी थी। लेकिन बहुत समय तक किसी पर शक भी तो नहीं किया जा सकता, जब बहुत दूर तक कोई हमारे संग भला करने के लिए निकल पड़े।... वैसे गया सिंह भी ऐसा नहीं था। बल्कि वह तो अपनी प्रत्यक्षदर्शिता के आधार पर अपनी मंझौटी के मध्य, अस्पताल के नर्स-डॉक्टरों को गरियाता था, जिनकी रासलीलाएँ अकसर उसने अपनी नाइट ड्यूटी में देखी थीं। इसलिए केशर के भय की गाँठ कब खुल गयी थी, उसे स्वयं पता ही नहीं चला। अब तो रात-बे रात

उसकी खड़खड़िया सायकल पर बैठकर वह, कमरे पर भी लौट आती थी। संयोग से उसका घर भी उसी रास्ते में पड़ता था, जहाँ से होकर वह अपने कमरे पर जाती थी। भीड़ और अकेलेपन से उसे पहले ही कम डर लगता था—बचपन में जब अपने घर के पिछवाड़े की टाकीज में पड़ोसी मुसलमानियों को फिल्म देखने के लिए टिकट चाहिए होता था, तो वे चंचल और साहसी केशर को ही चुनती थीं। वह भी मुहल्ले के किसी शरारती लड़के की तरह, दूसरों के पोंद में पिन चुभोकर 'उई-उई' करती, रास्ता बनाकर खिड़की से टिकट ले आती थी।

अपने उसी निर्द्वन्द्व स्वभाव के चलते जब वह गया सिंह की साइकल के ड्रिप की नलियों से बुनी रस्सी लिपटे कैरियर पर चलते हुए उचक कर बैठ जाती, तब वह उसकी इसी बहादुरी पर प्रसन्न होकर मन-ही-मन अपनी असमय बुढ़िया गयी पत्नी से समानता कर उठता था। पर मन में कोई पाप न होता।

हाँ, आसपास के लोगों की नजर ज़रूर टेढ़ी होने लगी थी। उसके सामने तो कोई नहीं पड़ता था। लेकिन केशर से कोई-न-कोई बहाना बनाकर, बगैर पूछे न मानते—'काहे, जे कौ लगत हैं तुम्हारे...?' वह भी बिना झिझके/शरमाए हँसकर कह देती—'डोकर! इनकी हमारे गाँव में बिटिया ब्याही है...।' और यह सच भी था। केशर के ससुरालवाले, जमींदारों के अत्याचारों से तंग आकर जिस गाँव से उखड़कर हार में अलग 'पुरा' डालकर आ बसे थे। उस गाँव में गया सिंह की बड़ी लड़की ब्याही थी। इसका भेद खुलने के बाद गाँव-नाते इन्होंने भी 'भाई सहाब' जैसे चलताऊ सम्बोधन के स्थान पर अपनत्व भरा शब्द 'डोकर' कहना शुरू कर दिया था। डोकर एक ऐसा क्षेत्रीय शब्द है जिसे यहाँ, प्यार से बेटी बाप को, बहू ससुर को, पत्नी पति को, दामाद ससुर को और बेटा अपने बूढ़े बाप को सम्बोधित करता है। फिर भी सारे विश्वासों के पार, लोगों की कुंठित मानसिकता का निशाना वहीं सधता, जहाँ एक-दूसरे के बीच सारे अलगाव समाप्त हो जाते हैं।

धीरे-धीरे हर रोज गाँव से आनेवाले बेलदार, दूधिया और सौदा-सट्टा करनेवाले दूतों से यह खबर गाँव में जंगल की आग की तरह फैल गयी थी कि 'वह तो बूढ़े पे बावरी भई है...।' तब सास-ससुर, देवर-जेठों के कान खड़े हुए, उन्हें अपनी मान-मर्यादा धूल-मिट्टी में मिलती दिखाई दी। ...पर गू की छितरिया सिर पर रखे कौन? उनकी सबकी अपनी-अपनी कच्ची गिरस्ती थी। दो-चार साल से नहर न आने और अच्छी बरसात न होने के कारण, वैसे ही गाँव में अकाल पड़ा हुआ था। ऐसे में अपने ऊपर अतिरिक्त बोझ लेने के लिए कोई तैयार न था। लेकिन घर की इज़्जत को भी बट्टा लग रहा था। दो-चार रिश्तेदार भी टोक चुके हैं।

तब...मौका केशर के छोटे देवर के विवाह का था। बूढ़ा ससुर पन्द्रह दिन पहले ही बैलगाड़ी में बैठाकर सबको गाँव ले आया था। वहाँ सबने मिलकर उसके

विरुद्ध पति को भड़काया। पर वह केशर का पक्ष लेकर ही उनसे लड़ पड़ा था। लेकिन अन्ततः वह हार बैठा। घर में त्रिया-चरित्र के किस्से सुन-सुनकर उसके कान पक गये थे। अन्त में वह अपनी कुल-मरजाद की खातिर ज़िन्दगी के दाँव पर, गाँव में बसने के लिए राजी हो गया था। ...तब पहली बार केशर को यह तीव्र एहसास हुआ कि उसके गले में कोई अदृश्य फंदा पड़ा है, जिसकी डोर उसके हाथ में नहीं है। वह उसी के लम्बवत् विचरण कर सकती है, उससे आगे-पीछे नहीं।

घरवालों ने गाँव में सरपंच और ग्रामसेवक को कुछ ले-देकर आई.आर.डी.पी. से केशर के लिए लोन से भैंस खरीदवा दी थी। अस्पताल में गया सिंह की मदद से पति की बीमारी भी कुछ थम गयी थी।

मायके में जो काम कभी केशर की अम्मा और दादी ने भी नहीं किए होंगे, वह काम गाँव में केशर को करना पड़ रहे थे। भुरहरे उठकर भैंस का गोबर-पानी और सानी वगैरह करना। कुएँ से पानी खींचकर लाना। रोटी बना-खा कर हार से भैंस के लिए हरियाली और घास लाना। दोपहर लौटकर मशीन पर कुट्टी काटते और भैंस को दोबारा सानी-पानी करते, साँझ हो जाती। नहाया तो नहाया, वरना ऐसे ही शाम के रोटी-पानी में जुट जाती। लेकिन मन में हार मानने के लिए कोई जगह नहीं थी। दुख था तो सिर्फ इस बात का कि डोकर के साथ व्यर्थ में ही उसका नाम जोड़कर लांछित किया गया है।

इन सबके बावजूद उसे लेकर, घरवालों के दृष्टिकोण में कोई परिवर्तन नहीं आया। अब तो पति की बीमारी के महीने भर के कोर्स के लिए, उसकी जगह सँझले देवर को ही अस्पताल भेजा जाता था। शहर जाने के मौके उसे कम ही मिलते थे। एकाध बार गया सिंह ही अपनी लड़की से मिलने जाते समय उसका हाल-चाल पूछने घर आया था। लेकिन घरवालों के अभद्र व्यवहार के चलते, उसने भी आना बन्द कर दिया था। अपनी मान-मर्यादा के अलावा घरवालों के मन में सदियों से कटु-अनुभवों के दंश से निर्मित संस्कार थे, जिनके अनुसार कोई सवर्ण किसी दलित की कभी भी निःस्वार्थ भाव से मदद नहीं करता...?

इस तरह दिन धीरे-धीरे पंछी बनकर उड़ते रहे। केशर के जीवन में एक के बाद एक काली अँधियारी रातें आती रहीं। वसन्त की आशा में खुले द्वार पर हमेशा पतझड़ ने दस्तक दी। ...और अन्ततः वह दिन भी आ पहुँचा जिसका केशर को पूर्वाभास था। उस दिन होली की दौज थी। पति ने सवेरे-सवेरे बड़े आग्रह के साथ केशर से खीर-पूड़ी बनाने को कहकर, अपने छोटे भाई को ब्याही साली चन्दा का भी न्यौता करवा दिया था। ...खाना खाने और रंग-अबीर के बाद उसने सबको अपनी खाट के पास बैठा लिया था। माँ के सामने आँखों में आँसू भरकर खाट पर पड़े-पड़े ही उसने केशर का हाथ पकड़ लिया था—'सीमा की मम्मी! तैने तो खूब

निबाही मेरे संग... पर मैं तोको कछु न कर सकौ, मेरी भूल-चूक माफ कर दीजै!!!.... अब जे बारे-बारे हू तेरी ओली (गोद) में हैं, इनकी हू नैया पार लगाइयो!!! हमारी तो अब आखिरी है..? और सचमुच ही दिन ढले, दो-तीन बार खाँसी आने के बाद उसकी आँखें फिर गयी थीं। केशर हतवाक्य रह गयी, आँसू तो उसके पहले ही सूख चुके थे। वह यों विवेकहीन हो जाएगी ऐसा किसी ने नहीं सोचा था। उसे पता नहीं लगा कि कब उसके पति की लाश को उसके ससुरालवाले पास की नदी में जलप्रवाह कर आए । कब उसकी चूड़ियाँ तोड़ी गईं और माँग का सिन्दूर पुँछा...। कब उसकी मैली कुचैली रंगीन साड़ी और गिलट के बिछुआ उतारकर, गाँव की स्त्रियों ने भाई के द्वारा लाई गयी धोती और ताँबे के 'पौरा' पहना दिए थे। तब आस-पड़ोस की सास-ननदियों नें ही उसे सहारा दिया था, कि अगर वह चाहे दूसरा घर भी बाँध सकती है। दो लड़कियाँ हैं, वह बड़ी होकर सास के घर चली जाएँगी। रहा लड़का, वह अइया-बाबा पर बना रहेगा। एकाध बीघा खेती भी उसके हिस्से में है।...

पर यह सब भरमानेवाली बातें थीं। पति और परिवारवालों ने गाँव में आनेवाले ग्रामीण स्वास्थ्य अधिकारी और नर्स की सलाह पर, पाँच-छः बरस पहले ही एक लड़का और दो लड़की के बाद नसबन्दी करवा दी थी। इसलिए उसे अच्छी तरह पता था कि अब उस जैसी बंजर भूमि को, कोई अपनाने के लिए राज़ी न होगा। दूसरे एक को तो वह जैसे-तैसे भर भुगत चुकी, दूसरा पता नहीं कैसा निकले उसे ढोने की हिम्मत अब उसमें न थी। तीसरे बच्चों का मोह और मरते समय पति की दीन-याचना भी आड़े आ जाती। और अन्ततः इस तीसरे पक्ष की ही विजय हुई, सबके समझाने-बुझाने पर केशर मन मारकर परिवार में ही मरने-खपने की तैयारी कर चुकी थी।

लेकिन पति के गुज़रने के चार-पाँच महीने बाद, अचानक पता लगने पर गया सिंह 'फेरा' करने आया था। पति का मृदु व्यवहार और उसके निर्द्वन्द्व स्वभाव ने, गया सिंह के मन में जाने कैसे जगह बना ली थी। उसके अपने घर में पत्नी, जवान लड़का और बहू थे। पर वे उसके अक्खड़ फौजी स्वभाव के चलते, सहमे-सहमे रहते थे। ...पेंशन और नौकरी का पैसा ही उनमें संवाद का माध्यम था। बाकी संवाद उसकी इच्छा पर आधारित थे। उसकी उपस्थिति में घर में अकसर मौन ही पसरा रहता था, सारा परिवार उससे कट चुका था।

इस तरह अपने ही द्वारा अनुशासन की इच्छा से निर्मित किए माहौल में, अब स्वयं गया सिंह को ही घुटन महसूस होने लगी थी। केशर और उसके पति के व्यवहार ने इसमें काफी कुछ कमी लाई थी। इसलिए वह इनकी ओर काफी कुछ झुक गया था। लेकिन मुफ्त की बदनामी सहने का माद्दा उसमें भी नहीं था।

इसलिए वह भी कुछ दिनों के लिए अपनी दुनिया में रम गया था।

पर उस दिन जब वह अपनी लड़की के लड़का होने पर 'पछ' देने के लिए, उधर से गुजर रहा था। तब नहर की पुलिया पर केशर का लड़का भैंस चराते मिल गया था। उससे रहा नहीं गया। वह अनायास ही उससे पूछ बैठा था—'बेटा! पापा कैसे हैं?'

'पापा—वे तौ मरि गये।'

'कबै?'

'होरी की दौज कौं ...दऊआ और चाचा गाड़ी में धर के नधी में डार आए हैं।' ...लड़के ने जिस भोलेपन से स्थिति बयान कर दी थी। गया सिंह के मन में वैसा ही तेज धक्का लगा। अनचाहे ही उसकी साइकल धीरे-धीरे मुड़ती, केशर के द्वार पर जा खड़ी हुई थी। आँगन में नीम के नीचे सबसे पहले, केशर की सास बैठी मिल गयी थी। उसे देखते ही वह, बड़े ही कहनूना करके रो पड़ी—'हाय बेटा-ऽ! ल-ला तो धो-खो दे-गये...मो-भ-ट्-टी को का-ल न आ-यो... हाय!! मे-री चिरै-या व-न-व-न की हो ग-ईं... हा-य!!! अब-ऽ मे-रे बारे-बारेन की, कै-से नै-या पा-र ल-गे-गीऽऽऽ...?' गया सिंह का आना सुनकर केशर भी, मढ़ैया की किवरिया खोलकर सास के पास आ बैठी थी। निस्तेज आँखें, विवर्ण मुख, सफेद धोती में लिपटी देहयष्टि। उसे लगा जैसे सारी सृष्टि के दुखों का पहाड़, मानो उसी पर टूट पड़ा हो। तब गया सिंह ने सास के माध्यम से ही उसे धीर बँधानी चाही थी—'घबराओ नई, ईसुर सबकी नैया पार लगावत है। ...वह तुम्हारी हू सुनेगो। बाके घरे देर है, अन्धेर नईंया...।' लेकिन केशर का इन बातों से पहले ही विश्वास उठ चुका था। वह अपने पैरों पर खड़ी होना चाहती है। गाँव में भैंस पालकर और कपड़े सिल कर भी देख लिये, पर उसमें कोई तंतु नहीं पड़ रहा था। तब सास की उपस्थिति की अवज्ञा करते हुए उसने गया सिंह को बीच में ही टोक दिया था—'डोकर! अब झूठी भरमाऊनी देने को बखत नईं है ?...हमारे संग इतनी नेखी करी हैं, एक और कर दे-!! हमें वहीं कोई काम दिवाइदे, वे तौ बीच धार में दगा दे गये!!!'

वह चुप रह गया था। फिर अचानक बैठे-बैठे याद आया कि गीता कम्पाउंड में डॉ. मनोज सक्सेना के यहाँ एक बाई की जगह खाली है। जो थोड़ा-बहुत पढ़ी-लिखी होने के साथ-साथ, ड्रिप-इन्जेक्शन लगाना भी जानती हो। ...केशर सातवीं पास होने के साथ-साथ, सुई-बोतल लगाना भी जानती है। मजबूरीवश ही सही, अस्पताल में डॉक्टर और नर्सों की लापरवाही और गाँव में डॉक्टर की सुविधा न होने के चलते, पति की बीमारी का इलाज़ करते/करवाते धीरे-धीरे केशर इस काम में निपुण हो गयी थी।

गया सिंह ने जब उसे यह बात बतलाई, तो वह खुशी से तैयार हो गयी थी। पर सास जल भुन गयी थी। गया सिंह के जाते न जाते वह भुनभुना उठी थी—'घर बर गओ ररिये मौज भई, घर बारह छेड़ी द्वार भये...' (गोरी का घर जल गया और यार को खुशी हुई, कि अब उसकी प्रेयसी के घर में गुप्त रूप से आने के लिए, दस-बारह छोटे-बड़े द्वार जो हो गये हैं।)... सास के मुँह से यह कटुक्ति को सुनकर, केशर करिया नागिन सी फुफकार उठी थी। अब तक तो वह पति का मुख देखकर रह जाती थी। पर अब तो सारी लड़ाई उसे ही लड़नी थी। मन सारी वर्जनाएँ तोड़कर, अक्षत आदर्श ध्वंस के लिए मचल उठा था। क्योंकि 'कर नहीं तो डर नहीं' का उसका सात्विक दम्भ, सास ने शरबिद्ध हिरणी-सा आहत जो किया था।

उसने दूसरे दिन ही शहर जाने की घोषणा कर दी थी। अपनी इज़्ज़त को लेकर सारे घर के अलावा मँझला जेठ कुछ ज़्यादा ही कुनमुनाया था। परन्तु केशर और उसके बाल-बच्चों को बैठाकर खिलाने की हिम्मत उस में भी नहीं थी। इसलिए उसका रास्ता रोकने के लिए कोई आगे नहीं आया। हाँ, सास ने उसकी आठ नौ साल की बड़ी लड़की कुछ अपनत्व जताते हुए, इस सोच के साथ अपने पास अवश्य रख ली थी कि शहर में रहकर वह भी कुछ काला-पीला करे, उसका असर उस लड़की पर तो नहीं पड़ेगा! ...तब भादौं के महीने में रुक-रुक कर बरसते बादलों के बीच, जब चिड़िया अपना घोंसला नहीं छोड़ती, और पुराने वक्त में यात्री सफ़र पर नहीं निकलते थे। उसने अपनी अम्मा के यहाँ से लाया वही पुराना स्टोव, और कुछ कपड़े-लत्ते और आटा-दाल लेकर। अपने लड़के और छोटी लड़की के साथ, बड़े ही दुखी मन शहर की यात्रा पूरी की थी।

गया सिंह के परिचय के चलते नर्सिंग होम में काम मिलने में ज़्यादा दिक्कत नहीं आई थी। अपनी मेहनत, लगन और व्यवहारकुशलता के चलते, उसने कुछ ही दिनों में सारे स्टाफ का प्रशंसा पत्र हासिल कर लिया था, लेकिन उसके पीछे वहाँ उसकी जाति और विधवा होना भी पहुँचा था। जिनके लिए प्रसिद्ध है कि दीवाल भी मुँह फाड़ती है। परन्तु चलते समय बे-मन ही सही, सास की दी सीख गाँठ बँधी थी—'बहू! वहाँ काऊ से दब के मत रहियो, नहीं तो चुखरा (चूहा) की हू लुगाई बनना परेगो?...' जिसके चलते उसने हर मोर्चे पर डटकर मुकाबला किया था। जिसमें गया सिंह का भी भरपूर सहयोग रहा था। केशर को जब भी ज़रूरत पड़ी उसने बीच खेत आकर उसकी मदद की थी। फिर वह चाहे लड़के-लड़कियों के घर-परिवार के दबाव में आकर किए बाल-विवाह हों, या प्लॉट लेकर घर बनवाते समय आई आर्थिक तंगी, उसका यथायोग्य सहयोग बरकरार रहा था।

ऐसा नहीं था कि इसके एवज़ में गया सिंह का घर-परिवार में विरोध न हुआ हो। ...एक दिन तो उसका बड़ा लड़का माँ के उकसाने पर, अपने गुंडे भाइयों के

साथ केशर और उसके बड़े लड़के के हाथ-पैर तोड़ने, बीच रास्ते जा खड़ा हुआ था। उस दिन केशर प्लॉट लेने के लिए गाँव में रह गयी भैंस बेचकर, देवरानी के भाई और अपने लड़के के साथ, हाट से लौट रही थी। पर ऐन वक़्त गया सिंह ने वहाँ पहुँचकर उन्हें पिटने से बचा लिया था। ढीठ लड़का दोनों को गाली देता, भाग खड़ा हुआ था। ...इस घटना ने गया सिंह इतना आहत हुआ कि उसने सदा के लिए, अपने लड़के से बोलना ही बन्द कर दिया था। बेशर्म सभ्यता के प्रतिनिधि उसके पत्नी बेटे भी उसके जिद्दीपन के आगे अन्ततः चुप गये थे। मन में यह पाप-विचार पालते कि उनमें तो रंडी-रखैलों का चलन रहा है। बहुत से ठाकुर तो दारी और दारू के फन्दा में फँसकर, ज़मीन-जायदाद तक मेट डालते हैं। ...वह तो फिर भी अपनी सारी जिम्मेदारियों के साथ, घर-परिवार से बँधा हुआ है।

ठीक यही हाल केशर के घर-परिवार का था। चार-छह बरस में जो घर-गृहस्थी उसने अपनी मेहनत के दम पर जोड़ ली थी। उसका श्रेय 'वे' केशर को देने के लिए कतई तैयार न थे। उसके पीछे वे गया सिंह का हाथ मानते थे, जो उसे स्वतः ही कुलटा सिद्ध करता था। इतना ही नहीं, आस-पड़ोस और नाते-रिश्तेदार जब इस सम्बन्ध में उनसे कोई टोंचरा घालते। तब केशर की दौरानी-जिठानी ही अब बड़े आत्मविश्वास के साथ, उनसे भिड़ जाती हैं—'दुनिया में दूध का धुबो अब कोई नई रहो? कोई करिहा (कमर) कबरा है तो कोई कूल्हे....हमारी तो गैया है, दिन-भर चर-चिंहुट के साँझ कौं खूँटा पर तो लौट आवति है।...काहू को लै तो न भगी?'...जैसे वे ही उसका और गया सिंह का सेज-बिछावन करती रही हों।

ऐसा भी नहीं था कि 'वे' इस बात से अनभिज्ञ रहे हों..., और मन में कुछ उमड़-घुमड़ न हुई हो। बल्कि उन्हें तो इस बात की हर क्षण खबर रहती थी। अपनी-अपनी ड्यूटी से लौटते रास्ते में जब-कभी उनकी भेंट होती, तो मन में भावनाएँ हिलोरें लेने लगती थीं। दिमाग में विचार भी कुलबुलाने लगते थे कि क्यों न हम भी वैसे ही हो जाएँ, जैसा उन्हें दुनिया मान चुकी है। परन्तु उनमें से जब भी कोई एक, इस तरह की हिम्मत करके सामने आता। तब उनमें से किसी एक न एक का आदर्श आड़े आ जाता था।

केशर, जिसके गले में पड़ा चाँदी का एक-लड़िया मंगलसूत्र, जो पति की मौत के साथ कब का टूट चुका था। वह अब भी उसे अपने होने का एहसास करा जाता था।...घर-परिवार की जिम्मेदारियों के बीच केशर के लिए वह एक ऐसा फन्दा बन चुका था, जिससे छुटकारा पाना उसे असम्भव लगता। वह जब भी उससे अनभिज्ञ होकर गया सिंह की ओर खिंची, उसका कसाव और भी ज़्यादा मज़बूत हो जाता था। उस स्थिति में वह गया सिंह के आगे खड़े-खड़े, अचानक गले में कुछ टटोलने लगती थी। और मन, 'नहीं....नहीं' कर उठता था।

वहीं गया सिंह का भी यही हाल था। हालाँकि उसके गले में ऐसा कोई 'तौंक' नहीं पड़ा था। लेकिन एक दिन उसकी अपनी चहेती लड़की द्वारा बगैर सच्चाई जान, बड़े ही अलज्ज भाव से यह कहना कि—'दद्दा! हम मानत है कि तुम घर से नहीं बँधे? पर घर तौ तुमसे बँधो है... अब सजन-समधी के हौ गये, हम सब तन हू देखो?....' दूसरे वह स्वयं नहीं चाहता था कि क्षणिक सुख के बाद केशर भी अपने ऊपर किए सारे एहसान चुकता करके, उसे भी उसी श्रेणी में डाल दे जिसमें उसकी जाति सदियों से स्वयं गिरती चली आई है।

...इस तरह केशर और गया सिंह एक दूसरे के सहयोगी होते हुए भी, एक नदी के दो पाट बने रहे। कुछ माह से तो उनका मिलना-जुलना भी बिलकुल बन्द हो गया था। अस्पताल से रिटायर होने के बाद अब वह घर पर ही रहने लगा था। सुना था कुछ दिन से बीमार चल रहा था। एक दो बार उसने घर जाकर देख आने का निश्चय भी किया था। परन्तु गली के मुहाने पर पहुचते ही निश्चय बदल जाता।...आज वह मर गया। वह हतप्रभ है। वह रोना चाहती है। इतना, जितना कि वह अपने सात-भाँवरे पति के लिए भी न रोई थी। पर किसे दिखाकर.... क्योंकि मन का रोना तो अपने तक ही सीमित रहता है। पर व्यक्त रोना तो सार्वजनिक होता है। उस पर प्रश्न उठते हैं। सवाल दागे जाते हैं। वह किस-किस को जवाब देगी? कौन उसकी सच्चाई को स्वीकार करेगा? वह असमंजस में पड़ गयी थी। अचानक हाथ में बँधी घड़ी पर ध्यान गया। दस बज गये। आँखों से बहती अविरल अश्रु धारा साड़ी की कोर से पोंछती केशर, उठ खड़ी हुई। मन्दिर के गेट से बाहर देखा तो सड़क पर कुछ ताज़े फूल, मखाने और प्रेत का अन्न छूटा पड़ा था।... वहाँ, जहाँ गया सिंह की अरथी रखी थी। केशर ने मन्दिर से निकलकर सड़क पर इधर-उधर नज़र दौड़ाई, आसपास कोई नहीं था। उसने बड़े भावुक होकर आँचल के छोर से उस जगह को छूकर माथे से लगाया, और घर की ओर दौड़ पड़ी।

कमरे पर उसकी बालिका बहू ने दरवाजा खोला। उससे बिना कुछ कहे केशर, जोही-मोही पेड़ से टूटे पत्ते-सी खाट पर जा गिरी। बहू उसके लिए घड़े से, ठंडे पानी का गिलास भर लाई थी। केशर ने पानी न पीने का बहाना बनाकर गिलास वापस कर दिया। सास को यूँ गुमसुम-सा पाकर बहू खाट पर उसके सिरहाने बैठ गयी। रात में जागते रहने का विचार करके, वह केशर का सिर दबा उठी। फिर न जाने क्या सोचते हुए, अपनी चिरपरिचित मुस्कान के साथ चहककर रात में देखा सपना सुनाने लगी—'मम्मी! रात में हम बड़ौ अटपटो बर्रराने।... तुम मम्मी नहीं एक गैया हो और तुम्हारे गले में एक मोटा पगहा है, जासें हर कोउ तुम्हें नये-नये खूँटन से बाँध रओ है।... और तुम बँध जाती हो, बिना ना नुकुर के...पर एक खूँटा है? जाके आस-पास तो तुम दिखाई दई, पर बँधी नई हो! और लोग-लुगाई

चिल्लाय रहे हैं—'बँधी है, बँधी है...। इत्ते में हमारी आँख खुल गयी, बिलैया ने रसोई में चीनी कौ कन्टर पटक दियो तो...।' अपनी भोली बहू का यह अद्‌भुत सपना सुनकर केशर और अधिक द्रवित हो उठी थी। जाने क्यों मन में आया कि वह अपनी बहू को गले लगाकर, मन की सारी भभक रोकर निकाल दे। पर वह ऐसा कर न सकी। हाँ, अन्दर के जाने कितने सिरे मजबूत करके, वह अपनी बहू के सामने बुदबुदाई थी—'बेटा! जनी का जन्म ही खूँटा से बँधवें के लए होवत है।....एक टूटत है तौ दूसरो गढ़ जावत है। दूसरा टूटा, तो तीसरौ....तुम हमारे काजें क एक खूँटा नईं हो...?' बहू आश्चर्यचकित थी। मम्मी को आज हुआ क्या है...?

वे

वे इतिहास के बहुत बड़े प्रोफेसर, राजनीति के विशेषज्ञ और दर्शन के प्रसिद्ध ज्ञाता हैं। वर्ल्ड हिस्ट्री से लेकर इंडियन हिस्ट्री पर उनकी अच्छी पकड़ रही है। सुकरात, प्लेटो से लेकर बर्टेल्ड रसल तथा मनु से महात्मा गाँधी तक के राजनीतिक विचारों पर जब वह अपना व्याख्यान देने बैठते हैं, तो अच्छे-अच्छे प्रोफेसर दाँतों तले उँगली दबाकर रह जाते हैं।...भारतीय और पाश्चात्य ज्ञान, दर्शन पर उनकी गहरी पकड़ ने भी सबको चमत्कृत किए रखा है। साहित्य और समाजशास्त्र में भी उनकी गहरी घुसपैठ ने तो मुझे उनके प्रथम श्रेणी के प्रशंसकों में सम्मिलित कर लिया था।...उनकी जीवन शैली में विचित्र अनुभवों और शैलियों का समन्वय है। खानपान और रहन-सहन में उनकी सामनेवाले की परिस्थितियों के अनुसार ढल जाने की अजीब क्षमता और किसी को सहज विश्वास में लेने के अद्‌भुत गुण के कारण, अधिकांश लोगों को उनमें अपना इष्ट खोजते पाया है।

मैं उनके इकलौते बेटे का दोस्त हूँ। इस बहाने उनकी कृपा की बौछार मुझ पर शुरू से ही पड़ती आई थी। वर्तमान परिवेश में समाज सुधार, धार्मिक उत्थान, राजनीतिक पतन, सांस्कृतिक अवनति और नैतिक अवमूल्यन पर मैंने, कई-कई बार उनके सारगर्भित चिन्तातुर हितोपदेश सुने हैं। मेरे मन में उनके प्रति अगाध श्रद्धा ने घर कर लिया था। यह उनके विचारों का ही प्रभाव था कि मेरे जीवन के बहुत सारे लक्ष्य और ध्येय लोकसाधना और राष्ट्रहित पर जाकर केन्द्रित हो गये। सच कहा जाए तो वे मेरे जीवन में आदर्श के रूप में स्थापित हो चुके थे। जब भी मैं अन्धकार को छिन्न कर मन-आँगन प्रकाशपूरित करनेवाले किसी स्वामी समर्थ अथवा रामकृष्ण परमहंस की छवि अपने मस्तिष्क में बनाता, तो वही मेरे कल्पना फलक पर आ विराजते थे। मैं श्रद्धानवत हो जाता।

परन्तु पिछले दिनों की बात है। मेरे शहर के पड़ोसी जिले के एक बड़े औद्योगिक क्षेत्र के बीच से निकले हाइवे पर बहुत सारे सूखाग्रस्त बंजर पड़े खेत, जिन्हें इन्दिरा गाँधी के जमाने में पंचवर्षीय योजना के तहत वहाँ के ग्रामीण दलितों ने

सरकारी ब्राह्मण की उपाधियाँ धारण करते हुए, बमुश्किल प्राप्त किए थे।...और अपनी जी-तोड़ मेहनत से ऊसर से उपजाऊ बनाई गयी वह ज़मीन पिछले कई सालों से पड़ रहे सूखे के कारण खाली पड़ी थी। वहाँ से निकलनेवाले एक मात्र पानी के बम्बे को भी आसपास लगी फैक्ट्रियों में ही मोड़ दिया गया था। जिसके चलते वह ज़मीन अपनी पूर्व स्थिति को प्राप्त हो चुकी थी। उन्हीं खेतों को एक बहुराष्ट्रीय कम्पनी के दलाल और राज्य में सत्तासीन पार्टी से रसासिक्त होकर धार्मिक उत्थान में लगे एक प्रवचनकर्ता सन्त के अनुयायियों ने उस पर एक कारखाने और उसी के बगल एक विशाल आश्रम का शिलान्यास कर डाला था।

भूमि को माँ और स्वयं को उसका पुत्र बतानेवाले उन छोटे किसानों ने जब वहाँ अपना विरोध प्रदर्शन किया तब उक्त सन्त के अनुयायियों के साथ मिलकर सत्ताधारी पार्टी के वरदहस्त पर पलनेवाले पिट्ठू प्रशासन और पुलिस ने, किसानों पर केवल लाठी और डंडों से ही प्रहार नहीं किए, बल्कि उनके स्त्री और बच्चों के साथ भी निर्ममता बरती गयी। उनके घरों में दिन-दहाड़े हत्या और बलात्कार का घिनौना खेल भी खेला गया। उनके घर जला दिए गये।

देश और समाज में घटनेवाली ऐसी घटनाओं से हर संवेदनशील व्यक्ति का व्यथित होना लाज़िमी है। विकास का ढोल बजानेवाले इस देश में आजादी के छह दशक बाद भी दलित किसान अपने अधिकारों से वंचित हैं। आज भी उनके ऊपर धार्मिक अत्याचार, राजनीतिक बल प्रयोग किए जाते हैं। दबंगों के अत्याचार और प्रशासनिक उपेक्षा के चलते आज भी अधिकांश दलित, भुखमरी और पलायन के शिकार हैं। मैं हिल गया था। हमेशा की तरह इस बार भी इस भयावह अत्याचार की घटना पर समाज का ऊँचा तबका कछुए-सा अपने खोल में सिमटा मौन साधकर रह गया था।

प्रदेश की सत्ताधारी पार्टी अपने सिर की बला पुलिस और प्रशासन के सिर पर डाल एक दो कर्मचारी और पुलिसकर्मियों को बर्खास्त कर, घटना की न्यायिक जाँच कराने का आश्वासन देकर शान्त हो गयी थी। वहीं विपक्षी दल के नेता और नेत्रियाँ घटना को मुद्दा बनाकर अगले चुनाव में सत्तासीन राजनीतिक दल को उखाड़ फेंककर अपनी जड़ें जमाने के लिए, राजधानी के गलियारों में हुल्लड़ काटने में जुट गये थे। जिसमें हमेशा अनापेक्षित स्थान पर अपनी दृष्टि केन्द्रित करनेवाला मीडिया भी अपने दल-बल सहित उनके संग था। शेष बच रहे थे घटना में उत्पीड़न के शिकार दलित शोषित-किसान और उनकी राहत व सुरक्षा के अधूरे सवाल।

मेरा मन हाहाकार कर उठा था। प्रोफेसर साहब की सतत् प्रेरणाओं के चलते देश और समाज की चिन्ताएँ मेरी भी चिन्ताएँ बन गयी थीं। इसके साथ-साथ कई स्वयंसेवी संस्थाओं के साथ, गुजरात और जम्मू-कश्मीर में आए भूकम्प, असम की

बाढ़, मुम्बई की बारिश और दक्षिण में सुनामी के कहर के समय हुई भयंकर जन-धन हानि के बीच पहुँचकर एक मिशनरी-सा यथासाध्य सहयोग मैंने दिया था। यह परम्परा मेरे तक ही सीमित न रहे इसलिए मैंने भी अपनी एक स्वयंसेवी संस्था का गठन कर लिया था, जिसमें मेरे प्रेरणास्रोत प्रोफेसर के सुपुत्र और मेरे प्रिय मित्र भी अपनी अन्त:प्रेरणाओं के चलते संस्था के कई कार्यक्रमों में हिस्सेदारी कर चुके थे। अपने प्रेरणास्रोत के बेटे को अपने बीच पाकर मेरा उत्साह दुगुना हो जाता। कथनी और करनी के बीच दर्रा-ए-खैबर बना कर चलनेवाली इस दुनिया के बीच, उनका अपवाद होना मेरी श्रद्धा में लगातार बढ़ोतरी कर रहा था। उस दिन मैंने अपनी संस्था के कुछ सदस्यों को लेकर उन पीड़ित परिवारों के बीच जाने की योजना बनाई, परन्तु संख्यात्मक दृष्टि से कोरम पूरा नहीं हो रहा था। कोई एग्जाम देने गया था, तो कोई शादी में। किसी के पिता के बीमार होने का गाँव से फ़ोन आ गया था तो किसी की दादी नहीं रही थीं। कुल मिलाकर संख्या दस तक भी नहीं पहुँच पा रही थी। मैं काफी परेशान था। एक-दो जगह फ़ोन लगाने के बाद मेरा ध्यान प्रशान्त की ओर गया। वह तो घर पर ही होगा। मैंने फ़ोन की घंटी प्रशान्त के घर लगाई, फ़ोन उठा भी किन्तु जवाब मिला कि प्रशान्त घर पर नहीं है। उसके बाद मैंने कई दिन बाद फ़ोन लगाया और घर भी गया लेकिन प्रशांत के दर्शन नहीं हो पाए। कभी वह स्वयं घर पर नहीं होता था तो कभी घर पर होते हुए भी प्रोफेसर या उनकी पत्नी द्वारा उसके गहरी नींद में सोने अथवा पढ़ाई में व्यस्त होने का रूखा-सा जवाब मिलता था और मैं उदास वापस लौट आता था। मुझे ऐसा महसूस होने लगा था कि शायद मेरा वहाँ पहुँचना किसी अपशकुन से कम नहीं होता। मेरी समझ में कुछ नहीं आ रहा था। प्रोफेसर साहब और उनके परिवार पर किसी तरह का शक करना मेरे लिए कुफ्र से कम न था।

एक दिन जब मैं पुलिस और प्रशासन की मार तथा राजनीतिक हो-हल्ले के बीच निकलते शून्य परिणाम देख पूरी तरह टूट चुके उन दलित किसानों के बीच आन्दोलनकारियों का मनोबल बढ़ाने में जुटा हुआ था, जिसमें मेरे बहुत से साथी भी तन-मन से उपस्थित थे। न चाहते हुए भी अचानक मैंने प्रशान्त को फ़ोन लगा दिया। संयोग से मोबाइल उसी ने उठाया था। मैंने हालचाल की औपचारिकताओं के बाद बड़ी खिन्नता से उससे न आने का कारण पूछा, तो वह पहले तो थोड़ा चुप रहा। सम्भवत: उसने घर में इधर-उधर अपने मम्मी-पापा को देखा होगा। फिर बड़ी निश्चिन्तता के साथ दार्शनिकों से गम्भीर लहजे में जवाब तलब हुआ था—'राजेन्द्र भाई, आज कौन चाहता है कि चन्द्रशेखर आजाद और भगतसिंह उनके घर में पैदा हों, वह तो पड़ोस में ही अच्छे लगते हैं।' उसकी बात सुनकर मुझे ऐसा लगा जैसे मेरे ऊपर किसी ने बम फोड़ दिया हो, जिसमें मेरी आस्थाएँ चिथड़े-चिथड़े होकर दूर

जा पड़ी हैं। विश्वास का टूटना कोई क्षुद्र उल्कापात नहीं होता। उसके टूटने से आदमी का पूरा का पूरा अस्तित्व ध्वंस होता है। वह किरिच-किरिच होकर बिखर जाता है, जिसे समेटना उसके वश में नहीं रहता। प्रोफेसर साहब के प्रति मेरी आस्थाएँ भंग होते मुझे ऐसा लग रहा था जैसे मेरे पैरों तले ज़मीन और सिर पर आकाश नहीं है। अचानक मन में उठे इस ज्वार-भाटे के चलते मैं भूल ही गया था कि मेरे जवाब के इन्तज़ार में प्रशान्त फ़ोन पर रुका हुआ है। बहुत देर तक मेरी आवाज न सुनकर उसी ने चुप्पी को तोड़ा—'मैं जानता हूँ तुम पापा को कितना आदर के साथ फॉलो करते रहे हो। पर सच्चाई यही है—रा-जे-न्द्र!' वह मोबाइल लिए मेरे सामने आ खड़ा हुआ था...।

जिम्मी की वापसी

जिम्मी। उसका जन्म एक फुटपाथ पर हुआ था। बाप फ्रेज़र। एक अल्सेशियन। माँ। रामो। एक देशी कुतिया। रामो और फ्रेज़र के मिलन और जिम्मी के जन्म को लेकर, एक बड़ा ही रोचक किस्सा है। उसे बयान किए बगैर हम जिम्मी की आज़ाद ख्याली का अन्दाज़ नहीं लगा सकते।...कोई दो साल पहले की बात है। जिम्मी की माँ अपने किसान मालिक के साथ, गाँव से शहर आई थी। मालिक गाँव से शहर, हाट में अपनी भैंस बेचने आया था। वह भी पीछे-पीछे लगी चली आई थी। हाट में गाय, भैंस, भेड़, बकरियों की रंभाट और मैं-मैं, भै-भै के बीच, उसके कान पक गये थे। मामला चार-छः घंटे का था। वह शहर आकर पछता रही थी। गाँव में इतना शोर कहाँ। यहाँ ठेला-मोटर की भौं-भौं, पों-पों के बीच कान भी आवाज सुनाई नहीं दे रही थी। गुस्से में उसने मालिक का साथ छोड़ दिया।

आराम की तलाश में वह, हाट की दीवाल से लगी एक खूबसूरत पार्क में जा घुसी थी। मौसम वसन्त का था। थोड़ा दिन चढ़ने पर भी लोग गुनगुनी धूप के मोह में फँसकर, अभी गये नहीं थे। कुछ लोग घुमाने के लिए, मॉर्निंग वॉक में अपने कुत्ते भी साथ लाए थे। वह सहम गयी। गाँव में उसने शहर के कुत्तों की बेवफ़ाई और चरित्रहीनता के बहुत सारे किस्से सुन रखे थे। उदास। लगभग वह लौटने लगी थी। तभी नज़र पार्क के बीचोबीच, छिपकली की तरह दूब पर पसरी एक काली आकृति पर पड़ी। वह छिपकली तो नहीं हो सकती? छिपकली काली और इतनी मोटी-तगड़ी नहीं होती। उसने मन-ही-मन प्रतिवाद किया। इसकी पीठ पर चमकीले काले बाल भी हैं। जिज्ञासा बढ़ती ही गयी। वह उसके बारे में जानना चाहती थी। मन-ही-मन उसने हिम्मत बाँधी। एक शिकारी की तरह दबे पाँव, वह उसकी ओर बढ़ती गयी।

"धत् तेरे की, यह तो कुत्ता है!" वह मन-ही-मन मुस्कराई। आश्चर्य चकित भी हुई। इतना भारी भरकम। क्या खाकर इसकी माँ ने इसे पैदा किया होगा। वह उसके करीब पहुँच गयी। वह अब भी किसी मासूम पिल्ले की तरह आगे को गर्दन

किए, पट्ट पड़ा सो रहा था। सोते हुए अनजाने दाँतों से निकल उसके काले ओंठों पर चिपकी गुलाबी जीभ देखकर तो वह, उसके भोलेपन पर लट्टू हो गयी थी। अज्ञात जगह पर किसी अनजान श्वान से बात करने में पहले तो उसे डर लगा। पर वह दिल के हाथों मज़बूर थी। दिल धड़क उठा। उसने झूठ-मूठ के कान फड़फड़ाये। लगा वह अपनी कोशिश में सफल हो गयी।... पर यह क्या, उसने ज़रा-सी आँख खोली ऊपर को मुँह उठाया और फिर सो गया। उसे बड़ी कोफ़्त हुई। बड़ा ही लीसड़ है। ऐसे ही करता होगा अपने मालिक की रखवाली? वह थोड़ा इधर-उधर घूमी और उसी के बगल जा बैठी थी। उसकी देह से उठती गन्ध, उसे बड़ी मादक लगी। वह गहरी नींद में था। अपने आसपास किसी को बैठा महसूस कर, वह जाग उठा। अंगड़ाई लेकर आँखें खोलते सामने किसी मोहक मूरत को देख, उसके चेहरे पर एक स्वाभाविक मुस्कान बिखर गयी थी। जो किसी अपरिचित से परिचय की पहली सीढ़ी होती है। यद्यपि वह किसी दूर देश का था और वह ठेठ देहातिन। संवाद में भाषा दीवार बनी। पर प्रेम की कोई भाषा नहीं होती। पल भर में ही उनमें गहरा सम्बन्ध जुड़ गया था।

मालिक के यहाँ स्थानीय कुत्तों से उसने जो टूटी-फूटी स्थानीय भाषा सीखी थी, उसी के आधार पर उनमें बातों का सिलसिला शुरू हो गया। रामो ने गाँव की भुखमरी से ज़्यादा, वहाँ की आज़ादी का बखान किया। उसके गले में पड़ी मोटी साँकल को लेकर काफी आँसू बहाये। कहा कि वहाँ कोई किसी को इस तरह बाँधकर नहीं रखता। अपनी होशियारी पर चाहें रामप्यारी के घर में जाओ या राम दुलारी के—गुलामी मौत से बुरी है। फ्रेज़र ने भी उसकी 'हाँ' में 'हाँ' मिलाते हुए, अपने मालिक से मिलनेवाली सुख-सुविधाओं से ज़्यादा उसके द्वारा प्राप्त बन्धनों की पीड़ाओं का ज़्यादा ज़िक्र किया। रामो यद्यपि देहातिन थी। पर उसका बादामी रंग। काला मुँह। चमकीली आँखें। रेशमी बाल। बेबाकपन और इस सबसे ऊपर रामो की आज़ाद ख़्याली ने फ्रेज़र का मन मोह लिया था। उसे अपने गले में पड़ी जंज़ीर कई मन भारी लगी। आसपास देखा तो उसे अपने साथ लाया मालिक का लड़का, कहीं नज़र नहीं आया। वह पार्क के एक कोने में गोद में आँख बन्द कर लेटी गर्लफ्रैंड के ऊपर झुका, दूब के तिनके से उसकी नाक सहला रहा था।

रामो और फ्रेज़र को वहाँ से भाग निकलने का अच्छा मौका हाथ लगा। वह भागे भी। पर जैसे ही वह पार्क के मुख्य द्वार तक पहुँचे, फ्रेज़र पकड़ लिया गया था। पार्क में अपने बेटे के अपने से जाति में छोटी और हैसियत में कमज़ोर लड़की से प्रेम फ़रमाने की भनक पर, उसका मालिक वहाँ आ धमका था। बेटे के साथ-साथ अपने पालतू कुत्ते को भी प्रेम में पड़ा देख, वह और आग-बबूला हो गया...। उसने दौड़ कर फ्रेज़र के पीछे लटकती साँकल पर पैर रख दिया और उसने दो-चार लातें जमा

दी थीं। मालिक के पूर्व अहसानों तले दबा फ्रेज़र उस पर घुर्रा भी न पाया। उसे वापस मालिक के साथ जाना पड़ा था। पर जिम्मी की माँ वापस गाँव नहीं गयी। वह उसके पीछे-पीछे फ्रेज़र के घर तक जा पहुँची थी। घर था या महल वह भौचक्की रह गयी। दरबान ने उसे फाटक पर ही रोक लिया। डंडा मारकर भगाने की कोशिश भी की, पर वह टस से मस नहीं हुई।

उसकी आँखें उस बहुमंजिली कोठी पर लगी रहतीं, फ्रेज़र के जब कभी दर्शन हो जाते तो वह अपने को धन्य मान लेती थी। इतना सीधा-सच्चा श्वान आज की दुनिया में बिरला ही मिलता है। पर प्यार की कोरी बातों से पेट नहीं भरता, गाँव की बात और थी। यहाँ तो किसी के द्वार ही नहीं खुले मिलते, इतने डरे हुए हैं लोग एक दूसरे से! वह आश्चर्य करती। पर मुख्य समस्या तो रोटी की थी।

पर वह भी हल हुई। उसने धीरे-धीरे चौकीदार से दोस्ती गाँठ ली थी। सुबह की पाली वाला चौकीदार तो वैसे ही उजड्ड आदमी था, परन्तु जो रात में ड्यूटी देने आता वह ज़रूर भला आदमी था। तब मौसम सर्दियों का था। रात में चौकीदार अपनी कोठरी के सामने अलाव जला लेता था। रामो को वहाँ घूमते-घामते सात-आठ रोज़ हो गये थे। उसने वहाँ ऐसा कोई उत्पात भी नहीं मचाया था कि वह किसी की निग़ाह पर चढ़ती। चौकीदार से पहचान भी अच्छी हो गयी थी। रात में अकेले आदमी को सहारे की ज़रूरत होती है। चौकीदार को रामो से अच्छा कोई सहारा नहीं दिखा। रामो भी उसकी आँखों में सहानुभूति देख, उसके पास आकर बैठने लगी थी। साथ ही अब वह उसके टिफिन की हिस्सेदार भी बन गयी थी।

फ्रेज़र अब पार्क में नहीं जाता था। घर का लॉन ही उसकी दुनिया बना दी गयी थी जिसके भीतर रामो का जाना वर्जित था। पर कहते हैं कि 'जा पर जाकर सत्य सनेहू ते तहि मिलहि न कछू सन्देहू' सो एक दिन की बात है। सुबह की पाली वाला चौकीदार अपनी ससुराल गया हुआ था। दिन की ड्यूटी रातवाले चौकीदार के हिस्से में आई थी। फ्रेज़र लॉन की हरी-हरी घास पर आँखें बन्द किए, दुखी मन धूप में गुमसुम-सा बैठा था। रामो तो इसकी ताक में पहले से ही बैठी थी। वह रातवाले चौकीदार को चाटती-चूमती, उसकी आँख बचाकर लॉन में जा घुसी थी। रामो को देखकर फ्रेज़र का चेहरा खिल गया था। कई दिनों से वह काफ़ी चिड़चिड़ा हो गया था। गुस्से में आकर उसने अपने मालिक को भी काट लिया था। जिसके चलते उसकी काफ़ी लानत-मलामत भी हुई थी।

जिम्मी उसी दिन की पैदाइश है। उसके साथ-साथ दो भाई भी हुए थे। पर एक तो उनमें से बीस दिन का भी नहीं हुआ था कि उसे सुबह की पाली वाला चौकीदार उठा ले गया था। दूसरा जिसकी अभी आँखें भी नहीं खुली थीं वह एक दिन जिम्मी की माँ की अनुपस्थिति में चौकीदार की कोठरी से निकलकर कूँ-कूँ

करता, सड़क पर चला गया और एक शराबी की मोटरसाइकिल के नीचे आकर मर गया था। उसके पीछे-पीछे कूँ-कूँ करती गयी तो जिम्मी भी थी, पर एक को मरा देख जाने कहाँ से आ टपकी रामो, उसे मुँह में दबाकर बीच सड़क से कोठरी तक ले आई थी। कहते हैं उस दिन फ्रेज़र ने अन्न-पानी कुछ भी नहीं खाया था। जिम्मी का वह भाई फ्रेज़र की तरह ही मोटा-तगड़ा, काला-झबरा, ढीली खाल का पपी था। उसका यह नाम रात की पालीवाले चौकीदार ने रखा था और उसे घर ले जाने की पूरी-पूरी तैयारी भी कर ली थी, पर होनी को कौन टाल सकता है।

अब जिम्मी ही माँ की प्यारी होकर रहनेवाली थी, क्योंकि लड़कियों की तरह उसकी पूछ-परख करनेवाला भी कोई नहीं था। माँ की शक्लोसूरत पर जाने के बाद भी रामो का स्नेह जिम्मी से ज़्यादा उन दो पप्पियों पर ही था, क्योंकि वे दोनों फ्रेज़र की शक्ल पर गये थे। दूसरे पिल्लिया होने के कारण अपनी माँ की नज़र में जिम्मी अब उस पर बोझ, उसके हिस्से में पड़नेवाले टुकड़े की हक़दार, उसके पीछे-पीछे लगी रहनेवाली सिद्ध होनी थी।

लेकिन वह इतनी बुरी किस्मत भी लेकर पैदा नहीं हुई थी। रात की पालीवाले चौकीदार के कोई लड़की नहीं थी। एक आम भारतीय परिवार में बच्ची होना भी अभिशाप है और न होना भी! रक्षाबन्धन, भाईदूज, नवदुर्गा और कन्यादान जैसे अनेक मांगलिक अवसरों के साथ-साथ, घर में उजड्ड बेटों के नीचे मरते-खपते माँ-बाँप के मन में वैसे भी एक स्नेहमयी बेटी के लिए सॉफ़्टकॉर्नर बचा ही रहता है। बादामी रंग की झबरीली जिम्मी को देखकर, चौकीदार के मन में बचा वही सॉफ्टकॉर्नर काम आ गया। एक रात रामो खाने की तलाश में उससे कहीं दूर चली गयी थी। चौकीदार उस समय अपनी ड्यूटी करते हुए गेट के पास अलाव जलाकर ताप रहा था। अकेली जिम्मी चौकीदार के पास आकर, कूँ-कूँ करती अपनी नन्ही जीभ से उसके पैर चाटने लगी थी। चौकीदार उसकी उपेक्षा नहीं कर सका। उसने जिम्मी को उठाकर अपनी गोदी में लिया, पुचकारा और काफ़ी देर तक उस पर हाथ फेरता रहा।... जिम्मी भी थोड़ी देर में अपना अकेलापन भूल, चौकीदार से हिल-मिल गयी। जिम्मी और चौकीदार आपस में रात भर खिलकौंटी करते रहे। रात में मन-ही-मन किए किसी दृढ़ संकल्प के तहत चौकीदार, सुबह जिम्मी को अपने झोले में रखकर साइकिल से घर ले आया था।

घर पर चौकीदार की उजड्ड-सी दिखनेवाली घरवाली ने जब साइकिल से झोला उतार कर उसमें कूँ-कूँ करती जिम्मी को देखा, तो वह चौकीदार पर खोंखिया पड़ी थी—"अरे! जे तो राँड़ पिल्लिया है, सयाने भये गली में दुनिया भर के कुत्ता इकट्ठे करेगी और पिल्लन से घर भरेगी?" पर उसकी और बच्चों की ज़िद के आगे उसने भी जिम्मी को स्वीकार कर लिया था। कुछ ही दिनों में अपनी भोली

अदाओं के कारण जिम्मी, सारे परिवार के साथ-साथ चौकीदारनी की भी चहेती बन गयी थी।

जिम्मी का बचपन कुछ महीनों तक तो ठीक गुजरा, पर उसमें उसकी माँ के गुणसूत्र कुछ ज़्यादा ही आ गये थे। अपने स्वातन्त्रय प्रिय संस्कारों के चलते उसके पैर घर में शुरू से ही नहीं टिके थे। वह जब छोटी थी तब घर के दरवाजे पर लगी लोहे की किवड़िया की साँसों में सिर फँसाकर बाहर निकल जाती थी। जब वह कुछ बड़ी हुई और उसमें फँसने लगी तब वह हमेशा इस फिराक में रहती, कि वह कब खुले और वह गली के तीन स्वनामधन्य कुक्करों के बीच जाकर खिलकौटियाँ करे। उसे ऐसे मौके अकसर ही मिल जाते थे, जब चौकीदार की घरवाली घर के काम में लगी होती और लड़के स्कूल चले जाते थे। घर में अपना कोई निग़हबान न पाकर जिम्मी चुपचाप बाहर निकल आती और उन तीन कुत्तों की टाँगों के नीचे खेलती-कूदती रहती थी।

बढ़ती उम्र के साथ-साथ जिम्मी के आज़ाद होने और स्वच्छन्द घूमने की ख्वाहिशें दिनोदिन बढ़ती जा रही थीं।...एक दिन तो हद ही हो गयी। वह सबकी नज़र बचाकर घर से निकलकर गली में पहुँची और कुछ देर उन कुत्तों के साथ खेली फिर उनका भी साथ छोड़ गली के मुँहाने पर जा पहुँची थी, जहाँ से कचड़ा बीनने आए दो आदिवासी बच्चे गोदी में उठाकर उसे घर ले गये।

चौकीदार सुबह जब ड्यूटी से घर आया और उसने जिम्मी के गुम होने की बात सुनी तो उसने जिम्मी की ढंग से देखभाल न कर सकने के लिए सबको लताड़ा और निकल पड़ा बाइबल की उस दृष्टान्त कथा के चरवाहे की तरह, जो अपनी एक भेड़ के खो जाने पर अपनी निन्यानवे भेड़ें छोड़कर एक को ढूँढ़ने निकल पड़ा था। लेकिन निराश! उस दिन ड्यूटी के लिए लेट होने पर भी जिम्मी चौकीदार के हाथ नहीं लगी थी।... लेकिन पन्द्रहवें दिन जिम्मी लौट आई। जिम्मी जहाँ पायी गयीं, वहीं चौकीदार की बहन की ससुराल थी। मायके का कुत्ता भी प्यारा होता है। चौकीदार की बहन जिम्मी को पहचान कर उसे घर दे गयी थी।

जिम्मी आई तो साथ में एक मोटी जंज़ीर भी घर लाई गयी थी। कुछ दिन जिम्मी को उससे बाँधकर भी रखा गया। लेकिन जिम्मी तो उसके लिए बनी ही नहीं थी। भूख हड़ताल और आक्रोश प्रदर्शन एक साथ प्रारम्भ हुआ। जिम्मी की गिरफ्त में आनेवाली घर की हर चीज़ उसके दाँतों की शिकार होने लगी। जिसमें घरवाली की चप्पलें, लड़कों की कॉपी-किताब, चटाई-बिछौने आदि पर उसकी विशेष मेहरबानी हुई। यहाँ तक कि वह टट्टी-पेशाब भी अपनी मर्जी से चाहे जहाँ और चाहे तब करने लगी थी...।

तंग चौकदारनी ने दूसरे ही दिन जंज़ीर खोलकर, उसके दो-तीन डंडे जमा

घर से बाहर कर दिया था। डंडे खाकर जिम्मी दुखी होने की बजाय, खुश होकर थोड़ी उछली-कूदी और गेट के बाहर गली में अपने उन तीन दोस्तों के बीच खेलने जा पहुँची थी। वे दोस्त गली में अपनी खुद्दारी से ज़्यादा अपनी वफ़ादारी के कारण, वर्षों से सम्मानजनक स्थिति में बने हुए थे। उनकी वफ़ादारी का ही ये सबूत है कि मुहल्ले में, अलग से किसी ने कोई जानवर पालने की जहमत नहीं उठाई थी। उन्हें पहली नज़र तो जिम्मी का आना खला, बाद में उसकी ढीठ चुलबुली हरकतें और बात बे-बात पर मुस्कराने की अदा ने उनका मन मोह लिया था। वे अपनी गुलामी पर चरित्र और नैतिकता की चादर लपेटे, जिम्मी को वफ़ादारी का पाठ पढ़ाया करते थे। जिम्मी की स्वच्छन्द प्रवृत्ति उन्हें परेशान करती। उन्हें जिम्मी के सयाने भये बदचलन होने का पूरा-पूरा भय था।

लेकिन जिम्मी इसकी परवाह कब करती। उसे लगातार घर में दबकर रहने की सलाह दी जाती, लेकिन वह उन सीखों की पतंगियाँ बनाकर उड़ा देती। उसे तो दुनिया देखनी थी। दुनिया के लोग देखने थे। और इन सबसे बढ़कर उसे वह हवा महसूस करनी थी, जो स्वतन्त्रता के जंगल में महक बनकर बहती है।

भय तो आँख खुलते ही उससे दूर चला गया था। एक दिन सामनेवाली अंटी ने न जाने किस बात पर चौकीदारिनी को निशाना बनाकर व्यंग्य किया—"कुतियाँ ही कुम्भ को जाएँगी तो हंडियाँ कौन चाटेगा" बात जिम्मी के भीतर तक पार हो गयी। आक्रोश में आकर उसने मन-ही-मन प्रण किया, वह अपनी जाति पर लगे चले आ रहे इस कलंक का प्रक्षालन करके ही रहेगी। प्राणान्त तक। और उसने यही किया। एक दिन बचपन में मिली सीख और नीति-नियम की पुटरिया घर के एक कोने में छोड़कर, गली की सीमा पार कर गयी। चौराहे पर पहले की तरह फिर किसी के हाथ में पड़ जाने का भय ज़रूर लगा, लेकिन इस बार गले में रही जंज़ीर का कसाव उसे उससे भी ज़्यादा यातनामय था। फिर खुले गगन में पंख फैलाने के बाद, पिंजड़े की दुश्वारियाँ किसे स्मरण रहती हैं। और जिम्मी को कहीं भागकर थोड़े ही जाना था। उसे तो उन झूठे मिथकों को तोड़ना था, जो साज़िशन कभी उसके विरुद्ध रचे गये थे। इसीलिए जिम्मी को चौराहे का प्रदूषण भी खुशबू से भरा लगा। मन में उमंग और उत्साह से लबरेज़ जिम्मी ने अपनी स्वच्छन्द यात्रा का आगाज़ किया। दिन भर का लम्बा सफ़र तय करने के बाद जहाँ शाम हो जाती; जिम्मी सबसे पहले उस जगह के हाट-बाज़ार घूमने का आनन्द लेती, फिर रात को रेलवे स्टेशन के यात्री विश्रामगृह, धर्मशाला या किसी अन्य सुरक्षित स्थान पर रुक जाती थी।

लगभग दो महीने तेरह दिन बाद जिम्मी अपनी यात्रा से वापस लौटी। कुछ सहमी-सहमी कुछ थकी-थकी, पर उसकी आँखों में गजब की चमक थी। गली में घुसते ही उसकी भेंट उन तीन कुत्तों से हुई। यद्यपि वह स्वस्थ और साबुत थी। पर

उन तीनों को न जाने क्यों लगा, कि वह लहूलुहान होकर लौटी है! उसका सारा शरीर चिथा पड़ा है। जगह-जगह घावों से पीव रिस रही है। जिम्मी को अदेखा कर वे दृश्य के पार देख उठे थे।

बचपन में उन्होंने अपने पुरखों से एक दन्तकथा सुन रखी थी—'किसी ज़माने में इसी तरह की एक कुक्करी, कुम्भ स्नान की ज़िद ठान अकेली प्रयाग गयी थी। घर-परिवार और गाँव-जवार ने उसे बहुत रोका, लेकिन उसने एक न मानी। वक़्त बीते जब वह वापस लौटी, तब उसकी दशा ठीक वैसी ही थी जैसी कल्पना उन्होंने अभी जिम्मी के सम्बन्ध में की थी।... हठ करके वह कूकरी घर से गयी तो अपनी मर्ज़ी से थी, लेकिन वापस लौटी तो अपना सत्यानाश कराकर। तब गाँव की श्वान पंचायत ने उसकी अग्नि परीक्षा लेने से भी इनकार कर दिया और उसके अपने श्वान ने भी देहरी न चढ़ने दी थी। तब कई दिनों तक गाँव और घर में शामिल कर लेने की द्वार-द्वार मिन्नतें करती सब ओर से निराश कूकरी ने, मारे कायली के गले में हंडिया फँसा पोखर में कूदकर जान दे दी थी। तब से आज तक कोई कूकरी कुम्भ नहाने नहीं जाती। उसी दिन से मनुष्य समाज में यह कहावत चल पड़ी, 'कुतिया ही प्रयागे जाएँगी तो हंडिया कौन चाटेगो'।

जिम्मी को पहले की तरह अपने सामने स्वस्थ और सुन्दर देखकर वे श्वान हैरान थे। उन्हें अपनी आँखों पर विश्वास नहीं हो रहा था। वह जिम्मी के लिए जो सज़ा सोचकर बैठे थे, वह देना तो दूर उसके बढ़े हुए आत्मविश्वास के आगे उससे बात करने से डर रहे थे। वह कल्पना में ही जिम्मी से सवाल कर उठे थे, 'तुम्हें अकेले घर से बाहर जाने में डर नहीं लगा? जिम्मी केवल उनकी आँखों में आँखें डालकर मुस्करा दी थी। वे उसके खिले चेहरे पर बिखरी मुस्कराहट देखकर और सहम गये थे। फिर उनमें से किसी की दुबारा सवाल पूछने की हिम्मत नहीं हुई। परन्तु उन्हीं में एक कुत्ते से नहीं रहा गया। वह उन सबमें छोटा तथा बड़े श्वानों के भय और अनुशासन के चलते कभी गली छोड़कर बाहर नहीं जा पाया था और दबे मन जिम्मी के साहस की सराहना भी करता था। उसी ने विषय परिवर्तन करते हुए, उत्सुकता वश जिम्मी से एक नया सवाल पूछ डाला—'बाहर क्या है?' ऐसा सवाल सुनकर जिम्मी चहकती हुई भूँकी—'फूल ही फूल ज़िन्दगी बहार है।' सब उसकी बेबाकी/बेहाई पर भौचक्क रह गये। छोटा अभिभूत। लेकिन उसके ज्येष्ठ अनुज अन्ततः चुप न रह सके थे। झुके सिर और दबी पूँछ दिल की बात जुबान पर लाते हुए, आख़िरकार उन्होंने जिम्मी से पूछ ही लिय—'वहाँ किसी ने सताया नहीं...?' उनका आशय उसे छेड़ने से था। अबकी बार जिम्मी अपनी सारी सहनशीलता दर-किनार करती, अन्दर तक सुलग उठी थी। गुस्से में उसका रोम-रोम फूलकर, 'शाही'-सा काँटेदार हो गया था। मन में आया टूटकर सबको लहूलुहान कर दे,

जिससे वे फिर किसी से ऐसे सवाल करने लायक न रहें।

फिर ठंडे मन सोचा, क्या ग़लत कहा है...! रास्ते में उसका न जाने ऐसे कितनों से पाला पड़ा था, जो उसे सीधा ही निगलना चाहते थे। जिनसे वह साहस और चतुराई के बल पर ही अपना बचाव कर पायी थी। और तो और यात्रा के दौरान, उसकी अपनी बिरादरी ने भी साथ नहीं दिया। वह जहाँ से भी निकली और जहाँ भी गयी, वहाँ अपने मालिकों के हुक्म की गुलाम अधिकांश कूकरियों ने उसे अपने लिए ख़तरा माना। वे अपने हिस्से का टुकड़ा छिन जाने का सोग मनातीं, उस पर टूट पड़ती—'तू, दबकर अपने घर क्यों नहीं रही? यों अकेले तीरथ करने से कोई तरता है। ...बगैर संग-साथ के तो गंगा मैया भी तुझे ना तारेंगी!'

और यह सच ही निकला जब वह संगम पर पहुँची, तो 'गंगा जी' ने भी उसे इस बाबत उलाहना दे डाला—'मेरे घाट पर तो केवल विधवाएँ ही अकेले पर्व-स्नान का फल पाती हैं। कुँवारी और सधवाएँ तो पिता-बन्धु और पति के साथ ही पूर्ण पुण्य की भागीदार होती हैं। कुँवारियों को अकेले पर्व लेने पर पाप लगता है?' उस समय जिम्मी को अपने पर बड़ी खिसियाहट हुई थी। कितना विरोध और कष्ट सहकर वह यहाँ तक पहुँची थी, मिथक तोड़ने/मुक्ति के उपाय तलाशने। पर यहाँ...? उसके आग लग गयी। फिर भी उसने अपनी मन की भभक दाब विनम्र हो, उल्टे 'गंगा जी' से ही सवाल कर दिया था—'मैया! आप भी तो गंगोत्री से अकेली चलकर आई हैं?' पर अगले ही क्षण उसे अपनी गली के सबसे वृद्ध श्वान दादा के मुँह से सुनी वह गाथा याद आ गयी; जिसमें गंगाजी ने श्वानों के सहधर्मी एक 'सियार' से तंग आकर, उससे विवाह किया था!![1] मनुष्यों में प्रचलित विष्णु के चरण छोड़ शिव के जटाओं में समाने और फिर वहाँ से निकलकर भागीरथ के पीछे आनेवाली पुराणकथा में भी वह, अकेली कहाँ हैं!!! ...जिम्मी गंगाजी मैया से बगैर किसी उत्तर की चाह किए, उल्टे पाँव घर लौट आई थी।

घर पर उसका सामना अपने परिवार और समाज से था। प्रयाग से तो वह यह सोचकर चली थी कि किसी को कोई ज़वाब नहीं देना है, देखे कौन उसे सज़ा देता है। लेकिन यहाँ आकर उसे महसूस हुआ कि फिर कोई इस तरह के सवाल खड़े न

---

1. वह लोक कथा कुछ इस प्रकार है कि एक बार एक सियार गंगा जी पर आकृष्ट हो गया। उसने गंगा जी से विवाह का प्रस्ताव रखा, जिसे उन्होंने तुरन्त अस्वीकार कर दिया। लेकिन वह सियार भी धुन का पक्का था। वह अपनी बात मनवाने के लिए गंगा के तेज़ में प्राण देने के लिए कूद पड़ा। क्रुद्ध गंगा ने अपने लहरों के हेले से सियार को तट पर फेंक दिया। सियार फिर भी नहीं माना और एक ऊँची करार पर चढ़कर दुबारा गंगा की उत्ताल तरंगों में छलांग लगा गया। क्रोधित गंगा ने वही क्रम फिर दोहराया, पर हठी सियार नहीं माना। उसने अगले सात वार तक यह क्रम और दोहराया और गंगा को अपने साथ विवाह करने के लिए राजी कर लिया था। जनमानस में इससे सम्बन्धित एक लोकगीत भी है—''लिड़इया गंगा जी के पेंड़ें परौ।''

करे, इसलिए कुछ ज़वाब देना लाज़िमी होगा।

...जिम्मी ने दो बार ज़ोर से कान फड़फड़ाये, पूँछ हिलाई और गुस्से से लाल-लाल आँखें आँखों में डालकर उन श्वानों के सामने जवाब देने के लिए खड़ी हो गयी-'सताया; बहुतों ने...जिनमें कुछ जात के थे, तो कुछ परजात के...कुछ परिचित थे, तो कुछ अपरिचित...पर मैंने उन सबको माफ़ कर दिया...यह कहते हुए कि पिता इन्हें माफ़ कर देना, ये यह नहीं जानते कि वे क्या कर रहे हैं!' जिम्मी ने किसी धार्मिक मुस्लिम/ईसाई की तरह अपनी थूँथ और पंजे समानान्तर दिशा में आकाशोन्मुखी होते हुए, सभिनय अपनी बात कही। लेकिन वह वहीं नहीं रुकी, अपना पैंतरा बदलकर वह फिर आगे बढ़ी—"...लेकिन आप तो अपने थे; मैं अनाथ आपका स्नेह पाने के लिए चौकीदार अंकल के घर से निकलकर, तुम्हारे बीच खेलने चली आती थी। लेकिन आप लोगों के बीच मैंने जो स्नेह महसूस किया, वह किसी गैर के सताये जाने से कम नहीं रहा—'तुम्हें पता नहीं 'मोती'...!' जिम्मी ने सबसे पीछे सहमे से खड़े सबसे छोटे और हमउम्र श्वान का ध्यान अपनी ओर खींचा। '...उस दिन मैं इस खूसट 'जबरे' की टाँग काटकर क्यों भागी थी?...हम कहीं भी सुरक्षित नहीं हैं! जहाँ हैं, वहाँ अपनी दम पर!! ...और मैं वही कर रही हूँ!!!' गुस्से में जिम्मी की भूँक घुर्राहट में बदल गयी थी।

लेकिन इतनी लानत-मलामत के बाद भी उन कूकरों ने हार नहीं मानी। मँझला 'शेरू' जो किसी से कम ही बोलता, लेकिन मिलाता 'जबरा' की हाँ में हाँ था। उसने तीर की तरह घर की ओर मुड़ती जिम्मी पर, एक और सवाल दाग ही दिया—'तो क्या अब यों ही ज़िन्दगी भर अकेली फिरोगी, सबको भ्रष्ट करतीं?'

'हाँ!'

'फिर हमारे धर्म, जाति-गोत्र और रक्त का क्या होगा?'

'वे प्रेम, स्वतन्त्रता और समानता से ऊपर नहीं हैं।'

'घोर कलजुग!!! उन्होंने घृणा से आँखें बन्द कर ली थीं। हाँ 'मोती' ज़रूर उनकी आँख बचाकर खीसें निपोरने उठा था। जिम्मी ने भी उसकी मुस्कराहट का जबाब मुस्कराहट से दिया और अपनी किवड़िया ठेलती घर के अन्दर जा घुसी। आँगन में सबसे पहले उसका सामना पलंग के पैर से बँधी कई दिनों से उपेक्षित पड़ी जंज़ीर से हुआ। जिसे देखकर वह ठिठकी, घुर्रायी और फिर अपनी मस्त चाल में आगे बढ़ गयी। रसोई के भीतर दोपहर का खाना खाती चौकीदारनी अपनी आख़िरी रोटी खिलाने के लिए, पुरानी आदत के तहत भूलवश 'जिम्मी' का नाम पुकार बैठी थी।

अपनी अनुपस्थिति में अपना नाम सुनकर जिम्मी की आँख में आँसू आ गये कि बात-बात पर डाँटने-डपटने और गाली देनेवाली 'चौकीदारनी-अम्मा', मन-

ही-मन उसे इतना भी चाहती हैं। वह दौड़कर उनकी गोद में जा चढ़ी और उछलकर अपने दोनों पंजे गले में डाल दिए, फिर मनाने की शक्ल में जिम्मी जोर-जोर से कुँकियाती चौकीदारनी को चाटने-चूमने लगी थी।...कुछ देर बाद आँगन में दाने की खोज में आई गौरैयाओं ने वहाँ देखा, चौकीदारनी जिम्मी को गले से लगाये रो रही थीं और घर से इतनी दूर अकेले जाने के लिए उसे गाली भी देती जा रही हैं...।

परिगमन

''मुकुन्द, क्या बात है? ...तेरे सितार के तार कभी बहुत कसे होते हैं, तो कभी बहुत ढीले। ...अच्छा सुर तो कहीं बीच में है, वो कहाँ है...?'' मेकअप रूम में दीवाल के सहारे सिर झुकाये अकेले बैठे मुकुन्द को देख आमना ने जैसे उसे खबरदार किया हो। वह हॉल में 'भारत-2009' के बाद, स्त्री मुद्दे पर आधारित दूसरे नाटक 'ऐसा ही होता आया है' की तैयारियों के बीच, अपने लिये बुर्का लेने आई थी। लेकिन यहाँ उसे सबसे जुदा अकेला बैठा देख, पहले तो उसे मज़ाक सूझा। क्योंकि आज उसने नाटक में एक दमदार भूमिका की, बड़े ही ढीले-ढाले अन्दाज़ प्रस्तुति दी थी। फिर भी उससे किसी ने कुछ नहीं कहा था। रचना शिविर के अन्तर्गत वे तीन दिन से विद्वानों के बीच नाटक और नुक्कड़ नाटक पर अपनी अभिव्यक्तियाँ देने, गाँधीनगर से इन्दौर आए हुए हैं। इस बीच समूह के साथ और समूह के बीच किसी से किसी भी तरह का झगड़ा भी नहीं हुआ था, फिर इसे क्या हुआ? वह कुछ देर उसके पास यों ही खड़ी रही। तब तक न जाने क्या सोचते मुकुन्द ने अपना चेहरा ऊपर उठाया, तो वह आँसुओं में भीगा हुआ था। लगा आँखें जैसे बहुत देर से रोई हुई हैं। वह अवाक् रह गयी।

''क-या हुआ...!'' उसने झुककर कन्धे को पकड़कर अपनी चिर-परिचित शैली में उसे झिंझोड़ा, तो वह फफक-फफककर रो पड़ा था।

''आमना सरोज बैन से कह देना कि मेरी वह भूमिका, किसी और को दे-दें! वह पार्ट अब मुझसे कतईं नहीं खेला जाएगा!!''

''क्याऽऽऽ...!''

''हाँ...!''

''क्यों...?''

''...!''

''...देख मुकुन्द, यह नाटक बड़ा ही इम्पोर्टेंट है। देश में 'सम्बोधन' का जितना नाम हुआ है, उसमें इस नाटक का भी अपना एक अलग हाथ है...जिसका

हम एक हिस्सा हैं...। और तू कहता है कि अब मैं यह नाटक नहीं करूँगा! क्यों... ?'' वह आश्चर्य और भय से काँपती-सी, लगातार उसे देखे जा रही थी...।

''...मुझे मधुआ और कमल याद आ जाते हैं-आमना..!''

''मुकुन्द, पुरानी बातों को भूल जाओ। समझ लो जो हुआ, वह एक ट्रेजडी थी जिसमें आँसू और आहों भरा अभिनय, तेरे हिस्से आया। पर यह अब हर बार नहीं दोहराया जाएगा।...अगला नाटक अवश्य ही सुखान्त होगा। जिसमें तू एक ऐसे योद्धा का किरदार निभायेगा, जो सारी मुसीबतों के पार खुशियों के राजमहल में मौज़ करता है।...छह महीने की जेल में ही तुम इतने टूटकर बिखर जाओगे, यह मैंने सपने में भी नहीं सोचा था!''

''तुम नहींऽऽ समझोगी...!!''

''मैंऽ, स-ब समझ-तीऽऽहूँ?...'' कहने को तो आमना ने कह दिया, परन्तु वह अन्दर से उखड़ गयी थी। मुकुन्द उसकी चाल में रहनेवाला बड़ा ही सीधा-सादा लड़का था। तीन भाई-बहन और माँ-बाप के साथ अपनी खोली में रहता। पिता, बतौर हेल्पर नरौड़ा की एक कपड़ा मिल में काम करते थे।... जब उसके खेलने-खाने के दिन थे, तब समाज और परम्परा के मुताबिक उसकी शादी पास के ही गाँव की एक खूबसूरत लड़की से कर दी गयी थी। चाल की बदसूरत और बीमार चेहरोंवाली लड़कियों से सुन्दर पत्नी को पाकर, वह काफी प्रसन्न हुआ था। पर उसकी यह खुशी ज़्यादा टिकाऊ न रही। समय के साथ-साथ उम्र में उससे तीन-चार साल बड़ी पत्नी ने तो अपनी जवानी पकड़ ली, परन्तु अपने पिता का हाथ बटाने के एवज में वह मिल में कपड़े की भारी-भारी गाँठें ढोते-ढोते, बुढ़ा-सा गया था। अब यह उम्र का आकर्षण था या मन की मज़बूरियाँ कि पत्नी को, उसके सामनेवाली खोली के सूरत-सीरत में अच्छे-भले एक युवक, कमल से प्रेम हो गया था।... प्रेम, जिसकी कोई सीमा नहीं होती। जिस पर कोई पहरा नहीं बिठा पाता।

...उसने भी उसे रोकने की कोशिश की। औरों की तरह उसने भी अपने वश में रखने के लिए सारे हथियार आजमा लिए थे। पर प्रेम का वशीकरण उस पर इतना गहरा रहा कि वह अन्ततः उसकी न हो सकी। बात जंगल की आग की तरह सारी चाल में फैल गयी। ससुरालवाले भी इस बात से अपरिचित न थे। उन्होंने भी थोड़ी डाँट-डपट के बाद एक भले? भारतीय पिता की तरह, अपनी कलंकिनी बेटी का जीवन रखने या खत्म करने के सारे अधिकार; मुकुन्द और उसके माता-पिता को दे दिए थे। परन्तु वह भी कोई पेशेवर कातिल थोड़े ही थे, जो उसका तत्काल खून कर देते। हाँ, उन्होंने भी एक दुष्चरित्र हो चुकी पत्नी और बहू को घर-परिवार में जो सजाएँ दी जाती हैं, दीं। मारने-पीटने की जितनी यातनाएँ दे सकते थे, दीं। पर वे कमल से उसका पीछा नहीं छुड़ा पाये। इसी सोच में अपनी आन-बान के लिए

जीने-मरने वाला मुकुन्द का अधेड़ बाप, एक दिन दुनिया छोड़ गया।...

तब मुकुन्द की आँखों में खून उतर आया। वह हर वक़्त अपनी पत्नी को बरबाद करनेवाले कमल को मारने की फ़िराक में रहने लगा। इसके लिए उसने पड़ोस के एक दादा टाइप लड़के से 'कट्टा' भी खरीद लिया था। पर होना कुछ और ही था। मुकुन्द के षड्यन्त्र की भनक उसकी पत्नी को लगी, तो वह डर गयी। कमल से न मिलने की सौगन्ध खाकर वह परिवार की होकर ही रहने लगी थी। पर उसके प्रति मुकुन्द के मन में विश्वास का जो धागा एक बार टूटा, वह फिर नहीं जुड़ा।

समय होली का था। न चाहते हुए भी वह, साले के कहने पर ससुराल चला गया था। पत्नी भी वहीं थी। सारे रंगों की मौजूदगी में, नफरत का रंग वहाँ सबसे गहरा रहा। पता नहीं मुकुन्द को कैसे पता लग गया कि एक दिन पहले यहाँ कमल आया था।... रात में दोनों अपनी-अपनी करवट सोते रहे। पर मुकुन्द के मन में पल रही हिंसा, अनायास ही उसके सोते समय बड़बड़ाहट में 'मैं उसे छोड़ूँगा नहीं' के रूप में फूट पड़ी थी। जिसे उसकी पत्नी ने न जाने किस अर्थ में लिया कि वह सुबह गाँव बाहर गन्ने के खेत में तड़फती पायी गयी।

गाँव भर की भीड़ के बीच वह, उसे गोद में रखकर घर लाया था। उसने घर से बाहर जाकर गेहूँ में रखी जानेवाली सल्फास खा ली थीं। ज़हर बहुत गहरे तक असर कर चुका था। उसे लगातार खून की उल्टियाँ हो रही थीं। वह उससे बहुत कुछ पूछना चाह रहा था और वह उसे कुछ भी नहीं बताना चाह रही थी! डॉक्टर के आते-आते तो उसने दम ही तोड़ दिया। वह अवाक् रह गया। पर गाँव में आई पुलिस और स्वयं उसके ससुरालवाले, चुप नहीं रह सके। दहेज-प्रताड़ना और हत्या के आरोप में उसे गिरफ्तार कर, नरोड़ा की स्थानीय जेल में डाल दिया था। जहाँ वह छह महीने तक खून के आँसू रोता रहा। छह महीने बाद उसकी माँ के बहुत ज्य़ादा हा-हा खाने और उसके घर की बुरी हालत देख, स्वयं उसके ससुर ने ही बयान बदल दिए थे। वह बरी होकर घर आ गया था, जहाँ उसे पहली बार पता चला कि उसके जाने के बाद कमल ने भी अपने हाथों की नसें काटकर आत्महत्या कर ली है। वह जिस कॉल सेन्टर पर काम करता था, वहाँ वह सुबह मरी हालत में पाया गया।

मुकुन्द के लिए अपनी पत्नी से ज़्यादा कमल का आत्महत्या करना अखरा था! जेल से छूटने के बाद वह बिलकुल टूट-सा गया था, बल्कि यों कहा जाए कि वह विक्षिप्त-सा रहने लगा था। लेकिन माँ और दो छोटे-छोटे भाइयों के बीच वह इस हालत में, बहुत देर तक नहीं रह सकता था। पिता के मरने के बाद, घर की सारी जिम्मेदारियाँ उसी के कन्धे पर आ गयी थीं। पिता जिस कपड़ा मिल में काम करते थे, वह एक मुस्लिम व्यापारी की थी। जो, सन् 2002 के दंगों में व्यापारी के साथ

ही जला दी गयी थी। मिल से पिता की मौत के बाद जो मुआवजा या शेष भत्ता मिलता, वह तो मिलने से रहा। उसका अपना रोज़गार भी छिन गया था। इस बीच गुजरात दंगों की भयावह सच्चाई और महिला अत्याचारों को अपने तरीके से देश के सामने रखने के लिए, 'सम्बोधन' सामने आया। ...उसे नरोड़ा, पाटिया और आसपास के दंगाग्रस्त इलाकों के कुछ मुस्लिम और दलित लड़के-लड़कियों की आवश्यकता थी, जो नाटक और अपने प्रत्यक्ष अनुभवों के आधार पर सारे देश में अपनी बात पहुँचा सकें। इसमें उन्हें रोज़गार के साथ-साथ देश घूमने की भी सहूलियत थी।

पिता की मौत और पत्नी की बेवफाई के चलते, जिस समय बेरोज़गार मुकुन्द लगभग कमल को मारने की फिराक में था। उस समय उसे 'आमना' ने सहारा दिया था। आमना के अब्बा और मुकुन्द के पिता एक ही मिल में काम करते थे। उसके अब्बा भी तब के दंगे में किसी दंगाई के त्रिशूल से ऐसे जख्मी हुए कि एक बार खाट पर गिरे तो फिर कभी न उठ सके। बेसहारा माँ ने अन्य माँओं की तरह थोड़ी ना-नुकुर के बाद, आमना को भी 'सम्बोधन' में जाने की इज़ाजत दे दी थी। वहाँ उसने अपनी शालीन तहज़ीब और अभिनय-कुशलता के बूते पर जब बतौर मॉनीटर हैसियत कायम कर ली, तब वह मुकुन्द को भी समूह में अपने साथ ले आई थी।

समूह में काम करते हुए मुकुन्द के घर का कुछ आर्थिक आधार तो बना, किन्तु उसका मानसिक आधार निरन्तर गिरता जा रहा था। घर पर पत्नी उसे निरन्तर विश्वास दिलाती कि वह कमल से नहीं मिलेगी। परन्तु मन में गहरे तक जम गये वहम के विषाणु, विश्वास के बैक्टीरिया को पनपने ही नहीं दे रहे थे। उसकी आँखों में हर-हमेश चाल के किसी एकान्त में पत्नी और उसके तथाकथित प्रेमी कमल की आलिंगनबद्ध कामुक मूर्ति प्रत्यक्ष रहती। जिसका असर उसके अभिनय पर भी पड़ रहा था। परन्तु उसकी माँ के याचनायुक्त कड़े निर्देश पर, आमना अभिनय में मुकुन्द द्वारा की ग़लतियाँ अपने सिर लेती; उसे वहाँ रोके रखे थी। पर पिछली होली को जब वह घर और घर से ससुराल गया तो यह हादसा हो गया, जिसमें उसे छह महीने की जेल हुई थी।...

समूह संचालक से अनुनय-विनय करके आमना ने उसे एक बार फिर 'सम्बोधन' में शामिल कर लिया है। पर अब वह पहले की अपेक्षा काफी बदल गया है। पहले उसके अभिनय में एक हिंसात्मक उत्तेजना झलकती थी।... तब फिर चाहें उसकी भूमिका-गुजरात दंगे में किसी मुस्लिम युवती के गर्भ को चीरकर भ्रूण तलवार की नोक पर उछालते किसी हिन्दू दंगाई की रही हो/गाँव में दलित युवतियों से सरेराह छेड़-छाड़ करते/विरोध करने पर सरेआम नंगाकर घुमाते/बलात्कार करते किसी उद्दंड सवर्ण युवक की/डायन बनाकर किसी निरीह विधवा को जलाने/मारने

का षड्यन्त्र रचते किसी ओझा-गुनिया अथवा तालीम के लिए बेपर्दा घर से निकली मुस्लिम युवतियों पर तेज़ाब फेंकते/गोली दाग़ते किसी जेहादी युवक की, वह सब में ही आक्रामक दिखता था।... परन्तु जब से वह घर से लौटा है, तब से उसके अभिनय में एक ठंडी उदासी और चेहरे पर दीनता अधिक झलकती हावी है।... आमना ने अभी-अभी आकर के उसके अभिनय की इसी कमज़ोरी पर टिप्पणी की थी। वह उसका दर्द समझती है, पर अब वह उसे किसी भी क़ीमत पर कमज़ोर नहीं बनाना चाहती। जब मुकुन्द ने उससे यह कहा कि 'तुम नहीं समझोगी?' तब भी वह उसकी मूल समस्या को नज़रन्दाज़ करती, "सब समझती हूँ...!" कहकर उस पर बरस पड़ी थी। जिसे सुनकर वह एकाएक तड़फ उठा था :

"यह सच नहीं है—आमनाऽऽऽ!...सरोज बैन और हरिभाई, यहाँ तक कि सारा थियेटर ग्रुप, जिन चीज़ों को नाटक में मेरी कमियाँ मानता चला आया है। वह मेरी कमी नहीं, मधुआ और कमल के प्रति मेरे मन में गहरे तक समाई घृणा और हिंसा का प्रतिफल है। जो मुझे कहीं भी सहज नहीं होने दे रहा। पहले तुम्हें हमारे अभिनय में अति नाटकीयता दिखाई देती थी... और अब झोल। ...आमना, यह नाटक मुझे हर बार अतीत की उन्हीं भयानक गुफा-कंदराओं में ले जाकर पटक देता है, जहाँ अँधेरे के सिवाय मुझे कुछ भी नहीं सूझता। मैं उसमें हर बार भटक जाता हूँ...।

"....।"

"....उस दिन गाँधीनगर में जब नाटक के बाद तुमने मुझसे कहा था कि 'मुकुन्द नाटक मौत नहीं, हर बार दोहराई जानेवाली प्रक्रिया है। उसके लिए ज़िन्दा बने रहना भी ज़रूरी है...!' उस दिन 'स्त्री तुम मेरी आन-बान-सान हो, तुम्हें वश में रखना हमारा अधिकार है...।' संवाद बोलते समय तुम्हारे बाल पकड़कर पटकते मैं अपना आपा खो बैठा था। उस वक़्त हमारी आँखों के सामने न तो तुम थी, न नाटक की वह आदिम स्त्री; जो व्यक्ति से वस्तु में तब्दील कर घर में रखी जा रही थी।... उस समय मेरे सामने केवल मधुआ थी और कमल से प्रेम न करने के लिए, उसे बरजने वाला मैं।...उसी दिन जब नाटक के अन्त में मुझे एक हिंसक पुरुष के हृदय परिवर्तन का सीन करते, पश्चाताप में सिर झुकाए दीन मुद्रा में खड़े रहना था।... उस समय 'नहींऽस्त्रीऽऽ, तुम स्वभाव से ही शंकालु चरित्रहीन और धोखेबाज हो, मैं तुम पर कभी विश्वास नहीं कर सकता...!' यह अतिरिक्त संवाद मेरे मुँह से अचानक निकल गया था। तब तुमने मुझे चिकोटी काट कर सावधान करते हुए, अतिरिक्त संवाद बोल कर नाटक को पटरी पर खड़ा किया था!... आज मधुआ और कमल नहीं हैं।... समय और इस ग्रुप के साथ-साथ, तुम्हारे जैसे साथियों की संगत के चलते; मैं भी अब वही मुकुन्द कहाँ रह गया हूँ। ...पर नाटक वही है। मधुआ

और कमल की दुखद स्मृतियाँ मिटाए नहीं मिटतीं, अब तुम्हीं बताओ आमना! नाटक के वे संवाद बोलते अब मैं वैसी उत्तेजना और तनाव कहाँ से लाऊँ?... संवाद बोलते अब मेरी आँख भर आती है। गला रुँध जाता है।... मधुआ ने अपने स्त्री होने की और कमल ने अपने प्रेम की कीमत चुका दी और मैं अब अपने पुरुष होने की पीड़ा झेल रहा हूँ। ऐसे में अब काहे का नाटक! मैं...''

''नऽहीं, मुकुन्द, अब तक तुमने पुरुष होने का नाटक किया था। अभी तुम्हारे मनुष्य बनने का अभिनय शेष है।... मुझे आशा है कि तुम उसमें ज़रूर सफल होओगे.... नाटक के कुछ संवादों को लेकर क्यों चलते हो, पूरा नाटक तो तुम्हारी मधुआ और कमल के पक्ष में ही खड़ा है। उसमें तुम्हारी हिस्सेदारी तुम्हें भविष्य का वह रहनुमा बनायेगी, जो इस देश की हज़ारों मधुआ और कमल, रूपकुँवरों, सिवानियों, नैना साहिनियों, बिलिकिस बानो, जाहिरा शेखों तथा सीमा पर सुरक्षा के नाम पर लगी भक्षक सेना की हवस की शिकार होती सरहदी गाँवों की लड़कियों और देश के भीतर हज़ारों हज़ार डायन और चुड़ैल बताकर मार दी जानेवाली औरतों के हक़ और हुकूक़ की तरफ़दारी में खड़ा है। ...तुम्हें निराश होने की ज़रूरत नहीं है। चलोऽऽ उठो...।'' आमना ने पहले गम्भीर फिर स्नेह के साथ झिड़कते हुए, उसे अपने साथ चलने को राज़ी कर लिया था।

''....।'' आमना की चमकती आँखों में अपने प्रति गहरा लगाव और कुछ गाढ़ी सहानुभूति देख, वह चुपचाप उठ खड़ा हुआ। जब वह बुर्का लेकर आगे बढ़ी, तो वह उसके बगल में हो गया। ...पर यह क्या? अचानक वह चौंक पड़ा था! लगा पीछे कोई हँस रहा है!! वह मधुआ और कमल की हँसी थी या स्वयं उसकी परछाई, वह समझ नहीं पाया...।

पहचान-पत्र

एकाएक वह उदास हो गया था। गहरा उदास। लगा मन के बहुत भीतर कुछ टूटा है। कटा है कुछ ऐसा। जिससे वह अब तक अविच्छिन्न रहा है। पर क्या? उसकी कुछ समझ में नहीं आ रहा था। गाँव की जिस सहज-सरल पृष्ठभूमि से वह आया था, वहाँ मानसिक तनाव जैसी कोई स्थिति नहीं थी। गुस्सा हुए तो जमकर चिल्लाए/गरियाए और दुखी हुए तो खुलकर रो लिये...! किन्तु महानगर के इस तथाकथित भद्र परिवेश में, उसके लिए अब यह दोनों ही स्थितियाँ असम्भव थीं। फिर भी वह अपने व्यक्तिगत प्रयासों के चलते, 'तनाव' जैसी आत्मघाती स्थिति से अपने को बचाये रखे था। जब कभी उसके सामने ऐसी स्थिति बनती, तब वह तुरन्त अपने आगे-आगे पीछे के तात्कालिक कार्यों की समीक्षा करने बैठ जाता है... और आश्चर्य, वह उसमें अपना समाधान खोज लेता है।

यद्यपि कॉलेज जाकर उसे क्लास लेनी थी और रोज़ की अपेक्षा वैसे भी आज वह बीस मिनट लेट था। लेकिन मन पर छाई गहरी उदासी के चलते, खूँटी पर टँगा बैग उतारने की इच्छा न पड़ी। कमरे में कुछ देर खड़ा रहने के बाद वह, स्टडी टेबल के सामने पड़ी आराम कुर्सी पर बैठ गया था। दोनों हाथों की अंगुलियों को संड़सी की भाँति फँसाकर, पीछे से तकिए की तरह सिर को सहारा देता, कुछ देर वह यों ही आँखें बन्द किए सोच में डूब गया था।

किन्तु इस बार मस्तिष्क पर बहुत कुछ ज़ोर डालने के उपरान्त भी उसकी समझ में कुछ नहीं आ रहा था। आखिर उसकी इस बेचैनी का कारण क्या है? सुबह कहीं किसी से कोई कहा सुनी हुई है।...फिर क्या हुआ? मन इतना उदास क्यों है? बहुत देर सोचने के बाद भी जब उसके कुछ भी पल्ले नहीं पड़ा, तो बेचैनी में पीछे से हाथ खींच कुर्सी का हत्था पकड़कर बैठना हो गया था। उदास दृष्टि से कमरे में चारों ओर नज़र घुमाई, तो भी उसके हाथ कुछ नहीं लगा। सिवाय सिर के ठीक ऊपर वर्षों से दीवाल पर लगे मधुबाला के श्वेत-श्याम फ्रेम किए फोटो के, जो रोज़ की तरह अब भी कमरे में अपनी मादक हँसी बिखेर रहा था। परन्तु आज वह उससे

कोई ऊर्जा ग्रहण न कर, उल्टा और उदास हो गया था!!!

वह अभी कुर्सी से उठकर खड़ा होना ही चाहता था कि अचानक उसका हाथ, स्टडी टेबल पर तह किए रखे कुछ कागजों पर पड़ गया था। उठाकर देखा तो वे आगामी लोकसभा चुनावों के लिए नवीन निर्वाचन नामावली में नाम बढ़वाने के लिए रखे मतदाता पहचान-पत्र फॉर्म थे। जिन्हें आज सुबह ही तो सर्वेक्षण अधिकारी घर पर आकर दे गया था और अभी आधा घंटे पहले ही तो उसने उन्हें भरकर रखा है। ध्यान से देखा तो उसमें नाम के बाद उसका वर्तमान पता लिखा था :

मकान/गृह संख्या : **B-15**

गली/क्षेत्र/परिक्षेत्र/मुहल्ला/सड़क : **सिद्धार्थ नगर**

नगर/ग्राम : **ठाठीपुर**

डाकघर : **ठाठीपुर**

तहसील/तालुका/मंडल/थाना : **मुरार**

जिला : **ग्वालियर (म.प्र.)**

इसी तरह उसने जब फॉर्म का दूसरा पृष्ठ पलटकर देखा, तो वहाँ मामूली तौर पर उसके घर का स्थायी पता पड़ा हुआ था! उसे समझते हुए देर नहीं लगी। नाम से दूर घर का पता किसी दूसरे पृष्ठ पर देखकर, एक गहरी दर्द भरी टीस कलेजे पर आरी की तरह लकीर करती चली गयी।...क्या उसका घर-परिवार, गाँव और वहाँ के लोग इस फॉर्म के दूसरे छोर पर जा पहुँचे उसके अपने स्थायी पते की तरह, यों ही गौड़ होते चले जाएँगे। क्या अब पूरी तरह से वह कभी अपने गाँव वापस जा पाएगा? उसकी आँख भर आई थी।

यों तो उसे इस शहर में आए लगभग पाँच-छः साल हो गये थे। शहर के हर गली-मुहल्ले से उसका परिचय अब ठीक वैसा ही है, जैसा हमारी आँखों का हाथ-पैर से होता है। कोई हैरानी-परेशानी भी नहीं...। पी-एच.डी. और नेट जैसी सम्मानजनक डिग्रियाँ और उसी के अनुरूप यहाँ के प्रतिष्ठित विश्वविद्यालय में उसे असिस्टेंट प्रोफेसर जैसी अच्छी-खासी नौकरी भी मिल गयी है। इतना सब कुछ होने पर भी वह, अब तक यहाँ का वैधानिक निवासी नहीं बना था। या यों कहा जाए कि उसने इस दिशा में अब तक कोई ऐसा प्रयास ही नहीं किया था। पत्र-व्यवहार और कागजों में अभी भी स्थायी पता पूरी तरह समाप्त नहीं हुआ था।...और तो और अब तक उसने यहाँ का मतदाता पहचान-पत्र भी नहीं बनवाया...। हाँ, यह बात और है कि अपनी व्यस्तताओं के चलते गाँव में मतदान करने एक दो बार ही जा पाया है!!....अब तो नौकरी के चलते उसके लिए, यह सब दिनोंदिन असम्भव होता जा रहा है!!!

...फिर इतना मोह क्यों? गाँव में उसके लिए शिक्षा और रोज़गार की इतनी

ही सुविधा होती, तो उसे छोड़ता क्यों? क्यों उसे अपने परिजनों से दूर कभी न समाप्त होनेवाला यह वनवास व्यतीत करना पड़ता। उसे एकाएक मन में उठी इस भावुकता पर हँसी आ गयी थी।...शहर अब उसका यथार्थ है। कटु यथार्थ। नौकरी करनी है तो यहीं रहना होगा। इतनी सारी डिग्रियाँ और नौकरी छोड़कर वही क्या, आज तक कोई भी लौटा है—अपने गाँव-घर।

फिर यह गहरी उदासी? ...वह दुबारा सोच में पड़ गया था। स्मृतियों को चीरता मन एकाएक वहाँ तक चला गया था, जिस दिन पढ़ाई के लिए गाँव छोड़कर इस शहर का रुख किया था। चलते वक़्त अपने बूढ़े बाबा के पैर छूते हुए विदा माँगीं थी और तब उस वृद्ध ने खाट पर अपने बगल बैठाकर प्यार से उसका माथा चूमते, आशीर्वाद देते और प्यार से सिर पर हाथ फेरते हुए कहा था—'...बेटा! एक तो 'विरच्छ' होता है, जिसकी जड़ें उसकी अपनी माटी में होती हैं। उन्हीं से खाद-पानी लेकर बढ़ता और फलता-फूलता है। ...उसके फल-फूल और छाँव भी उसकी अपनी धरती और उसके वासियों को ही मिलती है! ...और एक दूसरा 'मोती' होता है, जो पलता तो समुन्दर के बीच में और वहीं से अपनी आभा पाता है, किन्तु उसकी चमक से समुद्र नहीं; महल शोभा पाते हैं।... शाहों और नवाबों का कंठहार बनता है!! तुम शहर जाकर मोती मत बन जाना? हमें और इस गाँव को तुमसे बड़ी आशाएँ हैं बेटा...!!!'

छींट के रंगीन साफा तले माथे पर दाएँ हाथ की उँगलियों का छप्पर बनाकर, निरन्तर प्रश्न करती बाबा की वह बूढ़ी आँखें; आज भी उसका पीछा करती हैं।...यही कारण कि इस महानगर के रंगीन उजालों में भी वह, अपने बेहड़ीले गाँव का ढिबरी के मन्द उजालों में पढ़ना नहीं भूला। दो सितारा और पाँच सितारा होटल, बुफे एवं शादी-पार्टियों के महँगे और लज़ीज व्यंजनों के बीच; माँ तथा छोटे भाई-बहनों के साथ आधा पेट खाकर बिताई रातें आज भी उसके स्मृतिपट पर चस्पाँ हैं। नहीं हटते एक पल के लिए भी उसकी आँखों के सामने से, अपने साथ पढ़ना शुरू किए और हाईस्कूल या उससे पहले ही रोज़ी-रोटी की तलाश में खेत, खदान, ईंट भट्टे, फैक्टरियों और कोयला खदानों के अन्धकूप की ओर मुड़ गये अपनी जाति-बिरादरी, घर-परिवार और गाँव के प्रतिभाशाली संगी-साथियों के करुण-बेबस चेहरे। जिन्हें यदि ज़रा-सी भी ठीक-ठाक सुविधाएँ और सहयोग मिल पाता, तो वह भी उसी की तरह पढ़-लिखकर अच्छे पदों पर नौकरी कर रहे होते?

शायद यही कारण रहा कि वह अपना वोटर आईडी फार्म भरने के बाद, इतना उदास हो गया था। अपनी पहचान बदलना किसी के लिए क्या मायने रखता है, वह नहीं जानता; किन्तु उसे अपनी पहचान प्रिय थी। शहर में लोग अपनी जाति और गाँव छुपाकर दोहरी ज़िन्दगियाँ जीते हैं, यह उसके लिए असम्भव था।... असम्भव

उसके लिए यह भी हो रहा है कि वह पहले की तरह पुनः अपने गाँव में बस पाएगा? यद्यपि यह बात और है कि इन छह-सात सालों में गाँव, उसकी स्मृतियों से एक पल के लिए भी नहीं हटा है। उसकी पढ़ाई-लिखाई और कार्य-व्यवहार यहाँ तक कि उसके स्वप्न और लक्ष्यों में भी एक तस्वीर उसके अपने गाँव की है, जिसमें वह अपने हिसाब से कुछ और नये रंग भरना चाहता है। बदलना चाहता है उसकी तकदीर को...! पर यह क्या, वह भी धीरे-धीरे इस शहर की गिरफ्त में आता चला जा रहा है; जहाँ किसी को किसी से कोई मतलब नहीं!! अमीर और ऊँचा बनने के लिए लोग एक दूसरे के सीने पर पैर रखकर आगे बढ़े जा रहे हैं, न कोई लक्ष्य न ठिकाना...!!! उसके भीतर एक भूचाल उठ खड़ा हुआ था।

उसने आईने की तरह सामने करते हुए मन में उपेक्षा का-सा भाव लाकर, जब एक दृष्टि और डाली तो फिर सोच में पड़ गया था। ...क्या काग़ज़ का एक ज़रा-सा टुकड़ा, उसकी पहचान बदल देगा। छीन लेगा उससे, उसकी अपने गाँव से जुड़ी आशाएँ और आकांक्षा? वह मन-ही-मन तर्क कर उठा था। क्या सच में...? प्रश्नों की आँख ने सीधे, उसके हृदय पर दृष्टि तान ली थी।

...फिर कुछ देर बाद उत्तर के रूप में कृष्ण पर लिखी उसकी अपनी ही कविता, मन में कौंध गयी थी :

उद्धव! कृष्ण अब ब्रज नहीं जाएँगे
नागरी सुविधाएँ और श्रेष्ठता बोध
सहज नहीं रहने देगा उन्हें
यहाँ भले ही करें वह
धूर्त विप्रों का पाद प्रक्षालन
दम्भी क्षत्रियों का सारथ्य
और निरीह दासों के घर भोजन
पर नहीं रखेंगे मैत्री-भाव
अपने ही सजातीय ग्वालों से...!

एकाएक उसका सारा वजूद हिल गया था। क्या यही अब उसका सच है, जिसे वह पहले लिपिबद्ध कर चुका है। नहीं। अचानक उसके अन्तर्मन से प्रतिकार की एक ध्वनि उठी। वह कृष्ण नहीं है...वह समर्थ होकर अवश्य अपने ब्रज लौटेगा। वह स्थान और वहाँ के जन इतने भी अनुपयुक्त नहीं कि वहाँ, कभी दुबारा रहा-रुपा न जा सके? और फिर वह ज़मीन किसी दूसरे के लिए भले ही फालतू और बंजर हो, उसके लिए कैसे? क्योंकि उसका सारा अस्तित्व तो उसी मिट्टी से निर्मित है, उसकी उपेक्षा करना तो, अपने अस्तित्व का नकार हुआ न...।

किसी ने कह दिया कि गाँव गरीबी, ऊँच-नीच, जातिभेद और अस्पृश्यता का मायका हैं, तो क्या इसी आधार पर उनका नकार होना चाहिए? सुधार की गुंजाइश तो हर जगह है। पलायन करके सभी तो शहर में आकर नहीं बस सकते? अपनी जड़ों से उखड़ा पेड़ हो या इनसान, उसे किसी दूसरी जगह रहने-रूपने में वर्षों लग जाते हैं; तिस पर कोई भरोसा नहीं कि वहाँ की मिट्टी और हवा-पानी उसके माफ़िक ही बैठें?

हज़रत मुहम्मद ने भी तो मक्का से मदीना 'हिज़रत' किया था, लेकिन वे अपनी मातृभूमि के कष्टों को अनदेखा कर मदीना में ही तो नहीं बस गये थे। हमारे देश के दो महान नेता, गाँधी और अम्बेडकर भी यदि चाहते, तो विदेश में उच्च शिक्षा पाकर वहीं कोई अच्छी नौकरी ढूँढ़कर रह-बस सकते थे?... पर वह लौटे। और समर्थ होकर लौटे। उनके लिए विलासिता नहीं अपना देश और जाति की दुर्दशाएँ महत्त्वपूर्ण थीं, जिनसे किसी तरह पार पाकर ही वे वहाँ तक पहुँचे थे।... मनुष्य के जन्मजात आलस्य और सुविधा उपभोग की दुर्दम लालसा से तो, त्याग के जटिल मार्ग पर चलकर ही पार पाया जा सकता है? ...पर त्याग किसका? अपनी नौकरी का। असम्भव। या इन सुविधाओं का, जिनकी गिरफ्त में आकर धीरे-धीरे वह अपना गाँव घर ही भूलता जा रहा है।

वह असमंजस में पड़ गया था।

...फिर एकाएक पिछली होली का वाकया याद आ गया था, जब गाँव के पिता समान वृद्ध ने उसे समझाते हुए कहा था—"बेटा! अकेला आदमी धरती से उठकें पर्वत की चुटिया पर पहुँच जाय बामें हू बाकी उतनी नामवरी नईं है, जितनी सबकों संग लैकें कछू हाथ ऊपर उठनेवाले मनुख की... दद्दा और बाबा के बाद अब तिहारी बूढ़ी राँड़ महतारी हू डार पे पको 'टपका' हैं, आज झरें कि काल्हि... बाये शहर फबत नांय, तुम्हीं बदली कराय कैं आय जाओ... सुना है अपने मच्छंड में तिहारे पद की एक जगह खाली हो गयी है, भईं से रोज़ आत-जात रहियो... मरती बेरा महतारी की कछु सेवा-संकल्पना हो जाएगी और जामें हम सबकी हू भलाई है?"

'केवल उसकी भलाई को छोड़कर...!' उस दिन मन-ही-मन इस तरह की खीज पाले और 'हाँ-हूँ' में जवाब देता, सिर झुकाएँ ग्वालियर लौट आया था। यह सोचता कि 'अम्मा की जिम्मेवारी केवल उसी की नहीं, घर पर खेतीबाड़ी सँभाल रहे बड़े भाई की भी तो है। पास में न रहने के अलावा, कब उसने किसी भी प्रकार की मदद से मुँह चुराया है...? गाँव में जाकर बसना ही तो सब कुछ नहीं होता।' फिर तो शहर की रंगीनियाँ, पद-प्रोन्नतियाँ, सेमिनार और हमेशा चर्चा में बने रहने की बुद्धिजीवी भूख के चलते, उसके लिए यह बात आई गयी हो गयी थी। किन्तु

आज फिर वर्षों बाद उसके दिवन्गत बाबा द्वारा किया गया वह आत्मबेधी प्रश्न—''तुम शहर जाकर मोती मत बन जइयो? हमें और इस गाँव को तुमसे बड़ी आशाएँ हैं बेटा!!!' ने उसे बड़े ही असमंजस में डाल गया था। इस समय उसकी स्थिति लहरों के राजहंस जैसी हो रही थी।

''क्या बात है प्रोफेसर आनन्द! आज कॉलेज नहीं जाना...?''

''क-क्यों नहीं...!'' एकाएक किचन से कमरे में आकर पत्नी ने चहकते हुए, उसकी तन्द्रा भंग कर दी थी। उसने झट से टेबल पर रखे पेपरवेट से फार्मों को दबाया और हड़बड़ाकर कुर्सी से उठ बैठा था। घड़ी पर नज़र डाली तो ग्यारह बज रहे थे।

''...फिर आप बड़े इत्मीनान से बैठे किन ख़्यालों में गुम हो? ...देखने से तो ऐसा लग रहा था, जैसे मन-ही-मन किसी नये संविधान का ड्राफ्ट तैयार कर रहे हो...।''

''नहीं यार! बस वैसे ही थोड़ा अपने गाँव और घर के बारे में सोच रहा था...!'' उसने बात को सम्पूर्ण अर्थों में न कहकर, उसका एक ही हिस्सा जाने दिया और खूँटी पर टँगा बैग कन्धें पर डाला और गैरेज से स्कूटर निकालने दौड़ पड़ा था। स्कूटर निकालकर जैसे ही उसमें किक मारी, तभी कुछ याद-सा करते पत्नी को आवाज दी—''स्नेहा! टेबल पर रखे फॉर्म, सर्वे ऑफीसर को वापस मत करना...।''

''हाँऽऽऽ...!'' रोज़ की तरह स्नेहा आज फिर उसे विदा करने दरवाजे पर आ खड़ी हुई थी। उसे तो रोज़ जैसे कुछ-न-कुछ चीज़ भूलने की लत जो लगी हुई है—कभी चश्मा, कभी घड़ी, तो कभी मोबाइल, जो अकसर स्नेहा को अन्दर से लाकर देना होते हैं, विदा करने आना तो उसका एक हिस्सा मात्र है।

'पर ऐसा क्यों? फॉर्म तो खुद आनन्द ने ही भरे हैं...कल उसने अफसोस ज़ाहिर करते हुए कहा भी था—'यार! स्नेहा हमें यहाँ रहते छह-सात साल हो गये और शादी को भी तीन साल, पर हम यहाँ का वोटर आईडी तक नहीं बनवा पाये हैं, तुम इन्हें ध्यान से सर्वे ऑफीसर को रिर्टन कर देना?' —'पर इन्हें आज हुआ क्या..?' वह अपनी ठोड़ी पर उँगली रखे द्वार से गली के छोर पर मुख्य सड़क की ओर मुड़ गये पति को निहारती, गहरे सोच में डूब गयी थी।

उधर स्कूटर से कॉलेज की ओर सड़क पर फर्राटा भरते प्रो. आनन्द की निगाहें, क्लास रूम, स्टूडैंट और व्याखान पर नहीं, अपने घर, गाँव और वहाँ के लोगों पर जा टिकी थीं; जहाँ से कभी उसकी अपनी मंजिल की शुरुआत हुई थी और अब वहीं से होकर उसका अन्त गुज़रेगा...!

उड़ान

छाया अन्दर से झाड़ू लगाती हुई आँगन में आकर झाड़ने लगी थी। हवा के तेज़ झोकों से कूड़ा कभी झड़े को गैर झड़ा कर रहा था तो कभी उस नवेली के घूँघट को धता बताकर उसकी आँखों को कष्ट पहुँचा जाता। कूड़ा तो आखिर कूड़ा है, कभी बाहर से उड़कर अन्दर आ जाता है या, फिर घर में ही पैदा हो जाता है। हम सदियों से अपने आँगन से कूड़ा साफ करते रहे हैं और कूड़ा होता रहा है। फिर कूड़े को लेकर यह रोते रहना कि वह साफ नहीं होता या ज़्यादा हो बढ़ गया है, कहना व्यर्थ होगा। बढ़ गया है तो साफ कर डालो न कि झाड़ू छोड़कर कूड़े की ही पूजा करने लगो,...सजग होकर झाड़ू थामे रहो फिर चिन्ता किस बात की...।

छाया भी शायद यही सोचे जा रही थी। पर उसकी चिन्ता का सबसे बड़ा कारण यह था कि, वह जिस माहौल में ब्याह कर आई है वहाँ कूड़े की पूजा करनेवाले तो सभी हैं। पर उसे साफ करनेवाला कोई भी नहीं।...हाँ, एक आशू ही है जो उसकी बात को समझ सकता था। पर वह भी अब उसकी हर बात हँसी में टालने लगा है—"छाया तुम्हारे विचार बड़े ही प्रोगरेसिव हैं, जिसकी थीम पर तो एक बढ़िया-सा नॉवेल लिखा जा सकता है।...लिख डालो, जब तक अपने बीच में कोई तीसरा नहीं है। तब तक हमारा भी एमजे हो जाएगा, वहीं किसी अच्छे पब्लिशर्स से, प्रकाशित करा लूँगा...। तुम रातोरात एक अच्छी नॉवलिस्ट बन जाओगी और मैं...।"

"और तुम उन उपन्यासों की गाढ़ी कमाई से मेरे लिए बनवाओगे एक शानदार पिंजड़ा (महल) जिसमें औरत-औरत ही बनकर रह सकती है, मर्द बनकर नहीं...।" छाया ज़हर जैसा घूँट पीकर रह जाती। पर करे भी तो क्या, प्रेमपाश में बँधकर ज़हर भी तो पीना पड़ सकता है आदमी को...? भावनाओं के बहाव में आकर वह यह भूल गयी थी कि, दो समान विचारों के माननेवाले व्यक्तियों में प्रमुख भेद यही होता है कि वह व्यक्ति अपने विचारों को जीवन में कितना चरितार्थ करता है या कि कोरा जानता ही जानता है मानता नहीं...?

छाया के साथ भी यही हुआ था। बी.ए. करने के बाद जब उसने हिन्दी एम.ए. प्रिवियस में एडमिशन लिया तो, कॉलेज में पहले ही दिन कुशवाह मैडम के 'भक्तिकालीन काव्य' वाले पीरियड में उसका परिचय आशू से हुआ था। कवि हृदय मैडम के सामने आशू जब अन्य छात्रों को सूरदास और नन्द दास के 'दृष्टिकूट पद' अर्थ सहित गाकर समझाता तो, सारे क्लास के साथ-साथ वह भी उसकी प्रतिभा पर मोहित हुए बगैर न रह सकी थी। छाया के मन में उसी दौरान आशू के लिए जगह बनना प्रारम्भ हो गयी थी।

शायद यही कारण था कि, छाया न चाहते हुए भी केवल आशू के लिए ही कुशवाह मैडम का पीरियड लेती थी। वरना प्रतिभाशाली और सुघड़-सुन्दर होने के बावजूद मैडम के अनुदार विचार छाया को फूटी आँख भी न भाते थे।...पर छाया जानती थी कि अपनी गरज को सौत के मायके भी जाना पड़ता है, वह तो उसकी गुरुजन हैं।

एक दिन कुशवाह मैडम के ही 'कथा साहित्य और उपन्यास' वाले पीरियड में, वृन्दावनलाल वर्मा के सुप्रसिद्ध उपन्यास 'मृगनयनी' पर चर्चा होते-होते उसमें वर्णित पात्र—लाखी-अटल, मृगनयनी और राजा मानसिंह के अन्तर्जातीय विवाहों पर आकर अटक गयी थी।...छात्रों ने पीरियड लेती मैडम से जब इस सम्बन्ध में उनकी राय जाननी चाही तो, उनसे सीधा जबाब यह मिला था—''देखो आशू, (आशू को वे अपनी बिरादरी का होने के कारण भी, ज़्यादा महत्त्व देती थीं)...हमने तो अपने बच्चों को छूट दे रखी है (बच्चियों को नहीं) कि, वह अपनी पसन्द की लड़की देख कर तय कर लें और हमें बता दें। फिर हमें कुछ न मिले, और लौटकर (उनके लड़कीवालों के) पैर ही क्यों न छूने पड़ें। पर शर्त यही है कि वह हों अपनी कास्ट के ही।...बस! हम तो इस मामले में इतने ही लिबरल हैं...।'' मैडम की ये बात सुनकर सारी क्लास में कुछ देर के लिए चुप्पी छा जानेवाली थी। पर छाया न जाने क्यों पहले से ही जली बैठी थी और आया मौका वह हाथ से जाने नहीं देना चाहती थी। वह अचानक बैंच से खड़ी हो गयी —''मैडम!'' अचानक सारे क्लास की निगाहें छाया पर जाकर केन्द्रित हो गयी थीं। छाया किसी की ओर देखे बगैर ही मैडम पर टूट पड़ी थी—'...आप लिबरल तो हो ही नहीं सकतीं, ना ही ये विचार तुम्हारे अपने हैं।...आप में कहीं-न-कहीं उच्च मानसिकता वादी पुरुष-प्रधान समाज के संस्कार बोल रहे हैं। जो तुम्हें स्त्री होने का एहसास नहीं होने देते, वरना एक स्त्री के लिए क्या हाईकास्ट और क्या लो कास्ट... ? क्यों एक दलित युवक एक सवर्ण लड़की से शादी नहीं कर सकते? या क्यों एक सवर्ण लड़की एक दलित युवक से? क्या वह हृदय हीन भावनाओं से शून्य होते हैं।...कम-से-कम आप एक प्रोफेसर होकर ऐसे विचार न रखें... ?''

"छाया ठीक तो कह रही है, दीदी...? (वह मैडम को दीदी ही कहता था) अब हमें भी वक्त के साथ चलना होगा। किसी की भावनाएँ और विचार ज़्यादा दिनों तक दबाकर नहीं रखे जा सकते?" मैडम के कुछ कहने से ही पहले छाया के समर्थन में आशू ने अपने विचार सबके सामने रख प्रकट कर दिए थे। अचानक अपने ऊपर हुए व्यंग्य बाण हमले से आहत मैडम अपनी झेंप मिटाने के लिए आशू की ओर उन्मुख हो उस पर टूट पड़ी थीं।

"आशू!, तुम दोनों ठाकुर होकर भी ऐसी बात करते हो?"

"...नहीं मैडम! ऐ ठाकुर हो सकते हैं मैं ठाकुर नहीं हूँ....मैं उस आम भारतीय स्त्री की लड़की हूँ जिसका न कोई धर्म होता है न जाति, उसे जिस मर्द को सौंप दो उसी की जाति उसी का धर्म और गोत्र अपनाना पड़ता है। उसका अपना कुछ भी नहीं रहता, न तन, न मन...?" छाया बीच में बोल पड़ी थी। लगभग ऐसे ही विचार आशू ने प्रकट किए थे। उस दिन से ही सारे क्लास की निग़ाह में आशू और छाया आ गये थे। फिर तो परीक्षा के लिए नोट्स लेना या किताबों की अदला-बदली, सब कुछ एकाकार होने लगा था। भावनाओं के संवेग में जीवन के कटु यथार्थ का तर्क भी स्वतः ही न जाने कहाँ तिरोहित हो गया था। हर तरफ बस प्यार ही प्यार...!

आशू और छाया में दिनोदिन बढ़ती नजदीकियों ने उन्हें शादी की मंजिल तक पहुँचने के लिए मजबूर कर दिया था। फाइनल ईयर, पेपर हो चुके थे। आशू एम.जे. का टैस्ट देने भोपाल गया हुआ था। घर में पिता जी का तर्क था कि, 'लड़कियों की शादी अट्ठारह वर्ष में ही हो जाती है। और तुम तेईस की हो गयी हो।' मरण शैया पर पड़ी दादी जिसमें माँ की भी स्वीकृति शामिल थी, वह भी जल्दी से उसके हाथ पीले करके कन्या ऋण से उऋण होना चाहती थीं। कुल मिलाकर छाया को घर से निकालने की तैयारियाँ हो चुकी थीं। ....फिर उसके बाद दो बहनें भी तो हैं शादी के लिए, आगे पढ़ना हो तो ससुराल में भी जाकर पढ़ सकती है।

छाया के पिताजी भी स्वच्छन्द विचारों के थे। कुल मिलाकर कुशवाह मैडम की तरह। भेद इतना कि वह पुरुष थे और हर जगह उड़कर चोंच मार सकते थे। पर उन्होंने अपने बच्चों को उसी पिंजड़े में जितना जी चाहे उतना उड़ने की छूट दे रखी थी, बाहर जाने की कोशिश की तो पंख काट दिए जाएँगे। परन्तु छाया में उन तमाम बन्दिशों के बावजूद उस पिंजड़े से बाहर उड़ने की उच्चाकांक्षाएँ जाग गयी थीं। पर कहीं-न-कहीं पिताजी द्वारा दिखाए सनातन भय का ही प्रभाव था कि छाया उड़ान तो केवल पिंजड़े के आखिरी छोर तक ही भर पायी थी। आशू को चुनने के पीछे का भी शायद यही कारण हो...? छाया ने माँ को, माँ ने पिताजी को जब आशू का नाम सुझाया तो वह इसी बात पर बिफर पड़े थे—"अरेऽऽ वह तो भदौरिया हैं, और हम

परमार। उनकी लड़की हम ले लेते हैं देते नहीं...? कोई तोमरों का लड़का मिल जाता तो अच्छा रहता...।''

''तोमन्नि को लड़िका मिल जातो तो अच्छो होतो...तुम्हू डुकरिया पुराण पकरि के रह गये हो...वह पढ़ी लिखी है कछू तो गुन देखोई होयगो...लड़का है तो ठाकुर ही कोऊ चमार कोरी थोरेहीं है?''

छाया के पिता को उसकी माँ के ये अन्तिम वाक्य ही तार्किक लगे जो उन्हें अपनी सहमति देने में मदद कर गये। वे अपने भाव छुपाते हुए फिर भी बोले—''...छाया की ऐसी ही इच्छा है, तो कल मास्टर जी से बात करेंगे। ...लेकिन एक पुरानी कहावत है कि धान की खेती और बेटी की ससुराल नज़दीक नहीं करना चाहिए, वरना रोज़ उलाहने आएँगे और रोज़ ही रार होगी...!''

सच ही तो कहा था छाया के पिताजी ने नज़दीक ही तो है परसोना गाँव, जहाँ से यहाँ भिंड में एमजेएस कॉलेज में आशू और क्रमांक-1 में आशू के पिता पढ़ने-पढ़ाने के लिए रोजाना मोटर साइकिल से आया-जाया करते थे। जब रोज़-रोज़ की परेशानी नहीं बनी तो प्लॉट लेकर मकान बनवा लिया। छाया के पड़ोस में ही तीसरी गली का चौथा घर। उधर आशू के पिताजी ने भी जब छाया के नेही नैन आशू से जुड़े होने की खबर पायी तो वह रिश्ता लौटा न सके ।... पर दुधारू गाय के द्वार पर आ जाने पर भला कौन बिना दुहे छोड़ देता है? लड़के बाप वैसे भी वामन और विश्वामित्र की भाँति विवाह में सब कुछ ले लेने पर भी लड़कीवाले की पीठ पर अपना पाँव जमाये रखता है कि अभी और बाकी है। यहाँ भी वह सब कुछ हुआ पर शादी हँसी-खुशी और धूम-धाम से सम्पन्न हो गयी थी।

जुलाई में आशू का एम.जे. में एडमिशन हो जाने से, डिग्री पाने के लिए वह भोपाल चला गया था। छाया भी रक्षाबन्धन का त्यौहार करके ससुर के साथ क्वाँरी नदी के किनारे बसे इस बीहड़े गाँव में ससुराल आ गयी थी। क्योंकि भिंड तो उस मकान में आशू या मास्टर जी ही रहते है, सास, ननद, देवर सबके सब गाँव में ही रहते थे।

अब आशू महीने की आखिरी या पहली तारीख को ही घर आता और चला जाता, पढ़ाई के साथ-साथ वह एक मासिक पत्रिका का सम्पादक भी बन गया था। छाया जब उससे अपने या अपने करियर की बात करती तो वह हँसकर टाल देता था या जवाब ही नहीं देता था। उस पर अपने करियर का ऐसा भूत सवार था कि वह छाया से भी कुछ कटा-कटा-सा रहने लगा था। आशू के इस व्यवहार से छाया को कभी अपने पर गुस्सा आता तो कभी अपने चुनाव पर। धीरे-धीरे उसे एहसास होने लगा था कि पुरुष हमेशा पुरुष होता है। वह चाहे पिता, पति, पुत्र या प्रेमी ही क्यों न हो....हमेशा स्त्री का शोषक। एक भाई को छोड़कर ...भाई का ख्याल आते ही

छाया के दिमाग में एक बात करंट की तरह दौड़ गयी। क्यों न वह अपने भाई के पास ग्वालियर चली जाए। जिसने छह महीने पहले ही जीवाजी यूनीवर्सिटी से हिन्दी में ही 'लोक साहित्य में स्त्री चेतना' विषय पर शोध पूर्ण करके पी-एच.डी. की डिग्री हासिल की है। 'नेट' होने से वह पहले ही वहाँ के एम.एल.बी. कॉलेज में प्रोफेसर है।

छाया ने पक्का निश्चय कर लिया था आज शनिवार है, छुट्टी के दिन ससुर स्कूल से पढ़ाकर सीधे गाँव आते ही होंगे। स्पष्ट शब्दों में कह दूँगी फिर किसकी ताकत है कि जो उसके बीच रास्ते आकर बाधा डाले। आँगन को आखिरी छोर तक झाड़ कर वह कूड़े को वहीं इकट्ठा करके अन्दर चली आई थी। अब तो बर्तन माँजते या खाना बनाते समय उस पर एक ही धुन सवार थी। —"नहीं मैं इस कैदख़ाने के लिए नहीं बनी। अगर वह एक अच्छे पत्रकार बन सकते हैं तो में भी उन्हें एक अच्छा प्रोफेसर बनकर दिखा दूँगी।" उसकी इस धुन और भावावेश में खाना बनाते समय उसके तवे की रोटी कभी चूल्हे की तरफ चली जाती तो कभी चूल्हे की रोटी तवे पर। उसका यह दिवास्वप्न एकाएक तब भंग हुआ जब बगल में पड़ोसी के घर से एकाएक किसी के रोने-पीटने और चीखने-चिल्लाने की आवाज उसे सुनाई दी। वह हड़बड़ाहट में 'हाऽय माँऽऽ' कहकर चीख पड़ी थी। आज सैकेंड सेटरडे होने से जल्दी घर आए मास्टर जी की मोटर साइकल की डिग्गी से सब्जी और अन्य सामान का थैला निकालती सास ने जब उसकी यह हलकी-सी चीख सुनी तो वह अन्दर की ओर दौड़ पड़ी, हड़बड़ाहट में दहलीज़ पर ठोकर लगते, गिरते-गिरते बचीं।

"काऽऽ हो गओ बहू...!"

"कु-कुछ नहीं माँ जी...!" छाया झेंप गयी थी।

" फिर तें चिल्लानी काये?" सास ने किसी आशंका के कारण जोर से किन्तु प्यार से पूछा।

"यों ही...बगल में रो-पीट कौन रहा है...?"

" अरेऽ कोऊ नहीं...ब दाड़ीजार दीना है...दारू पीके लुगाई को मार रहो तो...।"

"किस गलती पर...?"

" गलती, तुम जानती नाऽहीं ...आदमी बिना सींग को साँड़ होत है, वह जब चाहे तब जनी को जड्डयान लगे। गाँव में साक्षरता मिशन नहीं चल रहो...?"

" जी माँ जी...।"

" रात जनकिया और लुगाइन के संग वहीं मोहन की चौपाल पे पढ़न गयी थी। सोऽ छातीफटो ताइसों उसे मारन लगो...' पढ़िकें का लाट सहाब बनेगी, बे

तोय पढ़ायेंगे या तोसे आँखें लरायेंगे?....बहू जनकिया तो भलीमासिन है जो निभाय रही है । और कोऊ होती तो अब तक कुआँ नदी कर जाती...!''

''माँ जी गाँव में कोई पढ़ीलिखी औरत नहीं है जो इन्हें पढ़ सकती? तब तो यह नौबत ही नहीं आती, मर्द बचपन में पढ़ गया तो पढ़ गया फिर नहीं पढ़ता। पर औरत...?''

''...सच कहती हो बहू, मोहन भी बहुत परेशान है। रोज़ एक नया शगूफा, क्यों न तुम ही अपनी बैठक में उन्हें पढ़ा दिया करो? विचारी कुछ पढ़-लिखकर कुछ सीख जाएँगी तो कम-से-कम अपने बच्चों को दो अच्छर ही बता दिया करेंगी, पढ़ा लिखा आदमी क्या नहीं कर सकता? फिर अपने गाँव की आँगनबाड़ी में सुपरवाइजर की सीट भी खाली पड़ी है, वो भी तुम्हारे पास आ जाएगी। पढ़ी-लिखी होने का कुछ तो फायदा उठाओ?''

छाया के ससुर ने बीच में ही आकर बात काटते हुए कुछ शहरी लहज़े में अपना मत प्रकट कर दिया था। छाया असमंजस में पड़ गयी, उसे अपना सारा प्लान चौपट होता नज़र आया। कहाँ उसने ग्वालियर जाने की पूरी-पूरी योजना बना ली है और कहाँ पिताजी ने बीच में आकर अड़ंगा लगा दिया—'नहीं मुझे भैया के पास जाने से कोई नहीं रोक सकता यह मेरा दृढ़ निश्चय है।' उसने जब मन-ही-मन यह प्रण करना चाहा तो एकाएक उसकी आँखों के सामने जनकिया का आँसुओं भरा चेहरा उपस्थित हो गया। जिसे सास के बाहर से भीतर आने के अन्तराल में दीवाल से सटे जीने की तीसरी सीढ़ी पर रखे चिमटे को उठाने के बहाने देख लिया था। ...छाया को अपनी मंजिल जनकिया जैसी अन्य युवतियों में दिखाई दी, जिन्हें सुधारने और शिक्षित करने की ललक उसके जीवन में पैदा हो गयी थी। ...एक ओर भौतिक समृद्धि की लालसा थी तो दूसरी ओर दार्शनिक ऐश्वर्य, जिसे यथार्थ की कठोर भूमि पर चलकर ही पाया जा सकता था। छाया ने 'हाँ' कर दी थी...।

धीय बिनु धरम न होय... !

ठाकुर हर परसाद के आँगन में गाँव भर की जनीमानसें रंग-बिरंगे गहने-कपड़ों में सजी-धजी, समवेत स्वर में सौहर गाने में मगन हैं। और गाती भी क्यों नहीं, चार मोंड़ियों के बाद हुआ है छोरा ठाकुर के घर। बड़े दिनों बाद लड़कियों के सिर का ढकौंना पाकर, अपने को धन्य मान रही हैं ठकुराइन। सारे नगरा गाँव में तीन दिन से होली-दिवाली जैसा माहौल बना हुआ है। ठाकुर ने बेटे के जनम पर उसकी सलामी में अटारी से माउजर के सात फैर करवाये हैं। पोरसा से लतीफ़ का बैंड और रेशमपुरा से पाँच बेड़िनियाँ आई हैं बधाई डालने।....ठाकुर ने सातो जात में दस-दस रुपये और लड्डू घर-घर बँटवाए हैं। हरीरा और विसवार के लड्डुओं की महक से भरी गाँव की नाइन रामकली बुआ-*"कौशिल्या के जनमें राम अजुद्धिया फूलन छाय रही है।"* गीत गातीं, पूरे गाँव में घर-घर बुलउआ देतीं, चकरी-भौंरी बनी फिर रही हैं।

चन्दा भी काकी के बुलावे पर अपनी सास के साथ ठाकुर के घर चली आई थी। ठाकुर की ठकुराइन का आज 'बाहर' था। द्वार पर गोबर और जौ के दानों के प्रयोग से कलात्मक साँतिया बनाये गये हैं। सारा आँगन गेरू और गोबर से ढिंग देकर लीपा गया है।... आँगन के बीच में गाय के गोबर से बना अठकलियाँ चौक, चौक पर 'पाटा' और पाटे पर चुनरियाऊ साड़ी में ठकुराइन अपने नव जातक के साथ, घूँघट काढ़े खड़ी हुई हैं। अभी-अभी उनका छोटा देवर ज्ञान सिंह, सौंर से उनकी साड़ी का छोर पकड़कर चौक पर लाया है। ठकुराइन ने नेग में उसे सोने की अँगूठी देने का वादा किया है।...साथ ही अपने पीठ-पीछे भाई लाने के कारण ठकुराइन की छोटी मोड़ी राधा की पीठ को भी घी-गुड़ से पूजा गया था?

चन्दा ने देखा कल तक चार बेटियाँ जनने के कारण लटे बरदा से कन्धा डालकर न्यौहरें-न्यौहरें चलनेवाली ठकुराइन, बेटा जनने के कारण चौक पर तनकर खड़ी हुई हैं। उनके गुलाबी घूँघट से फूटकर बिखरती हँसी, जैसे पूरी बखरी में फैल गयी है। ठकुराइन को विहँसता देख, वहाँ बैठी पुरा-पड़ोस से आईं सब औरतें सिहा उठीं। आँगन में जाजिम पर गड़रिया टोला से आकर बैठीं मंगलो आजी ने उत्साहित

होकर पीछे से अपनी पुरानी चाल का सौहर उन्सार दिया था—

"आज बधाये कौ दिन नीको, बेटा जियाये को दिन नीको।"

जिसके बोल तुरन्त ही वहाँ बैठी सब जनीमानसों ने उठा लिये थे, बड़ी गितार हैं मंगलो आजी। गाँव का कोई भी ब्याह-कारज, मंगलो आजी के गाये गीतों के बगैर पूरा नहीं होता। ढोलक सप्तम पर चली गयी थी। चौक पर उधर सीराम पुरहेत की अम्मा रामा पंडिताइन रामकली बुआ के साथ, काँसे की थाली में हल्दी, चावल, पाँच सुपारी, बतासे और काँस की नयी सात सींकें लेकर, जच्चा के सामने आकर खड़ी हो गयी थीं। पंडिताइन ने सबसे पहले धोती के छोर में बेटे के साथ सगुन का नाज लिए खड़ी ठकुराइन के आँचल से वह अनाज चौक पर छुड़वाया। काँस की सींकें लेकर जच्चा-बच्चा पर न्यौछावर कर चारों दिशाओं में उछालीं, फिर अक्षत-हल्दी से जच्चा का तिलक कर बतासे से मुँह मीठा कराया और थाल बगल खड़ी रामकली बुआ को देकर, बच्चे की बलैयाँ ले पीछे हट गयी थीं। उसके बाद गाँव की अन्य स्त्रियाँ अपने साथ बिलिया-कटोरियों में लाईं अनाज और पैसा बारी-बारी से जच्चा-बच्चा पर न्यौछावर कर चौक पर छोड़तीं, थार से हल्दी-अक्षत लेकर ठकुराइन को तिलक लगातीं, बच्चे की बलैयाँ लेतीं अपनी-अपनी जगह पर आ-आकर बैठने लगी थीं। कुछ देर बाद चन्दा की सास की बारी आई। सास ने घर से लाए गेहुँओं का बेला एक हाथ में लिया और दूसरे हाथ के झाले से पास बैठी चन्दा उठाकर अपने साथ चौक पर चलने के लिए तैयार कर लिया था। चन्दा बगैर कुछ कहे भोली बछिया-सी चुपचाप उठकर, सास के पीछे-पीछे चौक पर चली आई थी।

चौक पर औरों की तरह चन्दा की सास ने भी सबसे पहले अपने साथ लाए बेला के गेहुँओं को ठकुराइन और उनके बच्चे पर उसार कर चौक पर डाला, हल्दी-अक्षत से टीका किया और फिर थाल चन्दा को सौंप दिया। चौक पर सुनहरे तारों से कढ़ी सितारोंवाली गुलाबी साड़ी और ब्याहवाली सफेद चदरिया ओढ़े। गोद में रेशम के मखमली गदेले में नन्हे चूजे-सा ओंठ खोले। आँख बन्द किए। माथे पर ढिटौंना लगायें। वसन्त में श्याम आभा लिए आम की गुलाबी कोपलों जैसा कोमल नर शिशु। जिसे देखकर मन-ही-मन हर्षाती चन्दा की सास। बच्चे की बलैयाँ लेने के उपरान्त ठकुराइन से अर्ज पर उतर आई थी—"दुलहिन! हमाई बहू कों हू आशीष देउ, जाके पहलौठी में कुँअर कन्हैअई होंय...?"

आज उदारता की खान बनी ठकुराइन ने मुस्कराते हुए, चन्दा के सिर पर हाथ रख दिया था—"कौन-सा महीना चल रऔ ए...?"

"दूसरा...।" चन्दा ने भी अपनी साड़ी का पल्ला सिर पर डाल लिहाज के साथ झुककर, ठकुराइन के पैर छू लिये थे। यह देख वहाँ बैठा सारा नारी-वृन्द चन्दा की सास से, उसकी ऐसी हीरा-बहू के प्रशंसा में पुल बाँध उठा था।

गाना-बजाना लगभग अब मद्धिम पड़ चुका था। रामकली बुआ ठकुराइन को चौक से उठाकर पुन: सौंरवाले मढ़ा में कर आई थीं। उधर हरप्रसाद की काकी धनकुँवरि और रामा पंडिताइन आज ही मुरैना से बायने के लिए मँगाई स्टील की नयी कटोरियाँ और बूँदी के लड्डू उठाने, तिवारे के भीतर चली गयी थीं। ...इधर फुर्सत के क्षण पाकर आँगन में बायने की आस में बैठी रह गयीं गाँव की लुगाईयाँ, आपस में इधर-उधर की बातें कर उठीं थीं।

जाजिम पर चन्दा की सास के बगल बैठी कछियाने से आई लछिमन की अम्मा ने ही सबसे पहले बात उन्सारी—"देख लओ रामदत्त की अम्मा! बेटा भए पे ठकुराइन को मुँह कैसो दिपदिपाय रहो तो? विचारी के दिन फिर गये, कहाका ने साँची ई कही है—*"बिटिया जियायें दुख, बिटिया ब्याहें दुख। बेटा जियायें सुख, बेटा ब्याहें सुख...।"*

"हाँ! साँची कह रहीं हो लछिमनू की अम्मा, पहलौठी में बिटियाँ पैदा करके ठकुराइन के दिना बड़े कसाले में कटे हैं। ...न मायके में दर, न ससुरार में!! सुन्यौ है अपना ठाकुर हू नशा करके रोज़ रात ठकुराइन की धुनाई देत तो—"ससुरी जे धिधरियाँ पैदा कर-कर कैं धरत जाय रही है, कौन-कौन के द्वार पे नाक रगड़ेंगे इनके रिश्ते के काजैं...दारी पे तमाखू धरकें या खटिया के पाये के नीचें दबाय कैं नहीं मारी गईं।... मद उतर जाता तो ठाकुर मोंड़ियन के भोले मुख देखकें, उन्हें इकठौरी कर गरे से लगाकर रोता भी सुना है—*कोट नवें, पर्वत नवें, बाबुल कौ सिर तब नवै जब घर साजन आवें!!!* क्या करे विचारा लाचार था ठाकुर...।"

तभी सबसे पीछे चमार टोला से आई बिरखे की लुगाई भी इनकी बातें सुनकर थोड़े और आगे सरक आई थी। उसने धीरे से इसमें एक नयी बात और जोड़ दी—"बहन! अपने गाँव के ठाकुर तो हू भले हैं। मेरे श्यौपुर में तो इनको एक गाँव ऐसो है, जहाँ अबै तक काऊ दूसरे गाँव की बरात नहीं चढ़ी!! मोड़ियन की होते ई घिटी मसक देत हत्यारे!!! फिर बहुँए भलेईं ले आए माराष्ट बिहार तें, बा में इनके कुल की नाक नीची नईं होत...?" आगे-पीछे सारी जाजिम स्तब्ध।

यद्यपि इन बातों को कहने-सुनाने का कोई मकसद नहीं था, ना ही यह बातें आगे बैठी चन्दा को सुनाकर कहीं गयी थीं, पर उसने यह बातें अच्छी तरह से सुन ली थीं। ...सुनी तो उसने रात में अपने पटवारी जेठ और सास द्वारा पति को अपने कमरे में बुलाकर, चुपचाप कही यह बात भी है—"रामदत्त! बहू की महतारी के पहलौठी में जा समेत तीन मोड़ी ई मोड़ीं भई हैं, सो हमें पूरा-पूरा-अंदेशा है कि बहू के हू पहलौठी में मोड़ी ई होवेगी? ...कल तैं धौलपुर जायकें बहू की सोनोग्राफी काराय लिया, मोंड़ी होय तो वहीं...? अपने पोस्से-मुरैना में तो भारी कड़ाई है...और न इतनी अच्छी सुविधा।"

चन्दा के मन में तब से ही एक गहरी फाँस बैठ गयी है। उसे लगता है जैसे कोई उसके प्राण खींच रहा है। कोई उसके मन का सबसे सुन्दर और शुभ चुराना चाहता है। छीनना चाहता है उसके हिस्से की प्यास। निचोड़ लेना चाहता है उसकी आत्मा का रस।... मानो वह हज़ारों-हज़ार नख-दन्तवाले मादा-भक्षी हिंसक जानवरों में आ फँसी हो।...

हाँ, चन्दा का कोई भाई नहीं है। जो हुआ था वह तमाम इलाज़ के बावजूद, बचाया नहीं जा सका। समाज में बिना भाई की बहन और नठिया बाप की बेटी होने का लांछन सुनते-सहते, चन्दा और उसकी बहनें बड़ी हुई हैं। उसकी माँ पति के वंश को एक कुलदीपक न दे पाने की हीनग्रन्थि के चलते, सार्वजनिक पर्व-उत्सव और नाते-रिश्तेदारों से कब का कनाव काट बैठी हैं।... घर में यदि किसी ने हार नहीं मानी तो उसके सहृदयी किन्तु दृढ़ निश्चयी दद्दा ने, जिन्होंने माँ के सहयोग से अपनी तीनों बेटियों की परवरिश कुछ इस तरह से की कि चन्दा को फिर कभी किसी भाई की ज़रूरत महसूस नहीं हुई थी।

दद्दा ने किसी के लाड़ले बेटों की तरह ही उसे मुरैना से लेकर ग्वालियर तक पढ़ाया और अपने साथ पढ़कर ही टीचर बने लड़के के संग, उसी की मर्जी से शादी भी कर दी थी।...ब्याह में 'भतैया' लेते समय—*'एक बिन भैया की बहन कुँअल ठाड़ी रौवे'* जैसे अँसुआ ढरकाऊ गीत और भाँवरों के समय मड़यै के नीचे बरातियों से—*'सारे बिना सूनी ससुरार'* जैसी मनफटाऊ लोकोक्ति सुनकर शर्मिन्दा हुए पति को देख द्रवित हुई चन्दा ने, जब अन्य लड़कियों की भाँति विदा के समय अपने दद्दा के गले लगकर रोना चाहा था। तब दृढ़-निश्चयी पिता ने उसे उसी समय बरज दिया था—"बेटा! रोना निबल की निशानी है? ...और तुम तो हमारी नाहर होऽ काहे रोतीं!! भीख-सा माँगकर जो भात-पछ भैया से लेतीं और भौजाई के ताने सुनतीं, बाकी भरपाई तो हमने तुम्हें अपनी सम्पत्ति का वारिस बनाकर पहले ही पूरी किए देत हैं। ...हम जब तक ज़िन्दा हैं तब तक हम तिहारे नीके-बुरे में शामिल हैं ई और मर गये तब हमारी जाजाइत तिहारे संग रहेगी ही!!! ...और बेटा! दुनिया में धन-दौलत, नाते-रिश्तेदार तो आदमी के संग-साथ होते भी हैं और नहीं भी, मनुख का सबसे गाढ़ा सगा और सम्पत्ति तो उसके अपने मन का भरोसा है; उसे बनाये रखियो... ?"

पर चन्दा के मन का वह भरोसा आज टूट क्यों रहा है? ...क्यों वह उसी समय अपने जेठ से प्रतिवाद नहीं कर सकी, कि 'दादा! बेटी-बेटा सब बराबर होते हैं, ईश्वर हमें जो देगा उसे अपना आँचल पसार कर ले लेंगे।...जब दोनों एक ही माँ-बाप के रक्त-बिन्दु से पैदा, दोनों एक ही हाड़-माँस-मज्जा से बने; फिर यह दुभाँति क्यों... ?' क्यों आज वह इस उत्सव की रंगीनियों में अपने मन का भरोसा

खोये दे रही थी। ...एक स्त्री के लिए केवल पुरुष पैदा करना ही यदि दुनिया का सबसे बड़ा गौरव है, तो यह गौरव उसे अस्वीकार क्यों नहीं? ...माटी मिल गयी उसकी सारी पढ़ाई-लिखाई। व्यर्थ गया उसका शिक्षक बनना। चन्दा मन-ही-मन रो पड़ी थी।

कुछ देर बाद पता नहीं फिर मन में क्या आया कि वह सास की आज्ञा लिये बगैर ही वहाँ से उठ खड़ी हुई और घर के लिए चल दी थी।... ठाकुर हर प्रसाद का आँगन तब तक, पुत्र जन्म के अवसर पर बँटनेवाले लड्डुओं की महक और नयी कटोरियों की खनक से भर चुका था। चन्दा को यों एकाएक चुपचाप उठकर जाता देख, जाजिम पर वहाँ बैठी रह गयीं अन्य स्त्रियों से न रहा गया। उन्होंने उसे लक्ष्य करते हुए इस अवसर पर गाया जाने वाला यह सौहर छेड़ दिया था—

"अबै तो मेरे धिय नहीं जनमी,
जनमें आछे लाल............!
अबै तो मेरी दौरानी बड़ी जू,
तुम काहे कों रूठी जाओ?
अबै तो मेरे मायके के हरवा
सो लयें घर जाओ..........!
अबै तो मेरे धिय नहीं जनमी
जनमें आछे लाल...........!"

कोई और होता तो सखियों की इस चुहल और गीत की आत्मीयता देखकर मगन मन वहीं फिरक लेकर नाच उठता, पर चन्दा ने ऐसा नहीं किया...। उसने अपनी धोती के ऊपर ओढ़ रखी चदरिया को थोड़ा और ठीक किया, द्वार से सटकर रखे सैंडिल पहने और आगे बढ़ गयी थी। चन्दा की सास को उसका इस तरह उठकर जाना, अपना कम ठकुराइन और वहाँ बैठे सखी समाज का अपमान ज़्यादा लगा। वह वहीं से खड़े होकर चिल्लाई थी—"बहूऽऽ नेक और रुक जाऽ, हमहू तो चल रहे? थोड़ी ही देर की तो बात हैं, बटौना तो ले लें...?" पर उसने नहीं सुना। सास ने सबके सामने बहाना बनाया—"घर कौ पूरो काम-धाम करकें स्कूल पढ़ाइवे जात है, बैठें-बैठें चक्कर आने लगे होंयगे...।"

तब औरों की अपेक्षा सहज विश्वासी हर प्रसाद की काकी ने आँगन से चलकर पौर तक जा पहुँची चन्दा को, लड्डुओं से भरी नयी कटोरी हाथ में ले जाकर थमा दी थी—"बहूऽ जे का अनर्थ करती हो? अपनो बायना तो लेके जाओ...।" चन्दा ने बगैर किसी प्रति-प्रश्न के काकी का मान रखते हुए, मुस्कराकर कटोरी हाथ में ले ली थी—"ऐसी कोई बात नहीं है आजी! बैठे-बैठें मूँड़ में घुमेर

उठी, सो चल दए...।'' काकी ने भी उसकी मज़बूरी समझकर क्षमा कर दिया था—''जाओ बेटा! घरे आराम करो...पेटहूली जनीमान्स के संग जे समस्या आवत ई हैं—राम करे दूधो नहाओ पूतों फरौ...!'' चन्दा के मन में काकी के इस निरापद स्नेह और आशीष पर एक साथ श्रद्धा और घृणा जागी!!! जिसमें से उसने एक को दबाकर गाँव की उस सम्मानीय वृद्धा को प्रणाम किया और अपने में ही खोई, वहाँ से चलकर गली में निकल आई थी।

''दद्‌दा! क्या बेटे अपने मैया-बाप को साँचे हू मोक्ष दिवात हैं...?'' उसने एक दिन बातों ही बातों में अपने द्‌ददा से यह प्रश्न पूछ धरा था।

तब उसके दद्‌दा ने बड़े ही व्यंग्यात्मक रूप में हँसते हुए, उसे समझाया था—''नहींऽ री! यह सब चतुरन के चोचले हैं, मद्‌द को जनी से बड़ा बनाये रखने की चाल! ...जो ईसुर को नहीं मानत वे कहत हैं कि मनुख के करम परछाँही की नाईं सदा उसके पीछे लगे रहत हैं, वह उसका फल यहीं पाता है; न कहूँ सरग है और ना नरक!! ...जई बात दूसरी तरह से ईसुरवादी भी मानत हैं कि यह सिंसार करम पिरधान है, जो जैसे करम करता है ईसुर उसे वैसा ई फल देता है!!! ...जब कोई किसी के करमन का भागी ही नहीं, फिर उसका 'बेटा' मोच्छदाता कैसे हुआ रीऽ..?''

चन्दा ने तभी से यह बात अपनी गाँठ बाँध ली है। द्‌ददा द्वारा समय-समय पर उसके मन के ज़िरह-बख्तर में इस तरह के विचारों की जो छुरी-कटारियाँ खोंसी गयी थीं, अब तक वह उन्हीं से अपना बचाव करती आई है। रात में जेठ द्वारा पति को रामचन्द्र जी की तरह आज्ञा देते और उस आज्ञा को पति द्वारा लक्ष्मण-भरत भाइयों की तरह शिरोधार्य करते, उसे कार्यरूप में परिणित करने को तत्पर देखा है। चन्दा को तभी से अपने प्रिय द्‌ददा और उनके द्वारा कही वे बातें ही याद आ रही हैं। बड़ा भरोसा है उसे अपने द्‌ददा की बातों पर।

रास्ते में किसका घर पड़ा, किसने देखा और किसने टोका, चन्दा को इसका कुछ भान नहीं था। ...पेट में अपने होने का अहसास कराते नये मेहमान की चिन्ता उसे साल रही थी। वह हर कीमत पर उसे बचाना चाहती है। इससे क्या फर्क पड़ता है कि वह बेटा है या बेटी, वह हर स्थिति में उसकी अभिभावक है। वह उसकी हत्या नहीं होने देगी। वह उस हर शख्स से लड़ेगी, जो उसकी कोख में पल रहे अंश को ज़रा-सी भी क्षति पहुँचाने की चेष्टा करेगा...! यह चन्दा नहीं उसके मन का भरोसा बोल रहा था। उस भरोसे में बैठे बोल रहे थे उसके अपने द्‌ददा, जिन्होंने उसके साथ कभी कोई दुर्भाव नहीं किया। ...फिर भला वह अपनी औलाद के बीच दुभाँति कैसे होने दे?...

इस उधेड़बुन में उलझते-सुलझते जाने कब घर आ गया, चन्दा को पता ही

नहीं लगा। द्वार के सामने गली में लगे हैंडपम्प पर मोटर साइकिल धोकर पोंछ रहे पति ने जब हाथ में लड्डुओं की कटोरी लिये चली आ रही चन्दा को देखा, तो उसकी आँखों में एक अजीब तरह की चमक थी। वह प्रसन्न होकर बोला—"चलो अच्छा हुआ तुम आय गईं, तुम्हें टिराने अभिहाल लोहरी जिज्जी को हम पहुँचाय ई रहे थे? ...अम्मा तो जहाँ जाएँगी वहाँ मेल के ही रह जाती हैं—हमें अभई धौलपुर चलना है...?"

"नहीं...?"

पति ने जिस स्नेह, लगाव और दृढ़ता के साथ अपनी बात कही, चन्दा ने ठीक उसी प्रकार निर्विकार होकर अपना पक्ष रख दिया था। चन्दा की कत्थई बनारसी साड़ी के भीतर आत्मविश्वास और दृढ़ता परिपूर्ण गोरे मुख से प्रस्फुटित तेजोदीप्त आलोक ने, घूँघट से बाहर का सारा वातावरण अपने प्रभाव में ले लिया था।

दो घर दूर पाँच नुकरिया बेटों के होते हुए भी गाँव में अकेली और बेसहारा रह रहीं बूढ़ी राधा काकी, अपनी सूनी देहरी पर बैठीं-बैठीं गौरैयों को चुगा चुनाती एक पुराने गीत की कड़ी दोहरा रही थीं—

"घी बिन होम दही बिन टीका सो धीय बिनु धरम न होंय,
कि हाँ जू, धिय बिन धरम न होंय...!"

जूठ[1]

"सीमो! तू मेरा विश्वास कर, मैं तुझे कभी धोखा नहीं दूँगा। मेरा भरोसा रखियो....।"

पज्जवाल से चलते हुए उसने यही कहा था और सीमो भी उसे भरी आँख स्टेशन तक विदा करने आई थी। स्टेशन छोड़ने उसके साथ बापू और छोटा भाई आया था, लेकिन उनकी नज़र बचाकर सीमो भी प्लेटफार्म पर चली आई थी। बुक व्हीलर पर खड़े होकर मैगज़ीन पलटते हुए उसकी निगाहें देर तक, दूर तक उसे ही देखती रही थीं। तब भी जब वह अपने बापू के पैर छूकर डिब्बे में चढ़ा था, और तब भी जब वह सामान रखकर खिड़की से हाथ हिलाकर सबसे विदा ले रहा था।....फिर क्या हुआ सीमो को? मोबाइल पर बात करते हुए वह कुछ उखड़ी-उखड़ी-सी क्यों रहती है! उसके लहजे में यह बेगानापन क्यों? इनसान को दूरियाँ क्या इतना सर्द बना देती हैं कि वह अपने रिश्तों की गरमाहट ही भूल जाए? नहीं, ज़रूर कुछ बात है। ज़रूर मेरी सीमो के साथ कुछ हुआ है। उसका मन गवाही न देता। ज़रूर उसके रोने का कारण कोई दूसरा ही है। ऐसा तो तब होता है जब सामनेवाले का कोई अता-पता ही न चले। वर्षों हो जाएँ। मेरी तो उससे बात भी होती है। भले ही वो रोज़ न हो, पर होती तो है।

उसने उसे समझाया भी था—"नौ महीने की ही तो ट्रेनिंग है। बाद में सब कुछ ठीक हो जाएगा। मेजर ड्रिल और पी.टी. करवाते हुए इतना थका देता है, कि मैस में खाना खाने का भी मन नहीं करता। बिस्तर पर गिरा तो फिर होश नहीं रहता। सुबह फिर वही काम। ज़रा-सा डिसऑर्डर हुए कि लाद दिया पिटठू।...मैं क्या करता सीमो, मुझे मौका ही नहीं मिलता तुझसे बात करने का...; जब बात करना चाहूँ तब तू घर में अकेली नहीं होती। माँ-बापू, ताया, दादी और दुनिया भर के डर।....मैंने कई बार मखलू के नम्बर से भी बात करनी चाहीं, पर उससे तो तू शुरू से ही बात नहीं करना चाहती थी। वो बात करवाता; तब भी तू बात न करती।....सीमो!

---

1. जूठन (पंजाबी)

अब तू ही बता मैं क्या करता...।''

बिस्तर पर पड़े-पड़े उसे नींद नहीं आ रही थी। उस पर दिन में आज मेजर ने भी उसे उसकी इस बेखुदी पर कई बार कसा था-''तरन, तुम्हारी हालत बता रही है कि तुम्हारा दिलो-दिमाग ठीक नहीं है, ट्रेनिंग में इस तरह की लापरवाही अच्छी नहीं होती...अब की थोड़ी मेहनत ज़िन्दगी भर का आराम।'' ऊपर से साथ में ड्रिल कर रहे चम्बल के एक साथी रंगरूट ने उस पर अलग फ़िकरा कसा था-''भई जट्ट सरदार है! राँझे के देश का...ज़रूर वहाँ अपनी कोई हीर छोड़ आया है....तभी तो उसका मन यहाँ ट्रेनिंग में नहीं लगता... लैफ्ट कहो राइट मुड़ जाता है?'' वह ऊपरी तौर पर गुस्सा दिखाते हुए, मन-ही-मन मुस्करा कर रह गया था।

ट्रेनिंग का भी अब एक ही महीना बचा था। आठ महीने पहले देश के विभिन्न भागों से भर्ती होकर आए तरह-तरह की शक्लो-सूरत और बोली-बानियोंवाले लड़कों में से, कई अब उसके ज़िगरी दोस्त बन गये थे। फिर भी सीमो की शक्ल वह एक पल के लिए भी नहीं भूला था।

उसके लिए एक-एक दिन वर्ष और रात सदियों के समान गुज़र रही थी। जिस घर को उसने कभी दस दिन के लिए नहीं छोड़ा था। ननिहाल और दरबार साहिब अमृतसर के अलावा उसने कोई दूसरी जगह नहीं देखी थी। इस बार वह पहली पहल घर से हज़ारों किलोमीटर दूर समुद्र के किनारे बसे इस मुम्बई एयरपोर्ट पर सर्विस करने चला आया था। वह जानता था कि घर में और कोई उसकी चिन्ता करे न करे, पर माँ ज़रूर याद करती होगी। लेकिन ठीक उसे माँ यहाँ वैसे ही याद आती, जैसे घनघोर घटाओं के बीच कभी-कभार चमकनेवाली बिजली..., और सीमो...उसके लिए एक ऐसा ख़्वाब, जो उसकी आँखों पर दिन-रात चस्पाँ रहता है। एक ऐसा नशा, एक ऐसा खुमार जो नहीं उतरता।...

अब क्या हुआ सीमो को, उसका दिमाग हमेशा चक्कर-भँवरी पर रहता। फ़ोन लगाओ तो कभी उठता नहीं, उठ भी जाता है तो उसे अटेंड करने वाला सिर्फ रोने के; कोई जवाब नहीं देता। यह लड़की तो उसकी ज़िन्दगी बरबाद करके रख देगी! कभी उसे गुस्सा भी आ जाता...।

उसने जैसे-तैसे एक महीना और निकाला। जिस दिन सी.आई.एस.एफ. की ट्रेनिंग और कसम-परेड समाप्त हुई सबके साथ-साथ वह भी खुश था; इसलिए नहीं कि उसने अपनी सर्विस के विधिवत प्रारम्भ करने का एक चरण सफलतापूर्वक हासिल कर लिया है, बल्कि इसलिए कि अब एयरपोर्ट पर ड्यूटी चढ़ने से पहले वह भी अन्य रिक्रूटों के साथ कुछ दिन के लिए अपने घर जाएगा—वर्दी में। उसकी इच्छा है कि वर्दी में सबसे पहले उसे सीमो ही देखे; देखे कि उसका 'जुगनू' अब

कितना बड़ा आदमी बन गया है। जिन जहाजों को वह अपने गाँव के ऊपर से उड़ते हुए दूर तक देखती रहती है, उन जहाजों में अब उसका 'जुगनू' आता-जाता भी है। और तब यह पिछले दिसम्बर की बात है। मौसम की ठंडक से ही उसने महसूस कर लिया था कि 'कठुआ' के आसपास तो अभी भयंकर बर्फवारी हो रही होगी। दादर-अमृतसर एक्सप्रेस में बैठते हुए उसे इतनी उतावली हो रही थी, कि रेल कहीं प्लेन हो जाए और वह जितनी जल्दी हो सके अपनी सीमो के पास जा पहुँचे। उसके इतने करीब, इतने; कि जितने करीब अभी कोई और पहुँचा न हो। वह उसके पास जाकर कहना चाहता था—"देख सीमो, मैं आ गया न! फ़ोन पर तूँ फालतू में रोती थी। सबसे पहले मैं तेरे ही पास आया हूँ...तूँ मेरा विश्वास करती है न...?"

लेकिन जब वह उसके पास पहुँचा तो लगा कि वह उसकी सीमो नहीं, कोई और है। उसकी आँखों में कोई चमक न थी। उत्साह तो रंचमात्र भी नहीं। बर्फ़ जैसी सर्द खामोशी। झुकी नज़र। दाँत से अँगूठे का नाखून कुतरते; उदास, किन्तु ओंठों पर एक फीकी मुस्कान के साथ उसका उसने स्वागत किया था—"कब आए...?"

"आज, अभी तो आया; देखो मैंने वर्दी भी नहीं उतारी... माँ से झूठ बोल आया हूँ कि गुरुद्वारे मत्था टेकने जा रहा हूँ, तू कैसी है...?"

"चंगी हूँ..., और तुम कैसे हो...?" उसने नपे-तुले शब्दों में कुछ इस तरह जवाब दिया, जैसे कोई अपना पुराना अहसान चुकता करता है। उसे बड़ा गहरा धक्का लगा। कहाँ उसे वह दिल की सारी बातें बताने आया था कि जिन्हें सुनते वक़्त कम पड़ जाए और सुनानेवाला न थके। मुम्बई एयरपोर्ट/प्लेन/एयरहोस्टेस/पुलिस/कॉलगर्ल/गेट-वे-ऑफ इंडिया/समन्दर/पानी के जहाज/डबल डैकर बसें और न जाने कितनी-कितनी चीज़ों के बारे में, जिन्हें उसने अभी देखा कम अपने दोस्तों और साथी रिक्रूटों से अधिक जाना था। वह उन सारी चीज़ों के बारे में उसे ब्योरेवार बताना चाहता था। चाहा तो उसने यह भी था कि जाते ही वह अपनी सीमो को बाँहों में भरकर अपने सीने से लगा लेगा। आठ-दस माह की सारी दूरियों की खाई को वह एक ही क्षण में पाट देगा। उसकी आँखों में बसी तन्हाई को दूर कर, खुशियों की चमक भर देगा।...पर यह क्या, सीमो का यह रूप देख उसके भीतर की सारी खुशी अन्दर-ही-अन्दर घुटकर रह गयी थी। जिस अरमान से वह उसे जी भरकर प्यार देना चाहता था, वे हाथ उसे छूने से रह गये थे। अचानक उसे जाने क्यों महसूस हुआ कि यह उसकी अनधिकार चेष्टा होगी। जबकि ऐसा पहले कभी नहीं हुआ था। स्कूल में वह तो उसे न जाने किन-किन बहानों से छूने और बात करने की कोशिश करता था, जिसमें कभी वह टीचर की डाँट खाता तो कभी स्वयं 'सीमो' ही उसे झिड़क देती थी। पर आज न जाने क्यों उसे इस प्रक्रिया में परायापन महसूस हुआ था।

इस तरह बहुत देर हो गयी थी, कोई किसी से कुछ कह नहीं पाया। वह दोनों बाँहें बाँधे बीच रास्ते प्रश्नवाचक मुद्रा में कुछ इस तरह खड़ा था, जैसे पूछ रहा हो—'आखिर हुआ क्या है?' और वह भी गुरुद्वारे के बगल से गुजरनेवाली गली के उस एकान्त में पैर के अँगूठे से ज़मीन पर नब्बे अंश का काल्पनिक कोण बनाती/मिटाती, झुकी नज़र मुट्ठीबन्द अँगूठे के नाखून पर अपनी ठोड़ी टिकाए बुत बनी खड़ी थी।... कोई कुछ न कह पाता यदि वे कुछ देर यों ही और खड़े रहते सम्भवत: बिना बोले ही अपने-अपने घर लौट जाते कि तभी गुरुद्वारे के कँगूरे से एक कबूतर का जोड़ा उनके ऊपर से पंख फड़फड़ाता पास खड़े आम के पेड़ की टहनियों में जा छुपा था। उनके पीछे बाज था।...दो के बीच किसी अन्य की उपस्थिति के अहसास मात्र ने एकाएक उन्हें सचेत कर दिया था। पता नहीं उसमें जाने कहाँ से इतना साहस आ गया कि उसने लड़की का कन्धा पकड़कर हिला दिया था—"सौंह रब दी सीमो! सच बता तेरे साथ क्या हुआ है...?" और उसने खींचकर अपने सीने से लगा लिया था। जैसे कच्ची मिट्टी की दीवार ज़रा-सी बरसात में भरभरा कर गिर पड़ती है। जैसे नदी की बाढ़ में कमज़ोर बाँध फूटकर बह निकलता है। ठीक वैसे ही उसके गले लगाते सीमो, हिलकियाँ ले फूट-फूटकर रो पड़ी थी।

जब शान्त हुई और उसने जो बताया उसे सुनकर ऐसा लगा, जैसे उसके पैरों तले ज़मीन नहीं। सिर पर आसमान नहीं। आँखों में अन्धेरा और मन से एकाएक सोचने की शक्ति समाप्त हो गयी हो।... नास्तिक का भी अपना एक भरोसा होता है, उसका अपना 'आत्मबल'! पर वह नास्तिक नहीं!! माँ और गुरुओं से ज़्यादा जिस पर भरोसा किया, अपना विश्वास और आत्मबल माना; आज सीने से लगकर सिसकते हुए, उसी ने बताया कि वह उसका भरोसा बनाकर नहीं रख पाई है!!!

अचानक उसके भीतर कच्चे धागे की तरह कुछ चट-चटाक होकर टूटा और वह अपने को सँभाल नहीं पाया। लगा जैसे आँख ही नहीं सारा बदन यहाँ तक कि उसके सारे रोम-रोम में नश्तर जैसा कुछ चुभा है, उसकी पकड़ ढीली हो गयी। दोनों हाथों की उँगलियाँ मिलाकर सड़सी के आकार में अपना पगड़ी सहित सिर दबाता, पीछे और पीछे गुरुद्वारे की दीवाल से जा टिका था—"सीमो! लोग तो कुछ देर मुर्दे का भी इन्तज़ार करते हैं, मैं तो दाते दी मेहर ज़िन्दा था? कुछ दिन मेरा एतबार और कर लेती...मैंनू जाते वक़्त यक़ीन दिलाया था न कि तू मेरा भरोसा रखियो, फिर तेनू ऐसा की कराँऽ...क्यों की मेरे पे ऐसी बेएतबारी..?" कलेजा चाक सिसकियाँ और आँसुओं से चेहरा भिंगोता वह, अब तक अपने केश नोंचने की स्थिति में आ गया था। पर वह खामोश थी। एकदम पाषाणवत। लेकिन वह चुप नहीं रहा—"इससे अच्छा होता मैं वहीं किसी रोड एक्सीडेन्ट में मारा जाता, कम-से-कम मुझे तुम्हारा

ये रूप देखने को तो नहीं मिलता...ट्रेन पर चढ़ते मेरी आँखों में तुम्हारा वहीं आँसुओं भरा चेहरा छाया था, जिसे मैं इन नौ महीनों में एक पल के लिए भी नहीं भूला...मेरी हर रोज़, हर पल यही कोशिश रही कि कब मुझे इस ट्रेनिंग से छुट्टी मिले और कब मैं जल्द से जल्द पज्जवाल पहुँच अपनी सीमो का हँसता हुआ चेहरा देखूँऽ....पर तुमने तो मुझे लहू के आँसू रुला दिए, तुम्हें हँसाना तो दूर ज़िन्दगी में फिर कभी खुद पहले जैसा खुलकर मुस्करा भी नहीं पाऊँगा...मुझे अपने से ज़्यादा तेरे पर भरोसा था–सीमो...?"

"... ...!" वह अब भी ख़ामोश थी। पर वह तब भी शान्त नहीं हुआ। अपनी खाकी शर्ट की बाँहों से आँखें पोंछ ज़मीन पर बूटों की आवाज करता, तनकर खड़ा हो गया था। उसकी आँखों में इस बार दीनता नहीं क्रोध था। प्यार नहीं हिंसा थी। लगभग दाँत पर दाँत चढ़ा, नथुने फुलाकर शर्ट की बाँह सिकोड़ उठा था—"मैं उस कम्मी हीर के मामा को छोड़ूँगा नहींऽऽ?"

"...उसे मारने जाने से पहले एक बार मुझसे यह नहीं पूछोगे कि उसने मेरे साथ ऐसा क्यों किया, क्यों की मैंने तुम्हारे साथ ऐसी बेएतबारी...?" वह जब हमले की मुद्रा में उसके बगल से जाने को हुआ, तो लड़की ने सिर झुकाए हुए ही मजबूती से उसका हाथ पकड़ लिया था। उसका गुस्सा भी सातवें आसमान पर था—"वो तेरी जात का हैऽ इसलिए तू अब उसकी तरफ़दारी करेगी...?" अब वह पूरी तरह, अपने जट्ट सरदारोंवाले रौब में था।

"....।" उसने अस्वीकृति में हाथ पकड़े-पकड़े ही सिर हिला दिया था।

"तो क्याऽ तुझे उससे प्यार..?" मजबूती से उसने अपना हाथ छुड़ा उसकी कलाई पकड़ी और आँखों में आँख डालकर एक दूसरा ही प्रश्न जड़ दिया था।

"नहींऽ...!" इस बार उसने भी थोड़े प्रतिरोध के साथ अपनी कलाई छुड़ाकर, संक्षिप्त किन्तु मुखर उत्तर दिया था।

"फिर...?" उसने प्रश्न किया।

"...रिन्कू मुझे चाहता था और तुम्हारा दोस्त मखलू भी, पर मैंनू ना तो मखलू को अपना बेलिया बनाया ना ही रिन्कू को....पर ना जाने कैसे रिन्कू यह मान बैठा कि मखलू के बहकाने पर ही तुमने मुझे अपना यार बनाया है; यह सोचकर कि 'भगतों' की यह गोरी-चिट्टी कुड़ी, मुझे नहीं तो तेरे नाल ही फँस जाए...।"

"कुफ्र तौलता है स्सालाऽ...वाहे गुरु दी कसम सीमो! मैंने किसी मखलू के कहने पर तुझसे यारी नहीं की, यह मेरा रब्ब जानता है!!... मैं और मेरा परिवार दुनियादारी से ज़्यादा गुरजियों और दरबार साहिब पर यक़ीन रखता है, जिसके माने सारा जग एक नूर ते उपजा है; कोई बड़जात या कमजात नहीं!!! रिन्कू को भी मैं

अपने बराबर का यार मानता था, फिर... ?'' अपने गुस्से पर काबू पाते उसने एक गहरी साँस ली थी।

''तुम्हारे अकेले मानने से क्या होता है—जुगनू? उसे कोई भी अपने बराबर नहीं मानता, न जट्ट न बामण; स्कूल में भी उसे पीछे बैठना पड़ता और गुरुद्वारे में भी... संग्रांद और गुरुपर्व पर द्वारे के भाई का प्यार और परसाद तुम्हें ज़्यादा मिलता और उसे गालियाँ और डपट अधिक! ...तुमसे यारी करके भी वह एक पल को नहीं भूला कि वह कमजात है; कोई कुछ भी कहे, उसे तुम्हारे पीछे ही रहना है...पर यह बात एक लड़की या औरत के बारे में झूठ पड़ जाती है, उसे हर कोई अपने से नीच और पैराँ की जूती समझता है! मैं रिन्कू की जात की लड़की होने वास्ते, वह तुमसे पहले मुझ पर अपना ज़्यादा हक़ मानता था!! पर मैं नादान, उसकी यह चाल जान ना सकी और...।''

''वो मेरे साथ ऐसा नहीं कर सकता—सीमो! उसने मुझे भरोसा दिया था; तुम्हारी हिफ़ाज़त, तुमसे मिलाने और बात कराते रहने का...वो ऐसा कैसे कर सकता है... ?'' अविश्वास के मारे उसकी आँखें चौड़ी हो गयीं और माथे पर बल पड़ गया था। उसने स्मृति पर जोर डाला तो कुछ महीने पीछे चला गया, जब दो-तीन माह तक रिन्कू ने ट्रेनिंग के दौरान सीमों से उसकी बात अच्छी तरह करवाई थी। वह एक दो दिन में कोई-न-कोई मौका निकालकर, सीमो से उसकी बात करा ही देता था। तब रिन्कू की निष्ठा और सीमो की प्यार भरी बातें उसके दिन भर की ट्रेनिंग की सारी थकान हर लेती थीं, उसे अपनी दोस्ती और प्यार पर गर्व आता।

''रिन्कू शायद मेरे साथ ऐसा न करता और तुम्हारा भरोसा भी बनाये रखता, पर....।''

''पर क्या सीमो?...मुझे अभी भी विश्वास नहीं हो रहा कि रिन्कू तेरे नाल ऐसा कैसे कर सकता है, कहीं तुम मुझे... ?''

''ना...।'' एकाएक बात का रुख पलटता देख लड़की ने नज़र झुकाए हथेली के मौन इशारे से उसके उतावलेपन पर विराम लगाया, तो उसाँस भरते 'ना' में उसके ओंठ भी खुले रह गये थे। यद्यपि यह लड़की की ओर से न तो कोई सान्त्वना ही थी, ना ही कोई सफाई, किन्तु उसके चेहरे पर एकाएक अजीब सी शान्ति और आँखें में एक विचित्र से सुख की प्रतिछाया उभर आई थी। शायद यह उन क्षणों का सुख जब हमारे विश्वास को चारों ओर से ठेस लगे, मन हमें अपने ही चुनाव पर धिक्कार उठे और केवल घृणा के अतिरिक्त हमारे पास कुछ शेष न रहे।... तब ऐसे में लाख सी न सही लीक सी ही कोई भरोसे की डोर हमारे हाथ लग जाए और उसके सहारे हम उस अविश्वास, धिक्कार एवं घृणा का समुद्र तर जाएँ। उसे भी ऐसा ही लगा

था। उसने फिर एक बार भरोसे की डोर थामते हुए मन-ही-मन 'ना' में गर्दन झटकी और आगे का वाकया जानने के लिए लड़की के आगे फिर अपनी जिज्ञासा ज्ञापित कर दी थी—"क्या यारी ते जात इत्थी बड़ी है -सीमो? कि उसके फेर बिच लोग अपने यार नू ही...?"

लड़की अब तक शायद इसी इन्तज़ार में उसके सामने गर्दन झुकाये खड़ी थी। कन्धे पर सरक आए नीले सालू से दुबारा सिर ढँका और दूसरा छोर कन्धे के पीछे उछालते हुए, पहले अन्यमनस्क-सी फिर तड़पती-सी अपनी बात पर आ गयी थी—"नहींऽ...उसे उकसाया गया था, वरना वो मेरे नाल ऐसा नी करता...तुम्हारे जाने के बाद कुछ दिन तक तो उसने हमारी गल अच्छी तरह करवाई, साये की तरह मेरे पीछे-पीछे लगा रहा।... कई बार वह स्कूल में मेरे पीछे आए जट्टों-बामणों के लड़कों से मार भी खाई और मुझे उनकी बुरी नज़र से बचाया भी...पर वह अपनी ही बिरादरी के आगे हार गया—उसने कुछ ठहरकर एक ठंडी आह भरी—'मेरे घर से दो घर परे सीबो ताई का नशेड़ी मुंडा है न-करमजीत, वो तुम्हारे जाने के बाद दिल्ली अपने ताये के यहाँ से पढ़ाई छोड़कर घर लौट आया है।... एक दिन उसी माँ के यार ने रिन्कू को, तुमसे मेरी बात कराते वेख लिया था। करमजीत ने ही रिन्कू को भड़काया था—'सरदारों के छोरों के लिए, तूँ अपनी जात दी कुड़ी की भडुवागीरी करता है?—'गुस्से से उसके गुलाबी होंठ फड़क उठे और माथे पर पसीने की बूँदें छलछला आई थीं। सीने में धाड़-धाड़ बजते दिल की धड़कनों पर काबू पाते हुए, ज़रा-सा ठहर एक बार फिर उसने बात आगे बढ़ाई—करमजीत दिल्ली से बहुत-सी नयी-नयी बातें सीख आया है। गली के आवारा मुंडों को अपने चौबारे पर इकट्ठा करके समझाता फिरता है—हम जट्ट-बामणों से इतने मन्दे इसलिए हैं, क्योंकि हमारी औरतें और कुड़ियाँ फ़ाहशाएँ होती हैं! उन्हें हमने अपने काबू में नहीं रखा!! जब तक हम उन पर जोर आज़माइश नहीं करेंगे; उन्हें पर्दे में नहीं रखेंगे, तब तक हम सच्चे सिंह पुत्तर नहीं बन सकते!!! ...वह तो यहाँ तक कहता है—जब हमारे घर बच्चा हो तो उसका डी.एन.ए. टैस्ट कराना चाहिए, क्योंकि दोगली औलादें कदी इक पाले विच्च खड़े रहकर रण नहीं जित्ता करतीं!!! ... रिन्कू जबसे करमजीत की संगत में पड़ा, तब से मेरे तईं उसकी नज़र बदल गई थी।... धीरे-धीरे उसने मेरी तुमसे बात करवाना बन्द कर दिया... और इस तरह तुम्हारा जब कभी आनेवाला फ़ोन भी मेरे लिए पूरी तरह बन्द हो गया था!"

"मैंने जान-बूझकर तुम्हें फ़ोन करना कम नहीं किया था—सीमो! तुम नहीं जानती मैं वहाँ कितना थक जाता था।...यहाँ बापू और माँ ने कभी इतनी मेहनत नहीं करने दी, सदा ही लाड़ लड़ाया और उत्थे... ट्रेनिंग में कर्नल मेहनत के आगे धूप-

छाँव कुछ भी नहीं देखने देता था। लाइन में एक सूखे रुक्ख की जड़ उठवाते तो मेरा दायाँ पैर ही बुरी तरह ज़ख्मी हो गया था और मैं कई दिनों तक बेहोशी की हालत में कम्पनी हॉस्पीटल में एडमिट रहा था, फिर मैं तुमसे कैसे बात करता?'' उसके 'जब-कभी' वाक्य पर अचानक वह तड़फ़ उठा और उसकी आँखें छलछला आईं, बोलते हुए उसका गला भर्रा गया।...

पहले जहाँ बात-बात पर रूठना मनाना होता। रास्ते में चलते हुए किसी एक को लगी ज़रा-सी ठेस पर दूसरे का मन धक करके रह जाता था। कोई कुछ कह दे, तो मन उसे फाड़ खाने को उतावला हो उठता।... पर आज जैसे सब कुछ ठहर-सा गया था। सामने जो कहा जा रहा था, वो ऐसा लग रहा था जैसे यह सब तो कानों ने पहले ही से सुन रखा है और अब जिसकी आवृत्ति होना शेष है। लड़की ने गर्दन उठाकर यन्त्रवत् एक सूनी निगाह उसके चेहरे पर डाली, फिर आँख पर आकर ठहर गयी अपनी घुँघराली स्याह लट ठीक की और पुनश्च: अपनी गर्दन झुका ली थी—''करमवीर की बातों पर मैंनू कभी यक़ीन न रहा लेकिन रिन्कू पर मुझे भरोसा था, वो भी तुम्हारी बज़ह से ...पर मैं नादान न जाण सकी कि यह करमजित्ते का सीख-सिखाया है या तुम्हारी ओर से मिल रही सच्चाइयों का निसाण... मुझसे कहता—'सीमो! तरनजीत हवाई अड्डे पर नौकर हो गया है! वो तुझसे मन नहीं मानता!!!... अब वो तुझसे नहीं; तेरे ते ज़्यादा पढ़ी-लिखी, पैसेवालियाँ जात-बिरादर कुड़ी से ही अपना ब्याह करेगा!!! हम कम्मियों के दिल से खेलणा तो इनका पुराणा शौख है?''

''...और तूने उस सौऽदाई की बात को मान लिया...अरेऽ! माथाफिरी, कुछ दिन मेरा और इन्तज़ार कर लेती; उस कनकुतरे की बात को तूने सच्च कैसे मान लिया? ...जो मैंने किया ही नहीं, उसकी सजा दी है तुम लोगों ने मुझे; मैं कैसे इस धोखे से अपना मन रखूँगा?'' उसका गला रुँध गया और हथेली की गदियों से आँखें मींजने के चलते कोएँ और डोरे ही नहीं, दर्द के मारे आँसुओं से पुता सारा चेहरा ही सुर्ख़ हो गया था। जिसे पता नहीं लड़की ने क्यों एक बार भी देखने की ज़हमत नहीं उठाई। हथेली को बालिस्त की शक्ल में दाईं कनपटी से लगाकर गर्दन झुकाए, लगातार ज़मीन घूरती खड़ी रही थी।

.... फिर कुछ देर की चुप्पी के बाद एकाएक गर्दन को दूसरी ओर कर शून्य में एक लम्बी निगाह भरते हुए, लड़की ने उसाँस ली थी—''दगा तो मेरे नाल हुआ है—'तरन' और ख़तावार मुझे ही ठहरा दिया?'' इस बार लड़की को उसकी 'तुम लोगों' वाली बात खटक गयी थी और वह भी एकाएक अपने कहे पर शर्मिन्दा था। कल तक 'अपना-अपना' अचानक 'हमारा-तुम्हारा' कैसे हो गया। लड़की ने क्या कहा उसे पता नहीं, किन्तु इस बार उसकी अपने कहे पर मारे शर्म के गर्दन झुक गयी

थी। लेकिन अब तक अपराधी की तरह खड़ी लड़की इस बार मौन न रह सकी। गले में पड़े दुपट्टे का एक कोना उँगली में लपेट तिरछा कर दाँत से दबाए हुए, उसके कुछ और करीब आ गयी थी—"जुगनू! माना मैं रिन्कू के कहे उसके नाल हो ली, पर मैंने कदी आशा का दामण नी छड्डा!! एक कुड़ी होने का खतरा और उस पर कमजात होने का खौफ़ तुम कभी महसूस नहीं कर सकते—तरन?.... हमें एक ओर गुरबत की मार मिलती है, तो दूसरी ओर इश्क और यक़ीनी के नाम पर फ़रेब और मक्र ...एक पल हम सोचते हैं कि यह सच है, तो दूसरे पल वह; हमारे भरोसे की कश्ती हमेशा सुराखोंवाली ही क्यों रही...?"

"पर यह सुराख मैंनू तो नी कीत्ता; ना ही रब्ब से कहकर मैं जट्टों के घर पैद्दा हुआ, फिर यह सज़ा मुझे क्यों?" जवाब देने की बजाय दोनों ही एक दूसरे के आगे सवाल छोड़कर मौन हो गये थे और ना ही फिलहाल इन प्रश्नों के जवाब दोनों में से किसी एक के पास थे। लग रहा था जैसे नेह के सारे बन्ध टूट चुके हैं। अस्था की कोई डोर साबुत नहीं बची है। घृणा की नदी के पाट फिर चौड़े हो गये हैं। संगम पर मिलने से पूर्व ही दो सहगामी नदियों ने अपने रास्ते बदल, विपरीत दिशाओं के लिए प्रयाण आरम्भ कर दिया है। ठीक उसी समय बहुत देर न जाने क्या सोचने के बाद, उसने लड़की से धीरे से पूछ ही लिया—"यह सब हुआ कैसे..?" बात कुछ इस तरह से पूछी गयी थी कि सामनेवाले के मन पर कोई आघात न पड़े और पूछनेवाले को भी बेअदबी की निगाह से न देखा जाए। जवाब देनेवाला भी इतना बेशऊर नहीं था कि सामनेवाले की सदाशयता को नकार कर, अपने अहं को उभारता।... एक अविश्वास की चोट से तिलमिलाया हुआ था, तो दूसरा छल हो जाने की हीनग्रन्थि से भयभीत। सम्बन्धों का तार तोड़ने में दोनों ही असमर्थ।...

"...उस दिन अमावस थी। माँ बुआ के घर रावी पार माधौपुर गयी हुई थी। बापू साँझ से ही ढोर-डंगरों की खैर-सुख मनाने बाबा सिद्ध चानो[2] की साल[3] में आरती-अरदास करता, मुहल्लेवालों के साथ, रिन्कू की चौपाल पर बैठा हुआ था।... नशे में धुत बसोली वाला सोहण मामा द्वार पर सोया हुआ था और मैं आँगन में। ...बिन चाँनण सूनी स्याह रात में नव लख्ख तारे निहारती तुम्हारा फ़ोन न आने पर बहुत उदास थी। वाहे गुरु झूठ न बुलवाए, मुझे जितना भरोसा तुम पर था उतना ही रिन्कू पर; लेकिन मैं यह नहीं जानती थी कि फुड़की पैणे करमजीत की बातों में आकर ऐ अपने को इत्ता गिरा लेगा...।" लड़की ने मन से उमड़े घृणा के ज्वार को

2. कृष्ण का समकालीन पंजाब की भगत (चमार) जाति का एक योद्धा और पशुओं का देव, जिसे अट्ठारह दिन मल्लयुद्ध के उपरान्त कृष्ण छल से ही परास्त कर पाए थे।

3. वर्षा ऋतु में पशुओं के मुँह-खुर की बीमारी से रक्षा के निमित्त होनेवाली एक रस्म।

क्रोध के साथ प्रकट करते बीच में एक लम्बी उसाँस ली और फिर आगे बढ़ गयी थी—''द्वार पर धीरे से दो बार कुंडी खटकी। मैंने सोचा मामे को प्यास लगी है और वही पाणी के लिए... पर जब दरवाजा खोला तो सामने रिन्कू था। एक हाथ में लाठी और दूसरे हाथ में कटोरदान लिये। मैंने पूछा—'तूँ, इत्ती रात गये?' उसने कहा—'हाँ, तेरे बापू ने भेजा है मीठा रोट और चूरमा देकर, वो रात के तीसरे पहर माल-डंगरों की भारी[4] उतारने के बाद सुबह तक ही आ पाएगा...।' और उसने बढ़कर कटोरदान मेरे हाथ में पकड़ा दिया था—'ले खा ले...।' मैं निगोड़ी सब्र न कर सकी। मिठियाँ रोटियाँ और चूरमा निकालकर खुशी-खुशी ज़मीन पर पैर हिलाती खा उठी सकी। वह कटोरदान अपनी मंजी (खाट) पर ले जाकर खोला और उसमें से वह थी। रिन्कू तब तक सामने पड़ी दूसरी टूट्टी मंजी पर आ बैठा था। कुछ देर बाद जब मैंने उससे कहा—'जात्ता क्यूँ नहीं?' उसने उठकर अन्दर से कुंडी चढ़ा दी और मेरी ओर पलटकर बोला—'नहींऽ ...ताये ने कहा है सीमो घर पर अकेली है, तू वहीं रुक जाना...।' मैंने कहा—'सुच्ची?' मन में एक आशा थी कि तुम्हारा फ़ोन मेरे पास न सही रिन्कू के पास ज़रूर आता होगा और उससे आज जी भरकर तुम्हारे बारे में बात करूँगी। ...पर यह क्या? उसने मेरे देखते-देखते दरवज्जे की कुंडी भीतर से चढ़ा दी और आगे बढ़कर ताखे में रखा दीवा भी बुझा दिया था।

मैंनू खाट से उठकर उसे हटखणा चाहा, पर अपने पैराँ पर ख़ड़ी न रह सकी। सिर में ऐसी घुमेर उठी और लगा कि जैसे सारा आंगण ही उप्पर-निच्चे हो रहा है। हाथ से चूरमा भरा कटोरदान छूट गया और पैराँ की ठोकर से ज़मीन पर पानी भरा छन्ना। अगले बखत मैं कटे रुक्ख-सी खाट पर थी, फिर मैंनू पता नी की होया—काफिर चूरमें में पहले से ही बेहोशी की दवा मिला लाया था। ....बहुत देर गये जब होश आया तो दर्द के मारे मेरा हाल-बेहाल था। लगा किसी ने कमर से नीचे अन्दर ही अन्दर पैनी किरच चला दी हो, जिसके दर्द से मुझे अब ज़िन्दगी भर छुटकारा नहीं मिलेगा? मैं चाहकर भी खाट से उट्ठ नी पा रही थी। आँख खुलीं पर जुबान से कोई हरफ़ नहीं फूट रहा था। लगता जैसे किसी बेकाबू साँड़ ने अपनी ठोकराँ से सारे बदन का भुरकुश निकाल दिया हो और मैं नाल से तोड़-मरोड़ कर फेंक दिए कमल फुल्लाँ-सी मुरझाई, खाट पर अलग पड़ी थी।

सामने रिन्कू पायजामे का नाड़ा कसता पीठ फेरकर खड़ा था। उसने जैसे ही मेरी कराहट सुनी तो वह मेरी ओर मुखातिब हुआ, उस दिन उसकी आँखों में एक अजीब बहशीपना था—'तू मेरी जात दी कुड़ी है न, और इस वास्ते तुझ पर पहला

---

4. साल के अन्तिम दिन अर्धरात्रि को ढोर-डंगरों के ऊपर से रोग बाधा हटाने का टोटका।

हक मेरा ही बनता है? अब तूँ अज़ाद है किसी जट्ट-बामण से यारी करने वास्ते...।" लड़की ने रुककर एक गहरी उसाँस ली।

"बापू से नहीं कहा?" लड़के ने कुछ पिघलते स्वर में कहा।

"माँ से कहा था। छूटते ही बोली—चुप रह मरजाणीऽ वो तुझसे यारी मानता है, हो गयी होगी कोई भूल-ग़लती। ...अपनी जात दा पुत्तर है, बापू से कहकर उससे तेरी कुड़माई करवा देंगे...!"

"जात! जात!! जात!!! यह जात क्या बला है सीमोऽ? जिसके आगे सारे गुनाह माफ हो जाते हैं, इंसानियत भी अपना सर झुका लेती है और प्यार-प्रीत दे नाते भी मन्दे पड़ जाते हैं; क्या इसका रंग हमारे लहू से भी गाढ़ा है—सीमोऽ?" वह एकदम फिर फूट पड़ा था।

अब पता नहीं वह स्वयं उत्पीड़ित होने के बाद भी सदियों से अपराधी ठहराई जाती रही स्त्री मन की आत्मग्लानि थी, या सामने खड़े प्रिय द्वारा अपना लेने या ठुकरा दिए जाने के बीच का भय कि लड़की एकदम मूर्तिवत् हो गयी थी। इधर आवेश में आकर जाति के विरोध में कहने को तो वह भी बहुत कुछ कह गया, किन्तु उसके भी अपने कुछ संस्कार थे। मन में कुछ अनसुलझी गुत्थियाँ थीं, जिनकी गाँठ उसने स्वयं नहीं लगाई थी किन्तु वह उनसे बन्धनमुक्त भी नहीं हो पाया था। जिनके अनुसार बलात्कृत हुई लड़की उस जूठ भरे पत्तल के समान है, जो फिर किसी के खाने योग्य नहीं रहती; उसे कुत्ते, कौवे और चूहड़े ही खाते हैं।

यह विचार आते ही प्यार किस चिड़िया का नाम होता है, दिल क्यों वश में नहीं रहता है? साँसें क्यों रुक जाती हैं? जुबाँ पर किसी का नाम आते ही क्यों मुँह में शहद-सा घुल जाता है? क्यों हज़ारों कोस दूर होने पर भी किसी के आसपास होने का अहसास बना रहता है। उसका मन एक अजीब सी घृणा और लिजलिजाहट से भर गया था। मन हुआ कि वह वहाँ एक पल भी खड़ा न रहे, लौट जाए अपने घर...। वह मुड़ा और आगे बढ़ा किन्तु पैर ठिठक गये। लगा सीमो ने कुछ कहा है—'तरन! तुम भी मुझे इनसान नहीं अपनी मिल्कियत समझे, जो अब लुट चुकी है... बराबर दा यार-बेली नहीं बासण भर खीर माना, जो अब किसी का जूठ है... तो जुगनू! हम वह दोनों ही नहीं थे!! जाओऽ... तुम भी जाओ-जी लेंगे हम तुम्हारे बिना!!!' वह घबड़ा गया।... पीछे मुड़कर देखा तो लड़की अब भी सिर झुकाए चुपचाप खड़ी थी। उसे आश्चर्य हुआ क्रिया की प्रतिक्रिया देखकर, जो सब जगह थी और कहीं नहीं...! उसे तुरन्त अपनी भूल का अहसास कि वह यह क्या सोच बैठा अपनी सीमो के बारे में!!--रब्ब उसे मुआफ करे!!!'

प्रायश्चित में आँख बन्द कर आह! भरते हाथ जब तक कानों तक पहुँच पाते

कि उनमें उससे पहले सीमो के यह कातर वाक्य स्पष्ट रूप से गूँज उठे थे—"जुगनू! मैं तो मुहब्बत के झनाँ[5] में विश्वास का पक्का घड़ा लेकर ही उतरी थी, पर कमबख़्त कच्चा निकल गया!! जो मुझे मेरे माहीं से मिलाने के पहले ही बह फूटा और अपने साथ-साथ मुझे भी ले डूबा... इसमें मेरा कोई कुसूर नहीं!!!" लड़की की आवाज में गहरी पीड़ा और कसमसाती मनुहार थी कि वह अन्दर तक पिघल गया, किन्तु संकोच की दीवार मजबूती के साथ अब भी सामने खड़ी थी। ... कौन पहल करे इस अनिर्णय की स्थिति में बहुत देर हो गयी—खड़े-खड़े। ...तभी उन्होंने देखा कि बाज के न रहते आम की डालियों पर देर से अलग-अलग बैठा वह कबूतर का जोड़ा; फिर से एक होकर उड़ता, गुरुद्वारे के कंगूरे पर जा बैठा है...।

---

5. पंजाब की प्रसिद्ध प्रेमगाथा 'सोहनी'-महिवाल' में वर्णित एक नदी (चिनाव), जिसे घड़े के सहारे तैरकर पार करती सोहनी आधीरात को अपने प्रेमी महिवाल से मिलने जाया करती थी। एक दिन सास के कहने पर सोहनी की ननद ने विश्वासघात में पक्के घड़े की जगह कच्चा घड़ा रख दिया और जब वह उसे लेकर नदी पार हुई, तो उसमें डूब मरी थी।

हम पे घड़ा मिसुर कौ कहिए तुम पे घट मेहतर कौ...?

बात को ऐसे पर लगे, देखते-सुनते तीनों थोक में फैल गयी। सातौजात के जनी-मद्द में सनाका खिंच गया कि—''हरदेव पुरहेत की बहू और चप्पा मेहतर के घर सें बहनें-बहनें हैं!!!''

उधर जग्गा पर बोये माता के जवारों में झाँकी और भजन-अचरियों के बाद, हुलासी भगत, देवी जागरण में रानी तारामती की कथा कह रहे थे—''सारी अयोध्या नगरी में शोर मच गया, महारानी तारामती और रुक्मिण भंगिन बहनें-बहनें!!!''

''कैसे?'' गाँव में हर एक की ज़ुबान पर एक ही सवाल था।

''कैसे?'' पुजारी के कथा प्रारम्भ करते ही जिज्ञासु भक्तों की जिह्वा पर भी यही प्रश्न नाच उठा था।

रात के कोई तीन-साढ़े तीन बज रहे होंगे। अन्धेरी रात में गाँव जब अपने सम्पूर्ण आलस्य और दारिद्र्य के साथ, तारों की छाँव में सो रहे होते हैं। इक्का-दुक्का कुत्तों के भौंकने/गधे के रेंकने या गाँव सीवान पर किसी लिड़हिया-लोखरा के रोने के अलावा अकसर मौन ही पसरा रहता है।...लेकिन नुन्हाटा गाँव में उस रात न किसी की आँख में नींद थी, न ही कोई मौन...। गाँव के छोर पर 'चप्पे' मेहतर की मड़ैया जलकर राख हो चुकी थी। गाँव से कमल पार्टी के विधायक रहे सुरेन्द्र सिंह कुशवाह के चाचा, सबलसिंह उर्फ सबले पंजा पार्टी के भक्त हरदेव पुरोहित के ख़िलाफ रिपोर्ट लिखाने रातो ही रात 'चप्पे' को लेकर ऊमरी थाने निकल गये थे। नींद से जागे गाँव के सारे थोक-पड़ोस में चर्चा का बाज़ार गर्म था।

अथाई पर कुछ लोग राधे धानुक को घेरकर बैठे थे। राधे शहर में विधायक के सँझले चाचा श्यामौतार के ट्रक पर कई सालों से बतौर क्लीनर, चप्पे के साथ बाहर रहा है। भीतर की जो बात राधे जानता है, वह शायद ही किसी और को पता हो।...राधे गाँव बाहर रमतला के किनारे पीपल के नीचे अथाई पर गाँववालों से घिरा कुछ इस तरह बैठा था—जैसे भोले बालकों के बीच किस्सागो बूढ़ी नानी-दादी। राधे ने जैसे ही सबके सामने यह राज़ उजागर किया कि —'हरदेव पुरहेत की बहू

और चप्पे मेहतर के घर से बहनें-बहनें हैं?' सुनकर सब सन्न रह गये थे। एक बार को तो ऐसा लगा जैसे राधे की बात सुनकर पास की झाड़ियों से आती झिंगुरियों की झंकार, पीपल की बयार, रमतला की हिलोरें और लोगों की उठती-गिरती साँसें, सब ठहरकर उस चर्चा में शामिल हो गयी हैं। अथाई पर सुई डाला मौन और सबके मुख पर एक ही प्रश्न—"सो कैसे?"

राधे ने सँड़सी की तरह दोनों हाथ की अँगुलियाँ गर्दन के पीछे ले जाकर शरीर को थोड़ा तनाव दे जम्हाई ली और फिर अपनी बात पर आ गया था-"अब जेल करो चाहें फाँसी, मालिक बात कहेंगे साँची। ...चप्पे के घर से और हरदेव पुरोहित की बहू; दोऊ हैं तो बहनें ही बहनें... और वे हू कोल्हाटी?"

"यह कोलाटी को होत हैं?" रमंथे दाऊ ने राँगों की दाद खुजाते हुए, धोती से हाथ निकालकर पूछ ही धरा।

"बेड़िनीं...मारास्ट में नाचवे-गाइवे को पेशा करनेवालीं जनीं, कोल्हाटी कहीं जाती हैं...।"

नागी और शान्ता दोनों सगी बहनें। नागी बड़ी और शान्ता छोटी। दोनों ही जन्म से भली-मान्सिन... लावणी लोक नृत्य की आड़ में कोल्हाटियों के बीच सदियों से प्रचलित देह व्यापार और ज़मींदार-ताल्लुकेदारों से अपना चीरा (नथ) उतरवाने के सख़्त खिलाफ।... पर पानी में रहकर मगर से कभी कोई बैर विसा पाया है? अर्थात नहीं। नागी और शान्ता की हट से अतियाकर एक रात पीढ़ी-दर-पीढ़ी बहन-बेटियों की कमाई खाकर निकम्मे एवं आलसी हुए उनके बाप-भाइयों ने, गाँव से उखड़कर मेला-माँदलों की ओर रुख किया। जहाँ से बंजारों की भाँति शुरू हुई, नागी और शान्ता की बस्ती-दर-बस्ती, डेरा-दर-डेरा उखड़ने-बसने की एक अन्तहीन यात्रा।

भगत खाँसकर आगे बढ़ा—"इन्द्र महाराज की दो अप्सरा, मैनका और रेणुका। दोनों बहनें नृत्य में प्रवीण। ...एक दिन इन्द्र महाराज का दरबार लगा। स्वर्गलोक के सारे ऋषि-मुनि और देवता जुड़े, सोमपान और अप्सराओं का नृत्य देखने..। पर उस दिन बुलवाने पर भी इन्द्र महाराज की वे दोनों अप्सराएँ, रेणुका और मैनका नृत्य करने वहाँ न पहुँचीं। उनके घर अन्तिम साँसें गिनते बूढ़े बीमार मैया-बाप को बछियाँ लग रही थीं। ...पर गरीब का दुख महल में रहनेवाले राजा और वन-बीहड़ में बसनेवाले ऋषि-मुनि क्या जानें? उस दिन स्वर्ग के सिंहासन पर विराजमान लोमस ऋषि ने, उन्हें तुरन्त श्राप दे दिया—'हम ऋषियों की आज्ञा उल्लंघन करनेवाली इन उदंड अप्सराओं का स्वर्ग में कोई स्थान नहींऽ! इन्हें यह लोक छोड़कर अनन्तकाल के लिए मृत्युलोक में जाना होगाऽ...।'

स्वर्ग से निष्कासित वे दोनों अप्सराएँ, पृथ्वी पर सर्वप्रथम एक ब्राह्मण के घर

जन्म लेती हैं, नाम पड़ता है : छगन-मगन।

एक बार दोनों बहनों ने एकादशी का व्रत रखा और मिलकर बाग से पूजा के लिए फूल चुनने गयीं। लौटते समय मार्ग में चांडालों के घर पकते हिरण के माँस की गन्ध पाकर, छोटी मगन का मन विचलित हो गया। मगन चांडालिनी से माँगकर आप ही माँस नहीं चखती, अपितु बड़ी बहन छगन के लिए भी ले आती। माँस देखकर कुपित छगन ने पिता से जाकर शिकायत कर दी। क्रोधित ब्राह्मण पिता ने, मगन को तुरन्त श्राप दे डाला—'जाऽ पापिष्ठा! सूर्य देवता का व्रत खंडित करने के कारण, अगले जन्म तूँ अन्धकार में भ्रमण करनेवाली-कीट-कृमिभक्षी सरीसृप (छिपकली) बने!! तुझे कभी प्रकाश प्राप्त न होऽ!!!'

मगन देह त्यागकर सरीसृप हुई।... एक बार सप्तऋषियों ने मिलकर बहुत बड़ा यज्ञ किया। भूलोक के समस्त ऋषि-मुनि और ब्राह्मण उसमें एकत्रित हुए। यज्ञ-धूम और वेद मन्त्रोच्चार से सारा आश्रम पवित्र बना हुआ था। पूर्णाहुति के दिन सप्तऋषियों ने उनके लिए भोज की व्यवस्था की। ...नाना प्रकार के व्यंजन-भोग, मालपुआ और नुक्ती (बूँदी) के साथ, प्रसाद में खीर की भी व्यवस्था थी। दैवयोग से जिस स्थान पर खीर का कढ़ाह चढ़ा हुआ था, उसी ओर एक काला भुजंग विषधर मेंढकिया का पीछा करता, चला आ रहा था। संयोग उसी कड़ाह के ऊपर छत की धरनियों में छिपकली बनी शापित 'मगन', चिपकी हुई थी! मगन ने देखा कि मेंढकी तो कढ़ाह छलांगकर उस पार हो गयी है, किन्तु रेंगकर चलनेवाला सर्प उस खीर भरे गर्म कढ़ाह में जा गिरा है।

...खीर भरे कढ़ाह में किसी अज्ञात विषधर के गिर जाने से अनभिज्ञ वे ऋषि, अतिथियों को भोजन परसने की तैयारी करने लगे। आश्रम के बाहर तने चँदोवाओं तले पालथी मारकर बैठे ऋषि-मुनियों के आगे पत्तलें गिरने लगीं। भंडारे से निकलकर नाना प्रकार के पुड़ी-पकवान और व्यंजन परोसने के लिए पंगत की ओर जाने लगे। अन्त में जब खीर की बारी आई और शिष्य जैसे ही कढ़ाह से खीर निकालने चले; ठीक वैसे ही सबके देखते वह छिपकली रूपी मगन, कड़ाह में गिरकर अपने प्राण होम देती है। सर्प के गिरने से विषाक्त हुई खीर को देखकर मगन का कर्तव्यबोध जाग गया था। उसे विषमय खीर खाकर ऋषि-मुनियों के अकाल मृत्युमुख में जाने से श्रेष्ठ अपना जीउ बारना लगा।

सत्यानाश!!! सप्तऋषियों के आश्रम में चारों ओर त्राहि त्राहि मच गयी। सत्य तथ्य से अनजान क्रोधित ऋषियों-ब्राह्मणों ने मिलकर, एक बार फिर मगन को श्राप दे डाला—''हमारा पकवान भ्रष्ट करनेवाली ओ! अधम सरीसृप! अगले जन्म तुझे 'चांडाल' योनि प्राप्त हो? ...तुझसे सब घृणा करें!! तू सबकी असम्मानीय रहे!!!''

आश्रम के शिष्य और अन्य यज्ञ कार्यकर्ता मन-ही-मन और प्रकटतः मगन

को गाली देते खीर भरा कढ़ाह ले जाकर जब घूरे पर ओंधाते हैं, तो वहाँ उपस्थित एक शिष्य की एकाएक चीख छूट पड़ी थी—सर्प! सर्प!! सर्प!!! सब स्तब्ध रह गये। पवित्र आत्मा छिपकली के कढ़ाह में गिरकर आत्मबलिदान का सत्य तथ्य, अब सबकी समझ में आ गया था। घोर पश्चाताप।... किन्तु धनुष प्रत्यंचा से छूटा तीर और ऋषिमुख से निकला श्राप फिर प्रत्यागत नहीं होता। परन्तु निर्दोष को दंड न मिले और दोषी सज़ा पावे, इसलिए उन्होंने श्राप में संशोधन किया—"हम ऋषियों और ब्राह्मणों के लिए अपने प्राणाहूत करनेवाली है पवित्रात्मा सरीसृप! ऋषि श्रापवश तुझे चांडाल तो बनना ही पड़ेगा; किन्तु तेरा जन्म एक न्यायप्रिय राजा के घर होगा और 'देवी जागरण' करके तू अपने इस श्राप और पूर्व जन्म के पातकों से अवश्य मुक्ति पाएगी...।"

ऋषियों के वरदानस्वरूप अन्त में छगन-मगन एक न्यायप्रिय धर्मात्मा राजा के घर जन्म लेती हैं। नाम पड़ा—तारा-रुक्मिण। नि:सन्तान राजा पुत्र के स्थान पर पुत्रियाँ पाकर भी अति प्रसन्न था। द्वार पर खूब नौबत-नगाड़े बजे, दान-दक्षिणा हुई और लगे हाथ ज्योतिषी बुलवाकर उसने कन्याओं की जन्म कुंडली और भविष्य पुछवा लिया।... दरबार में पत्रा खोलकर घड़ी-नक्षत्र और चौघड़ियों का मिलान करते प्रधान ज्योतिष ने राजा को बताया—"राजन्! आपकी ज्येष्ठ कन्या बड़े ही श्रेष्ठ और शुभ मुहूर्त में पैदा हुई है, उसके जन्म के नक्षत्र कहते हैं कि वह किसी चक्रवर्ती सम्राट की राजपट्टभि बनेगी..., किन्तु...।"

"...किन्तु क्या राज ज्योतिष, हमारी छोटी कन्या का भविष्य कैसा है? आप मौन क्यों साध गये आचार्य...!" राजा को एकाएक हज़ारों-हज़ार आशंकाओं के काले सर्पों ने घेर लिया था।

-"महाराज! सत्य कहते हमारी जिह्वा काँपती है; पर सत्य तो सत्य होता है न-राजन्...!" पुरोहित कुछ घिघियाता-सा बोला।

"कैसा सत्य आचार्य...?"

"आपकी छोटी कन्या बड़े ही अशुभ नक्षत्र में पैदा हुई हैं, उनका पाणिग्रहण संस्कार क्षुद्र चांडाल से विदित होता है...।"

"! !! !!!" सारे दरबार से लेकर रनिवास में हाहाकार मच गया। एक राजकन्या के विवाह का योग, क्षुद्र चांडाल से? असम्भव। न रहे बाँस न बजे बाँसुरी। राजा ने तुरन्त निर्णय लिया और सद्दी-मुत्सद्दियों को बुलाकर आज्ञा दी कि कुघड़ी में पैदा हमारी इस कन्या को बहुत सारे माल-असबाव के साथ, सोने के कटहरे (कटघरे) में लिटाकर नदी की तेज़ धारा में प्रवाहित कर आओ—न कभी देखेंगे, न भूँकेंगे...।

...चप्पे को जब कभी भाड़ा नहीं मिलता या ट्रांसपोर्ट पर लम्बी कतार लगी

होती, तो राधे को ट्रक पर छोड़कर पास के ही हाट-बाज़ार या मेले-ठेले में घूमने निकल जाता था। नागी से उसकी मुलाकात अम्बाजोगाई के एक जलसे में, ऐसे ही एकबार लावनी (लावणी) देखते हुई थी। नागी और शान्ता उसे बड़ी भलीमासिन लगीं। साथ ही उसे यह भी लगा था कि मंच पर नाचती नागी और शान्ता, बाज़ारू नचनियों जैसी फूहड़ और कुभर बकनेवाली नहीं हैं...। 'लावणी' करते वे दोनों बहनें उसे ऐसी लगतीं, मानो वे नाच नहीं नाचकर पिछले जनम का कोई क़र्ज़ उतार रही हों?

अन्य कोल्हाटियों की भाँति नागी और शान्ता में दर्शकों को रिझानेवाले लटके-झटके न होने पर भी चप्पे को न जाने क्या हुआ कि वह जब भी ट्रक लेकर उधर से गुजरता, तो उन्हें या उनका नाच देखने उनके डेरे पर ज़रूर जाता; जबकि उनका कोई एक ठौर-ठिकाना नहीं था। जलसे में चप्पे सबसे अगरी कुर्सी पर बैठता और पैसे भी खूब देता, किन्तु उसने न कभी उनसे किसी गाने की फ़रमाइश की और न ही औरों की भाँति नाचती/रूपैया लेने आती 'नागी' के साथ, कोई बेजा हरक्कत...।

उसके मन की यह लगी-बगी कोई दो साल तक चलती रही। लगातार जलसे और अपने डेरे पर आनेवाले इस तरघुन्ना जीव को नागी भी अब कुछ-कुछ पहचानने उठी थी, किन्तु चौबीसों घंटे पहरेदारी पर लगे बाप-भाइयों और डेरे के अन्य कोल्हाटियों की चौकसी के चलते; उनकी भेंट अकसर कम ही हो पाती थी। हाँ, आँखों से बातों का व्यापार कभी कम नहीं हुआ।...

नागी से चप्पे की यह पहचान, चौमासे में जमे रूख की सी दिन दूनी रात चौगुनी बढ़ती गयी। चप्पे नागी की खूबसूरती और उसकी बोलती आँखों पर मिटता, तो नागी उसकी सिधाई पर। अब वह हर फेरी उसके डेरे पर भी जाने लगा था, किन्तु हर रोज़ सोने के अंडे देनेवाली मुर्गी नागी और शान्ता की रच्छा में मनिहारे नाग-सा फन फैलाकर बैठे, उसके बाप-भाई कम ही उसके आसपास फटकने देते। उन्हें यह सेंत सौदा कतई पसन्द न था। उनका मानना रहा कि नागी को जब यही सब करना था, तो गाँव से क्यों उखड़े? इस मामूली ट्रक ड्राइवर से तो कहीं अच्छी-खासी रक़म, उन ताल्लुकेदार पाटिलों और कुणबियों से ही बसूली जा सकती थी।...

पर न तो चप्पे के मन में लोभ था न नागी के मन में लालच, बस वे यों ही एक दूसरे की सूरत और सीरत पर मिटते थे। ...कहते हैं प्रीति पर कौन पहरे बिठा सका है। किसने सूरज मुट्ठी किया है और किसने हवा गाँठ बाँधी है, सो वे भी नागी और चप्पे को मिलने से रोक नहीं पाये।

उन्हें मिलाने के लिए पुल बना होटल का एक छोटा-सा चायवाला लड़का—कोंडीबा। कोंडीबा होटल पर आनेवाले यात्री, ड्राइवर, क्लीनर, और आसपास की

दुकानों पर भी समान रूप से चाय पहुँचाने का काम करता था। उस समय कोल्हाटियों का डेरा अम्बाजोगाई के पास एक वार्षिक मेले में रुका हुआ था। इस बीच कोंडीबा की युक्तियों के चलते, चप्पे की नागी से कई बार मुलाकात हो चुकी थी।...

एक रात जब कोल्हाटियों का सारा डेरा, नींद के गहरे आग़ोश में पड़ा था। नागी लावनी में पहनी जानेवाली नौ गजी कोल्हापुरी साड़ी-चप्पलें और वैसे ही साज-सिंगार में टट्टी का लोटा ले, कोंडीबा के इशारे पर अन्धेरे-अन्धेरे ढाबे पर खड़े चप्पे के ट्रक में आकर चुपचाप बैठ गयी थी। इस तरह कई दिनों की मंजिल तय करने के बाद, चप्पे नागी को अपने गाँव ले आया था।

सैनिक और अनुचरों ने राजा की आज्ञा पा अशुभ नक्षत्र में पैदा हुई उस कन्या को, एक सुन्दर कटहरे में रखकर महल से नीचे बहती सरयू नदी में प्रवाहित कर दिया। कटहरा नदी की तीव्र धारा से संघर्ष करता आगे की यात्रा पूर्ण कर उठता है। कन्या की जीवन-जेवड़िया कमज़ोर न थी। नदी के तेज़ प्रवाह और कच्छ-मच्छों की ठोकरों से भी वह कटहरा डूबा नहीं, आगे ही आगे बहता; बढ़ता चला गया। ...तब कई दिन उपरान्त वह बहता कटहरा, अयोध्या नगरी से होकर जा गुज़रता है।... भोर की बेला में सरयू पर पड़ती सूर्य की लोहित किरणों से ऐसा प्रतीत होता था, मानो सुमेरु पर्वत ही उसमें पिघलकर बहा जा रहा हो।...

तभी प्रात:कालीन स्नान के लिए तट पर आया एक वृद्ध ब्राह्मण वस्त्र उतारकर जैसे ही नदी में प्रवेश करता है, वैसे ही उसकी दृष्टि सूरज की किरणों से होड़ करते बीच धार बहे जा रहे उस सुन्दर कटहरे पर पड़ती है। शास्त्रों में नदी-नाला आगे-आगे पार न करने की युक्ति तब काम आती, जब वहाँ कोई दूसरा होता।... ब्राह्मण बड़ा निराश। मदद की आशा में दृष्टि फैलाकर आसपास देखा तो तट से नीचे मसान की ओर एक हृष्ट-पुष्ट चांडाल, अपने शिकारी कुत्तों के साथ मुर्दों के वस्त्र बीनने उधर ही चला आ रहा था। ब्राह्मण ने चांडाल को बुलाया तो वह साष्टांग दंडवत् करता, समीप आ पहुँचा था। ब्राह्मण ने श्वपच को शीघ्रता से आशीर्वाद दे नदी में बहते जा रहे उस कटहरे को बाहर खींच लाने का आदेश इस शर्त के साथ दिया कि इसमें जो कुछ होगा वह तुम्हारा रहा...।

चांडाल विनत भाव से ब्राह्मण की आज्ञा शीश धर शीघ्र ही सरयू में जा कूदा और अपनी पुष्ट बाँहों से नदी की तेज धार चीरता, कटहरे को पार पर ले आया। नदी की रेत पर ब्राह्मण ने जब वह कटहरा खोला, तो वह देखकर दंग रह गया। कटहरे में सूरज की किरणों को मात देता, एक कन्या शिशु लेटा विहँस रहा था। ब्राह्मण की अधीरता समाप्त हुई। उसने वचनानुसार वह कन्या शिशु और कटहरे में रखा सारा माल-असबाब चांडाल को सौंप दिया। नि:सन्तान चांडाल कन्या को देवी भगवती का वरदान मान, छाती से चिपकाए घर ले जाता है। सयानी होने पर रुक्मिण

का विवाह, अयोध्या ही के एक चांडाल पुत्र से कर दिया गया।

रात के कोई दस बजे थे। अन्धिरिया रात। चप्पे अपना ट्रक ट्रांसपोर्ट पर खड़ा न कर सीधा गाँव ले आया था। नागी को लेकर जब वह घर में घुसा, तो खिलौना बुआ जाग रही थीं। ट्रक की आवाज और उससे छिचौक हो लगातार भूँकते कुत्तों के कारण, उनकी आँख खुल गयी थी। ढिबरी के मन्द उजीते में उन्होंने जब उढ़की किवड़िया ठेलकर किसी को मड़ैया के भीतर आते देखा, तो वह खाट से भड़भड़ाकर उठ बैठी थीं—''को है?''

''हम हैं बुआ—चप्पे।'' चप्पे ने आगे बढ़कर बुआ के पैर छुए, तो बुआ गदगद हो आशीष दे उठीं, किन्तु उसके बाद किसी और के पाँव पड़ते ही वह सतर्क भी हो गयी थीं। आशीर्वाद में जैसे ही सिर पर हाथ रखा, तो वह नंगा नहीं साड़ी के पल्लू से ढँका हुआ था। उसने खाट पर लटके पैर तुरन्त पीछे खींच लिये-''चप्पाऽ, तेरे संग जे जनानी कौ है...?''

''तिहारी बहू...!''

''नासमिटे मो बूढ़ी से चुहल कत्तु है, बिना ब्याह-गौने बहू काँ से ले आयो...?''

''माराष्ट सें...।'' चप्पे ने बुआ की अकुलाहट शान्त कर दी थी। अपने भैया-भौजाई की आखरी निशानी-चप्पे के विवाह के लिए वह बिरादरीवालों से मिन्नतें कर-करके थक गयी थी, पर गरीब और अनाथ चप्पा के लिए कोई भला भंगी राजी नहीं हुआ था। ...बुआ की बूढ़ी बुद्धि फिर सब कुछ मान गयी। उसने कमर पर हाथ रख आले से ढिबरी उठाई और डेरे हाथ की अँगुलियों का छप्पर आँखों के ऊपर लगा, खाट पर सामने बैठी नागी को गौर से निहार उठी थीं। गोरी छरहरी नागी का गोल चेहरा, सुतवाँ नाक, कारी-कजरारी आँखें, माथे पर लाल बिन्दी, नाक में गूँजदार नथुनी और ठोड़ी पर गोदना गुदे इकट्ठे तीन तिल देखकर तो वह हय-हाय गयीं थी—''हाय बेटा! ठाकुर ब्राह्मननि के गाँव में जा चन्दा की पुतरिया कौं कहाँ मूँद के धरेंगे..?''

''बुआ तेनें आवत ही आल्हा ढील दई...रोटी-पानी की तो कछू न पूछी।''

''अरे! हाँऽ...।'' चप्पे की हलकी-सी झिड़क सुन, भोली बुआ को जैसे अपनी गलती का अहसास हुआ...। उन्होंने तुरन्त ढिबरी ताखे में रखी और खाट के नीचे से लोटा उठाकर जैसे पानी लेने उठीं, तो नागी ने हाथ पकड़कर उन्हें वहीं बैठा दिया और स्वयं लोटा लेकर पानी कहाँ रखा है यह देखने लगी थी...।

यद्यपि पुजारी को कथा सुनाते-सुनाते ऊँघ आने लगी थी, लेकिन श्रद्धालु श्रोताओं की कथा में जिज्ञासा बढ़ती ही जा रही थी। पुरोहित ने चौकी के पास रखे कलश से दो घूँट पानी पिया और फिर आगे बढ़ा—अयोध्या में रुक्मिण का पति

शिकार के द्वारा एकत्रित किए माँस-मत्स्य का व्यापार करता और रुक्मिण राजमहल में—टहल। सतयुग। सब अपने-अपने धर्म और कर्म पर स्थिर। क्या राजा, क्या प्रजा...।

चप्पे जिस दिन से नागी को घर लाया, उसी दिन से सारे गाँव में उसकी सुन्दरता के चर्चे फैल गये। हार-खेत, घर-बाहर, कुआँ-घाट सब जगह।... गाँव की ठाकुर-ब्राह्मनी संझा-सवेरे जब गुट्ठ के गुट्ठ टट्टी के लिए नरियाँ आतीं, तब भी उनकी चर्चा का विषय नागी ही होती थी। नागी भी कई बार अपनी खिलौना बुआ के साथ उनके गुट में शामिल हो जाती, तो गाँव की वे ठाकुर-ब्राह्मनी और अन्य जाति की लुगइयाँ उसके मुँह पर ही यह कहे बगैर न मानतीं—"जे तो भंगिन जैसी नांय लगत, चप्पा ज़रूर कहूँ से ठाकुर-ब्राह्मनी पकर लाओ है...?" उनकी इस बात को तब और हवा लगी जब चप्पे ने अपनी बुआ के आगे ऐलान कर दिया—"उसकी बहू गाँव में किसी की टहल-बेगार करन नहीं जाएगी?" सारा गाँव सन्न—चप्पा, जनम-ज़िन्दगी से चली आई रीति मेट रहा है—सारे भंगिया की हिम्मत तो देखो?' पर म्याऊँ के मुँह में हाथ कौन डाले? चप्पा गाँव से भिंड जा बसे विधायक के कका का ट्रक ड्राइवर जो ठहरा।...

'इन्दा' गाँव के मँझोले ज़मींदार हरदेव पुरोहित का भतीजा। अम्मा-दद्दा उसके बचपन में ही गाँव में पड़ी डकैती में बाग़ियों के हाथों मारे गये थे। बाप-महतारी द्वारा हिस्से में छोड़ी पच्चीस बीघा ज़मीन, उसके दौआ हरदेव पुरोहित ही अब तक लुनत-बोअत आए थे। पर अचम्भा यह कि इतनी खेती-बाड़ी और अट्ठाइस साल की जवानी पाकर भी उन्होंने इन्दा का कहीं से मौर नहीं धरवाया था! खुद हरदेव पुरोहित के तीन लड़कों में से मात्र बड़े मोंड़ा नारायन का ही विवाह हुआ था, बाकी के दो कुँवारे और हल-जोता किसान!! घर में पुरोहित का कड़ा आदेश था कि बँधी बढ़नी (झाड़ू) रहेगी तो कभी दुखी नहीं रहोगे? इसलिए सब भाई एक ही थाली में खाते और... किसी को किसी से कोई शिकायत न थी।...

पर पिछले साल की बात है। बरसात में गाँव के आदमियों और ढोर-बछेरुओं में हारी-बीमारी न फैले, इसके लिए सब जातियों की जनी-मानुषें मिलकर गाती-बजातीं, मैंड़े की पूजा करने गाँव के सीवान पर आई हुई थीं। इस 'चरी' पूजा में परम्परा है कि उस दिन गाँव की औरतों को बुलावा 'नाइन' नहीं गाँव की मेहतरानी घर-घर जाकर देती है और उसका नेगचार भी उसे ही मिलता है। ...उस दिन चप्पे के लाख मना करने पर भी खिलौना बुआ, 'चरी' में नागी को गाँव के सीवान पर साथ ले जाकर ही मानी।

गाँव की सारी बैयरों ने मिलकर जगराम बाबा के थान पर जब मैंड़े की पूजा की और 'होका' गातीं फिरक लेकर बारी-बारी से नाचीं, तो उस दिन साथ आई

नयी भंगिन बहू को भी उन्होंने नाचने के लिए विवश कर दिया था। नागी लावणी की नचनियाँ है यह कोई नहीं जानता था, लेकिन जब वह उस दिन नाची तो सब दाँतों तले अँगुरिया दबाकर रह गयीं...।

इन्दा उस दिन गाय-भैंसों के लिए करब काटने उधर ही आया हुआ था। करब का गट्ठा सिर पर धरकर जब वह नदी से करार चढ़ा, तो थान पर चरिहारियों के बीच फिरक लेकर नाचती नागी की रूप-लुनाई देख दंग रह गया। ...वह उसके रूप पर रीझा तो नहीं, बल्कि नागी को देखकर उसे चप्पे की याद आ गयी जो कुछ दिन पहले उसी की तरह गाँव के रंडुओं में शामिल था और आज इस नोनी दुलैया को घर में डालकर; अब उसकी बिरादरी से बाहर हो गया है।

मन में एक हिस्स जागी। दिन के उजीते में भी वह सपना देख उठा था कि उसके आँगन में भी अब पायल और बिछुओं की झनकार हो उठी है। गुलाबी घूँघट में कोई कजरारी आँखोंवाली उसके घर पर भी बाट जोहती है।.. उसका आँगन भी अब नन्हे-नन्हे छोहरों की किलकारियों से गूँज उठा है। उसके दिन भी अब उजाड़ और रातें सूनी अन्धियारी नहीं रही हैं...। पर इन्दा के यथार्थ की भुम्मि इतनी ठाँगर या यो कहें कि ऊसर थी कि उस पर पत्नी नाम का हरियल विरछा रोपना नामुमकिन नहीं, तो आसान कतई न था।

बड़े कका हरदेव पुरोहित संस्कृत के साथ-साथ गणित के भी अच्छे गुनिया थे। उन्होंने पहले से ही गुण-मन्त्र लगा लिया था कि पच्चीस बीघा खेती उसकी और पच्चीस बीघा इन्दा की उसके अपने बड़े लड़के नारायन के लिए ही रहेगी! क्योंकि न होने देंगे इन्दा का ब्याह!! न होंगे उसके बाल-बच्चे ...और न बँटेगी धरती!!!

इस बात से अनभिज्ञ इन्दा अपने अम्मा-दद्दा के गुजर जाने के बाद से अब तक हरदेव पुरहेत को ही अपना तात-मात, गुरु-सखा सब मानता चला आया था। किन्तु जबसे उसने नागी को देखा है, तब से वह अपने बारे में कई तरह से सोचने को विवश हो गया है—"मो में कौन सी खामी है, जो मेरो ब्याह अबै तक नई भओ...?"

यद्यपि औरों से कहने-सुनने के लिए 'इन्दा' घर का मालिक था। पर आज न जाने उसे क्यों लग रहा था कि घर में उसकी बखत एक लद्दू घोड़ा से ज़्यादा नहीं, जिसकी कभी प्रशंसा हुई तो अत्यधिक बोझ ढोने के कारण...। किसी ने कभी उसके मन में झाँककर नहीं देखा कि वह क्या चाहता है? और यही कारण रहा कि उसे किसी के सामने अपने मन की बात कहने की हिम्मत नहीं पड़ रही थी।

जब दो-चार दिन हो गये और इन्दा को अपनी बात किसी से कहे बिना नहीं रहा गया, तो जी कड़ा करके मन की बात पुरहेत की बड़ी बहू और अपनी ककायंती

भौजी नारंगी से कह सुनाई थी। सुआ की तरह पहले से रटी-पढ़ाई नारंगी, मार गुस्से के उस पर उफन पड़ी थी—"तो लला अब जा घर में एक गदि्दगा (दीवाल) और उठाय के रहोगे... ?" भरा-भरा-सा इन्दा बगैर कोई जवाब दिए, गाँव की अथाई पर चला आया था। वहाँ उसे गाँव की नैहनियाँ जाति की लुगाईयों द्वारा उस पर ढारकर आपस में कहे, वे बोल रह-रहकर कान में बज जाते—"ब्राह्मननि में तो एक ब्याहता और चार रंडुआ रहत हैं...!" पर क्यों रहते हैं, यह उसके आज समझ में आ रहा था।

उससे वहाँ बैठा नहीं गया। फिर जाने क्या मन में आया कि उठते डग, गाँव के छोर पर बनी चप्पे की मड़ैया की ओर मुड़ गये थे। संयोग से उस दिन चप्पे घर पर ही था। ...जब से वह नागी को गाँव लाया है, तब से वह हर फेरी, चार-छः दिन में घर का चक्कर लगा ही जाता है। उस दिन वह मड़ैया से कुछ हटकर सैर में खड़े ट्रक के चारो ओर घूमता, सब्बल से टायर ठोंकता उनकी हवा देख रहा था।

इन्दा को देखकर भी चप्पे ने उसे अनदेखा करना चाहा, उसे इस जाति के लोगों को देखते चिढ़ छूटती है—'इनके नेकसे छोहरों को भी 'पाँय लागो पंडिज्जी' कहो और ये हमारे अस्सी साल के पुरखा का भी नाम लेकर ही टेरत हैं?" उसने कन्नी काटनी चाही, पर इन्दा तो आज सिर्फ उसी से ही मिलने आया था।

इन्दा ने दूर से ही मीठा उलाहना देते उसे पुकारा—"काये चप्पे! घर में नयी महरिया के आवत ई हमें भूल गये? जे मत भूलो कि कल तक तुम हमारी ई जाति में शामिल हते...।" इन्दा की मिसरी से भी मीठी बात सुनकर, चप्पे मन की ईर्ष्या भूल शर्म से एकाएक लाल हो गया था। फिर भी उसने अपनी हेंकड़ी बरकरार रखते, इन्दा पर रौब गाँठा—"हते तब हते, अब नइंया; अब तो हम ब्याहता हैं ...कहो तो तिहारो हू करवाय दें (ब्याह)... ?"

"..... ।"

इन्दा तो लगभग यही मंशा लेकर आया था किन्तु प्रकट में कुछ कह नहीं सका। मनोनुकूल परिस्थिति पाकर हर्ष अवश्य हुआ। चप्पे के लिए यह एक स्वर्णिम अवसर था, उसने हाथ आया मौका न गँवाते, इन्दा पर एक और हेंकड़ी कस दी—"चलो हटोऽ तिहारे बस की बात नांय? तुम तो दुबका-चोरीवाले हो—अपनो जनेऊ बचाओ...!"

यद्यपि यह बात इन्दा को अन्दर तक बेध गयी थी और यदि कोई और अवसर होता तो वह चप्पे पर टूट ही पड़ता, किन्तु उस समय उसने भी अपनी हेंकड़ी बरकार रखते, गर्वोन्नत हो चप्पे को अपने पक्ष में किया—"कराय के बताओ, तब हम जाने तुम्हें-मद्द की पूँछ... ?"

"...पीछे मत हट जइयो? देखें कोऽ अपने बाप कौ नईं... ?" चप्पे ने सब्बल

एक ओर पटकते हुए साफी से माथे का पसीना पौंछा और इन्दा के पास आकर खड़ा हो गया था। इन्दा अब तक ट्रक की बैक साइड तख़्ती पर लिखा स्लोगन पढ़ रहा था—*'सीख ले बेटा ड्राइवरी भौंड़ा तेरा करम, रोटी मिलेगी कभी-कभी सोना अगले जनम।'* उसे स्लोगन का पहला हिस्सा तो कुछ जँचा नहीं, पर दूसरा उसे ऐसा लगा जैसे यह उसके लिए ही लिखा गया है—रोटी मिलेगी कभी-कभी सोना अगले जनम?'' उसका चेहरा एकदम फक्क पड़ गया। चप्पे के सामने वह अपनी हेंकड़ी बरकरार न रख सका और दीनता से भर गया। उसने कन्धा पकड़कर चप्पे की आँखों में बड़ी आशा के साथ झाँका था—''तुम हमारो ब्याह कराय सकत हो?''

''...!''

''...रुपियन की चिन्ता मत करियो, भले ईं हमें अपनो बीघा-दो-चार बीघा खेत काये नईं बेचने परै; बस्स! तुम हमारौ घर मढ़वाय दे...?''

''हुँ...!''

''तो कबै?''

''बतायेंगे...।''

''पीछे मत हट जइयो...।

''नऽनहीं...।''

''तो पक्की रही...?''

''हुँ...।'' चप्पा ने अन्दर की असमंजसता छुपाते हुए 'हाँ' तो कर दी थी, लेकिन इन्दा के जाते ही वह एक बड़े धर्मसंकट में फँस गया था। वह कोई पेशेवर दलाल थोड़े ही था, जैसे कि कन्यावध और भ्रूणहत्या के मामले में अग्रणी इस अंचल में बड़े पैमाने पर सक्रिय हैं और जो लड़के के बाप से एक मोटी रकम वसूलकर—बिहार, बंगाल, उड़ीसा, महाराष्ट्र और आन्ध्रप्रदेश से गरीब और भुखमरी की शिकार लड़कियों की खरीद-फ़रोख़्त करते रहते हैं।

इन्दा के जाने के बाद चप्पा ने अपनी सारी व्यथा नागी को बताई और साथ ही उसे यह भी बताया कि इन्दा निहायत ही सीधा और भलामुंस अनाथ लड़का है। उस समय चप्पे की निगाह में नागी की छोटी बहन 'शान्ता' का चेहरा घूम रहा था, जो नागी की ही तरह कभी मन से लावणी करने की इच्छुक नहीं रही। नागी उसका आशय समझ गयी और उसने इन्दा के लिए शान्ता के ब्याह की 'हाँ' कर दी, किन्तु चप्पे ने उसे यह नहीं बताया कि इन्दा इसी गाँव का ब्राह्मण लड़का है और वह अपनी बहन से कभी खुलकर नहीं मिल पाएगी!!!

परदेश में अपनी सहोदर बहन के आसपास ब्याहे जाने के अनुभव मात्र से ही नागी रोमांचित हो उठी थी। उसने एक चिट्ठी अपनी मुँहबोली मौसी कुन्दा के मार्फ़त, शान्ता के लिए भिजवा दी थी। चिट्ठी पाकर शान्ता भी अपने भाउ, बाबा,

काका, मौसियाँ, चचेरी बहनें और तमाशा का दलदल पीछे छोड़ती, चप्पे के एक साथी ड्राइवर पं. मतिराम उर्फ मुफ्तलाल के साथ चुपके से भिंड चली आई थी।

इन्दा के साथ मिलकर बनाई गुप्त योजना के तहत चप्पे ने शान्ता को अपने घर न लाकर, गाँव से छः कोस दूर सिंहुड़ा गाँव के उसी हमपेशा युवक मतिराम के घर ठहरा दिया था। पंडित मतिराम उर्फ़ मुफ्तलाल का संक्षिप्त इतिहास यह है कि वह बहुत पहले अपनी अहीर माँ के साथ पूरब से सिहुड़ा आए थे। चूँकि पंडित मतिराम उर्फ़ मुफ्तलाल अपने सौतेले पिता को मुफ़्त में मिले थे, इसलिए गाँववालों ने उनका नाम 'मुफ्तलाल' रख लिया था!!!

सिहुड़ा में शान्ता को 'मुफ्तलाल' की अनाथ साली कहकर प्रचारित किया गया और उसी के माध्यम से चप्पे ने पुरहेत से इन्दा के ब्याह की बात चलवाई थी। पुरोहित पहले तो राज़ी नहीं हुआ किन्तु बात जब नहीं बनी, तो लड़की के कुल-गोत्र पर उतर आया था—"बाप सनाढ्य है कि कनौजिया? हम भरद्वाज गोत के हैंऽ काहू गँड़ बदलाऽ की मोड़ी से अपने इन्दा कौ ब्याह नईं करेंगेऽ...।" पर इन्दा अब इस भरमाए-भरम में न था। वह उसी वक़्त तचकर बोला—"डोऽकर... हमने भौऽत देख लई तिहारीऽ भलमुँसई कि तुम हमारे कितने हिमरायती होऽ? नीऽके ब्याह की हामी भर देउ, नहीं तो तुम्हें और तिहारे मौड़न के हाथ-गोड़ काटके बेसुली में बहाय देंगे...।" इन्दा के इस रौद्र रूप को देखकर, पुरहेत सहम गया और अन्ततः मतिराम से दोनों चूल्हे बारने की शर्त पर (वह शादी जिसमें दोनों ओर का खर्चा लड़के का बाप ही उठाता है) इन्दा का 'शान्ता' से नाता पक्का कर लिया था।

निश्चित दिन इन्दा की बारात सिहुड़ा गयी और धूमधाम से गाजे-बाजे के साथ, शान्ता को ब्याह कर नुन्हाटा ले आए थे। बरात में पूर्व नियोजित विधायक के कका सबले की मार्शल और डी.सी.एम. बाँधा गया, इसने बतौर ड्राइवर चप्पे भी उसमें शामिल हुआ! किन्तु चाहकर भी कर्म-अभागी 'नागी', अपनी सगी बहन के ब्याह में शामिल नहीं हो पायी!! उसे जानबूझकर उस छाया से दूर रखा गया था...!!!

भगत एक हलकी-सी जम्हाई लेकर फिर आगे बढ़ा—अयोध्या में महाराज हरिश्चन्द्र की रानी तारामती एक दिन वायुविहार करतीं, महल के झरोखे पर खड़ी थीं कि एकाएक उनकी दृष्टि नीचे महल की सफाई करती रुक्मिण पर पड़ी, तो वे एकटक उसे निहारती ही रह गयीं। ...एड़ी से चोटी उन्हीं के अनुहार। बालापन में पीहर सुनी बातों की सुधियों ने सुरति सँभाली, तो महल से उतरकर रुक्मिण के समीप चली आई थीं।

रानी को समीप आता देख, रुक्मिण ने दूर से ही उन्हें प्रणाम किया और संकोच से पीछे हट गयी। पर यह क्या रानी ने उस पर बगैर ध्यान दिए, सीधे जाकर

कमर से उसकी फरिया उघाड़ दी थी! कहते हैं खता (घाव) भर जाता है, पर गूँथ (निशान) नहीं मिटती!! रुक्मिण की कमर पर भी बचपन की एक पुरानी गूँथ थी, जो उसके जन्म के समय दाई द्वारा कटार से नाल काटते धोखे से लगी चोट पर बनी थी!!!

"...यह क्या कर रही हो महारानी जीऽ...।" रुक्मिण सकपका गयी थी। रानी तारामती ने उसका खरहरा (झाड़ू) अलग फेंककर गले से लगा लिया—"बावरी तूँ नहीं जानती, तूँऽ मेरी छोटी बहन है...!" परन्तु अपनी औकात में रहनेवाली रुक्मिण उससे छिटककर दूर हो गयी थी—"रानीजीऽ! हम गरीबिनी से ऐसी चुहल मत करो, तुम छत्तरी हम चंडाल...?" उसे रानी की बात का रंचमात्र भी भरोसा नहीं बैठा।

"नहीं रुक्कू! तू बालापन में बामनों के कहने पर पिता द्वारा अपशकुनी मानकर नदी में प्रवाहित कर दी गयी—मेरी छोटी बहन ही है?" रानी भावविभोर। किन्तु अविश्वास से भरी रुक्मिण अवसन्न रह गयी।... उसे एकाएक बालपन में पक्कड़ की अन्य लड़कियों के साथ खेलता देख, अपने चांडाल बाबा द्वारा कहा वह वाक्य सुधि आ गाया था—"कौनहू छत्तरी-वामन की बिटिया होयगी, कौवन के झुंड में कहूँ हँस के चेंटुआ नहीं दुरत?" रुक्मिन का सारा अस्तित्व हिल गया। मन में भावनाओं ने हिलोर ली तो आँख से मोर जैसे बड़े-बड़े आँसू चू पड़े। हाथ का झाड़ू काँख में दबाए दोनों कर जोड़, रुक्मिण घुटनों के बल रानी के सामने बैठ गयी थी—"अब इन बातिन में कौनहूँ सार नाहीं जिज्जी! हमार भरतार चांडाल और तुम्हार छत्तरी...तुम्हार धरम हमारी छाँव छुवन से ही भिरष्ट हो जात है, हमें भूल जाओ जिज्जीऽऽऽ!" रोती रुक्मिण तेज़ गति से महल के बाहर चली गयी थी।

उस दिन तारामती के पास से रोती रुक्मिण भागकर चली तो आई, किन्तु हुकुम की बन्दी रुकमा को एक-न-एक दिन महल में टहल के लिए जाना ही जाना था। ...वह गयीं किन्तु रानी उसे अब वह काम न करने देतीं। वे भाँति-भाँति समझातीं। शिक्षा देतीं। मदद करतीं। किन्तु लोकलाज और पति महाराज हरिश्चन्द्र के भय बस अब तक वे रुक्मिण के साथ रहना तो दूर, उसे अपनी रसोई और शयनकक्ष तक ले जाने का भी साहस नहीं जुटा पायी थीं। समय सतयुग का था। समस्त जातियाँ और वर्ण अपने-अपने धर्म पर अटल। रानी तारामती चाहकर भी अपनी बहन रुक्मिण को उसके वर्णधर्म से च्युत और अपने साथ न कर सकीं।

नागी की भाँति शान्ता भी जिस दिन से गाँव में ब्याहकर आई है, उसी दिन से उसकी सुन्दरता का चर्चा भी पूरे गाँव में फैल गया। सातों जात की लोग-लुगाइयों में शोर—"भई, वाह! बहू तो पुरहेत के आई है—जैसे परी-अप्छरा होय...?" और यह सच भी था 'तमाशा' में जब गोरी-चिट्टी शान्ता मंच पर उतरती और गायक

साजिन्दों के सुर में सुर मिलाकर—'अप्सरा आळी रे' लावणी गाते हुए नाचती, तब वह सचमुच की ही अप्सरा लगती मानो सज-सँवर कर अभी-अभी इन्द्रलोक से उतरकर आई है...। उसे गाँव-भर की जनीमानसों ने कहीं मौंचाने के नाम पर तो कहीं किसी और नाते जी भरकर देखा। यदि नहीं देखा तो उसकी अपनी सगी बहन नागी ने, जो अपनी फफुआ सास के साथ इसी गाँव के दूसरे छोर पर अकेली रहती है।

कहते हैं वस्त्रों से समीप मनुष्य की त्वचा होती है और पानी से गाढ़ा रक्त। ...सो रानी तारामती जब भी अपनी सगी-सहोदर बहन को कान बराबर लम्बा खरहरा लेकर गली बुहारते और सारे नगर का मल-मूत्र ढोते देखतीं, तो उनका हृदय फटता। महल के सातों-सुख और अपना पटरानी होना काट खाने दौड़ता कि जिसकी मर्यादा का पालन करते किसी को वे अपनी सगी बहन का परिचय तक नहीं दे पाती! तीज-त्यौहार को बुला-चला नहीं पातीं!! यहाँ तक वह उससे खुले में बात भी नहीं कर सकती थीं!!! रानी के दुख का पारावार नहीं। उसका चम्पा-चमेली-सा हँसता-विहँसता गौरमुख, हरद-सा पीतवर्ण हो गया। राजा उसके मुरझाए मुख का कारण पूछता, तो भेद छुपा जाती। मारे चिन्ता के रानी के दिन के सुख और रात्रि की नींद दुर्लभ हो गयी। मन में कोई उपाय न आता।...

पुरहेत के घर इस बीच एक अनहोनी घट गयी। उसके बड़े बेटे नारायन की बहू और शान्ता की जिठानी-नारंगी पहलौठी में ही पेट में बच्चा उल्टा होने और गाँव की अनाड़िन दाई के अजानपने के चलते, प्रसव में औलाद के साथ खुद भी परलोक सिधार गयी थी। परदेशिन शान्ता के लिए घर की उतनी बड़ी बखरी वीरान हो गयी। ...घर-आँगन में काम करते—*"काजर की डिबिया लियाओ बिसातीं, लगो महीना फागुन कौ"* गीत गाती रहनेवाली हँसमुख और मिलनियाँ जिठानी के न रहते, वही घर अब उसे काटने को दौड़ता। सारे रिश्ते-नातेदार फेरा कर गये, किन्तु उसके बहन-बहनोई फेरा करने नहीं आए। एक-दो बार इस बाबत पति से पूछा भी तो वह बात टाल गया कि अभी गाड़ी पर होंगे, घर होते तो ज़रूर आते? वह मन मारकर रह गयी।

पर घर में अब मन नहीं लगता। देवर तेरहवीं करके पहले ही कलर-पेंटिंग के काम पर अहमदाबाद चले गये थे। दोपहर को पति और जेठ हार-खेत निकल जाते, तो सूना घर भाँय-भाँय कर उठता। सोच में डूबे कभी-कभी तो वह, एक ही काम करती बैठी रह जाती। होश-सा आता तो दूसरा कर उठती..। आँगन में कोई आम-निवरिया का पेड़ भी नहीं कि जिस पर बैठे सुआ-चिरैयाओं से झूठे-साँचे ही बतिया लेती।... कहने को बहन-बहनोई गाँव से चार-छः कोस दूर ही रहते बताये गये थे, किन्तु मिलने वह अब तक एक बार भी नहीं आए । वह दुखी होती और सोच में

पड़ जाती...।

...दूसरे ब्याह की जगह एक तरह से 'चाला' चलाकर लाई गयी शान्ता पर, अब भी किसी को पूरा भरोसा नहीं बैठा था! उन्हें लगता पता नहीं कब अन्धेरे-उजेरे यह कुदेशन घर की सारी लिइय्या-चिइय्या समेटकर, कहीं भाग ठाड़ी न होय? इसलिए पुरहेत अब हार-खेत न जाकर द्वारे नीम के नीचे चौंतरा पर खाट डाले, सफेद पिछौरा ओढ़े, मुसट्ट मारे पड़ा रहता। कान देहरी भीतर आँगन से आती चूरी-बिछुओं की रुन-झुन पर होते जो कि इस बात की आश्वस्ति थे कि उन्हें पहनेवाला अभी घर में ही है!! ...बिसासी रात-बिरात छत कूदकर पिछवाड़े से भाग न जाए; इसलिए जेठ नारायन ने जानबूझकर नसैनी के डंडे तोड़ पहले ही एक ओर रख दी थी!!! बहन नागी कहाँ है? कैसी है? कब आएगी उसे देखने, यह अब कोई न बताता।

रुक्मिण पर विचार करते-करते रानी, अब जाति और वर्णधर्म पर भी चिन्तन करने लगी थी। किन्तु शूद्र पिता और ब्राह्मण माता के गर्भ से उत्पन्न वर्णसंकर 'चांडाल' के सम्बन्ध में, उसे किसी भी शास्त्र, स्मृति और पुराण में सत्कार के दो बोल न मिले!!! रानी फिर निराश। किन्तु अगले ही क्षण उसे भान हुआ कि रुक्मिण तो जन्मजात चांडाल नहीं? वह तो धर्म और शुद्धिकरण के मार्ग पर चलकर अपने इसी जन्म में, नीचपने से उद्धार पा सकती है।

रानी ने अपने कुछ अन्तरंग ज्योतिषियों से सलाह लेकर, अगले ही दिन दासी भेजकर रुक्मिण को अपने भवन में बुलवा लिया। एकान्त में बैठाकर रानी ने रुक्मिण को उसके पूर्व जन्म के श्राप की स्मृति दिलाते हुए कहा—"यदि हमारा सत्यानाश धर्म के मार्ग पर भटकने से हुआ है, तब उद्धार भी उसी मार्ग पर लौटने में है। ...क्यों न तू आज से अपने घर आदिशक्ति देवी भगवती माँ का जागरण करे? वे जगत की जननी हैं। ब्राह्मण-चांडाल का भेद नहीं करतीं। हम अधम नारियों का उद्धार भी वे अवश्य करेंगी...?"

"जागन्न...और मैं, रानी तुम बौरा तो नहीं गयी हो? नग्गर का कोई बामन मेरे घर जागरन तो क्या, उधर से कढ़ने में भी अपनी हेठी समझेगा...!" रुक्मिण की बातों में क्रोध और तल्खी दूध में दधि की भाँति मन फाड़नेवाली नौबत तक उभर आई थी। किन्तु रानी तारा ने संयम रखा और उसकी पोंहची पकड़कर मन्द-मन्द मुस्कराते कहा था—"क्यों नहीं आएँगे? साकेत की इस पट्टमहादेवी तारा का नाम ले देना, वे चुकटिया वामन अवश्य तेरे घर जागरण करने पहुँच जाएँगे...।" एकाएक रानी की बातों में आत्माभिमान और राजमद एक साथ आ जुड़ा था।

जब तक घर में सूतक रहा तब तक रिश्तेदार और गाँव-टोला की जनीमानसों का आना-जाना लगा रहा, वे शान्ता को भाँति-भाँति समझाती-बुझाती रही थीं—

"बेटा! अब तुम्हीं जा घर की सासु-जिठानी हो, तुमेईं अब ये सब रग-जग सम्हारने हैं...?" पर वह गैर जिम्मेदार थी कब। उम्र में छोटी होने पर भी घर से लेकर जलसों तक में नागी के बराबर ही उसने काम करने और नाचने की भूमिका निभाई थी। उसने तो लड़कों से ज़्यादा अपने आई-बाबा की देखभाल करने और सारी जिग्गेवारी उठाने की भी कमर कस ली थी, किन्तु जब उसे अपने पियक्कड़ बाबा और नसेड़ी मोटा भाऊ के लालचों का पारावार न मिला तब ही हठियाकर बड़ी बहन नागी के समान इस अनजानी डगर का मार्ग चुना था। दुर्भाग्य! उसमें भी काँटे-ही-काँटे...।

रानी तारा का आदेश मानकर रुक्मिण सारी अयोध्या नगरी के ब्राह्मणों के पास घर-घर घूमी। जहाँ गयी वहाँ उसका खूब परिहास हुआ। कुक्करों की भाँति जगह-जगह दुरदुरायी गयी—"एक चांडाल के घर नैष्ठिक ब्राह्मणों का होम-यज्ञ? असम्भव। ...श्वसुरी बौरा गयी है...।" कुछ ने तो उसके इस साहस पर राजदरबार में ले जाकर उसके नितम्बों पर कोड़े लगवाने की भी धमकी दे डाली थी। ...परन्तु जैसा कि गेहूँ में कुंडवा होता है ठीक वैसे ही रानी की इच्छा के अनुकूल, रुक्मिण को भी उनमें एक मुद्रालोभी ब्राह्मण मिल गया था। उसने मोटी दक्षिणा और रानी तारामती के 'जागरण' में सम्मिलित होने की शर्त पर, रुक्मिण के घर आने की सहमति प्रदान कर दी थी।

विदर्भ के अकाल और सूखाग्रस्त इलाके से चलकर चम्बल के इस बीहड़ में आई शान्ता को, कुछ ज़्यादा अन्तर नहीं लगा।... दूसरे औरत का अपना कोई देश और वतन होता ही कब है? जिस घर में जन्म लेती है और जिनके लिए आजन्म हींड़ती रहती है, वह देश और उसके स्वजन ही जब उसे परदेशी और पराया धन मानते हों; तब जिस अनजान के साथ ब्याहकर जाती है 'वह' और 'उसका देश' उसे कितना अपना मानेंगे इसकी तो कल्पना ही की जा सकती है।...

फिर भी एक स्थान से लाकर दूसरे स्थान पर रोप दी गयी धान की पौध की भाँति, शान्ता ने भी वहाँ अपनी जड़ें जमाना प्रारम्भ कर दिया था। बचपन में अपनी 'आई' से सीखी ज्वार की रोटियाँ बनाने के आधार पर यहाँ वह बाजरे की रोटियाँ बनाना सीख गयी थी, बाकी सब एक-सा था। दुनिया के सारे मर्द एक से होते हैं इस बात के शान्ता के लिए कुछ मायने रहे होंगे, किन्तु प्रेम और भलमनसाहत पर भी उसे भरोसा था। इन्दा उस पर खरा उतरा, किन्तु पुरहेत और बाकी परिवार की दृष्टि में वह अब भी बहुत कुछ कुजात और कुदेशन ही थी...।

यद्यपि बूढ़े हुए पुरहेत ने बेवशी में सारा घर अब उसे ही सौंप रखा था, लेकिन घर के बक्सा और भंडरिया की चाभी अब भी उसके जनेऊ में ही बँधी रहती। अपने लोभपने के लिए पूरे गाँव में सरनाम पुरहेत तीज-त्यौहार को ही बक्सा खोलता।

अपनी निगरानी में उसमें रख छोड़ा घी-गुड़ माप-तौलकर शान्ता को देता और पुनः ताला लगा देता, जो अगले त्यौहार या किसी गाढ़े मेहमान के आने पर ही फिर खुलता! खेती का सारा नाज-गल्ला घर में रहता और घर का खर्च गाँव में की गयी सत्यनारायण की कथा, महूर्त, नामकरण और यजमानों की दक्षिणा पर!! मैली बंडी और एक चीकट धोती के अलावा गाँव में कभी किसी ने उसे दूसरे कपड़े में शायद ही देखा हो? कभी ससुराल-समधियाने या न्यौतहार जाता, तो धुला कुरता आधे रास्ते कन्धे पर होता और लौटने पर भी... क्योंकि कुर्ता धुलने के लिए साबुन खरीदना पड़ता और साबुन खरीदने के लिए अनाज, जो उसकी सबसे बड़ी निधि थी!!!

लेकिन बचपन से भूख, अभाव और अपमान के दंश झेली शान्ता के लिए, पुरहेत का यह तुच्छ लोभ, कोई खास मायने नहीं रखता था।... अपितु जेठानी के स्वर्ग सिधारने के बाद अपनी मेहनत और लगन के दम पर, शान्ता चाम से अधिक दाम और काम में प्रीति रखनेवाले पुरहेत ससुर की और भी चहेती घरजोरू बहू बन गयी थी।... पुरहेत से किन्हीं अन्य दूसरे प्रकार के भयों का सवाल ही नहीं उठता था, क्योंकि जो संयम बड़े-बड़े रिसी-मुनी, सूर-तपसी जोग साधकर नहीं रख पाते; वह संयम, लोभ और संग्रह की प्रवृत्ति के चलते, बूढ़े-विधुर हरदेव पुरहेत को पहले से ही प्राप्त था...।

लेकिन शान्ता के सामने इसी के समानान्तर एक नया संकट आ खड़ा हुआ, जिसकी उसे सपने में भी आशा न थी। जिठानी के न रहते पिता के सिखाये संयम पर चलनेवाले जेठ नारायण की मानसिक स्थिति अब गड़बड़ाने लगी थी। कुछ महीनों तक तो वह सहज रहा, किन्तु अब वह देर रात गये घर लौटता और वह भी दारू में धुत्त...।

दिन शोधकर रुक्मिण के घर देवी का जागरण प्रारम्भ हो गया। भक्ति-भाव से रुक्मिण माँ भगवती का जागरण कर रहे ब्राह्मण पुजारी की सेवा-संकल्पना में जुट गयी। वे जो माँगते देती, जो कहते करती। इधर वचन की पक्की रानी तारामती, साँझ भए देवी जागरण में सम्मिलित होने के लिए तैयार होकर बैठ गयीं। उस पर किसी चुगिल ने महाराज हरिश्चन्द्र के कान भर दिए कि देवी तारा रात्रि में नगर चांडाल के घर 'जागरण' में शामिल होंगी।... तब वर्णाश्रमधर्म को अपना 'सत्य' और उस मार्ग पर दृढ़ होकर चलना अपना 'धर्म' माननेवाले सम्राट हरिश्चन्द्र, उस दिन समय से पूर्व सिर दुखने का बहाना बनाकर चित्रसारी पर आ चढ़ा। राजा ने जान-बूझकर उस दिन दो के स्थान पर एक ही शैया बिछवाई। छद्म पीड़ा का ढोंग किया और रानी की बाँह का उसीसा कर उस पर सिर धरकर लेट गया।

रानी व्याकुल उसे अपना वचन पूरा करने, रुक्मिण के घर जो जाना था।...

तब वह खुद न सोकर राजा के सोने की बाट जोह उठीं... और संयोग देखिये कि सजग राजा को उस घड़ी नींद की माया ने शीघ्र ही आ घेरा।... रानी के लिए यह उचित अवसर था। उसने अपना त्रियाचरित्र दिखाया। सोते राजा के मुख पर एक गहरी चितवन डाली। सिर के नीचे दबी बाँह हौले से खींची और बाँह के स्थान पर तकिया लगाया। दबे पाँव अन्धेरे-अन्धेरे चित्रसारी से उतरी और फिर निकल पड़ी रुक्मिण के घर की ओर...।

किन्तु रानी का दुर्भाग्य! कि वह जैसे ही महल से निकलकर मुख्य मार्ग पर पहुँचीं, तो उसका सामना लूट के निमित्त अस्त्र-शस्त्र लिये खड़े क्रूर राहजनों से होता है। बलात् राहजन रानी तारा के अंगों से आभूषण ही नहीं उतरवाते, अपितु रानी द्वारा पग में पहनी रत्नजड़ाऊ चरणपादुकाएँ भी लूट ले जाते हैं। लुटी-पिटी रानी महल फिर भी नहीं लौटती। अपना वचन पूरा करती, रुक्मिण के घर पहुँचकर ही साँस लेती है...।

साँझ को इन्दा जग्गा पर बोये जवारों की झाँकी लेने गया हुआ था। मन्दिर में ब्याह की मनौती पूरी होने की खुशी में उसने देवी के थान पर गरी-बताशे ही नहीं चढ़ाए, बल्कि भगत से कहकर वहाँ गढ़ी देवी की सबसे बड़ी साँग भी पहनी थी।... जेठ का आजकल कोई अता-पता नहीं रहता और पति रात भींजे ही लौटेगा, इसलिए सबको रोटी बना-खिलाकर शान्ता, जल्दी ही कोठरी के किवाड़ उढ़काकर सो गयी थी। रोज़ की भाँति पुरहेत द्वार पर भैंस और गाय-बरदों के पास खाट डाले पहले से ही सोया हुआ था।

...पता नहीं पुरहेत की अनुभवी आँखें यह सब पहले से ही ताड़ गयी थीं या अपने भर जवानी में रड़ेंला हुए बेटे का दुख उस पर सवार था कि कुछ दिनों से उसने घर में सत्यनारायण की कथा में माता कुन्ती, आज्ञाकारी पाँच पाँडव और उन सबकी एक पत्नी द्रौपदी की भी कथा शामिल कर ली थी। पुरहेत की मंशा से अनजान शान्ता बड़े ही दत्तचित्त होकर उस महान? पौराणिक गाथा का श्रवण कर उठी थी।...

जेठानी के मरने बाद से घर की सारी जिम्मेवारी उसने पहले ही अच्छी तरह सँभाल रखी थी। अब जब कभी घर का फेरा लगाने आतीं पुरा-पड़ौसिनें भी अब उसके काम से प्रसन्न थीं। वे आपस में बतियाते हुए कुआँ-घाट उसकी बड़ाई किए बगैर न रहतीं—"भई! पुरहेत कौ घर मढ़ गओ, बड़ी कमेरी बहू आई है; सिग घर मूँड़ पे धरें फिरत है...।" शान्ता की मेहनत और लगन के आगे अब उसके सारे ऐब दब गये थे, किन्तु वह एक ऐब नहीं दबा पायी—अपना जनीमानस होना! और उसे इसे दबाने की कोई आवश्यकता भी न थी, किन्तु जिस समाज में जनी भोग और बाँटकर खानेवाली जिंस हो और इसकी आज्ञा उसके धर्मग्रन्थ भी देते हों; वहाँ तो उसकी यह खूबी 'ऐब' ही कही जाएगी न...?

इधर राहजन रानी के रत्न-आभूषण छीनकर जैसे ही आगे बढ़े, तो नगर पेहरुओं ने उन्हें सन्देह के आधार पर बन्दी बना लिया और राजा के सामने ले जाकर प्रस्तुत करते हैं। राजा उन्हें कठोर दंड की आज्ञा सुनाकर, बन्दीगृह भिजवा देता है। परन्तु राहजनों से बरामद माल में उसने जब अपनी प्राणप्यारी रानी तारामती की हीरा जड़ी रत्नखड़ाऊँ देखीं, तो उसका हृदय काँप गया। सेज पर जाकर देखा, तो स्थान रिक्त...। अकुलाया राजा बन्दीगृह दौड़ा, तो राहजनों ने माना कि उन्होंने निपट अकेली रानी को लूटा तो है; किन्तु उसका वध नहीं किया। राजा को दूत का कहा सुधि आया—"देवी तारा! आज रात्रि रुक्मिण चंडालिन के यहाँ जागरण में सम्मिलित होंगी...?" राजा क्रोध में अगिया बेताल। लाल-ताल आँखें और फड़कते नाशापुट म्यान से खड्ग निकाला और चल पड़ा रुक्मिण के घर की ओर...।

रात आधी होने को थी। घर के सारे काम निपटाकर थकी-हारी शान्ता, भीतर से कुठरिया की कुंडी चढ़ाए बगैर ही सो गयी थी। गहरी ओंघ में कुलाँचें भरता मन का मृग, सपनों के गूढ़ संसार में विचर उठा था। बर्राहट की उस अबूझ दुनिया में भटकती शान्ता अतीत की सँकरी गलियों में जा पहुँचती है, जहाँ पाँव में घुँघरुओं की साँकल और तमाशा करने की परवशता के बीच, कहीं घायल हिरनी-सी तड़फड़ा रही है।... फिर वह आगे देखती है कि वह एकाएक मानुष से वन की पाखी-परेविन हो गयी है। खुले आकाश में उड़ते उसके संग, अब एक अन्य साथी परेवा (कबूतर) है। जिसके साथ खुशी से उड़ान भरते, आपस में पंख से पंख टकरा रहे हैं। गुटरगूँ करता मन एक ही दिशा में धीरे-धीरे उड़ा जा रहा है। अतीत की दुखदायी सुधियाँ अब कहीं बिला गई हैं।...

पर यह क्या? अचानक सामने से एक बाज प्रकट होता है और बड़े ही हिंसक तरीके से उस पर पंजे से झपट्टा मारता है। मीत परेवा बगल में नहीं है। अपने बचाव की स्थिति में एकाएक उसकी भयंकर चीख निकल गयी। स्वप्नभंग की स्थिति में नींद से उठना चाहा, तो खड़ी न हो सकी।... आँख खोलकर देखा, तो दारू के नशे में धुत्त जेठ ऊपर झुका पड़ा है। वह बड़े ही वहशियाना तरीके बाएँ हाथ से शान्ता का दाहिना हाथ दबाये और दाएँ से उसके वक्ष उभारों को मसलता जा रहा है। मारे पीर शान्ता की आँखों की तलैयाँ भर आईं :

"नारायन भाऊ आऽऽप...?" तकिए की शक्ल में सिरहाने रखा दायाँ हाथ खींचकर बरजना भी चाहा, तो नारायन ने बढ़कर उसके मुँह पर हाथ रख दिया। वह सिसकार भी न सकी। बाहर आने को भड़भड़ाते आखर, भीतर ही घुटकर रह गये :

"चुपकाँ पड़ीऽ रह छिनार महरिया जैसे छन-छन मतै मत करैऽ... एक भैया छप्पन भोग जीमेऽ और दूजौ लंघन करैऽ... ऐसो कौन वेद में लिख्यो है...?" नारायन ने बरज़ोरी करते हुए उसे चुपका रहने की धमकी दी। जवाब में शान्ता उससे

कहना तो यह चाहती थी—'मोटा भाऊ! झूठ को सच और सच को झूठ साबित करने के लिए तुम्हारी पोथियों में सब लिखा है; पर जब मुझे यही सब करना होता तो इस बेहड़ीले गाँव में न आती, ...अम्बाजोगाई के तालुकेदार पाटिल और कुणबी अमीरी और ठसकई में तुमसे क्या कम थे? नुचवाती रहती वहीं रहकर उनसे अपना मन और काया...!' किन्तु मुख मुँदा होने के कारण बेचारी कुछ न बोल सकी। ...एकाएक ससुर द्वारा कुछ दिनों से उसे ही लक्ष्य कर सुनाया गया द्रौपदी और उसके पाँच पतियों में बँटने का पँवाड़ा, आँखों की सतह पर काँटों के जाल-सा छा जाता है...।

मन-ही-मन गुनोत्तर लगाने के इक छोर से दूसरे छोर तक पहुँचने में लगी देर को, नारायन ने शान्ता की सहमति समझा। बर्फ़-सी सर्द-ख़ामोश पड़ी शान्ता का दाहिना हाथ छोड़, अब वह धीरे से उसके साये का नाड़ा ढीला कर उठा था। किन्तु पहले से चौकस शान्ता के लिए सम्भवत: यही उचित अवसर था।... उसने धीरे से दायाँ पैर सिकोड़ा और खींचकर एक जोरदार लात ऊपर झुक आए नारायन के पोतों में जमा दी थी। नारायन 'आय-हाय-रेऽ मरिऽ गये...।' कहता खाट के पैताने से लड़खड़ाता ज़मीन पर जा पड़ा था। इतने में भड़ाक से किवाड़ खोलकर शान्ता, बाहर आ गयी।

द्वार पर लेटे पुरहेत को शायद पहले से इसकी भनक थी कि वह बदहवास शान्ता को लाठी लिये खाट पर बैठा मिला! उसने जब अपनी चिमदीं आँखों से पौर की चौखट पर मूरत बनी खड़ी शान्ता को देखा; तो देखते ही गला खकारा—"कोरे से टिको कोऽ ठाढ़ौ हैऽ...? जा-ओ सोय जओ, मिलजुल कैं रहो और मिलबाँट के खाओ...।" वह समझ गयी कि माता कुन्ती की इच्छा क्या है? ... इन्दा और नारायन में बँटना ही अब उसका धर्म है और इस धर्म को निबाहना ही उसका कर्तव्य। पर मन ने गवाही न दी और किसी ढीठ जानवर की तरह घूँघट की कोर दाँत से दबाए, देहरी पर अड़ी खड़ी रही।

पर उसका यह खड़ा रहना बहुत देर तक न हुआ। पीछे से गरियाते, लड़खड़ाते आए नारायन ने उसका फिर से पोंहचा भर लिया था। छरहरी शान्ता नाहर के पंजों से छूटकर भागी हिरनी-सी, छिटककर आगे की ओर दौड़ पड़ी।... सम्भवत: जग्गा की ओर। जिस दिन वह ब्याहकर गाँव आ रही थी, उस वक्त हवलदार का पुरा चढ़ते ही इन्दा ने जीप के बाहर अँगुरिया के इशारे से उसे बताया था—"वो अपनी जग्गा है। ...दो-ढाई सौ साल पहले जब यहाँ के राजा भीखमशाह ने अजनार गढ़ी पर चढ़ाई करी थी, तब वहाँ से लूटी बासठ मन चाँदी में राम-जानकी की मूर्त्ति भी चली आई थी; वे ही पधरे हैं वहाँ...!"

शान्ता भागी जा रही थी। उस घर से, जो सुरक्षा देता है, सहारा देता है।...

कोई रास्ता उसका जाना-पहचाना नहीं। जब से ब्याहकर आई है, तब से इन्दा के साथ शहर-बजार भी एकाध बार ही गयी है; वो भी घूँघट में।... हाँ, अन्धरे-उजेरे टट्टी-फरागत के लिए नरिया में ज़रूर आई-गयी है; वहीं किसी जनीमानस से एक बार उसने सुन रखा था कि खोका मैया से आगे खार चढ़त जो रत्ता पछाँह को गयी है, वहीं से जाते है जग्गा कों...।' ...लेकिन इत्ती रात गये वहाँ कैसे पहुँचा जा सकेगा, इसका उसे कोई ठोस अनुमान न था। ....हाँ उसे जेठ-ससुर की गिरफ़्त से भागना था, इसीलिए बिना आगा-पीछे देखे; लगातार आगे दौड़ी जा रही थी। ...अन्धिरिया रात में छठ का चन्द्रमा हँसिया के आकार में अपनी खकार-सी धौली-पीली रोशनी छोड़ता, बायीं ओर खंडहर हुए जैन मन्दिर की सुराहियों के पीछे धसकता जा रहा था। बगल से गुजरते पीपल, नीम, बमूर की डालियों और हींस-करील, करौंदा-पिलुओं की झाड़ियों से उठती झींगुर-झिल्लियों की झंकार। गोह-गेहदुओं की पुकार और दूर कहीं से आती घुघ्घू-खूसटियों की हू-हू, घू-घू के बीच खार की ऊबड़-खाबड़ कंकड़ीली धरती पर नंगे पैर दौड़ती जाती शान्ता को जब अपने पैर से ही उचटा कोई कंकड़ लगता, तो भयभीत हो तेज़ी से आगे और आगे दौड़ पड़ती :

"ठनाक, ठनननन।" अचानक वह अपने सामने आई एक मनुष्य आकृति से टकरा जाती है। वह नागी थी, जो उतनी रात गये घर से बाहर लोटा लेकर टट्टी-फ़रागत निकली थी। शान्ता के एकाएक आगे आ जाने पर उसके हाथ से पानी भरा लोटा छूटकर गिर पड़ा था—"कौन होऽ देखकर नहीं चलतीं, कहाँ भागी जा रही हो...?" उसकी आवाज में क्रोध और चिन्ता एक साथ थी। भागनेवाले ने पहले तो सुना नहीं फिर सुना तो ऐसा लगा कि आवाज किसी जाने-पहचाने की है।... वह एकदम पीछे मुड़ी :

"नागी ताईऽ?"

"शान्ताऽ....तूँ यहाँ? इत्ती रात गये... कौन लाया? कहाँ से आई? किसके साथ... बरोबर बोलना, क्या हुआ तुझेऽ!" आधी रात गये इस वीरान बीहड़ में अपनी बहन को पाकर नागी की आँखें फटी की फटी रह गयीं। दौड़कर उसने शान्ता की जेट भर ली तो शान्ता किसी भयभीत बच्चे-सी उसके गले से लिपट गयी और उँगली से पीछे की ओर इशारा किया—"वोऽ, वोऽ मेरे पीछे...मुझे बचा लो ता-ईऽ...!!!" और हीक फाड़कर रो पड़ी थी। ...नागी ने शान्ता के गले से छूटकर पीछे देखा, तो वहाँ कोई नहीं था। उसने हिलकी भर-भर रोती शान्ता की पीठ पर थपथपाकर धीर बँधाई और कुछ फलांग दूर टीले पर बनी अपनी मड़ैया में बाँह पकड़कर लिवा ले गयी थी।... उसे विश्वास ही नहीं हो रहा था कि डेढ़ साल से उसकी सगी बहन इसी गाँव में रह रही है और उसे कानो-कान ख़बर नहीं, उसके

क्रोध का पारावार नहीं।

रानी तारामती को अपने द्वार आया देख, रुक्मिण और उसका पति अभिभूत। वे कभी अपनी मढ़ैया देखते, तो कभी रानी का ऐश्वर्य। उन्हें अपने आँखों पर भरोसा नहीं बैठता कि अयोध्या की महारानी उनके घर आई है। रानी तारा देहरी के बाहर तो रुक्मिण और उसका पति देहरी के भीतर। वे दोनों बहुत देर तक चित्रलिखे से खड़े रहे, तब रानी तारामती ने ही उनका ध्यान भंग किया—"गृहपतियों! घर आए अतिथि को बाहर ही खड़ा रखोगे या अन्दर आने के लिए भी कहोगे...?" रानी के बोल सुनते वे जैसे गहरी नींद से जगे हों और शीघ्र ही द्वार के एक ओर हो गये थे।... मड़ैया के भीतर बोयी जवाकुसुम की बारी में जगमगाती कर्पूर ज्योति और अगरु-धूम से उठती सुबास। लोंग-लोबान और पान-फूल से होती माता की अग्यारी में, रानी तारामती कर जोड़ नेत्र बन्द किए वामन-भगतों के बीच जा बैठी थीं।...

अपने साथ हुए असहनीय छल से नागिन-सी फुँफकारती नागी ने, मड़ैया में जाकर गहरी नींद सोए चप्पे की रजाई का खूँट जा खींचा; तो वह भड़भड़ाकर उठ बैठा था। आँखें मींड़ते ढिबरी के उजाले में जब उसने, भन्नाई नागी के साथ सामने शान्ता को भी खड़ा पाया; तो मारे कायली के उसकी नार नब गयी थी।... किन्तु वह समय लज्जित होने या एक-दसरे पर तोहमत जड़ने का नहीं था। शान्ता पर आया संकट उन सबके सामने मुँहबाए खड़ा था। नागी ने झींकते हुए उससे शान्ता की सारी व्यथा-कथा सुनाई, तो वह उत्तेजित हो गया था—"सारे बम्हनाऽ जानत् का हैं? लुगाई न भई गुर कौ पुआ हो गओ कि जाके हाथ आयो वई ने गुपक लओ...।" फिर दोनों बहनों को धीरज बँधाया। चुप रहने की हिदायत दी और खटिया के सिरहाने रखी बरछी उठाकर, चल पड़ा था इन्दा को खोजने।

किन्तु घर की देहरी पार करते जैसे ही द्वार पर पाँव रखा, तो बाहर का दृश्य देख उसके हाथ के सुआ उड़ गये। द्वार पर नारायन के साथ गाँव के दस-बारह लोग हाथ में लाठी-बल्लम, टॉर्च और लालटेन लिये उत्तेजित से खड़े थे। चप्पे को बाहर आता देख, भीड़ से निकलकर ठकुरायत के मेदीसिंह तौंर ने हाथ की लाठी ज़मीन पर ठोकते हुँकार भरी—"देख तो रनवीराऽ...पुरहेत की बहू जई के घर में होयगी? हम सब जगह छान मारी, कहूँऽ सुआ-डोरा नईं लगो...!"

–"हाँऽ-हाँऽऽ... ज-ईऽ के घर में होयगी?" सबने हामी भरी। चप्पे मौन। उसके मुँह में तो जैसे मुसीका लग गया हो। ...कहे तो क्या कहे? 'हाँ' कहे तो आफत तो 'ना' कहे तो विपत। यदि उसने 'हाँ' कहा तो गाँव की इज़्ज़त के नाम पर अभी उसकी बोटी-बोटी उड़ी जाती है... और 'ना' का तो सवाल ही नहीं... 'ना' कहा तो वे अभी शान्ता को बाहर खींच निकालेंगे और उसके बाद घर की जो गत

होगी, अनुमान लगाते ही उसकी रूह काँप गयी थी। तभी रघुराज टिकैत ने टेर लगाई—''ऐऽऽऽ देखत का हो... भीतर ई हैऽ खेंचि लियाओ...।''

''विधायक को ट्रक क्या चलातु, भैंचो! मेहतरा अपने को नखलऊ को नवाब समझन लगो है...?'' चप्पे को मौन देख रामसींग सिकरवार ने मुँह का थूक निगलते अपनी आवाज में दम भरा। उन्हें पुरहेत की भगोरिया बहू के चप्पे की मड़ैया में होने से ज़्यादा इस बात की टीस है कि चप्पा न खुद ठाकुर-ब्राह्मनों की टहल-बेगार करता है, न अपनी लुगाई को करने देता है! ...शहर जा बसे विधायक को अब ठकुराइस से कोई मतलब नहीं, वे और ज़्यादा इस भंगिया को पुच्चक दिए हैं!! समूह पाकर रामसींग का गुप्त आक्रोश चरम पर था!!! तभी बाहर की कुहर सुन चुकी नागी तीर-सी छूटकर बाहर आई और चप्पे को अनदेखा कर, उससे दो क़दम आगे जाकर खड़ी हो गयी थी—''हाँऽ है तोऽ.... हमने ब्याह इन्दल से करवाया था? उसके....।''

''दारीऽ खसमहे बचाइवे कौं झूठ बोल रई हैऽ...?''

''खेंचि ले सा-री कौंऽ...!''

''लगायदे मड़ैया में आ-गि!!''

पीछे बरछी भाला उठाए सिपाही-सलार और आगे हाथ में दुधारा तलवार ले अन्धेरे में बाजरा के खेत से आगे सिमटते चले आ रहे राजा ने, जब मशाल के उजाले में रुक्मिण के घर जाकर देखा कि 'रानी' रुक्मिण चांडालिन के साथ गलबहैयाँ डाले, हँस-हँस करके बातें कर रही है! रुक्मिण का पति वारहा और बकरे की बोटी काट-काटकर प्रसादी के रूप में वितरित कर रहा है!! और निर्लज्ज रानी की धृष्टता देखो कि वह उस प्रसाद को बड़े चाव के साथ ग्रहण किए जा रही है!!!

क्रोध में दृष्टिहीन हुआ राजा अपना आपा खो बैठता है। उसने पहले तो सीधे जाकर रानी के सामने रखा प्रसाद जूतियों की ठोड़ से उल्ला दिया और फिर तत्क्षण साथ चलने को कहकर उसकी कसकर बाँह पकड़ ली थी। कोमलांगी रानी की सिसकी छूट गयी और फिर मारे भय पीर के गुँजा हुए नेत्रों भरा मुख ऊपर उठाया—''यह मेरीऽ ब-ह-न हैऽ... और मेरे कहने पर ही इसने देवी जागरण किया है। ...माता रानी सबका उद्धार करती हैं?''

''र-ही होगीऽ... अब यह एक चां-डा-ल की स्त्री है, जिसका अन्न-जल तो दू-र उसकी छा-या भी हमारे लिए अपवित्र है; और धार्मिक कृत्य...शिव-शिव...!!!'' क्रोधित राजा रानी तारा की पूरी बात अनसुनी किए, बाँह पकड़ घसीटता महल की ओर ले चला—''महल चलकर देखूँगा, तेरी माता रानी में कितना सत्य है...?'' और उसके मौन इशारे पर वहाँ उपस्थित रह गये उसके क्रूर सैनिक, जो बखूबी अपना राजधर्म निबाह उठे थे!!!.

"भैयाऽ जल्दी घरै चलो, नरायन भैया ने थोक के आदमिन के संग चप्पा की मड़ैया में आगि लगाय दई और बाकी अरु जनीमानस की मार-पिटाई और खेंचा-कढ़ोरी करी है....पिटत भई चप्पा की लुगाई कह रही थी कि शान्ता भौजी बाकी सगी बहन हैं?..."

"और भौजी काँ ए...?"

"वई के घरै मिलीं...।"

"काए?"

"पता नहीं...।"

माता की झाँकी और अचरी सुनकर घंटा भर पहले गये इन्दा के चचेरे भाई उना ने जब लौटकर यह खबर दी, तो उसके हाथ-पाँय फूल गये। काटो तो खून नहीं। अगल-बगल कथा सुन रहे लोगों ने भी सुना तो सब सन्न। कथा में विराम लग गया और लोग लैयाँ-पैयाँ गाँव की ओर दौड़े। इधर गुफा में साधुओं के साथ बैठे महावीरदास बाबा को जाने क्या जुंग चढ़ी कि खंजरी लेकर एक कथियाऊ जकड़ी-फाग गा उठे थे :

कासी मसान पर कालू भंगी की नौकरी करते राजा हरीचन्द, सूखकर पाँजर हो गये हैं। केस और नोंह लम्बे। चेहरा ज़र्द। आँखें खुखाल। घट भरे गंगा के तीर ठाड़े हैं।... निबलई में देह सध नहीं रही, और घट उठता नहीं। तभी ऊपरे घाट पर अपने वामन मालिक के लिए जल भरने आईं, रानी तारामती दिखाई देती हैं। राजा हरीचन्द दीन हो कातर स्वर में उन्हें टेर लगाता है :

होऽऽऽ ठाड़े पुकारे हम बीच डगरी-2
गगरी उठाय जाऽ नारि हमरीऽ...?

रानी बीच धार गंगा में घट भरे ठाड़े राजा की जैसे ही सूरत निरखती है, तो मन सावन-भादौं का उमड़ता-घुमड़ता मेघ और नैन औलाती हो जाते हैं। किन्तु दूसरे ही छिन राजा द्वारा चांडाल घर में पलने-ब्याहने के कारण उससे विलग कर दी गयी बहन रुक्मिण की सुधि आई... अपना धरम रखने के लिए बगैर उसका मन जाने किसी निरीह जानवर के भाँति पुत्र सहित कासी के भरे बाज़ार में बेच दिया जाना याद आया, तो मन में एक गहरी टीस उठती है।... रानी अपना क्रोध दबाए, राजा से क्या कहती है :

"पाँय पिछारूँ नाँय धरत, जो आगे बढ़े समर कौं।
राजा, आगे बढ़े समर कौंऽ....!
हम पे घड़ा मिसुर को कहिए, तुम पे घट मेहतर कौं।।
राजा, तुमपे घट मेहतर कौऽ....?"

हे राजन! जुद्ध में जो आगे बढ़ जाता है, वह फिर पैर पीछे नहीं धरता। आज हमारे शीश पर ब्राह्मन का घड़ा है और तुम्हारे शीश पर चांडाल का? ...उस दिन आप अपने सत्त पर अटल थे, आज हम अपने सत्त पर!! रानी राजा का घट नहीं उठवाती और सीधी घाट से अपने वामन मालिक के घर लौट जाती है!!!

क्षेपक : ठाकुर-ब्राह्मणों से रार मोल लेने और मड़ैया जलने के बाद चप्पे का तो गाँव में निधारा था ही नहीं, सो विधायक के कहने पर शहर में किराए से कमरा ले, नागी और बुआ के साथ पहले की तरह अब भी ट्रक ड्राइवरी करता है। और इन्दा? ...एक भंगी को साड़ूभाई बनाकर उसका भी वहाँ गुजारा कैसे होता, सो अपने हिस्से की ज़मीन बेच; तीन नदी पार लखना के मुख्य बाज़ार में दुकान खोलकर हलवाईगीरी करता है। चप्पा और नागी, शान्ता और इन्दा और उनके बाल-बच्चे एक दूसरे के घर आते-जाते हैं! भैया-भौजी, जीजा-जिज्जी और मौसा-मौसी का वहाँ भी उच्चारण होता है, पर एक नये अर्थ में!! ...और हमारा गाँव? वह...वह राजा हरिश्चन्द्र की भाँति, आज भी अपने सत्य (वर्णधर्म) पर अटल है!!!

नये सजन घर आए...!

"हटोऽ जे का लगाएँ हो बुद्द-फुद्द के गीत? सूधें-सूधें वरनी गाओ...लियाओ जि ढोलक हमें देउ...।" मंडप तले गीत गा रहीं विमला और विशाखा से ढोलक छीन फूलानी बुआ, खुद ही एक वरनी गाने बैठ गयीं :

तनक सी बिटिया राजा की, बैठी है जौ के खेत
कौन रजनि की धीय रे? कौन रजनि कौ खेत?
जनक रजा की धीय रे, बलि राजा कौ खेत
कै तुम ब्याही? कै तुम कुँआरी? कै तिहारो रचो है ब्याह?
ना हम कुँआरी, ना हम बिआहीं, ना हमारो रचो है ब्याह
रामचन्द्र मोहि वर ना मिले, जई गुन रही कुँआरि
लछिमन हँसि ररिआँ करत, चलौ हमारे साथ
तुम तो गैल के गैलुआ, हमने तो साधे हैं वर राम

बड़ी गवैंयन हैं फूलानी बुआ। बहुत सारे भजन-अचरी, गीत-गारी, दादरे और सौहर कंठस्थ हैं उन्हें। आल्हा और ढोला पर भी उनकी अच्छी पकड़ है। बुआ बताती हैं कि यह 'सीता कौ मंगल' सीखने के लिए उन्होंने, गिला के पुरा की बूढ़ी नाईन काकी को तीन दिन अपने घर रखा था। छोत-पाक में ठाकुर-पंडितों से भी हाथभर अगरी उस नाईन डोकरी ने, बुआ से अपनी खूब आव-भगत करवाने के बाद ही सिखाई थी उन्हें—यह लम्बी गाथा। पर आज इन 'नूरमपुरा' वाली मौंड़ियन के कारण, बड़ी हलकान हैं फूलानी बुआ। वे जो गाती हैं वह बुआ के पल्ले नहीं पड़ता और बुआ जो गाना चाहती हैं, वह वे सुनने को तैयार नहीं...। यह हाल बुआ का ही नहीं गाँव से आई और भी जनीमानसों का है, कोई उनकी ढार में ढार नहीं मिला पा रहा और एक वे है कि अपनी धुन में गाए ही जा रही थीं :

बाबा बोल गये बुद्ध धरम लीजो अपनाय
बाबा बोल गये

होऽ पोल खोल गये
बुद्ध धरम लीजो अपनाय
बाबा बोल गये...
ऐऽ भीमराव बाबा की जइहै पुकार
बौद्ध बनो भारत में हुइहै सुधार
सभी धर्मों का सार
मिले मानव अधिकार
बे टटोल गये.....
होऽ बाबा बोल गये...।

बुआ के मस्तिष्क का पारा वैसे ही चढ़ा है, जबसे उन्होंने यहाँ आकर सुना कि उनके भतीजे मेजर उदैभान की बिटिया सुजाता का ब्याह बौद्धधर्म से हो रहा है—जिसमें न तेल-तिलाई होगी, न कन्यादान; भाँवरे और पाँयपुजाई भी नहीं—'हेऽ परमात्मा! यह कौन सी रीति है? कहूँ ये सब के सब, मुसल्ला तो नहीं हो गये...।' बुआ को रहकर खिसियाहट छूट रही है।

पूरे बीस साल में पहली बार आई हैं फूलानी बुआ—मुरार। आर्मी में भर्ती होने और मैया-बाबा के गुज़र जाने के बाद, बुआ के भतीजे मेजर उदैभान बाल-बच्चों सहित बीस-बाईस साल पहले नुन्हाटा (भिंड) गाँव से ग्वालियर आ बसे हैं। गाँव में खेती-पाती और घर-परिवार का कोई अन्य खास सदस्य न होने से, मेजर का रिश्तेदारी और गाँव जाना अकसर शादी-ब्याह और पटा-तेरहवीं पर ही हो पाता है। फ़ौज की नौकरी के चलते आने-जाने का यह अन्तराल, कई बार दो-दो, तीन-तीन साल तक आगे खिंचता रहा है।

पर बेटा-बेटियों के ब्याह अकेले नहीं हो जाते। बहुत सारे दोस्त और मुहल्ला-पड़ोस के होते भी बिना घर-परिवार और नाते-रिश्तेदारों के, घर से दूर सगाई-सम्बन्ध का आस्वाद बहुत कुछ फीका-फीका-सा लगता है। फिर अपनी जड़ों से जुड़ना भला किसे नहीं सुहाता? और मेजर उदैभान की जड़ें शहर से दूर गाँव में थीं, जहाँ इस बार उन्होंने अपने समस्त भूले-बिसरे नाते-रिश्तेदार और सगे-सम्बन्धियों को ज़रा न्यौता दिया था। फूलानी बुआ भी इस प्रक्रिया का एक हिस्सा थीं, पर वे यहाँ ऐसे ही नहीं चली आई हैं।...

शहर की भागती ज़िन्दगी और समय की कमी से अनजान तथा बुकपोस्ट और मोबाइल सेवा को 'सन्देशन खेती' माननेवाली निरक्षरा फूलानी बुआ को, जब अपने खास भतीजे की बिटिया के ब्याह की खबर उड़ती-उड़ती मिली, तो उन्होंने उससे पहले ही किसी हरकारे से यह खबर भिजवा दी थी—'उदैभान जब तक मोहि घर से लिवान नहीं आवेगो, तब तक हम नहीं जाय रहे बाकी मोड़ी के ब्याह में;

लाट साब होयगो तो अपने घर कौ... ?' ऐसे में अपने पुरखों की आख़िरी निशानी और पिता की लोहरी बहन फूलानी बुआ का ऐसा दर्प भरा साधिकार सन्देश, तब भला मेजर उदैभान कैसे टाल जाते? ...रिश्तेदार और भाई-बन्धु सेना के सिपाही और रिक्रूट तो नहीं कि एक आदेश दिया और मुस्तैद होकर आ खड़े हुए आपके सामने।

मेजर के साथ उनकी कार में बैठकर आई हैं फूलानी बुआ। और आते ही घर का सारा पुरख्यात सँभाल लिया है। अस्सी पार फूलानी बुआ की बोली और हाड़-माँस के कड़ेपन का पूरा गाँव कायल है। उम्रवृद्ध होने के साथ-साथ ज्ञानवृद्ध बुआ की सीख और सलाहें, बिरादरी ही नहीं बड़ी जात कहे जानेवाले पड़ोसी ठाकुर-ब्राह्मणों को भी लेते देखा जा सकता है।

लेकिन यहाँ शहर की नयी खैल के नये रंग-ढंग देखकर वे अचम्भित हैं। जब घर से रवानी हुईं तब उन्होंने सोचा था कि ब्याह में वहाँ वे—टीका-लगुन के बाद पंडित से मुहूर्त शोधवाकर मटियाना लिवायेंगी। तिलाई सिंकेगी। बिटिया सुजाता का तेल चढ़ेगा। मंड़वा छवेगा। कूकरा गवेंगे। घर के अहूत-बालक और सुहागिनों की पूजा होगी। घर-परिवार के सारे देवी-देउता—हरदौल, लोढ़ी, लालमन, भुमियाँ, मैराम-जगराम बाबा और रमा, बघेलीवाली कालिका पूजी जाएँगी और वे उन सबके आह्वान में भर-भर बोल गाएँगी। तब आज ब्याह में आँधी-पानी और तमाम अला-बलाओं से वर-वरनी की रच्छा के लिए, अपनी धुन में वे साँचेहूँ मंडप के नीचे गा उठी थीं :

पवन के हनुमत हैं रखवारे।
आँधी-ई पानी कों बन्द करत हैं-जे
हाथनि काज संवारे
पवन के हनुमत हैं रखवारे
हमरे म-हाबीर बा-बा ऐ-सें गज्जत हैं,
जै-सें इन्द्र अखाड़े, प-वन के.... ।''

पर बुआ को क्या पता कि वह जिस भतीजे के घर आई हैं वहाँ अब इन देवी-देवताओं के लिए कोई स्थान नहीं है, न उनके पूजा-पाठ की कोई विधि शेष। बुद्ध से ज़्यादा उस घर में बाबा साहेब और उनके द्वारा निर्धारित बाईस प्रतिज्ञाओं का कट्टरता से पालन होता है, जिसमें ब्रह्मा-विष्णु-महेश, गौरी-गणपति, राम-हनुमान किसी के लिए कोई स्थान नहीं है।... पर चूँकि बुआ उस घर की सम्माननीय वृद्ध अतिथि हैं, इसलिए उन्हें कोई सीधे नहीं बरज रहा। मुहल्ले की दीक्षा प्राप्त अधेड़ औरतें भी बुआ के इस पिछड़ेपन पर खूब भुनभुनाईं, किन्तु अब तक उनसे किसी ने कुछ कहा नहीं है।

...लेकिन नयी पीढ़ी पुरानी पीढ़ी की अपेक्षा अधिक विद्रोही और ऊर्जावान होती है, वह अनुचित के प्रति सीधे तो कभी मौका लगते ही खुलकर वार कर बैठती है। मेजर के घर भी विमला और विशाखा उनकी दो फुफेरी सालियाँ 'मौ' से आई हुई हैं। अंचल के प्रसिद्ध बौद्ध भिक्षु नागसेन और सतानन्द महाथेरा की प्रेरणा से उनका परिवार, कई साल पहले बौद्ध धर्म की दीक्षा ले चुका है। दोनों बहनें लोकगीत और भाषणों के द्वारा बौद्धधर्म और बाबा साहेब के मिशन का प्रचार, गाँव-गाँव और घर-घर जाकर किया करती हैं।

बाबा साहेब की मृत्यु उपरान्त दलितोद्धार आन्दोलन में जो एक रिक्तता उत्पन्न हुई और उसे भरने सन् चौरासी-पिच्च्यासी में मा. कांसीराम, वामसेफ और बसपा के माध्यम से भारतीय समाज और राजनीतिक परिदृश्य पर उभरते हैं। वह समय एक दलित कर्मचारी द्वारा नवगठित छोटी-सी दलित पार्टी के उभार मात्र का समय न होकर, भारतीय समाज में दलित मध्यमवर्ग के उदय का समय भी है। संविधान प्रदत्त सुविधाओं और अवसरों का लाभ लेकर यह वर्ग, अब अपने पैरों पर खड़ा होने लगा था।

सन् तिरानवे-चौरानवे में मा. कांसीराम और सुश्री मायावती के नेतृत्व में दलितोद्धार आन्दोलन के कन्धों पर चढ़कर खड़ी हुई दलित राजनीति अपने चरम पर थी, तब उसकी धमक उत्तर प्रदेश के बाद उससे सटे उत्तरी मध्यप्रदेश के ग्वालियर-चम्बल अंचल में सबसे अधिक सुनी गयी थी। ...मेजर उदैभान ने भी लगभग उसी समय 'फूलबाग' पर आयोजित एक सम्मेलन में, सपरिवार धम्मदीक्षा ली थी और अब अपनी बिटिया सुजाता का विवाह भी बौद्ध पद्धति से करने जा रहे हैं। वरना गाँव छोड़ने से पहले उन्होंने भी अपने परिवार में, खूब देवी-देवता और अहूत-मसान पूजे हैं।

...स्वभाव से सरल और सौम्य विमला-विशाखा ने अन्ततः बुआ को अपने ढंग से रास्ते पर लाने के लिए कमर कस ही ली थी। मंडप तले बुआ ने जैसे ही अपनी सुमिरनी बन्द की, वैसे ही विमला-विशाखा ने अपना एक चेतावनी गीत छेड़ दिया था :

अब हूँ चेति जओ शोषित भैया
कितनी भूल तिहारी-2
नकली राम कहत युग बीते।
फिर भी तुम तो रहे हो रीते।।
हरदम हारे कबहूँ न जीते।
नीचा कहकर तुम्हें पुकारें।।
बढ़न न देंय अगारी।

अबहूँ चेति जाओ शोषित भैया............. ।

बुआ ने गाँव में बहुत सारी ऊँच-नीच देखने के साथ-साथ, आस-पड़ोस की ठाकुर-ब्राह्मनियाँ और उनका चाल-चलन करीब से देखा है। खेती-बाड़ीवाले दबंग दलित परिवार की बहू होने के नाते गाँव का आदर्श माने जानेवाले ठाकुर-ब्राह्मणों के रीति-रिवाज और संस्कार मानने का दबाव, बुआ पर भी रहा था। कभी स्वेच्छा से तो कभी दबाववश, बुआ ने अपने समय में ठाकुर-ब्राह्मनियों के समान ही—नौ देवी, निर्जला एकास्सी, कन्हैया आठें, छठ, तीजा, सन्तान सातें, करवाचौथ और सौंरात्री के उपास रखे हैं। हर साल कतिकी नहाई और नियम से तुलसी-सालिगराम का ब्याह भी रचाया है।

प्रत्येक तीज-त्यौहार आधारित ऐसा कौन-सा मंगल गीत नहीं, जो फूलानी बुआ को आता न हो। लेकिन आज उनकी वह जन्म-ज़िन्दगी की कमाई उन संस्कार गीतों की अप्रासंगिकता, बुआ को अन्दर तक खटक गयी थी। विमला-विशाखा जो गा रही थीं, वे कोरे गीत ही नहीं थे। उन गीतों में न सुकुमारिता थी, न सबको आल्हादित करने का भाव। वे कुछ और ही गा रही थीं? उनके वे गीत ऐसे थे मानो कोई लोहपीटिनियाँ भोथरे हँसिया-खुरपियों पर धार देने, लगातार उन पर घन-हथोड़ा चलाएँ जा रही हों :

हैं बेई लोग कमीन
जिनके धरम-करम हैं हीन
बिना बुलाएँ फिरत द्वारे।
न्यौंता को फिरते मुँह फारे।।
खाना खायें बैठि गलियारे।
लाज-शरम मरजाद न जाने
जे हैं पूरे अन्धे...

हद तो तब हो गयी जब बुआ ने एक निर्गुण ढार का गीत उन्सारा :

अपनी मैया की उलिया में खेल रहो तो, तब कैसो लगो।

विमला-विशाखा ने बुआ के गीत की कड़ी पकड़, तुरन्त उसी तर्ज़ पर एक नया गीत छेड़, अपनी तान पर ढोलक को सप्तम पर ले गयी थीं :

बाबा न जनमें तब बिलख रहे थे
तब कैसो लगे।
रटो खूब राम नाम
सटो एक एकहू न काम

रहे रात-दिन गुलाम
लुटी इज़्ज़त घर-घर में
कष्ट भओ तो
तब कैसो लगो
बाबा न जनमें तब बिलख रहे थे...

बुआ इतनी भोली भी नहीं थीं। माना कि बुद्ध और अम्बेडकर इस रूप में उनके गाँव नहीं पहुँचे और युवा स्मृति में सुराज आने की साल अपनी ननद से सुनी-समझी वह मल्हार—*'गाँधीजू कौ राज सो नेहरू जी ने ले लियो जीऽ।'* के कोई तीस-पैंतीस साल बाद जब पहली बार, नीला झंडा और हाथी निशानवाले उनके गाँव में वोट माँगने आए थे, तब पहली-पहल बुआ ने उन्हीं के मुख से सुना था यह नाम—"बाई! अपना असली सुराज आना अभी बाकी है।... नेहरूजी ने गाँधी से अपना सुराज नहीं छीना, बल्कि अपने मसीहा परमपूज्य बाबासाहेब डॉ. भीमराव अम्बेडकर से छीनकर—गाँधी; नेहरू और अन्य ठाकुर-ब्राह्मन-बनियों को अपना सुराज सौंप गये हैं! हमारी गरीबी और बर्बादी का कारण, आज भी काँग्रेस, गाँधी, नेहरू परिवार और अन्य मनुवादी पार्टियाँ हैं!! हमारा सच्चा सुराज तो बाबा साहेब और उनके विचारों की लीक पर चलनेवाली पार्टी को जिताकर और संसद में अपना प्रधानमन्त्री पहुँचाने पर ही मिलेगा!!!

पर वह बात बुआ के लिए कब की आई-गयी हो गयी थी, क्योंकि गाँव में अपना सुराज, अपना प्रधानमन्त्री, भगवान बुद्ध, महात्मा फुले, बाबा साहेब अम्बेडकर जैसे गिने-चुने नाम, कभी-कभार और अधिकांशतः चार-पाँच साल बाद छुटपुट रूप में चुनाव के समय ही सुनाई देते थे। बाकी समय तो उनका वह बेहड़ीला गाँव, अपनी उसी पुरानी चाल पर चला जाता था—जिसमें ब्राह्मणों के ढोंग-धतूरे, ठाकुरों की धौंस-धप्पड़, बनियों की लूट-खसौट, अहीर-गूजरों की गँवरई और इन सब के नीचे नैहनिया जाति के अनन्त कष्ट—सब वैसे के ही वैसे...।

पर यहाँ बात कुछ और ही थी। बुद्ध और बाबा साहेब पूरे घर ही नहीं सारे मुहल्ले के आदर्श थे। कोई राम-राम, श्याम-श्याम नहीं करता। 'जय भीम' और 'नमो बुद्धाय' सुनकर तो वे अचकचाकर रह गयी थीं। पूरी कॉलोनी में डॉक्टर, इंजीनियर, वकील, बैंक ऑफीसर, प्रोफेसरों और शिक्षकों के एक-से-एक बढ़कर मकान थे, जो उनके गाँव के ठाकुर-ब्राह्मणों की हवेलियों के मान मार रहे थे। सब नौकरी-पेशा। न किसी की दाब-धौंस, न कोई किसी का परासित्त...।

अपने वृहद आकार के अनुरूप गली का नाम ही—साठ फुटा रोड था। रोड के एक ओर से छोटे-बड़े वाहन निकलते रहने पर भी काफी जगह बची रहती है। मेजर

उदैभान ने सुजाता के ब्याह के लिए भी पंडाल और बारातियों के भोजन की व्यवस्था घर के बाहर सामने ही रखी थी। चूँकि बारात कुछ पहले आ गयी थी, इसलिए मेजर ने 'द्वाराचार' के पहले ही बरातियों को सीधे खाने पर बैठा दिया था। रंग-बिरंगी झालर और बल्बों की रोशनी में नहाए पंडाल में, बाराती टेबल-कुर्सियों पर बैठकर खाना खा उठे थे। तभी एक बखुआ फैल गया। खाना खा रहे एक बाराती ने घराती महिलाओं के यों चुप रहने और ज्यौनार-गारी न गवने पर ताना दे मारा था :

"जगजीवन नगर की मेहरियाँ क्या खसम के संग परकैं, कोरे मोड़ा-मोड़ी ही पैदा करिवो जानती हैं—अरे! कछू रौंगचौंग होन देते..?" किसी ने उसे टोका भी—"दद्दा महेन्द्र की शादी बौद्धधर्म से हो रही है, जामें ब्राह्मणवादी अश्लील गारी नहीं गवतीं?" मुरैना का बुड्ढा कुछ ज़्यादा ही रसिक-गँवार था। उसने तुरन्त पलटी मारी—"तो क्या बौद्धधरम में मोड़ी-मोड़ा बिना जनी-मद्द के संग सोये ही पैदा हो जात हैं?"

बात जंगल की आग-सी घर के भीतर मंडप तले बैठी मान-मेहमानिनों तक पहुँची, तो उन्हें अपना घोर अपमान लगा। विमला-विशाखा ने उनकी अधीरता थाम ढोलक हाथ में पकड़ी और झींका-मंजीरा ले, सीढ़ियन-सीढ़ियन छत पर द्वार की ओर को खुले छज्जे पर जा चढ़ी थीं। गठिया वात की हलकी-सी शिकार फूलानी बुआ भी अपना एक हाथ कमर पर और एक से घुटने की परिया थामे, सबके पीछे-पीछे वे भी छज्जे पर आ गयी थीं। उनसे पहले विमला-विशाखा ने अपनी मोरिया-सी कोहकती आवाज में यह एक गारी-चेतावनी छेड़ दी थी :

तुम दीने जुलम गुजार, सजन तुम्हें शरम नहीं।।
पर घर जाकर नीचे बैठो पूछे तिहारी,
खबर नहीं, द्वार तुम्हारे पाखंडी आवे,
दीनी खाट बिछाय, चिलम भरत में शरम नहीं।
तुम दीने जुलम गुजार.... ।
नारि तुम्हारी पर घर जाती, करें गुलामी खबर
नहीं, बहू बेटिन की लाज लुटी है, इज्जत हो
गयी छार, लोग हँसे तुम्हें शरम नहीं।
तुम दीने जुलम गुजार... ।
बैंड दस हज़ार पाँच हज़ार की दारू रंडी नचावे
खबर नहीं, विदा कराय बहू घर आई,
हार में दई पठाय, घास कटावे शरम नहीं।
तुम दीने जुलम गुजार... ।

करो गुलामी कर्ज़ पटावे नीच बने तुम्हें खबर नहीं
साजन सत्य जतन अब करलो भीम ने दयो बताय,
अबहू न चेतो शरम नहीं।
तुम दीने जुलम गुजार... ।

अपने समाज को जाग्रत करती इस चेतावनी भरी गारी सुनकर, बुआ तो जैसे दंग रह गयी थीं। उन्हें इस बार गर्व हुआ कि कैसे मौके पर इन चतुर बिटीनाओं ने, उस अहंकारी बाराती को करारा जवाब दे दिया है। बुआ जिस दिन से आई हैं उस दिन से बिना लाज-शर्म घर भर में बछिया-सी कूदती इन दोनों बहनों पर, उन्हें बड़ी कोफ़्त होती रही है। पर उनकी यह गारी सुनकर वे बाग़-बाग़ थीं। उन्हें गारी गवते गाँव के वे सारे दृश्य याद हो आए, जिनमें द्वार पर किसी ठाकुर-ब्राह्मण के आ जाने पर बिरादरीवालों का खाट से उठ बैठना/उन्हें हुक्का-बीड़ी देना। दबंगों के लड़कों द्वारा नैहनिया जाति की बहू-बेटियों को राह चलते छेड़ जाना। सवर्णों की देखा-देखी बेटा-बेटियों के ब्याह में अनाप-शनाप पैसा बरबाद करना और फिर उधार पटाने में ज़िन्दगी खार करना/बनिया-बोहरों की गालियाँ खाना आम बात रही है।

बुआ को स्वयं अपने ब्याह-गौने के दिन याद आ गये थे, जब क़र्ज़ लेकर ससुर ने ब्याह में मथुरा से श्यामा रंडी और होतीलाल की मंडली मँगवाई थी। चाले के बाद ही उनसे ब्याह के सारे गहने-जेबर उतरवा लिये थे। ब्याह में ख़र्च अधिक होने से उस साल, घर का सारा अनाज-गल्ला बिक गया था। बुआ को भर जेठ मास की गर्मी तब ज्वार-बाजरा जैसे मोटे अन्न की रोटी खानी पड़ी थीं।...

विमला-विशाखा के बिगड़े तेवर देख, बुआ ने वक़्त की नज़ाकत को समझा कि शादी-ब्याह तो हँसी-खुशी और मान-मनुहार के मौके होते हैं, न कि सूखे उपदेश, व्यंग्य और तानाकशी की बेला। उन्होंने फिर सबको बरजते पुरानी चाल की एक कबीरपन्थी ज्यौनार, अपनी बूढ़ी और लरज़ती आवाज में छेड़ दी थी :

आ-जु हम... सतगुरु कों गृह ल्यावें
भक्तिदान दान तब पावें कि हाँजू
प्रेम के जल में चरन पखारूँ,
तोऽऽ चित चौकी बैठारूँ...कि हाँजू
मंज-अरोंचो शील को चन्दन,
मंशा को पुष्प चढ़ाऊँ कि हाँजू
कंचन थार कपूर की बाती,
आरति साजि धराऊँ कि हाँजू
ले... आरति करूँ अस्तुति पुनि-पुनि,

चरननि शीश नबाऊँ कि हाँजू... ।।

यह समय की नज़ाकत, घर के सम्माननीय वृद्ध का भय अथवा अपनी जातीय परम्परा के श्रेष्ठ्य का सम्मान कि इस बार छज्जे पर बैठी अन्य औरतों के साथ-साथ विमला-विशाखा ने भी उक्त कबीरपन्थी ज्यौनार को, बुआ के संग तन्मयता के साथ गवाया। बुआ रुकीं तो विमला विशाखा ने भी अगली कड़ी के रूप में उसी तोड़ की एक और ज्यौनार छेड़ दी थी :

सजन हमारे आए द्वारे सो खुशियाँ छाई अपार भले जू।
मान सम्मान के डारे बैठका सो स्वागत करो सत्कार भले जू।
हिरदे में हर्ष हुलास अधिक है सो भोजन करो तैयार भले जू।
प्रीत की पातर प्रेम को दोना सो सुमत को जल है सार भले जू।
भाव कौ भात शान के फुलका सो ज्ञान के घी की धार भले जू।
नेम कौ नमक नीति की मिरची सो बुद्धि को बेसन-झार भले जू।
शील पकौड़ी प्यार के पापड़ सो त्रिशरण दियो बघार भले जू।
हित कौ बरा चाह की चीनी सो विनय मूँग की दार भले जू।
ध्यान को दही क्षमा की चटनी सो आदर अदरक डार भले जू।
रुचि-रुचि भोजन धरे बनाकें सो परसे भीम के द्वार भले जू।
आओ सहेली मेरी हिल-मिल बैठें सो सजन करें ज्यौनार भले जू।
स्वाभिमान को पान लगायो सो चाबें सजन हमार भले जू।
नागसेन नित नेह लगाकें सो गाबें मंगल चार भले जू।

बुआ को यह कबीरपन्थी ज्यौनार पहले से याद थी। बस एक दो जगह अटकीं, जहाँ विमला और विशाखा ने 'पारख' की जगह 'त्रिशरण' और सद्‌गुरु कबीर की जगह 'भीम' नाम का उच्चारण किया। घर में बाबा साहेब और बौद्ध धर्म का नाम सुन-सुनकर तीन दिन से अचम्भित और आतंकित बुआ, इस बार आश्वस्त होती मन-ही-मन और फिर सबके सामने व्यक्त रूप से बोल पड़ी थीं—"चलो, कछू अन्तर नाँय अपने और इनके धरम में। ...मोड़ीं जो गाय रही हैं तो जे बुद्ध और बाबा साहेब हू रहे होयँगे अपने सत्‌गुरु कबीर साहेब की नाईं, कोऊ बड़े सन्त-महन्त...।" अपना पक्ष मज़बूत होता देख ढोलक थामे सामने बैठीं विमला-विशाखा मुस्करा दी थीं। वे सरककर बुआ के और समीप आ उन्हें कुछ और समझातीं कि तभी मेजर उदैभान ने सबको नीचे बुला लिया था।

हड़बड़ी में ढोलक उठाए विमला-विशाखा और अन्य मान-मेहमानिनें, सीढ़ियाँ-सीढ़ियाँ छज्जे से उतरकर नीचे मंडप तले जा पहुँची थीं। विमला-विशाखा या किसी मेहमानिन ने बुआ की ओर ध्यान नहीं दिया और वे सबके पीछे वहीं बैठी रह गयी

थीं। अपने में खोयी बुआ भी थोड़ी देर बाद बड़े कुतूहल और आश्चर्य से, छज्जे के पार इधर-उधर बने घर-मकानों की भव्यता और विवाह के उपलक्ष्य में गली में लगीं कनात, रंग-बिरंगी झालरें और लुप-झुप करते कलरफुल बल्बों को, टिकोरी बाँधकर निहार उठी थीं।

...बड़े कसाले में कटे है बुआ के भतीजे, मेजर उदैभान का बचपन। सुख की इस मधुर बेला में भी बुआ नहीं भूल पायीं दुख के वे कंटीले और गहरे दिन। वे कैसे भूलतीं कि मेजर उदैभान जब मात्र पाँच वर्ष के थे, तब उदैभान की माँ और बुआ की भावज बिटुला को धौरे-दोपहर, गाँव से डाकू उठा ले गये थे। गाँव जो कि चाँमिल (चम्बल) के करारें बीच बीहड़ में था—गढ़ी-जौरी। गाँव में ठाकुरों के घर तो दो-चार ही थे, परन्तु ब्राह्मण, अहीर और कड़ेरों के ज़्यादा। चलती उनमें ठाकुर-ब्राह्मणों की ही अधिक थी। नैहनियाँ जाति ऐसे रहती जैसे बत्तीस दाँतों के बीच जीभ। भय इतना कि द्वार पर उनकी पनहियाँ उतरीं देख दलित, अपने ही घर में घुसने से भय खाते थे! गाँव में उनके मूत का दीया जलता। नैहनियाँ जाति की कोई बहन-बेटी जवान नहीं हो पाती!! पिता और भाई अपनी इज़्ज़त की खातिर, नौ-दस साल की उम्र में ही उन्हें एक रात कन्धें पर बैठाकर। चाँमिल-जमुनापार इटावा या कुँआरी पार भिंड के किसी गाँव में, सजातीय वर के संग 'पाँयपूज' आते थे!!!

बहन-बेटी पराया धन सो उसे चाहें जहाँ पहेल आओ, किन्तु बहुओं और बीबियों का क्या??? उदैभान की माँ गेहुँआ रंग की गोरी ग्वालिनी-सी बैयारबानी थीं। एक दिन साँझ को लोटा लेकर घर से नरिया में टट्टी-फ़रागत को निकलीं, तो फिर लौटकर नहीं आईं। घड़ी से घंटा, घंटे से पहर, पहर से रात बीती किन्तु बिटुला का कहीं कोई पता नहीं। हार-खेत, नरियाँ-खेंजड़ियाँ और नाते-रिश्तेदारी सब जगह बुआ के पिता और भाई दौड़े, पर हर जगह का उत्तर 'ना' और निराशा था।

जड़काले के दिन थे। कोई चौथे-पाँचवें रोज़ की बात है। हर जगह की खोज-खबर से निराश बुआ के मैया-बाप और भाई द्वार पर जल रहे अगिहाने के समीप मानुष-सा मारे बैठे थे। रात गहराने लगी थी। अलाव में जलते कंडे-लकड़ियों की आग, लौ से भभूदर और भभूदर से राख में तब्दील होने जा रही थी कि तभी उनकी पालतू ऊँटनी, गली के मुहाने घर की ओर आती दिखी। ऊँटनी उस दिन भी बीहड़ से घास और कँटीली झाड़ियों की पत्तियाँ चरकर लौट रही थी। रात उजरिया थी। ऊँटनी जब उनके और क़रीब आई, तो बुआ की अम्मा खिलौनी की चीख निकल गयी। पास जाकर देखा तो ऊँटनी की काठी पर औंधे मुँह, उनकी बहू बिटुला पड़ी है। बेहोश। देह पर शेष कपड़े लत्ते और इज़्ज़त, दोनों ही तार-तार।

बिटुला के अपहृत हो जाने की खबर सुनकर, नुन्हाटा से बुआ और उनके पति छत्रपाल भी दो दिन पहले जौरी आ गये थे। गाँव के दबंगों और डाकुओं की मिली

भगत से अपनी सालेहज और साले की दुर्दशा उनसे देखी नहीं गयी। उन्होंने उसी वक़्त बुआ के भैया को आदेश दिया था—"बलजीते! अबहीं ऊँटनियों पर सामान लादो और चलो हमारे गाँव? बेइज़्ज़ती की दो रोटी खाने से अच्छो है, इज़्ज़त की आधी खाटी जाए...।"

मेजर उदैभान के अइया-बाबा और मैया-बाप के नुन्हाटा पहुँचने से कुछ ही साल पहले स्वामी अछूतानन्दजी और उनके बाद आदिहिन्दू आन्दोलन के कार्यकर्त्ताओं के अथक प्रयासों से, इस क्षेत्र में चमार बिरादरी की जगह-जगह जातीय पंचायतें हुई थीं। एक आन्दोलन के रूप में जातीय पंचायतों की यह कानवाई—मैनपुरी, इटावा, कानपुर, जालौन, भिंड और ग्वालियर के गाँव-गाँव फिरी थीं और उसी के चलते इस क्षेत्र के चमारों ने अपना पारम्परिक जातिकर्म त्याग दिया था। चमार बिरादरी का तर्क था कि जब हड्डी और चमड़े के कारण ही हमें अछूत समझा जाता है, तब हम यह घृणित कार्य क्यों करें? हमें भी समाज में बराबरी और सम्मान के साथ जीने का हक़ है।

बुआ ने अपनी युवावस्था में यह सब अपनी आँखों देखा और कानों सुना है कि किस प्रकार गाँवों में ठाकुर-ब्राह्मण और अन्य बड़ौआ जातियों ने, तब उनका जीना मुहाल कर दिया था। मारना-पीटना/रास्ते से निकलने न देना/खेतों से घास-चारा न लेने देना/टट्टी-फ़रागत के लिए रोकना इत्यादि कई तरह के प्रतिबन्ध बिरादरी पर लगा दिए थे। परन्तु आदिहिन्दू आन्दोलन के प्रभाववश चमार बिरादरी में शिक्षा और सम्मान की जो भूख जाग्रत हुई थी, उसके चलते उनका यही जवाब होता—"हम भूखे-प्यासे रह लेंगे पर अब हम जे काम नहीं करेंगे। बिरादरी से हमारो हुक़्क़ा-पानी उठ गओ, तो हमें ज़िन्दगी भर पाँत में हरी पातर देखवे कौं नांय मिलेगी और हमारे मौड़ी-मौड़न के ब्याह क्या तुम कर जाओगे..?"

स्वतन्त्रता के पूर्व सन् पैंतीस-चालीस के आसपास बिरादरी में हुक़्क़ा-पानी बन्द होने का मतलब ही था जाति बाहर हुए व्यक्ति से—खान-पान और शादी-सम्बन्ध न रखना/बातचीत और उठना-बैठना तो दूर, चूल्हे की आग और कुएँ से पानी नहीं भरने देना/मरने पर अपनों की लाश अपने कन्धे ढोना/और तो और उससे भी भारी चौमासे में घर के ऊपर दस-बीस लोगों द्वारा ही उठाकर रखा जानेवाला छान-छप्पर भी गाँव का कोई सदस्य उठवाने नहीं आता था। ...इस प्रकार कहीं जागरूकतावश तो कहीं जातीय पंचायतों के भय से इस कर्म को त्याग दिया गया और देखते-देखते, ग्वालियर चम्बल की चमार बिरादरी ने मरे ढोर-डांगर उठाना/जानवरों की खाल निकालना/उनकी रंगाई-फराई/मृत पशुओं का माँस व गुबरैला अन्न खाना छोड़ दिया था। चमार महिलाएँ भी प्रसूति के समय सातों जात के घरों में बच्चों के नाल काटना, सौंर धोना और जच्चा-बच्चाओं की तेल-मालिश इत्यादि परम्परागत कार्य करना भी सख़्ती के साथ बन्द कर चुकी थीं।

वे बड़े कष्ट भरे दिन थे। यद्यपि बुआ का परिवार खेती-बाड़ीवाला था और उन्हें उस तरह की परेशानियों का ज़्यादा सामना नहीं करना पड़ा था, किन्तु गाँव की प्राचीन 'बेगार' परम्परा के तहत घर कमाने के लिए उनके हिस्से में भी गाँव के कई किसान परिवार आते थे। बुआ का परिवार यह काम खुद नहीं करता था। उनके हिस्से का यह काम बिरादरी के गरीब परिवार किया करते थे। बदले में सवर्ण किसान परिवार, उन्हें मामूली वार्षिक अन्न (वलूत) और 'सिरोपाव' देते थे। किन्तु आदिहिन्दू आन्दोलन के प्रभाववश जब उन्होंने अपना यह पारम्परिक पेशा छोड़ा, तो लगा जैसे हाथ ही कट गये हों।

तब की स्थिति में दलित आसामियाँ तंगहाली और शादी-ब्याह के अवसर पर, नक़द-उधारी का काम अपने हिस्से आनेवाले पारम्परिक सवर्ण किसान-साहूकारों से ही चलाती थीं। लेकिन इस बार यह लड़ाई उन्हीं के विरुद्ध थी।... कुछ एकड़ ज़मीन का मालिक बुआ का परिवार भी उनकी कितनी मदद कर पाता? भूख से बिलबिलाते बच्चे और क्रन्दन करती महिलाओं की सिसकियों के बीच, कहीं किसी से कोई सहारा तो नहीं मिलता, उलटे कढ़ते-निकलते बड़ौआ जाति के ठोसरे अवश्य सुनने को मिल जाते थे—"देखो, जानी-मेली टीटुही (टिट्टभी) चली हंस की चाल?"

उस भूख और बेहाली की दशा में भी तब ग्वालियर-चम्बल के चमारों का सदियों से खोया स्वाभिमान जाग्रत हो रहा था। सन् उन्नीस सौ तीस-पैंतीस के आस-पास प्रारम्भ हुआ यह जनआन्दोलन, अछूतानन्दजी और उनके स्थानीय सहयोगियों के कठिन प्रयासों से इस क्षेत्र में कम्पनी सरकार और सवर्ण किसान और ज़मींदारों द्वारा दलितों से ली जानेवाली—बैठ-बेगार/बन्धुआप्रथा/सवर्णों द्वारा होली के अवसर पर दलित स्त्रियों का अपमान करती 'डगा प्रथा' इत्यादि को अपने अथक परिश्रम से जहाँ-तहाँ बन्द करवा दिया था और आज़ादी के बाद साठ के दशक तक आते-आते, यहाँ के चमारों ने अपना जातीय पेशा पूर्ण रूप से बन्द कर दिया था।

बुआ ने यह सब बदलाव अपनी आँखों से देखे हैं। देखा है उन्होंने कि उनसे कुछ साल पहले इटावा से ब्याहकर उन्हीं के साथ गौने आई बुआ की मँझली जिठानी निन्नी ने, आते ही घर की दीवालों पर सूखती गाय-भैंस और भेड़-बकरियों की खालें उतरवाकर, बाज़ार में बिकवा दी थीं। जानवरों की चर्बी के कुप्पे और चर्बी से जलते दीए घर से बाहर फिंकवाकर और पूरा घर-आँगन लीप-पोतकर ही अन्न-जल ग्रहण किया था। वे इटावा के जिस 'चौगुर्जी मुहल्ले' से थीं, वहाँ उन्होंने अपने पिता की उँगली पकड़कर कभी बद्रीप्रसाद की धर्मशाला, तो कभी बड़े डाकखाने पर हुए आदिहिन्दू आन्दोलन के जलसों में अछूतानन्द जी के व्याख्यानों को सुना था। देखा था ठाकुर-ब्राह्मणों की तरह ठसक से रहनेवाली स्वामी जी की पढ़ी-लिखी बेटियों को।...

तब की दो दर्ज़ा पढ़ी अपनी जिठानी निन्नीबाई के मुँह से ही सीखी और सुनी थी, बुआ ने स्वामी जी की यह चेतावनी :

सभ्य सब से हिन्द के प्राचीन हैं हकदार हम।
था बनाया शूद्र हम को थे कभी सरदार हम।।
अब नहीं है वह जमाना, जुल्म हरिहर मत सहो।
तोड़ दो जंज़ीर जकड़े, क्यों गुलामी में रहो।।

बुआ जब अपने पिता और भाई-भावज के साथ उदैभान को लेकर अपने गाँव आयी थीं, तब तक स्थिति काफी बदल चुकी थी। अंचल के सारे चमार पूरी तरह अपना जातीयकर्म छोड़, खेती-किसानी और अन्य काम-धन्धे अपना चुके थे। बुआ ने गाँव में देखा है कि किस प्रकार बिरादरीवाले, पाँत-पंगत में अपनी ज़िद पर अड़कर अब भी मरे पशुओं को उठाने/उनकी खाल उधेड़ने/रंगने/और जूते गाँठनेवाले सजातीय बन्धुओं को अपमानित कर परोसी पत्तल से बाँह पकड़कर उठा देते थे। सारी बिरादरी उनके साथ अछूतों जैसा ही व्यवहार करती थी।

व्यवहार में अपने सजातियों के प्रति यह कट्टरता किसी द्वेष अथवा पूर्वाग्रह से ग्रस्त होकर नहीं, अपितु तब की परिस्थिति में जाति के भीतर कर्म की हदबन्दी तोड़ने और आगे बढ़ने के लिए, एक कठोर आचरण के रूप प्रयुक्त हुई थी।

अपनी दिवन्गत चचेरी बहन के स्थान पर साली से बहू बनकर आईं और इस बहाने घूँघट से कुछ छूट पायीं फूलानी बुआ ने, इस आन्दोलन का अधोपतन भी अपनी खुली आँखों देखा है। चूँकि जातीय-पेशे के नाम पर मृत पशुओं को उठाना, उनकी खाल निकलाना, चर्मशोधन और जूते-पनहियाँ बनाने का कार्य, अन्य स्थानों की भाँति यहाँ भी चमार बिरादरी का एक छोटा-सा हिस्सा ही किया करता था, बाक़ी या तो खेतिहर मज़दूर थे या वे स्वयं अपने खेतों में किसनई किया करते थे। किसी महामारी-बीमारी की बात छोड़ दी जाए, तो इक्का-दुक्का पशुओं को छोड़कर गाँव में जानवर भी रोज़-रोज़ नहीं मरा करते हैं! बूचड़ खाने भी आसपास न होकर कानपुर, कौंच (जालौन) और ग्वालियर जैसे बड़े शहरों में ही थे और उन पर भी मुस्लिम कसाईयों का आधिपत्य!! इस प्रकार जातियों के इस व्यूह में ग्वालियर-चम्बल के चमार अपना जातीय कर्म छोड़ने के उपरान्त भी अन्य जातियों के लिए 'चमार' और 'अछूत' ही बने रहे!!!

फिर भी इस आन्दोलन का एक सुफल बुआ की आँखों के सामने से गुज़रा है कि इतिहास में यह पहली-पहल हुआ कि नीच और अछूत की संस्कृति से मुक्ति हेतु बड़े पैमाने पर, हिन्दू धर्म की एक जाति विशेष ने दृढ़ता के साथ, अपने जन्म आधारित कर्म के बन्धन तोड़े और वर्णव्यवस्था के गढ़ में सेंध लगाई। बुआ ने बड़े

गौर से देखा है कि किस प्रकार अपना काम दूसरों को करता देख, लोगों में स्वाभिमान जाग्रत हुआ था। गाँवों में जहाँ ठाकुर-ब्राह्मणों की दाब-धौंस अधिक थी, वहाँ से लोग अपना घरबार और खेती-बाड़ी बेच, भिंड-ग्वालियर जैसे छोटे-बड़े शहरों और कस्बों में जा बसे थे। जहाँ ऐसा नहीं रहा, वहाँ लोग अपनी दम पर पढ़े और आगे बढ़े। अपना जातीय कर्म छोड़ समाज में पढ़-लिखकर जाग्रत और स्वाभिमानी बने लोगों को, बुआ ने ठाकुर-ब्राह्मणों के सामने दृढ़ता के साथ 'टाटा' और 'बाटा' का उदाहरण भी देते देखा है—"जब टाटा लोहे (स्टील) और बाटा चमड़े (जूते बनाने) का काम करके लुहार और चमार (नीच और अछूत) नहीं हो गया, तो वही कर्म करके हम नीच और अछूत कैसे? ...और अब तो हम वह काम भी नहीं करते?"

छज्जे पर अकेली बैठी रह गयी बुआ ने एक बार फिर गहरी उसाँस ली। विमला और विशाखा की चेतावनियों के गहरे अर्थ में गोता खाती बुआ के लिए, उस समय विवाह-बारात का शोर भी जैसे बेमानी हो गया था। अपने साथ-साथ समाज का बदलता अतीत खँगालती बुआ, एक बार फिर अपने भतीजे के विगत में जा पहुँची थीं।

जिस समय बेटी के गाँव के कुएँ का पानी पीना और उसके घर का अन्न ग्रहण करना पाप समझा जाता रहा हो, उस समय में बहन-बेटी के गाँव जाकर रहना-बसना आसान नहीं रहा था उदैभान के माता-पिता और आजी-बाबा को।... गाँव में बड़ौआ जातियों के घर कमाना भी तब 'गँवहिया' (स्थानीय) दलितों के पट्टे था, किसी उपाहिया (प्रवासी) दलित की उसमें कोई साझेदारी नहीं बनती थी। हाँ—वे स्वेच्छा से उसे आपस में बेच-खरीद अवश्य सकते थे, किन्तु अन्य स्थानों की भाँति नुन्हाटा के चमार भी तब तक ठाकुर-ब्राह्मणों के यहाँ घर कमाना छोड़ चुके थे। दूसरे 'नयेला' (मुहाज़िर) होने से ठाकुर-ब्राह्मण और अन्य बड़ी जाति के लोग उन्हें, बँटाई पर खेत और खेती-बाड़ी से सम्बन्धित अन्य भरोसेमन्द काम देने से साफ़ हिचकते थे।

ऐसे में बुआ के पति और उदैभान के फूफा छत्रपाल ने, हर तरीके से उनकी भरपूर मदद की थी। उदैभान के पिता बलजीत और बाबा चेतराम, दोनों ही बढ़ईगीरी के कार्य में पारंगत थे। किसानी में हार-खेत और घर भीतर काम आनेवाले-हल-बख्खर, जुआ-हरीस, खटिया-पीढ़ियाँ और निचेवा-पाटी से लेकर, चाकी के कीला-गलुआ इत्यादि काठ की जिंस-औज़ार बनाने में उन्हें अच्छी महारत हासिल थी। बुआ के पति छत्रपाल ने जब गाँव में उनके इस हुनर की चर्चा फैलाई, तो लोगों ने सहर्ष उनसे अपने काम लेना शुरू कर दिए थे। समय के साथ थोड़ा भरोसा और बढ़ा, तो वे लोगों की खेती-टपरिया के काम और बँटाई पर खेत पाने

के हक़दार भी हो गये थे।

मेजर उदैभान जब सात वर्ष के रहे होंगे कि तभी उनके सिर से अचानक महतारी की ममता का साया उठ गया। बीहड़ में खार की कंकड़ीली धरती पर बड़ौआ जाति के डाकुओं द्वारा, देह के साथ मन तक रौंदे जाने की मर्मान्तक पीड़ा और कष्ट, उदैभान की माँ बिटुला बहुत दिनों तक झेल नहीं पायी थीं। अपनी इज़्ज़त-आबरू लुटने और सास-ससुर व पति का उन्हीं के कारण घर-द्वार और गाँव छूट जाने की गहरी पीर, बिटुला को बहुत दिनों तक ज़िन्दा न रख सकी। घर-परिवार और पुरा-पड़ोसियों के खूब समझाने पर भी बिटुला; एक बार कटे रूख-सी खाट पर गिरीं, तो फिर न उठ सकी थीं। तब सात साल के उदैभान अपने पपड़ाने गाल और सूखे ओंठों की कोर से मोरिया की भाँति आँसू ढारते, माँ के सिरहाने रोते खड़े रह गये थे। घर से बहू की माटी उठते छः मास के भीतर ही उदैभान के आजी-बाबा भी दो-दो, तीन-तीन रोज़ के अन्तर से, दुनिया छोड़ गये थे।

घर में एकाएक हुई तीन-तीन मौतों के चलते, उदैभान के गऊ से सीधे पिता पर तो जैसे दुखों का पहाड़ ही टूट पड़ा था। वे टूटकर बिखर गये। कई दिनों तक भूखे-प्यासे खाट पर पड़े तौलिया से आँसू सोखते उदैभान के पिता को, तब गाँव-पड़ोस ही नहीं उम्र में छोटी बुआ ने भी स्वयं धीर धरकर समझाया था—"मरे के संग मरौ नहीं जात मेरे वीर! भैया अब तुम्हें ही अपनी छाती बज्जुर की करने पड़ेगी!! अपने जा अंश की ओर चिताओ, यही से तुम्हारी वंश-बेल आगे बढ़ेगी और जई आगे चलकैं तिहारे पुरिखन कौं पानी देयगो..?"

अपनी लोहरी बहन की सीख सुन उदैभान के पिता पहले तो हीक फाड़कर खूब रोये, फिर अपने आँसू पौंछ उदैभान को छाती से लगाकर पहली बार बिना घरवाली भाँय-भाँय करते घर और बाप बगैर सूने पड़े द्वार को देखा था। जिन उदैभान के पिता ने पत्नी के रहते तवा चार चँदियाँ नहीं डालीं और बाप के रहते कभी घर की कोई चिन्ता नहीं की, वे ही अब उदैभान के स्नेहिल मैया और बाप दोनों की भूमिका में आ गये थे। गाँव में किसानों के घर काम पर जाते और दोपहर तो कभी-कभी शाम को पिता के घर आने तक, उदैभान की देखभाल अकसर बुआ ही किया करती थीं। किन्तु ऐसा हमेशा नहीं होता था। अपने पाँच बेटा-बेटियों की कच्ची गृहस्थी और घर पर ही मायका बसा लेने के जेठ-जेठानी और देवर-दौरानियों के तानों के बीच, उस भरी-पूरी बखरी में बुआ से भी अकसर उदैभान की चिन्ता छूट जाती थी।

...तब उस स्थिति में घर के सामने बँसवारी से उठता सूरज का लाल गोला, धीरे-धीरे ऊपर उठता, उदैभान की टीक पर आ जाता, तो कभी अपनी आग उगलना बन्द कर ढलने को होता। उस स्थिति में उदैभान के पेट में धमा-चौकड़ी मचाती

भूख, अंतड़ियों के किसी कोने में पछाड़ खाती बेहोश होकर गिर रहती। तब कहीं, पिता द्वारा अपनी भूख से बचाकर किसान घरों से कुर्ते की जेब में डालकर लाई रोटियाँ और डोलची में माँग कर लाया नमकीन तो कभी अलोना मट्ठा ही उदैभान की जीवन-जेवड़िया लम्बी करने में मदद करता था।

इस तरह भूख और गरीबी से संघर्ष करते उदैभान ने गाँव के मिडिल स्कूल से आठवीं पास कर लिया था। बिरादरी के साथ-साथ शिक्षा के प्रति सजग हुए पिता ने उदैभान का अगला दाखिला गाँव से तीन कोस दूर अकोड़ा हाईस्कूल में करवा दिया था। कभी भरे पेट तो कभी भूखे-प्यासे ही घर से आठ-नौ किलोमीटर दूर दौड़ते-भागते स्कूल जाने और लौटने की नियति ने हाईस्कूल पास करते ही उदैभान को दौड़-भाग में प्राथमिकता देनेवाली 'आर्मी' की नौकरी का हमसफ़र बना दिया था।

एक दिन अचानक खलिहान लीपते लगी ठंड और निमोनिया से बुआ के भाई और उदैभान के पिता चल बसे, तो गाँव में अकेले रह गये उदैभान के पत्नी-बच्चों की देखभाल और पढ़ाई में बाधा आ गयी। तब बुआ की सलाह पर ही उदैभान शहर में सुरक्षित और ससम्मान ज़िन्दगी जीने तथा बच्चों की आगे की पढ़ाई-लिखाई हेतु, ग्वालियर के मुरार क्षेत्र अन्तर्गत इस नवनिर्मित कॉलोनी में आकर बस गये थे।...

इस तरह अपने भैया-भौजाई और मायके की आखिरी निशानी भतीजे उदैभान के बालापन के कष्टों की अकथ कहानी याद करतीं भावुक बुआ, छज्जे पर बैठे-बैठे सचमुच रो पड़ी थीं। ...एकाएक तभी उन्हें चेत आया कि वह रो-रही हैं, जबकि आज का दिन तो बड़ा पावनिक है। ऐसे शुभ अवसर पर उन्हें यों आँसू नहीं ढारने चाहिए थे। वे सँभलकर बैठ गयीं। वे पुराने दिन थे जो पानी की तरह नाव के नीचे से कब के कढ़ गये, अब तो उनका भतीजा चाँदी के चौंतरा पर बैठा राज करता है।

गाँव से ग्वालियर आते बुआ के मन में बड़ी हुलास थी कि वे पहली बार ग्वालियर जा रही हैं—माधौजी महाराज की राजधानी। गाँव में उनकी पीढ़ी के पुरखे ग्वालियर स्थित सिंधिया राजघराने को आज भी अपना बाईसराव (वाइसराय) मानते हैं। बुआ ने ससुराल आने के बाद पहली बार ग्वालियर महाराज जीवाजी राव सिंधिया का नाम तब सुना था, जब आदिहिन्दू आन्दोलन के कार्यकर्त्ता सुखानन्द महाराज और स्वामी अछूतानन्द जी की तरह गाँव के भजनी रूसी बाबा उनके घर आए थे। उन दोनों गेरूए चोलाधारी साधुओं/सामाजिक कार्यकर्त्ताओं ने, ग्वालियर स्थित रियासत के तत्कालीन महाराज श्रीमन्त जीवाजी राव शिंदे आलीजाह बहादुर द्वारा अपने नवजात पुत्र श्रीमन्त माधवराव (सिंधिया) के वारसा के मंगलमय अवसर पर पढ़े गये, एक पुर्ज़े की नक़ल सबको अपनी मुँह ज़बानी सुनाई थी। तब पूरे टोले के साथ-साथ बुआ ने भी वह पुर्ज़ा बड़े कान देकर सुना था :

हम जीवाजीराव माधवराव शिंदे को यह ज्ञात हुआ है कि भंगी, बसोड़, बरार,

चमार, कोली, बेड़िया, कंजर, बरगुंडा, बलाई और बागरी इत्यादि अस्पृश्य तथा दलित जातियों को जो कि आजकल हरिजनों के नाम से पुकारी जाती हैं, उनको उन जन्मसिद्ध मौलिक अधिकारों से वंचित रखा जाता है जो कि हमारी प्रजा होने के नाते प्रत्येक नागरिक को प्राप्त हैं। उदाहरणस्वरूप कहीं-कहीं यह आपत्ति उठाई जाती है कि घोड़े या पालकी पर न चढ़ें, किसी विशेष प्रकार के वस्त्र-आभूषण अपने अंग पर धारण न करें, सार्वजनिक शिक्षालयों या तालाबों इत्यादि से लाभ न उठावें इत्यादि।

यद्यपि समय-समय पर इससे सम्बन्धित विभागों द्वारा सरक्यूलरों के रूप में आदेश प्रचलित हो चुके हैं, यद्यपि हम यह उचित समझते हैं कि इस सम्बन्ध में अपनी नीति को और भी स्पष्ट कर दें, जिससे कि यदि कोई भ्रान्ति किसी के हृदय में हो तो वह दूर हो जावे और हम यह भी स्पष्ट कर देना चाहते हैं कि हरिजन के नाम से पुकारी जानेवाली जातियाँ भी हिन्दू हैं और वे उन्हीं देवी-देवताओं का पूजन करती हैं, जिनका कि अन्य सनातन धर्मावलम्बी जातियाँ। उनमें धर्म के प्रति श्रद्धा तथा भावना है वह किसी अन्य उच्च वर्ग की जाति से किसी भी अंश में कम नहीं और मन्दिरों में प्रवेश करने से रोके जाने पर उनकी आन्तरिक-भावनाओं को मार्मिक आघात पहुँचता है।

अत: हम यह उद्घोषित करते हैं कि—

1. ग्वालियर राज्य में हरिजन व्यक्तियों को और जातियों के नागरिकों की भाँति वेश-भूषणों, सवारियों, विवाह सम्बन्धी रीतियों, सार्वजनिक स्थानों में प्रविष्ठ होने और सार्वजनिक कुओं, तालाबों, नहरों और घाटों से पूर्ण स्वच्छन्दता प्राप्त है।
2. और नागरिकों की भाँति उन्हें भी राजकीय शिक्षालयों में भरती होकर शिक्षा प्राप्त करके अच्छे नागरिक बनने का स्वत्व प्राप्त है।
3. आज दिनांक 04/05/1945 से सरकार की छतरियों पर राज्यपरिवार के देवघरों के अतिरिक्त जोकि सर्वसाधारण के लिए खुले हुए हैं, राज्य के समस्त देवालयों में जो कि राज्य द्वारा बनाये गये हों, अथवा राजकीय सम्पत्ति हों अथवा जिनकी व्यवस्था राज्य द्वारा की जाती हो अन्य हिन्दुओं की भाँति हरिजनों को भी प्रवेश करने तथा दर्शनों के लाभ उठाने की पूर्ण स्वच्छन्दता होगी।
4. यदि कोई व्यक्ति इससे विरुद्ध कार्य करके हरिजनों के उपरोक्त अधिकारों में बाधक होगा तो वह प्रचलित राजनियमों के अनुसार दंड का भागी होगा।

दरबार आज्ञानुसार

डी.के. जाधव

मेजर मुख्यारउद्दौला, मदरुल मुहाम रायबहादुर
फीरोज़ जंग, हजूर—सैक्रैटरी ग्वालियर दरबार

इस पर्चे को सुनकर उस दिन बुआ ही नहीं सारे चमार टोले ने, पुत्रजन्मोत्सव पर ग्वालियर-चम्बल के दलितों को इतनी सुन्दर सौगात देनेवाले ग्वालियर महाराज जीवाजी राव सिंधिया और उनके नवजात पुत्र माधवराव (सिंधिया) को जी भरकर अशीषें दी थीं।

अपने राज्याभिषेक के समय—*हमारे राज्य में सब प्रजा समान है। न कोई ऊँच है और न कोई नीच है।।* का उद्घोष करनेवाले महाराज जीवाजीराव सिंधिया को, इससे पहले कई अशीषें बुआ के ससुराल पक्ष से तब मिल चुकी थीं जब बुआ की लक्ष्मनपुरावाली ननद के घर एक रात जबरदस्ती आकर रुके बाग़ियों पर पुलिस का छापा पड़ा था। छापे में कुछ बाग़ी मारे गये तो कुछ भाग गये थे, किन्तु अपने घर में बाग़ियों को पनाह देने के एवज़ में बुआ की ननद और उनका सारा परिवार पुलिस और कानून की गिरफ़्त में आ गया था। निर्दोष होकर भी पुलिस की मार खाते बेटी-दामाद और उनके परिजनों को बचाते/कोर्ट-कचहरी के चक्कर लगाते बुआ के पति और ससुर ने जब उस दिन सुना कि श्रीमन्त महाराज जीवाजीराव सिंधिया, हरिजनों से ली जानेवाली बेगार प्रथा बन्द करवाने हेतु, एक दरबार करने भिंड आ रहे हैं। तब उस दिन बुआ का परिवार तुरन्त ही तत्कालीन ग्वालियर रियासत की प्रजा सभा के प्रतिनिधि (एम.एल.ए.)/स्वामी अछूतानन्द जी के दामाद/आदिहिन्दू आन्दोलन के सजग कार्यकर्त्ता बाबू मंगल सिंह जाटव से जा मिला और उन्हीं के माध्यम से अपनी अर्ज़ी लेकर, भिंड क़िले पर आयोजित दरबार में जा पहुँचा था।

"हमारे राज्य में अगर कोई दलित वर्ग के साथ अन्याय और अत्याचार करेगा या बेगार लेगा, तो उसको कठोर दंड दिया जाएगा।" की घोषणा के बाद जब महाराज जीवाजीराव सिंधिया ने वह अर्जी सुनी, तो उन्होंने तत्काल बुआ के ननद-ननदोई के परिवार को थाने से छुड़वाकर, मुरार आकर बसने का न्यौता दे दिया था।

मुरार : पूर्वी ग्वालियर स्थित सिंधिया रियासत काल में अँग्रेजों की सैनिक छावनी (कन्टोनमेंट) और उसके आसपास सटा सारा इलाका, तब महाराज ग्वालियर की उदार नीतियों के कारण भिंड, मुरैना, दतिया, शिवपुरी, गुना और अन्य समीपवर्ती जिले और गाँवों के शोषित-उत्पीड़ित दलित-पिछड़े और आदिवासियों की सुरक्षित शरणस्थली बन गया था।

उस रोज़ की बुआ को कल कैसी सुधि है। उस दिन भर के थके-माँदे भिंड से लौटे पति और ससुर, द्वार पर जल रहे अलाव पर आकर बैठते ही जा रहे थे। महीना अगहन का था। उस साल ठंड समय से कुछ पहले ही आ गयी थी। सास के कहने पर बुआ ने पति और ससुर के गर्म पानी से हाथ-पैर धुलने के लिए

एल्युमीनियम के भगौने में, पहले ही चूल्हे पर पानी चढ़ा दिया था। साँझ का धुँधलका आँगन में खड़े नीम पर ही नहीं, सारे पुरा-पाले पर उतर गया था। अलाव पर सास-ससुर और बुआ के पति सहित कुल तीन प्राणी ही बैठे थे। पानी तच गया है और हाथ-पैर धोकर सब लोग ब्यालू करें, बुआ यह बात कहने आँगन से पौर के द्वार पर जाकर खड़ी होती ही जा रही थीं। लेकिन अलाव पर कोई गम्भीर चर्चा चल रही है, इसलिए वे वहीं ठिठक गयीं। किवाड़ के उस पार अलाव पर सास-ससुर और पति के बीच उस दिन जो जो चर्चा हुई थी, उसकी धमक बुआ के कानों में आज भी गूँजती है :

ससुर— "भाई! अपने महाराज्जू बड़े मातवर आदमी हैं, जिनने अपनी अरज़ी तुरन्त मान लई। ईसुर करे उनको नहात बार न खसे...।"

सास—"सुनौ है इटाए (इटावा, उ.प्र.) की नाईं महाराज्जू ने अपने यहाँ भी हरिजनन की 'बेगार' बन्द करवाय दई है...?"

पति—"हाँ, तभईं तो इन ठाकुर-ब्राह्मननि कैं मिर्च्चें लगी भई हैं। ...आज महाराज साहेब जब भिंड के सारे बावन गढ़ी राजनि के संग बैठे बेगारबन्दी के ख़िलाफ़ दरबार ले रहे थे, तब वहाँ अपने बाबूजी (बाबू मंगल सिंह जाटव) भी अन्य कार्यकर्त्तानि के संग जाज़िम पर बैठे भए थे। महाराज साहब ने बाबूजी को जब धत्ती पर बैठौ देखो, तो उन्होंने तुरन्तई नियरे बुला लिया और बगल में खाली पड़ी कुर्सी पर बैठा लिया था।... दरबार छूटौ तब पतौ है लहार, मछंड और पहाड़गढ़ के राजा आपुस में बाहर क्या बतिया रहे थे?"

सास-ससुर—"काऽ...?"

पति—"यही कि जे सिंधिया तो हमें हू अब भंगी-चमार ही बनाय कै छोड़ेगो? ससुर मोरी की ईंट छज्जे पे लगाउन चलो है? जाके पुरिखा ज़रूर काहू कमीन-कमननि की औलाद रहे होयंगे, ठाकुर-ब्राह्मन होते तो क्या झाँसी की रानी के संग दग़ा करते?" बुआ को यह बात आज भी अक्षरश: याद है।

ग्वालियर आते सबसे पहले उन्हें इन्हीं बातों ने घेरा था। मन में बड़ा उत्साह रहा है ग्वालियर महाराज द्वारा लश्कर, ग्वालियर और मुरार में बनवाये गये—बाग, बारहदरियाँ, महल, मन्दिर और छत्रियों में, सातों जात के जनी-मर्दों का नि:संकोच आना-जाना और दर्शन करना और स्वयं भी उन्हें निहार आने का...। उदैभान से पहले बुआ की ननद दुलारी जिज्जी ने भी उन्हें कई बार मुरार आने को न्यौता दिया है, पर घर-गिरस्ती के जंजाल से कभी निकलना सम्भव ही नहीं हुआ था।

भिंड के वनखंडेश्वर और फूफ के बौरेश्वर शिव मन्दिरों में जब चम्बल के दलितों को प्रवेश नहीं मिलता था। शिवरात्रि और सावन के महीने में उन्हें काँवर और गंगाजल चढ़ाने से रोका जाता था। गाँधी और अम्बेडकर के मन्दिर प्रवेश

आन्दोलन अपने चरम पर थे। ठीक तब उसी समय बुआ की बिरादरीवालों ने, मेहगाँव में पृथक् से एक विशाल शिव मन्दिर बनवाया था। शिवरात्रि पर हर साल वहाँ लख्खी मेला भरा जाता, किन्तु गाँव से अधिक दूर न होने पर भी बुआ वहाँ एकाध बार ही गयीं। न कभी उनका मन वहाँ रमा! बिरादरी के अधिसंख्यक लोगों की भाँति एक हीनताबोध, उनके पीछे भी लगा रहा कि वहाँ केवल 'हम' ही जाते हैं!! सब लोग नहीं!!!

"बुआऽ हाय! तुम यहाँ? द्वार पे बराइत आय गयी 'टीका' हो रहो है और सुजाता कौ 'कन्या अर्पण' होने है। ...सगुन के चार बोल तिहारे मुख नीके लगत हैं, चलोऽ चलकें गाइ लेंऽ...।" बुआ को ढूँढ़ती उदैभान की घरवाली सूज्जमुखी एकाएक छज्जे पर पहुँचीं, तो जैसे बुआ की नींद खुली हो—"ऐंऽ... जे का कहत हो कुशनावारीऽ, सो मोहि यहाँ कित्ती देर हो गयी? ...चल रीऽ चल।" सूज्जमुखी की बाँह का सहारा लेकर बुआ, तुरन्त उठ बैठीं और लैंया-पैंया सीढ़ीं-सीढ़ीं छज्जे से उतर द्वार पर नीचे आ गयी थीं।

द्वार पर रंगीन कनातों से घेरकर बनाए गये पंडाल में, बीच का रास्ता छोड़कर दायीं ओर बाराती बैठे थे। बुआ और सूज्जमुखी पंडाल के दायीं ओर जनी-मानुषों के लिए पड़ी कुर्सियों पर, ठीक आगे की पंक्ति में जा बैठी थीं। सामने स्टेज पर कुछ जगह छोड़कर, सिंहासननुमा सिल्वर कलर की दो लाल मखमली गद्देदार कुर्सियों पर महेन्द्र और सुजाता बैठे थे। जिनके बगल दाँयी ओर ऊपर-तल-ऊपर सजाकर रखे कलशों पर, चौमुख दिए बार दिए गये थे। उनके नीचे फ़र्श पर बीचोबीच, साँतियाँ युक्त अठकलियाँ चौक पूरा गया था। चौक पर कलश, कलश पर नारियल और नारियल के चारों ओर आम की नहीं; पीपल की नयी कोंपलें लगी हुई थीं? बुआ को पहले विश्वास न हुआ, तो उन्होंने अपनी आँखों पर हाथों की उंगलियों का छप्पर बाँधकर देखा—पत्ते पीपल के ही थे। हिन्दू मन बुआ की बूढ़ी बुद्धि जागी। उनके अनुसार पीपल पर सिद्धों का वास होता है। यद्यपि 'सिद्ध' 'जिन्नों' की तरह क्रूर न होकर, मनुष्यों के हितचिन्तक होते हैं। तदापि 'पीपल' किसी भी स्थिति में न तो घर के आँगन में लगाया जा सकता है और न ही उसके किसी हिस्से का मांगलिक अवसर पर उपयोग ही किया जाता है—और ये घुटमुंडा साधु है कि उसी के पत्तों से ब्याह में कलश पूजा करवा रहा है? ...यह क्या दूल्हा का तिलक भी अक्षत-हल्दी और रोली से नहीं... नील से! सत्यानाश!! उनके यहाँ तो जब किसी के माथे पर कोई बड़ा भारी कलंक मढ़ जाता है, तब कहते हैं—'बाके माथें तो लील कौ (नील) टीका लग गओ?' और ये गेरुआ चोलाधारी सधुआ, दूल्हा कैं सर-ब-असर नीला कौ टीका लगाय रहो है? क्या हो गओ है या दाड़ीजार उदैभान कौं? जो अपनी पुरखनगत से चली आईं रीति-नीति भूलिऽ, एक नये पन्थ में जाय घुसो

है...।' एक बार फिर बुआ के क्रोध का पारावार नहीं था। मन-ही-मन बड़बड़ाती बुआ ने बगल में खड़ी बिशाखा का कन्धा पकड़कर झकझोर दिया था—"काय रींऽऽ हो, जे काऽ चोचले हैं? जेऽ पीपरा के पत्ता, येऽ लील कौ टीका...।"

पतली देहयष्टि। गोरा रंग। स्मितमुख। नाक पर झिलमिलाती लौंग। माथे पर हरी बिन्दी। जूड़े और हाथों में मोगरे के गजरे। बदन पर नीले बॉर्डर की सफेद साड़ी और हाथ जोड़-जोड़कर सबसे हँस-हँसकर बातें करतीं विमला-विशाखा ने जब बुआ को इस तरह भन्नाते देखा, तो वे परस्पर उन्मुख हुईं। एक-दूसरे का चेहरा पढ़ा। मन्द-मन्द मुस्कराईं। फिर वे धीरे से बुआ के और पास सिमट आई थीं।

दोनों ने बुआ का एक-एक हाथ पकड़ा और वर पक्ष द्वारा चौक के दोनों ओर लाकर रखी, बुद्ध और बाबा साहेब की मढ़ी हुई तस्वीरों के कुछ और समीप उन्हें खींच ले गयी थीं। सबसे पहले विमला ने काँच के भीतर अर्धनिमीलित नेत्र और पद्मासन मुद्रा में, कसाय वस्त्रधारी तथागत गौतम बुद्ध के चित्र की ओर इशारा किया—"बुआ ये अपने भगवान-तथागत बुद्ध हैं। इन्होंने ही दुनिया में सबसे पहले ऊँच-नीच की जड़ें काटकर, संसार को स्वतन्त्रता, समानता, भाईचारा और मैत्री का उपदेश दिया था! ...इन महामानव को तपस्या करते जो ज्ञान मिला और जिस ज्ञान को उन्होंने दुनियाभर में फैलाया, वह किसी और वृक्ष के नीचे नहीं; इसी 'पीपल' के पेड़ के ही नीचे मिला था!! ...ठाकुर-ब्राह्मण, धोबी-धानुक, भंगी-चमार सब में एक ही तत्व के दर्शन करनेवाले और सबको एक आँख से देखनेवाले इन महामानव करुणामय बुद्ध ने, जिस धर्म के रथ का पहिया संसार भर में आगे बढ़ाया, उस धम्मचक्र का रंग भी ब्रह्मांड की भाँति 'नीला' है!!! ...अब तुम्हीं बताओ बुआ, जिस वृक्ष के बारे तुम्हारे एक भगवान श्रीकृष्ण गीता में कहते हैं—'वह वृक्षों में वृक्ष पीपल हैं।'...नीलकंठ और नीलाम्बुजश्यामलकोमलांगम् होकर, शिव-विष्णु और राम-कृष्ण पुण्य और पवित्र हो सकते हैं। तब भला वही वृक्ष और रंग अपनाकर 'हम' कलंकी और अपवित्र कैसे हुए? यह बात आपके अभी समझ न आए बुआ, पर बहुत बड़ा षड्यन्त्र है इसके पीछे...।"

उम्र का लिहाज रखते हुए भी विमला द्वारा किसी बड़ी-बूढ़ी की भाँति बुआ को यों समझाना पहले तो उन्हें काफ़ी नागवार लगा। धारणाएँ टूटते चुभन भी हुई फिर कुछ पल बाद वे मान गयीं कि विमला की बात में वजन है। उधर लगे हाथ बुआ का दूसरा हाथ पकड़े विशाखा ने भी अपनी बारी लपकी और चौक के दूसरी ओर रखी बाबा साहब की तस्वीर की ओर खींच लिया था।

सुनहरे फ्रेम में—गोरा रंग/सूट-बूट/आँखों पर मोटा काला चश्मा/बाँए हाथ में संविधान की पोथी और दाएँ हाथ की तर्जनी से संसद की ओर इशारा करते—बाबा साहेब डॉ. भीमराव अम्बेडकर।

बाबा साहेब के चित्र को एकटक निहारती बुआ को देख, बगल में खड़ी विशाखा ने उन्हें बताया—"बुआ जे बाबा साहेब भीमराव अम्बेडकर हैं—अपने भगवान और मसीहा। इन्होंने ही हमें पढ़ने-लिखने और समाज में इज़्ज़त और बराबरी के साथ जीने का—बुद्ध मार्ग बताया है। ऐऽ! नहीं होते तो हम आज भी अज्ञानता और अन्धविश्वास के अन्धेरे में पड़े, दूसरों की गुलामी और गालियाँ खाते रहते।"

विमला द्वारा बैरिस्टर मुद्रा में दिखाई बाबा साहेब की भव्य और तेजस्वी तस्वीर देख, बुआ तो जैसे दंग रह गयीं।... फिर एकाएक लगा कि उन्होंने इस नाम/रूप की चर्चा, सुदूर अतीत में भी पहले कहीं सुनी ज़रूर है। पर कहाँ... ? यह उनकी समझ में नहीं आ रहा था। ...तस्वीर के सामने कुछ देर खड़े रहने के बाद बुआ ने, खड़े-खड़े ही सबसे पहले दाएँ हाथ के अँगूठे और तर्जनी से ठोड़ी को ज़रा-सा छुआ। फिर उसी गहन मुद्रा में नीचे ज़मीन को देखा। माथे का पल्लू ऊँचा करते आकाश निहारा। तब कहीं उन्हें एकाएक ध्यान आया कि इनके बारे में तो उन्हें सबसे पहले, मुरारवाले ननदोई वंशी जीजा ने बताया था।

उस साल उनके पहले-पहल बेटा 'बच्चूलाल' हुए थे। भतीजे के जन्म पर 'बधाया' लेकर आईं दुलारी जिज्जी के साथ-साथ, ग्वालियर से वंशी जीजा भी आए हुए थे। तब पति के साथ आँगन में पड़ी खाट पर देशकाल की चर्चा करते, वंशी जीजा ने ही सबको बताया था कि फिरंगी देश छोड़कर विलायत जा चुके हैं। बड़ौआ जाति के एक हत्यारे ने सुराज दिलानेवाले महात्मा गाँधीजी की हत्या मात्र इसलिए कर दी है—क्योंकि वे ठाकुर-ब्राह्मण और भंगी-चमारों को एक करना चाहते थे। ...देश की बागडोर अब पंडित जवारलाल नेहरू और बाबू राजिन्द पस्साद के हाथ में है। ...पर इस सब में एक बात भौत हेठी भई है। अपने ग्वालियर महाराज की रियासत तो सुराज मिलने के पहले ही देश में एकमिल कर लई गयी थी। अब उनकी बची-खुची ज़मीन-ज़ायदाद और महल-अटारियाँ भी सरकार ज़ब्त करना चाहती है।"

"...............।" बुआ और पति दोनों दंग।

"साँचेहू... अब पता है, सरकार की इस बेज़ा हरक्क्त पे कौ उनके बचाव में को सामने आयो है?

"कौऽ...?" दोनों एक साथ बोल पड़े थे।

"डागदर उम्मेदकर... अपनी बिरादरी के हैं। विलायत से बैरिस्टरी करके आए हैं? और उनने ही आज़ाद देश को नयो विधान रचो है, जामें राजा-रैयत सब बराबर की हक्कदार है।"

"ऐंऽ...विधान और एक चमार ने?" बुआ-फूफा दोनों आश्चर्यचकित थे।

"विधान ही नईं? कछू दिनन तो वे अपने देश के कानून मन्तरी हू रहे हैं। ...उनने जब नैहनिया जाति के संग-संग बैयरबानियों को भी कछू बढ़िकैं अधिकार देन चाहें, तो उनसे पंडित नेहरू और बड़ौआ जाति के नेता इठ गये। बड़े जतन करने के बाद भी जब हारे के हक्क में लड़नेवाले उम्मेदकर साब की बात नहीं मनी, तो उनने मन्तरी पद से इस्टीफा दे दओ है...।"

"तो, उम्मेदकर साहेब अब कानून मन्त्री नईं है?" बहुत देर तक शान्त पति के साथ ननदोई की बातचीत सुन रही बुआ ने, बीच में अपना यह हस्तक्षेप जोड़ दिया था।

"नहीं, लोहरी! बड़ौआ जाति अपनो असर इतनी जल्दी नहीं छोड़ देगी? माँटी भींजिवे में हू बखत लगत है, और ये तो--पाथर हैं, पाथर...।"

"तो उम्मेदकर साब! अब सिंधियाजू को केस लड़ेंगे?"

"पहले विधान रचिकैं राजे-रजवाड़े मेटे अब उन्हीं के पक्ष में लड़ाई? का कहेंगे लोग और का कहेगो देश...।" पहले बुआ फिर फूफा दोनों एक साथ बोले पड़े थे।

तब नये-नये शहराती वंशी जीजा ने ज़मीन पर कथरी बिछाकर धूप में बच्चूलाल की तेल मालिश करती बुआ की ओर एक नज़र भरकर देखा था, फिर अपनी खिचड़ी मूँछों पर हाथ फेरते मुस्कराकर सिर का साफा सँभाला और बड़े ही सधे स्वर में उन्हें जवाब दिया था—"पढ़े-लिखे लोग, बड़े सयाने होत हैं-लोहरी! ...पता है, जब तुम्हारी ही नाईं हमारे मुहल्ला के केसव मास्टर ने यही बात उम्मेदकर साहेब से मोती महल में कही थी, तो उनने उन्हें का जुआब दओ तो?"

"काऽ...?"

"मास्टर! खूँसनी में पेशाब की रास्ता कहाँ होती है, उसके सींनेवाला से अच्छा कोई नहीं जानता? आप बेफ़िक्र रहिए...।" अपने ननदोई द्वारा उम्मेदकर साब की तर्कयुक्त व्यंग्यभरी बानी की ज्यों की त्यों नक़ल सुन, बुआ उस दिन अपना पेट पकड़कर खूब हँसी थीं और बात आई गयी हो गयी थी। सच पूछा जाए तो तब चम्बल के उस बीहड़ में जितनी तेज़ धमक, गाँधीजी के अछूतोद्धार आन्दोलन और विनोबाजी के भूदान आन्दोलन की पड़ी थी। उस रूप में बाबा साहेब के क्रान्तिकारी दलितोद्धार आन्दोलन का प्रभाव यहाँ, कानों-कान सुनी खबर की भाँति उड़ता-उड़ता और वायवीय ही रहा था। ...दूसरे एक जन आन्दोलनकर्त्ता के रूप में बाबा साहेब का आगमन भी तब, चम्बल के उस पार आगरा तक ही सीमित रहा था।

गम्भीरता और प्रसन्नता के उस माहौल में तभी विमला ने अन्य सखियों के साथ बुआ और बरातियों को सम्बोधित करते, एक मधुर गारी छेड़ दी थी—

समधी जैसे आनन्द आज वैसे काल्हि नहिते रे।
समधी पहिलें विद्या ज्ञान, तुम को पढ़ने को नहितेरे।
समधी राज काज अधिकार तुमको मिलते नहितेरे।
समधी गाँव के अन्दर वास, तुमको मिलते नहिंतेरे।
समधी करो गुलामी जाय, पेट भर अन्न नहींतेरे।
समधी बाबा भीम अधिकार, हमको जीवन दयेतेरे।
समधी खाने के अधिकार, उत्तम पहलें नहिंतेरे।
समधी समता के अधिकार, अबसे पहले नहिं तेरे।
समधी जैसे आनन्द आज..........।

बुआ ने अपनी उम्र के साथ-साथ, गाँव समाज में दलित-जीवन में हुए निरन्तर विकास को भी अपनी आँखों से देखा है और उसकी वे प्रत्यक्ष गवाह भी हैं। पर यह सब स्वामी अछूतानन्दजी, बाबू मंगलसिंह जाटव, बाबा सुखानन्द, रूसीबाबा, खुमानसिंह ड्राइवर, कल्याणचन्द जटिया और अन्य आंचलिक जनआन्दोलनकर्त्ताओं के प्रयासों से अधिक। बाबा साहेब भीमराव अम्बेडकर और उनके द्वारा बनाये संविधान के देश पर लागू होने से हुआ है। यह सब उनकी समझ में अब आ रहा था। भाव-विभोर बुआ ने भी उसी तार में अपनी एक पुरानी चाल की गारी छेड़ दी थी :

नयी-नयी रीति नये रंग-बाजे,
सो नये सजन घर आए
कि हाँ जू,
नये सजन घर आए....

और उसके दूसरे ही क्षण वहाँ खड़े बराती और घरातियों ने देखा कि बुआ दोनों हाथ की उँगलियों में आँचल का छोर दबाए, कुहनियों तक हाथ जोड़े! बाबा साहेब की तस्वीर के सामने झुकीं!! उन्हें प्रणाम कर रही हैं!!!

❑❑❑